Todo el tiempo
de los cedros

Todo el tiempo de los cedros
PAISAJE FAMILIAR DE FIDEL CASTRO RUZ

KATIUSKA BLANCO

CASA
EDITORA
ABRIL

EDICIÓN
Jacqueline Teillagorry Criado

DISEÑO Y REALIZACIÓN
Alexis Manuel Rodríguez Diezcabezas de Armada

REVISIÓN Y CORRECCIÓN
Herminio Camacho Eiranova
e Irene Hernández Álvarez

RESTAURACIÓN DE FOTOGRAFÍAS
Alexis Manuel Rodríguez Diezcabezas de Armada
y Enrique Hernández Gómez

© Katiuska Blanco Castiñeira, 2003
© Sobre los documentos y fotos
  que aparecen en este libro:
  Oficina de Asuntos Históricos del Consejo de Estado
© Sobre la presente edición:
  Casa Editora Abril, 2003

ISBN 959-210-300-3

CASA EDITORA ABRIL
Prado No. 553 entre Dragones y Teniente Rey,
La Habana Vieja, Ciudad de La Habana, Cuba.
CP 10 200
e-mail: eabril@jcce.org.cu
Internet: http://www.editoraabril.cu

A Fidel
que alienta la vida.

A don Ángel y Lina Ruz,
en el abrazo siempre.

Al batey de Birán y sus gentes
que inspiraron
el ansia de una Revolución.

A Isabel, Patry y Ernesto,
mis hijos.

A Ore,
contrafuerte
en este vuelo de colibrí.

Un abrazo al Comandante en Jefe Fidel Castro Ruz por su invitación a recorrer Birán y los recuerdos. Al Ministro de las Fuerzas Armadas, a Raúl, por la lealtad a la leyenda y la belleza y nitidez de sus palabras en una entrevista conmovedora.

A los que habitaron el espacio de la casa grande: Angelita, Ramón, Emma y Agustina Castro Ruz, a todos los de la familia, en especial a Tania Fraga. A quienes por largos años trabajaron o vivieron allí, y accedieron, mucho tiempo después, a una conversación de recuento y buscaron en el laberinto de la memoria cada detalle presente o perdido.

Un abrazo a Felipe Pérez Roque, que creyó en la idea y en su vuelo, y otro a Carlos Valenciaga que ayudó para que se detuviera entre nosotros con alma de papel. Un abrazo a mi maestro Guillermo Cabrera Álvarez.

Un inmenso agradecimiento a la Oficina de Asuntos Históricos del Consejo de Estado, a su director Pedro Álvarez Tabío y a los especialistas que guardan y cuidan como reliquias, importantes documentos de la Revolución Cubana. A todos, a Aida Moreno que en la mañana trae a la mesa de trabajo una taza de café humeante, a Elsa Montero, Ada Plasencia, *Magda*; a Aracelys del Castillo, *Chelito*; a Ileana Guzmán, Noemí Varela, Nelsy Babiel, Elbia Fernández, Miriam López, Otto Hernández, Efrén González, Fernando González, Pedro Díaz, y en especial, a Asunción Pelletier, *Susy*, quien ha sido una segunda madre. Un reconocimiento al Equipo de Versiones Taquigráficas del Consejo de Estado. Un abrazo a los compañeros del grupo de video de la Oficina de Publicaciones del Consejo de Estado, a Roberto Chile, Salvador Combarro, Juan Matos y sobre todo, a Leonid Reinoso que digitalizó tantas imágenes.

A los combatientes Silvino Álvarez, Sergio Morales, Nivaldo Pérez, Fidel Bavani y Julio González.

A quienes trabajan en Birán y protegen allí con amor, lo mínimo y lo grande.

En Holguín, Santiago de Cuba y Pinar del Río, a los compañeros del Partido Comunista, las Oficinas de Asuntos Históricos y a las de Patrimonio provinciales. A todos los que, en Archivos Generales y de Protocolos Notariales, Registros Civiles, de Propiedad o Mercantiles, Audiencias, Museos, Bibliotecas y Parroquias, contribuyeron a la indagación.

Un abrazo ancho a la Unión de Jóvenes Comunistas y a la Casa Editora Abril. A Jacqueline Teillagorry, la editora de estas páginas, a Alexis Manuel Rodríguez Diezcabezas de Armada por soñar y realizar el diseño, y en especial a Herminio Camacho, a Rafaela Valerino e Irene Hernández.

A Juan Contino, a los Comités de Defensa de la Revolución por su apoyo y aliento. A Celima Bernal, Rosa Miriam Elizalde y Susana Lee por su lectura minuciosa. A las historiadoras Nidia Sarabia y Ángela Guerra. A la periodista Marta Rojas y a la profesora María Elena Molinet. Mi gratitud a Adalberta Pérez por su narración sobre las flores de Carolina. A Maizú Istokazu, del Memorial José Martí.

Un abrazo a mis entrañables compañeros del diario *Granma*, a los del Ministerio de Relaciones Exteriores y a los de la Secretaría del Consejo de Estado; a Enith Alerm y Olga María Oceja.

Un abrazo cálido a los de casa, a los que ya no están y aún me acompañan. Y también a Rolando, mi padre, por su ejemplo revolucionario, a Ana, mi hermana, hombro fuerte y callado, a Leonor y Orestes Pérez y a Manuela Álvarez.

Mi reconocimiento a Rolando Alfonso Borges y Alberto Alvariño, y a quienes trabajan en los talleres de la Alejo Carpentier por su desvelo en la maravilla de las imprentas.

A todos los que abrazaron este libro en su camino de sueño a realidad y también a los que lo harán suyo, cuando lo lean.

La vida en las palabras y en el aire del tiempo

La historia y la imaginación se dan la mano en este libro, y limpian de toda duda sus aparentes discrepancias tradicionales.

No se trata del inventario acucioso de la realidad, ni siquiera un relato a pie juntillas de la vida de un inmigrante gallego fundador de un pequeño batey y de una familia numerosa, dos de cuyos hijos forjarán después una leyenda.

Mirar la vida de los hombres requiere siempre de una dosis enriquecida de imaginación, porque ni la palabra que evoca un recuerdo, ni el documento amarillo que testimonia un tiempo, bastan por sí mismos para recrear y traernos en toda su maravilla y dramatismo un trozo de lo real.

De cosas invisibles se hace lo visible. Mas para aportarle la mirada se necesita la sensibilidad de quien mira a la distancia una época y columbra el tiempo para entregarnos la factura de un episodio situado en la retaguardia de los acontecimientos y es capaz de alimentar y sostener a los tenaces luchadores.

Los libros de historia superan generalmente a las novelas más desbordantes de imaginería, porque una historia es, simultáneamente, muchas historias.

La primera obra literaria escrita sobre aguas cubanas la trazó el almirante en 1492. Puesto a redactar un diario prolijo dotó al continente de lo que después conoceríamos como real maravilloso.

Katiuska Blanco se adentra en lo real sin perder lo maravilloso del relato. Evoca a una familia poco común que dio hijos extraordinarios. Las palabras no pueden sustituir la vida, pero al expresarlas sobre el papel impiden que se disuelva en el aire del tiempo.

No puede encasillarse a esta periodista de raíz, como una historiadora. No tiene el propósito de historiar lo que narra. Ha tocado puertas, caminado caminos, soñado sueños, hurgado en papelería de muchas hojas inéditas y dispersas en juzgados de instrucción, gavetas y fajos anudados cuidadosamente en estantes recónditos.

Algún que otro custodio quedó sorprendido de lo que custodiaba y otros, ya habían palpado los sucesos que guardaban las páginas y con redoble de celo dificultaban el acceso.

Soy testigo de la pasión y ser testigo de pasión obliga. Doy testimonio de la solidaridad silenciosa entretejida alrededor de la autora. Uno prestó la computadora, otro el papel, aquel su transporte, más allá un consejo, acullá un pedacito de sueño y quien no tenía más, un aliento.

No voy a hacer el juicio del libro. No me es posible. He visto nacer su primera obra *Después de lo increíble*, publicada por la Casa Editora Abril en 1994, y de esta que leerán a continuación, recibí capítulo a capítulo en un serial intermitente. No podría objetivamente, ser imparcial.

Sí doy fe de algo esencial: este libro es fiel a la historia que cuenta. Algunos de los personajes secundarios escaparon a la realidad aunque existieron. Siempre hubo, por ejemplo, ante cada cartulina fotográfica, una cámara y alguien que escogiera el ángulo y apretara el obturador. Ese humano, desdibujado, y sin nombre, asume aquí rostro y estampa, como un pequeño homenaje a quienes han preservado tanta valiosa imagen sin trascender. Tal vez, la autora rinde de este modo homenaje a los fotógrafos, sus inseparables compañeros de batallas periodísticas.

Lo notable del relato que tienen ante sí es el ángulo poco usual de la narración: desde el dibujo de los primeros años de vida y los primeros asombros, hasta cómo repercuten las acciones de los hombres en la intimidad de su familia, en la atmósfera del hogar, en el natal batey donde jugaran.

Aquí no se escucha el estampido del disparo en la batalla, sino el llanto silencioso de don Ángel Castro y la entereza de las lágrimas de Lina Ruz, el ir y venir de los hijos angustiados por la suerte de sus hermanos.

El protagonista principal es el aparentemente imperturbable batey de Birán.

A él llegan los acontecimientos que estremecen el país y terminan por transformarlo al igual que a sus pobladores.

Asumo con placer la ocupación de portero de este libro, algo así como abrir la puerta de la calle para que pasen los lectores hasta la cocina de la casona de Birán. Entren.

GUILLERMO CABRERA ÁLVAREZ

Ángel

       Ella olía a cedro como la madera de los armarios, los baúles y las cajas de tabaco, con el aroma discreto de las intimidades que, en su tibia y sobria soledad, recuerda los troncos con las raíces en la tierra y las ramas desplegadas al aire. Su olor perturbó los sentidos de don Ángel. No supo si era el pelo de la muchacha recién lavado con agua de lluvia y cortado en creciente de luna para los buenos augurios, o tal vez su piel de una lozanía pálida y exaltada. Quizás era él. Imaginaba cosas, las inventaba o las sentía sin buscarse pretextos o razones válidas.

       Clareaba cuando la vio como era en ese tiempo: una joven crecida, de esbeltez de cedro, ojos negros y energía como la de ninguna otra campesina de por todo aquello. La observó de lejos con el cuidado de no espantarla con su apariencia hosca, sus cejas ceñudas y su porte de roble. Tenía la fusta entre las manos para aliviar su impaciencia, dándole imperceptibles avisos a la cabalgadura, mientras ella pasaba de largo, en silencio.

       Era la época de los temporales y las sombras del monte rezumaban humedades y rumor de alas. Lina tendría entonces unos diecinueve años y él rebasaba los cuarenta y cinco. Por un instante, solo por un instante, pensó que estaba viejo y pesaban demasiado el compromiso de antes, las tristezas del alma y las marcas del cuerpo.

Había llovido mucho desde que partió de San Pedro de Láncara, un pueblo de inviernos rudos y colinas tenues, en Galicia, donde nació el cuarto día del último mes del año de 1875. Con poco más de veinte años ocupó por mil pesetas y el deseo de probar suerte, el lugar de alguien que no estaba dispuesto a correr riesgos en Cuba, aquella isla maldita al otro lado del mar, donde la Guerra del 95 y las fiebres asolaban a la gente como una epidemia de cólera.

Resolvió así convertirse en un recluta sustituto, uno de los tantos jóvenes que posibilitaban la redención militar a los hijos de quienes poseían recursos económicos suficientes como para no embarcarlos en los vapores de la Compañía Trasatlántica, con rumbo a la guerra en las tierras ásperas y desconocidas del trópico. Dos mil pesetas era el precio por librar el servicio militar en Cuba. También se podía eludir la guerra con una cantidad entre quinientas y mil doscientas cincuenta pesetas si se aportaba un soldado sustituto, alguien que no hubiera salido en el sorteo de la quinta parte de los seleccionados cada año para el ejército, o uno de aquellos cuyo destino no fuera ultramar.

Desde 1764, el correo marítimo establecido entre España y las Indias Occidentales había facilitado la emigración gallega a las tierras americanas, pero por fortuna ya no eran los veleros de transporte de pasajeros los que cubrían la ruta entre España y Cuba, cuya travesía demoraba entre ochenta y cien días, durante los cuales la modorra y la sal invadían el maderamen del barco y el alma de los viajeros con una obstinación aburrida y poco menos que pecaminosa. Ahora eran buques de otro calado y velocidad los que atravesaban el océano, mientras dejaban una nube de hollín entre las olas y el viento.

El joven Ángel había permanecido en silencio, mientras el vapor avanzaba vapuleado por el mar con una cadencia de vals propicia a las meditaciones. Sin embargo, la calma no conseguía borrar la inquietante sensación que lo embargaba, no resistía la pestilencia que despedían los cuerpos amontonados durante días, como blasfemias insultantes con un desenfado aterrador. Fue en medio de aquella atmósfera densa que escuchó hablar por primera vez de la Trocha de Júcaro a Morón, una barrera con puestos de observación, alambradas y pequeñas fortalezas militares levantadas por tramos al borde del oriente del país, para evitar el paso de los cubanos en armas hacia el occidente. Alguien aseveró que los destacarían allí, en pleno vórtice del huracán y mencionó la primera carga al machete dirigida por Máximo Gómez, cuando aún no era el General en Jefe de las tropas cubanas y apenas concluía un mes de iniciada la primera guerra. La historia era contada como una leyenda espectral en las noches de los fortines rodeados por la manigua con toda su espesura de enredaderas, susurro de grillos, pájaros, o avisos del enemigo. Mientras Ángel escuchaba, el hombre pormenorizaba los detalles de aquel pasaje de la Guerra del 68, cuando los españoles constataron la definitiva resolución de los mambises por alcanzar la independencia. Los cubanos ponían la piel a las balas del máuser y terminaban venciendo por la pujante decisión con que embestían, inspirados en la pasión libertaria y el desprecio a la opresión.

Quien evocaba, lo hacía casi en un murmullo, recreando cada detalle, gesticulando despacio. Sabiéndose conocedor de una realidad desconocida por los otros, provocaba de una manera sutil no sólo la expectación, sino también el miedo en los demás. De pronto hizo un alto, respiró profundo y se adentró en la memoria más estremecedora. Don Ángel seguía con interés cada palabra.

«Cuando hallaron al joven soldado español, tenía los ojos desorbitados y el uniforme hecho jirones de andar desenfrenado por la manigua sin fijarse si de veras alguien lo seguía. Con la mirada perdida, balbuceaba unas pocas palabras, la memoria anclada en el día que avanzaba por el camino polvoriento y sombreado, como infante de la columna del coronel Quirós, integrada por setecientos hombres y dos piezas de artillería. Hablaba entrecortado y apenas si se le entendía algo. No se sabía a ciencia cierta si aquel divagar de la mente tenía algo que ver con las calenturas que la isla encendía en los hombres acostumbrados a otro clima, o si eran los temblores del miedo. Se refería a los cubanos como una aparición fantasmal y arrolladora. Estaban semidesnudos cuando se cruzaron en el camino para cercenar vientres, cabezas y brazos, con una rapidez de vendaval, en medio de la confusión y la sorpresa.

»Maldecía a "esta tierra de mil demonios adonde no debía haber llegado jamás" mientras se le despertaban los temores y se le desfiguraba el rostro ante las imágenes que solo él veía. Regresaba de la inconsciencia, aclaraba algunas dudas y luego caía de nuevo en una especie de sopor, rodeado de alucinaciones.

»Era noviembre de 1868 y no se hablaba de otra cosa en las cercanías de Baire, en Oriente. Se mencionaba a Gómez, un dominicano de treinta y tantos años, con experiencia militar de la guerra contra los franceses, en la frontera con Haití, poco antes ascendido a Sargento del Ejército Libertador cubano por un poeta mambí.

»El coronel Quirós pasó la Venta de Casanova y ocupó Baire; allí las fuerzas insurrectas lo hostigaron hasta propinarle un golpe demoledor con la carga al machete, en la Tienda del Pino, el 4 de noviembre. Cerca de cuarenta hombres lo atacaron sin darle tiempo más que a dejar el sendero poblado de cadáveres.

»—¡Parece cosa del diablo! –blasfemaba Quirós.

»Apenas lo podía creer, porque los cubanos no poseían armas de fuego suficientes como para enfrentarlos sino de aquella manera suicida; presentía que los efectos de esa acción harían más daño al ejército peninsular que los disparos ensordecedores de una descarga de fusilería a quemarropa. No se olvidaba, no podía olvidar, la increíble acometida a golpes secos, silenciosos, de tajazos profundos.

»Nadie pudo regresar al soldado de aquella confusión de gritos y convulsiones que padecía mientras dormía, agotado de batallar contra los recuerdos. Pasaba horas entre lamentos y sudoraciones, en perdurable letargo e infinita soledad, lejos de su pasado. Maldecía el servicio militar una y otra vez, en destellos fugaces e intermitentes de lucidez, sin importarle ya nada.»

Todo ese espanto permanecía casi treinta años después de las aprensiones del coronel Quirós. La posibilidad de que las tropas cayeran en emboscadas de machetazos se temía en todas partes: en los despachos de la Capitanía General, en los aposentos de las esposas de los altos oficiales, en las oficinas de telégrafos, cuarteles, convoyes y acampadas, en los fortines de las tropas peninsulares e incluso, en las bodegas, la cubierta, los camarotes de la tripulación y hasta en la brisa del mar que respiraban los hombres en viaje hacia la Isla para cumplir el servicio militar. Al final de las partidas de dominó, tendido en el camastro incómodo, sin nada más que hacer, ni conversar y envuelto en la penumbra demasiado densa para la frágil luz de los candiles, sentía nostalgia por su pueblo de España.

Antonia Argiz, la madre, era una referencia vaga de la niñez. Su figura adquiría perfiles nítidos en un daguerrotipo. En la fotografía vestía traje largo y oscuro, adornado con lazos, encajes y vuelos. Llevaba el pelo recogido por encima de la nuca, una sombrilla en la mano y apoyaba el cuerpo en una columna tallada sobre la que descansaba un búcaro de porcelana con flores.

Así la recordaba, compuesta y elegante, aunque todos esos atavíos fueran el traje de ilusión de una mujer pobre. Cuando no estuvo más, cuando murió pocos días después de su último alumbramiento, dijeron que Antonia se había gastado. Aquella frase lo hizo pensar en la lenta agonía de las mechas y también en los súbitos golpes de viento. No imaginaba cómo podía ser que una persona languideciera como las velas de cera o la luz de las lámparas de aceite.

La casa de Láncara, rodeada por una cerca de piedras, se cuidaba de los inviernos y las ventiscas con gruesos muros, y pequeñas ventanas de cristal como postigos. Durante la noche, se refugiaban, en el cobertizo, el ganado y las aves de corral; en la cornisa, las palomas y los murciélagos. La costumbre de ubicar el hogar a un lado de la única habitación era tan antigua como los castros, o como el calor que despedía el chisporroteo de las llamas sobre las piedras. Los resplandores fulguraban a la hora del descanso y cascabeleaban en la mirada despierta de sus hermanos más pequeños hasta que los vencía el sueño.

La gente apreciaba como algo natural la persistencia de los zócalos de piedra de los castros en la geografía gallega. Un castro era un recinto casi siempre circular rodeado de murallas, parapetos y fosos, que podía servir al mismo tiempo de casa o refugio. Sus antiguos solares servían de cimiento a numerosos pueblos de la región, apellidos de familias y tradiciones.

En las tardes de invierno, las fiestas o los tediosos mediodías de domingo, Ángel atendía absorto las historias de los viejos de la aldea.

Sebastián formaba parte de aquella legión olvidada. Ya no tenía dientes y palidecía por momentos, solo el brillo intenso de sus ojos azules desmentía su debilidad y senectud. Con una copa de vino en la cabeza y una cola de zorra en el pantalón insinuaba unos pasos de baile en las fiestas o se tumbaba en un banco a repetir, en tono de confidencia, las murmuraciones de las comadres, las visiones de aparecidos en las ventanas, lobos con dos cabezas, búhos de un solo ojo y los leves resplandores del cementerio.

Viejos como Sebastián, eran también el hórreo para almacenar los granos y el camino empedrado de la propiedad de Manuel, el padre, establecido allí para compartir su vida con Antonia, después de celebrar la ceremonia de matrimonio, en la Iglesia Parroquial de San Pedro de Láncara. Entonces, ella se encomendaba a Dios y él desesperaba ante la interminable letanía del parsimonioso cura, que oficiaba con un tedio inaudito.

Aquella mañana, la iglesia hacía resonar las campanas de sus torrecillas, rompiendo el silencio de la casa rectoral contigua y la paz de los sepulcros cercanos, donde las viudas depositaban llorosas las flores silvestres de las riberas del Neira. Ese día, con los lentes rodándosele hasta la punta de la nariz y secándose con un pañuelo de seda el sudor de los calores en la sacristía, el cura probablemente escribió en el registro de matrimonios: Manuel de Castro Núñez, mayor de edad y oriundo de San Pedro de Armea, y Antonia Argiz Fernández, adulta y natural de La Piqueira, de oficio labradores y los dos vecinos de Láncara.

De los ardores y la calma de sus amores nacieron cinco hijos: María Antonia, Ángel María, Petra María Juana, Gonzalo Pedro y María Juana Petra. Ángel María apenas recordaba a Petra María porque la niña murió con pocos años de edad y cada vez que pensaba en ella o en la madre, no podía definir con claridad los rostros, eran rastros de viento o la impresión lastimosa de unos ángeles sin alas.

Tras la muerte de Antonia, Manuel envió a los niños a una aldea cercana a Láncara, San Pedro de Armea, junto a su padre Juan Pedro de Castro Méndez y sus hermanos José y Pedro. Juana, la esposa de Pedro, llegaría a ser para los pequeños huérfanos como una madre. Manuel de Castro se quedó solo, dedicó sus esfuerzos a fabricar carretas, arados y otros instrumentos de labranza para salir adelante y más tarde, volvió a casarse con el afán de rehacer sus años. Sin embargo, esa segunda unión bajo las torres de la misma iglesia en Láncara, no dio hijos al nuevo matrimonio y la única descendencia de Manuel de Castro Núñez fue la que la difunta Antonia Argiz Fernández trajo al mundo entre sudoraciones y buenos augurios, en un tiempo que después le parecería a Manuel distante e irreal.

Él envejeció con la estampa ancestral de los Castros. Las manos y los dedos de acentuada largura, se nublaron de pequeños y numerosísimos lunares. Ya viejo, miraba profundo desde sus pequeños, indagadores y acuciosos ojos con una vivacidad sólo opacada por su muerte alrededor del año de 1910. Los hijos crecieron lejos, bajo la estricta tutela del tío Pedro y sin otros horizontes cercanos que no fueran los de trabajar la tierra para nada, sin esperanzas de mejoría, ni conocimiento de otros mundos.

Hacia 1890 y 1891, Madrid prometía prosperidad e independencia a los ojos de los muchachos de la aldea, la ciudad presumía de su condición de capital metropolitana. Todavía le quedaban al país territorios en ultramar, en las Indias Occidentales, el Pacífico y África. Aunque la decadencia era evidente, España aún sostenía sus ilusiones, se obstinaba en su conservadurismo hacia las colonias, alentaba sin esperanzas el autonomismo en la «Siempre Fiel Isla de Cuba» y cerraba los ojos al previsible desastre.

Aún no tenía edad para el servicio militar, cuando con catorce o quince años, Ángel María decidió conquistar su propio mundo y se fue a vivir con su tía Justina Ángela María, donde el bullicio de los edificios de inquilinato, los bodegones, las vendutas y los cafés de la Puerta del Sol. En las amplias avenidas y las calles estrechas, la luz eléctrica ya no era una novedad y los coches inflaban al pasar los toldos de los balcones bajos y los comercios. Las muchachas no vestían los trajes como en el viejo daguerrotipo en que su madre aparecía rodeada de vuelos y encajes. El cuerpo del traje femenino era muy ajustado y sin adornos: escotado al frente; las mangas amplias en los hombros y ceñidas en los brazos hasta las muñecas; la falda estrecha en las caderas, amplia bajo las rodillas y recogida por detrás para estilizar la apariencia.

Esas figuras delineadas llamaron la atención del joven, por considerarlas demasiado voluptuosas y provocativas. Casi perdía la cabeza ante aquellos maniquíes de la capital atrevidamente vestidos. Las muchachas de su aldea eran más discretas y tímidas, usaban blusa y saya holgadas y un pañuelo en la cabeza. Los hombres vestían igual en todas partes, como cuando él se arreglaba para la Nochebuena o la misa del domingo en la iglesia: camisa de mangas largas, chaleco, saco, pantalón de franela y sombrero o boina de fieltro, incluso con un atuendo más sencillo si se trataba de ir al trabajo.

En aquella época no descansaba hasta el oscurecer y siendo ya un joven, sus amores tenían que ser desahogos intensos y fugaces al filo de la madrugada. Era un muchacho fuerte, de estatura más bien mediana que había dejado atrás su timidez para habituarse a la vida desenfadada de Madrid, sin abandonar sus reparos por los «excesos liberales».

Durante los años que pasó en la capital, despertaba mucho antes del amanecer para irse a una panadería o a cualquier oficio probable que le asegurara dinero hasta su reclutamiento por el ejército. A pesar de los desvelos reiterados no pudo hacer fortuna y, cuando lo destacaron en Galicia, regresó a San Pedro de Armea de Arriba y a Láncara para salir poco después rumbo a Cuba.

El sorteo de quintos se hizo, bien temprano en la mañana, en el portal de la Casa Consistorial, bajo la presidencia del alcalde y los concejales. Lo recordaba muy bien porque todavía, muchos años después, sentía el frío agrietándole los labios, mientras se acercaba las manos al aliento y veía llegar a los mozos acompañados de sus padres. El alcalde declaró abierta la sesión al leer el Artículo Séptimo de la Ley de Quintos y la lista definitiva de los muchachos a sortear, confrontada con las papeletas que luego los concejales estrujaron en pequeños rollos o bolas de papel y echaron en un globo de madera donde se leía «nombres». Igual procedimiento se realizó con los números del sorteo. Dos niños se acercaron a los globos y comenzó a dar vueltas el destino de todos, su ventura o desventura, su fortuna o su desgracia, su vida o su muerte.

No lograba conciliar el sueño. Lejos de la aldea añoraba sus valles, planicies, montañas, el frío intenso y la visión del cristal nublado de las ventanas el día de la primera nevada. Recordaba como una fiesta, la matanza de los cerdos para preparar tocinos, jamones y chorizos; la costumbre de reunirse todos en torno al cocido de garbanzos, oveja y patatas con que entraban en calor en la temporada de invierno. Una temperatura a la que estaba acostumbrado, y no esta, plomiza y sofocante, de Las Antillas. No se movía una hoja. El tiempo, cargado de nubes, a punto de romper el temporal. Ángel María miraba a su alrededor. Había poco lugar allí para tantos soldados. Todos dormían plácida e inexplicablemente.

Pensó que dormían apurados, la mayoría descansaba sin desvestirse del todo, con la incomodidad del uniforme, el cinturón, las botas puestas, los temores y el deseo de mujer bajo el sombrero de almohada. Llevaban algún tiempo destacados allí, lejos de las poblaciones y las noticias importantes.

Realizada la Invasión, la contienda abarcaba toda la Isla. Las fábricas de azúcares y los campos de caña habían sido arrasados por la tea incendiaria de los mambises con el propósito de destruir el sostén económico de la Metrópoli en la Isla.

Los más entendidos ubicaban a los españoles a la ofensiva desde Pinar del Río hasta Las Villas, y a la defensiva, en Camagüey y Oriente.

Valeriano Weyler, el capitán general, lanzó, sin resultados, más de cincuenta mil hombres contra el Generalísimo mambí Máximo Gómez. El viejo dominicano cumplió con éxito la Campaña de La Reforma, con la cual batió y desconcertó a las tropas peninsulares, en una zona de apenas diez leguas cuadradas, hacia el oeste de la trocha. Allí consiguió que sus fuerzas tirotearan durante la noche los campamentos enemigos, se hicieran perseguir en angustiosas marchas y contramarchas, y luego establecieran emboscadas temibles como aquella del 4 de noviembre de 1868.

Los soldados españoles enfermaban de las fiebres del trópico, el desconcierto, el miedo, y los disparos, como una maldición irremisible. Padecían disentería, paludismo, fiebre tifoidea, tuberculosis pulmonar, enfermedades para las que no tenían defensas, y también, espasmos reiterados, insomnio o adormecimientos agotadores.

Aquellas dolencias insólitas, los tumbaban durante días en los improvisados camastros de los hospitales de campaña y muchos no sobrevivían a la frialdad de las amanecidas o a las calenturas del cuerpo en los días reverberantes de la manigua. Otros, no soportaban la impúdica indolencia y los maltratos de sus superiores. Los soldados de alma noble no podían justificar a España por el hambre de tantos infelices pobladores, ni la destrucción del país, ni los incendios de los montes, ni el olor a cadáver que se respiraba en los territorios de la Isla.

Los más audaces se encaraban a los mandos y se resistían a la fría crueldad a que los obligaba la política española en Cuba, otros desistían: no avanzaban un paso más en el camino o aprovechaban la noche para desertar y perderse de aquel manicomio.

Los diarios de la península recordaban la tragedia algún tiempo después:

> (...) se habían enviado 200 000 soldados; luego triunfaríamos. ¡Y no eran 200 000, ni eran soldados! Eran un rebaño de muchachos anémicos sin instrucción. Y así, en la tragedia de la guerra, ocurrían escenas como la de la acción de Mal Tiempo, en que varias compañías fueron macheteadas por no saber cargar los Máuser.

Los quintos murmuraban y las terribles historias diezmaban la moral. Se decía que aquellos pobres muchachos sólo habían atinado a arrodillarse y rezar, mientras recibían impávidos el torbellino de abanicazos mortales. Aún no conocían que dentro de los cubanos que los habían enfrentado, muchos no tenían armas y el sonido que los acompañaba, cuando avanzaban era el del roce de la cuchara y la vasija, atados a la cintura.

Una disposición de la superioridad militar española concentró todas las fuerzas de Camagüey en las poblaciones de Puerto Príncipe, Nuevitas, Santa Cruz del Sur y en la línea de la trocha, reconstruida para obstaculizar el paso de Camagüey a Las Villas y viceversa. El resto de la provincia y Oriente estaban en poder de los mambises, quienes podían moverse con libertad y vivir allí en sus prefecturas en el monte. Los partes militares no lo reconocían, pero lo comentaban los quintos en voz baja, después de adivinar el pesimismo en el rostro de los jefes reunidos para examinar los mapas y los acontecimientos.

En diciembre de 1897 terminaba un año convulso y cambiante para España: el presidente del Consejo de Ministros, el conservador Antonio Cánovas del Castillo, fue asesinado en agosto por un anarquista. En su lugar, el jefe del Partido Liberal, Práxedes Mateo Sagasta, como ensayo de una solución al daño irreparable y para evitar pretextos que pudieran ser utilizados por Estados Unidos con el propósito de intervenir en la guerra, dispuso el relevo de Weyler por el general Ramón Blanco y presentó un decreto para el establecimiento de un régimen autonómico, que se estrenó en enero de 1898 con el rechazo manifiesto de los cubanos en armas.

Sin comprender bien lo que ocurría a su alrededor, ni estar al tanto de los intereses que se movían en aquella contienda de mil demonios, Ángel María intuía el final.

«Esto se acaba», decía para sí, sin atreverse a compartir sus meditaciones. Lo percibía con mucha claridad, mientras buscaba entre sus cosas la última carta de la península, llegada en uno de los vapores de la Compañía Trasatlántica Española, una empresa naviera que inició sus operaciones en 1881, cuando don Antonio López y López y don Manuel Calvo y Aguirre se unieron para fundarla.

La Compañía tenía el transporte de la correspondencia entre España y las islas de Cuba, Puerto Rico y Santo Domingo, adquirido en subasta pública en el año de 1861. Su crédito y fama eran tan envidiables, como las de su buque insignia, el correo *Alfonso XII*.

Ángel María releía la carta, manoseada tantas veces, con la sensación de siempre. Pensaba que la aldea de Armea de Arriba y la cercana Láncara se morían sin remedio e iban a terminar por quedarse vacías. Intuía que sólo su hermana Juana permanecería allí en Galicia, con sus hábitos, su fuerza y su bondad perdurables. Ángel María no lograba sustraerse de la realidad: lejanía y progreso eran sinónimos. La certeza lo desconcertaba tanto, como el final de una guerra y la repatriación forzosa de civiles y militares, la mayoría campesinos olvidados de Dios. Ese era el motivo real de sus insomnios a principios de 1898, y no el calor sofocante al que sin percatarse se habituaba.

Descubrió la verdadera razón de su desasosiego cuando alguien hizo a un lado su fusil, se despojó del cinturón con el parque, y le dijo sin inmutarse:

—Estamos solos. No hay nada que hacer. España acaba de firmar la suspensión de las hostilidades.

El 16 de febrero de 1898, la noticia de la voladura del acorazado norteamericano *Maine*, fondeado durante tres semanas en la Bahía de La Habana, ocupó los titulares de primera plana en los diarios de Nueva York, Madrid y la capital insular, y desató, de una vez, los desafueros de Estados Unidos, apenas contenidos hasta ese momento, en sus ambiciones por Cuba, Puerto Rico y Filipinas.

La noticia elevó al millón de ejemplares, las tiradas de las ediciones de la mañana y la noche del *World* de Pulitzer, y del *Journal* de Hearst, que exigían el inicio de la contiendas militares. En Madrid, los vendedores de *El País*, *El Imparcial* y el *ABC*, voceaban inconscientes y con cierto aire fanfarrón, en el mismísimo espíritu de las crónicas y artículos, la guerra de España con Estados Unidos por todas las calles y ante todos los portones de la capital. La desavenencia no era nueva. Norteamérica venía presionando desde hacía mucho tiempo para apropiarse de esas colonias.

España se precipitó entonces a conjurar la catástrofe, dispuso el cese tardío de la reconcentración y las acciones militares en Cuba, pero ya el presidente norteamericano William MacKinley solicitaba al Congreso la autorización para intervenir en el conflicto.

El paisaje a la entrada del puerto sobrecogía y las naves parecían cementerios. Cuba se estremeció con lo ocurrido a las unidades de la escuadra española del almirante Pascual Cervera, arrasada por la artillería de la poderosa escuadra norteamericana del almirante Sampson, a la salida de la Bahía de Santiago, el 3 de julio de 1898. Todos los marineros del *Vizcaya*, murieron en aquella batalla.

Nadie podía imaginar entonces que al mismo tiempo, más de mil cien cadáveres de personas y animales permanecieran abandonados en casas, fondas, almacenes y solares de una ciudad condenada a los aires malolientes del olvido y la ausencia de los sarcófagos.

Las pérdidas españolas sumaban trescientos cincuenta muertos, ciento sesenta heridos y mil seiscientos sesenta prisioneros. La capital provincial de Oriente resistió el sitio durante varias semanas pero al final depuso las armas. Los destacamentos cubanos cortaron los abastecimientos por el oeste y apoyaron el desembarco estadounidense por el este. Los mismos cubanos a quienes luego las fuerzas norteamericanas impidieron la entrada a la ciudad de Santiago de Cuba en el momento de la victoria, lo que fue una frustración y una injusticia histórica.

Las derrotas navales en el Pacífico y el Caribe forzaron a España a capitular. En agosto se hizo público el protocolo preliminar para la suspensión definitiva de las hostilidades y comenzó a tramitarse la evacuación de sus tropas en Cuba como condición ineludible para los tratados de paz que habrían de firmarse sin la merecida presencia de los cubanos, ese diciembre, en París.

Los médicos yanquis solicitaban con empeño curar a los heridos españoles para anotar sus observaciones sobre los efectos de los proyectiles norteamericanos, en informes dedicados a conocer y estudiar las ventajas del armamento Winchester. Para los soldados españoles no había algo mejor que el Máuser. Doscientos fusiles Máuser se entregaron en la capitulación de Santiago y todos fueron enviados a Nueva York para su análisis. Cada aciaga incidencia la conocían a pie juntillas los desventurados militares españoles, a quienes las noticias de tanta humillación abrumaban aún más en la derrota.

—Lo presentía –dijo Ángel María, la tarde desolada en que llegó la orden de partida.

Viajaron sin los vaivenes del mar turbulento, en medio de una serenidad de olas y cielo a ratos exasperantes, en una travesía larga y lenta. La mayoría de los pasajeros iban heridos, enfermos y abatidos. No sabían adónde los llevaría la providencia esta vez. Una dolorosa peregrinación de barcos llegó a La Coruña y a Vigo, y allí depositó los despojos de la guerra, el orgullo maltrecho de España y toda la amargura posible de la derrota. Eran más de ventiocho mil, entre civiles y militares, los desembarcados en los puertos al norte del país.

El periódico *El Mundo* publicó una crónica de la llegada de los barcos *Isla de Luzón* y *Monserrat*, el día 28 de agosto de 1898:

> A las 7 de la mañana de hoy es avistado en Vigo el vapor *Isla de Luzón*, que conduce el segundo gran contingente de repatriados de Cuba. A las 8.30 horas gana su costado la falúa de sanidad, con los gobernadores civil y militar, el comandante de marina, el alcalde y el director de sanidad. A las 10 el barco fondea en Punta de San Adrián, en la orilla derecha de la ría, donde está preparado el lazareto de San Simón. Un inmenso y silencioso gentío observa sus maniobras.
>
> Los médicos informan que el estado del pasaje es «regular» y seleccionan a los repatriados que pueden desembarcar tras la preceptiva cuarentena y los que han de permanecer en el lazareto, que ha sido dotado para albergar a 1.100 individuos. Durante la travesía han fallecido 32 hombres, y otros dos al entrar el barco en el puerto. Trae un centenar de enfermos graves.
>
> En el *Isla de Luzón* llegan los generales Escario y Rubín, 153 jefes y oficiales, y 2.057 individuos de tropa (...) Hoy también fondea en A Coruña, procedente de Matanzas el vapor *Monserrat*, con varios centenares de militares repatriados. Inmediatamente

es admitido a libre plática, pues la salud a bordo es buena. Al *Monserrat* se le impone la cuarentena reglamentaria de siete días para el desembarco del pasaje y de la correspondencia. Los periódicos recuerdan la gesta de su capitán, Manuel Deschamps, que rompió el bloqueo yanqui hace cuatro meses y desembarcó en Cienfuegos con más de 500 soldados y abundantes víveres.

El pasado 16 de julio salió de nuevo de Cádiz, volvió a eludir el bombardeo enemigo y recaló en Matanzas, donde hacía días que no se veía el pan, con 8.000 raciones, 1.399 cajas de tocino, 805 sacos de habichuelas, 602 de garbanzos, 500 de harina, 213 fardos de bacalao y 25 cajas y barricas con medicamentos. La población como hoy en A Coruña, les hizo un recibimiento incomparable. El presidente norteamericano MacKinley llegó a ofrecer una recompensa de 80. 000 duros, más el importe de la venta del barco, a quien lograra apresar al *Monserrat*.

Manuel Deschamps, condecorado ya por la reina con la Cruz del Mérito Naval pensionada, es el héroe de la ciudad gallega. En los próximos días llegarán a la Península el *Isla de Panay*, el *Covadonga* y otros barcos, con lo que el número de repatriados rondará los 10.000 hombres. Son el contingente principal de nuestro ejército en Cuba, y en breve vagarán por los caminos de España, dejando su estela de remordimiento y dolor.

Para albergar al ejército de repatriados se han dispuesto los lazaretos de Pedrosa, en Santander; de

San Simón, en Vigo, y de Oza, en A Coruña. Cuando atraca un barco, tanto el pasaje como su carga es desembarcado en el llamado lazareto sucio, donde se desinfectan y queman las ropas que pudieran traer gérmenes perniciosos. Se impone una cuarentena, más o menos larga, según los casos de enfermedades y fallecimientos que se hayan registrado durante la travesía (...)

Ángel María Bautista Castro Argiz se encomendó a Dios. Estaba a salvo como un milagro del destino. Lo vieron llegar por el camino polvoriento de la aldea, ostensiblemente cambiado en corto tiempo. Los paisanos lo esperaban como un indiano de éxito, vestido de guayabera de hilo, sombrero de pajilla y un brillante en el anillo. El hombre que tenían delante tenía una apariencia lamentable. Se le notaba el ánimo contrariado y la salud endeble aunque hiciera un gran esfuerzo por disimular. Traía pocos ahorros pero pretendía, luego de reponer fuerzas, intentar fortuna más allá del mar, por segunda vez.

Durante los primeros días se dormía delante de las visitas que le disculpaban el agotamiento repentino provocado por el alivio de las tensiones. En sus cavilaciones, se consideraba un hombre afortunado, aunque recordaba a los difuntos de la travesía como recurrentes sábanas pálidas que la memoria izaba entre el viento y la penumbra del océano, aún tenía la cabeza sobre los hombros y no desvariaba. Las crónicas del diario *El Mundo* publicaban las tristes historias de los repatriados, las que le confirmaban su ventura y la fatalidad de los otros. Antonio García, de Huelva, sufría accesos de locura y al menor descuido de sus familiares se echaba a la calle dando espantosos gritos. El sargento de Ingenieros, Adrián Samaniego, procedente de un desembarco en Barcelona, llegó en tren a Torredembarra, y en la estación misma, murió de la emoción al abrazar a su padre.

De tiempo en tiempo, Ángel María callaba. Pensativo, trataba de explicarse por qué habían llegado hasta ese punto irreconciliable las relaciones entre Cuba y España.

En la Isla, la guerra había costado más de doscientas mil almas, los faros no funcionaban; los caminos resultaban intransitables; la economía se encontraba devastada; los trenes no llegaban a Oriente; existía una terrible ausencia de niños y mujeres embarazadas, una nostalgia enfermiza de pueblos prósperos.

En la península ya casi nada tenía sentido, a pesar de que alguien como el viejo liberal Sagasta, presidente del gobierno, repitiera hasta el cansancio, con la esperanza de atenuar las decepciones, la célebre frase del monarca francés Francisco I: «Todo se ha perdido menos el honor.» Los generales derrotados, arrastraban su fracaso en silencio y los soldados repatriados cargaban su miseria por todas las calles y los caminos de España. Lo decían los diarios: «¡qué soldado el nuestro de Cuba...! desarmado, triste, con su juventud herida de muerte por cruel enfermedad y por el desengaño del vencimiento (...) ¿qué es lo que queda aquí para rehacernos como nación?»

Esos malos pensamientos ensombrecían a veces su determinación de volver, pero no lo hacían desistir, sobre todo porque Cuba, a pesar de la ruina por la guerra, seguía siendo un país nuevo con muchas posibilidades, que la fatiga y el escepticismo tremendos de España ya no podían ofrecerle, después que desapareciera, con los últimos cien años, la presunción del imperio. En sus conversaciones íntimas la llamaba la Isla de los Asombros y quienes conocían bien al joven no suponían desvaríos y encontraban fundamento a sus sueños.

Las olas rompían primero en la llanura de los arrecifes y luego alcanzaban el abrupto promontorio y las paredes altas del Morro, iluminado a ratos por los espejos del faro de la bahía. El vapor *Mavane* de la Compañía Francesa de Navegación, bordeó el litoral al oscurecer y echó, bien entrada la noche, ancla en el puerto.

Habría que esperar al día siguiente para realizar los trámites de inmigración y el control sanitario, establecidos por las autoridades norteamericanas, que asumieron la gobernación de la Isla a las doce horas del primer día del año de gracia de 1899, cuando el capitán general Ramón Blanco declaró que cesaba en Cuba el señorío de España y comenzaba el de los Estados Unidos.

La mayor parte del tiempo, el barco hizo la ruta con la mar en calma y el cielo despejado, solo al dejar atrás las Bahamas se sintió la cercanía de los temporales y abajo, en el fondo, la fuerza de la corriente del Golfo de México, halando como un imán hacia rumbos desconocidos. La gente de a bordo pretendía alejar el naufragio con plegarias. Casi todos eran gallegos de pantalones gastados, sacos raídos, alpargatas y boinas negras, que soñaban con espantar la pobreza de sus bolsillos.

Si los rezos no consiguieron despejar del todo la nubosidad de la tormenta, al menos acercaron a los viajeros con palabras y sonrisas afectuosas. Al llegar, todos sentían un poco el despedirse.

Desde la cubierta de proa, Ángel María observaba las luces del alumbrado de la ciudad en una madrugada lluviosa y fría.

«Señal de buena suerte» se dijo, mientras recogía sus pocas pertenencias y reparaba en su cumpleaños veinticuatro, justo el día de bajar a tierra. Las formalidades de aduana se cumplieron con prontitud y pocas horas después figuraba como pasajero sin familia en la lista de inmigrantes que arribaron al puerto de La Habana, el 4 de diciembre de 1899.

Por los muelles pululaban a esa hora los vendedores de pescado, las mujeres trasnochadas y los «marines» borrachos, con su uniforme azul intenso y las insignias blancas: U.S. Navy. Sin prisa y con equipaje ligero, recorrió despacio la parte antigua de la ciudad hasta llegar a un hotel pequeño y acogedor, cerca de la estación ferroviaria de Villanueva, donde probó por primera vez el café Caracolillo.

Ni árboles copudos ni canto de pájaros en las calles apretadas, de balcones pequeños y adoquines gastados. La calle Empedrado, había dejado atrás la humedad del barro y las maldiciones del vecindario por el fanguizal sin chinas pelonas; en la calle de los Oficios nadie anunciaba servicios de escribanía de cartas o documentos oficiales, y en la calle Baratillo se vendía con premura lo que hacía falta, mientras perdían espacio las fantasías.

Durante años y años, la capital acumuló discreta sus transiciones hasta presentarse un día diferente, como una ciudad moderna que ya conocía el cinematógrafo de los hermanos Lumiere y había visto rodar el primer automóvil, un ejemplar de la fábrica francesa Le Parisienne. Él no lo notaba, era uno entre tantos forasteros: agentes comerciales, promotores, inversionistas e inmigrantes pobres, a quienes se reconocía pronto por su ignorancia en los problemas del país y su casi total indiferencia ante la frustración del ideal independentista que, más que flotar, pesaba en el ambiente cargado de malos presagios. En la calle Baratillo, una mujer le preguntó:

—¿Gallego?

—¿Cómo lo sabe?

—Es fácil, todos buscan algo, se les ve en la mirada –dijo, y añadió sus lamentaciones.

Sentada a la puerta de un oscuro local, ofrecía a sus clientes, entre promesas y buenos deseos, todo tipo de abalorios falsos. Hundía el cuerpo en el fondo de un sillón de mimbre agujereado, las manos le sudaban copiosamente y estrujaban un pañuelo mientras miraba con envidia la proliferación de comercios espaciosos y modernos a un lado y otro de su oscuridad. Cada día la gente se interesaba menos en sus cristales de colores, amuletos de piedra, collares de semillas y espejos.

Tampoco seducía la visión del pasado; en realidad importaba el futuro. Un hombre joven abrió muy cerca y con rotundo éxito, una tienda donde vendía faroles, candiles, velas de cera y lámparas, transparencias bordadas y vitrales que convertían en arco iris los fulgores del sol y los repartían a las habitaciones interiores, por el suelo, las paredes y las columnas.

Otro comerciante estableció una tienda con telas rudas y delicadas, propias para alforjas y refajos, según la necesidad. Prosperaban una quincalla surtida de tijeras, dedales y agujas de coser de todos los tamaños; una venduta de infusiones importadas y yerbas para las calenturas; un comercio de auténticas reliquias árabes; un local que exhibía fustas, monturas y espuelas de plata y otro con materiales de oficina. Los establecimientos conferían al lugar una apariencia abigarrada y festiva. La mujer miraba a su alrededor con tristeza y cansancio. El tiempo de vender ilusiones pasaba. El desconsuelo hacía más frágil y tenue su silueta aquella mañana en que Ángel María se detuvo ante el bazar.

En su segundo viaje pensó establecerse en Camajuaní, un pueblo pintoresco de Las Villas, que debía su existencia al tendido de la línea ferroviaria para conectar las zonas azucareras con los puertos de la costa norte. Allí, un pariente suyo poseía una finca. En realidad estuvo poco tiempo en ese lugar; se trasladó primero a Cayo Romano y luego mucho más lejos, a las minas de hierro y manganeso de Daiquirí y Ponupo, en Oriente, bajo la jurisdicción de Santiago de Cuba como capital provincial, donde prometían empleo y pagaban en moneda norteamericana, un verdadero privilegio en medio de la situación económica del país.

El calor era insoportable en la apartada zona. Los hombres contratados, solos como ermitaños, se comunicaban con el mundo por los motores de línea que transportaban el mineral hasta Daiquirí, para embarcarlo hacia los Estados Unidos.

Ángel María compartía con los otros trabajadores la barraca pestilente y las partidas de naipes o dominó, sentados sobre cajones de bacalao importado de Noruega, en una mesa forrada de viejos ejemplares del *Diario de la Marina* manchados de grasa. Aquellas reuniones cordiales duraban hasta tarde y en el ruedo de la conversación caían todos los temas imaginables: los bandoleros, el desprendimiento de rocas en uno de los túneles, la llegada de un vagón de muchachas como sombras trashumantes y marchitas, o del único capataz cubano de por todos los contornos que, al escucharlos hablar de holganza y futuro, repetía a manera de epitafio unas palabras del general mambí Manuel Sanguily: «Parece que Cuba puede ser un paraíso para todos menos para los cubanos.»

Por último, hablaban del casorio del hijo menor de una familia de inmigrantes ingleses establecidos por más de cuarenta años en la región, después que el padre llegó como empleado de La Consolidada, una de las primeras empresas dedicada a la extracción del mineral en Oriente, cuando Cuba era la principal abastecedora de cobre de la industria británica y los barcos iniciaban la ruta regular de la mayor de Las Antillas a Liverpool.

A finales del siglo XIX, a Londres se le iban los ojos y las apetencias tras el oro del África Austral, y los norteamericanos aprovechaban los espacios vacíos.

La Spanish-American Iron Corporation operaba en Daiquirí desde 1892. Durante los tres años de guerra, su neutralidad le permitió continuar los trabajos.

La Ponupo Manganese Corporation, activa desde 1894, interrumpió sus exportaciones en el transcurso de la contienda y las reanudó en 1898. Entre 1902 y 1903, la empresa consiguió exportar grandes cantidades de mineral, sin preocuparse en lo absoluto por la seguridad de los obreros ni por la enfermedad de sus pulmones saturados de humedad.

Si Ángel hubiese decidido escribir entonces a casa, la carta hubiera dicho: Estoy bien, a Dios gracias, hago ahorros y paso el tiempo leyendo en periódicos viejos sobre historia y geografía. No me acostumbro al calor y a esta vida sin hogar.

Se decía que el clima era más fresco en las tierras de la Nipe Bay Company, y que todo marchaba «viento en popa y a toda vela» con las inversiones de la United Fruit Company.

Era una historia larga la que había llevado al propietario de esa compañía a establecerse primero en Banes y después tierra adentro.

Hipólito Dumois, joven cubano descendiente de una familia francesa de Nueva Orleans, emigrada a Santiago de Cuba cuando la Louissiana pasó a ser territorio estadounidense, desarrolló plantaciones de «guineo» en la costa norte oriental y fundó en 1885 el pueblo de Banes. En goletas suecas y noruegas, sacaba por ese punto de la Bahía de Nipe, los embarques de la fruta hacia Nueva York donde abastecía aproximadamente un cuarenta por ciento del mercado. Alcanzaba tal volumen su negocio que el gobierno de Suecia-Noruega decidió bautizar una flotilla de sus buques con el nombre de *Hipólito y sus hermanos*, y así existían el barco *Hipólito*, el *Ernesto* y otros tantos hasta donde alcanzaron las naves y los nombres de la familia.

Con la tea incendiaria de los mambises, quedaron arrasadas las plantaciones en 1895. Además, la gente hablaba de una maldición que perduraría por más de cien años y no permitiría nunca la prosperidad del plátano en la zona.

Dumois marchó a Manhattan y conoció allá al magnate de la Boston Fruit Company, Andrews Preston. Este controlaba el mercado del banano en el nordeste de los Estados Unidos y traía cargamentos desde Centroamérica y Jamaica para abastecerlo sin interrupciones. Preston le compró tierras a Hipólito Dumois para abrirse camino en la producción de azúcar y sustituyó la antigua compañía por la United Fruit Company.

En 1900 fundó el central Boston y en 1907, el Preston, no muy lejos de Guaro, donde el 28 de noviembre de 1906, don Ángel Castro Argiz abrió las puertas de El Progreso, un establecimiento de fonda y bodega de su propiedad, que giraba con un capital de doscientos pesos y contaba por adelantado con la presumible buena fortuna que un nombre como ese podía conferir a un sueño soñado.

La fonda estaba en el portal, unas pocas mesas con manteles de cuadros y taburetes de cuero bastaban para que fuera un espacio acogedor, abierto a la brisa de los árboles, bajo la sombra del techo de tejas y con el atractivo del ir y venir de la gente y las noticias al alcance de la mano; al fondo, la bodega, ofrecía un variado surtido, con la estantería repleta de importaciones de España: quesos, aceitunas, turrones, chorizos, harinas, aceite de oliva y vinos en portentosas botellas y porrones.

Después del almuerzo, todo el pueblo se detenía y se refugiaba al amparo de los patios y las habitaciones interiores. Los mediodías insufribles por el calor, con la luz vertical y el polvo fastidioso, penetraban por los resquicios de las persianas francesas. Los hostales al borde del camino, daban vida al comercio de don Ángel, quien lo mantenía siempre a disposición de los clientes. A esa hora tediosa y casi inoportuna, conoció a María Luisa.

Leía los periódicos de la capital y se enteraba de la subasta pública de la administración local de aduana, que no podía almacenar tantos bultos: dos cajas rotuladas que contenían comestibles y ropa usada, otras dos de vino de Jerez, quince barriles de alquitrán... una lista interminable. Lo más interesante de las noticias era lo relativo a la jornada de ocho horas establecida para los mecánicos, operarios y jornaleros. La disposición exceptuaba a los maquinistas, fogoneros, marineros, vigilantes, mensajeros y carreteros, cuyos servicios se consideraban necesarios a toda hora. El olvido de los empleados no públicos encendía la polémica con mil y una sugerencias de solución y alguien proponía cerrar todas las instalaciones a una misma hora.

«¿A quién se le ocurre que los restaurantes, los cafés, las droguerías, las boticas y los hoteles cierren a las seis?», censuraba contrariado el novato comerciante, disgustado por la falta de visión e insensatez de las opiniones, y pensaba: «Hay que hacer algunas excepciones.»

Meditaba cuando sonó la campanilla del portón. María Luisa dio las buenas tardes y solicitó una caja de bombones.

—Es para un regalo –dijo.

Él envolvió el estuche y la siguió con la vista hasta la calle. A un lado y al otro se alzaban las construcciones de estilo francés *balloon frame*, que los norteamericanos introdujeron en Banes, Antilla, Preston, Cueto y Guaro: casas tipo chalet con techo a cuatro aguas, portal a la avenida y corredores alrededor, paredes de madera machihembrada, el piso entablado de pinotea y una profusión de puertas y ventanas.

La silueta de la joven se recortaba en el paisaje con la nitidez reverberante de la claridad del mediodía y armonizaba con la apariencia altanera de la avenida.

Mientras más se alejaba, mayor atención ponía él en conocerle el rumbo. No necesitó saber donde vivía porque sus visitas se hicieron frecuentes y, al encontrarse, no era el único con aquella sensación desconcertante.

Ella era de Fray Benito, en Gibara. Su familia se había instalado en Guaro tiempo atrás. Marcos Argota, el padre, trabajaba como funcionario de la United Fruit Company, y Carolina Reyes, la madre hacía los quehaceres de la casa como era la tradición.

Don Ángel tenía treinta y cinco años y pensó que María Luisa sería su amor definitivo; pero no fue así.

Muchas personas del pueblo le auguraron poco tiempo a la unión. Él era un hombre dispuesto a los esfuerzos y renunciamientos, a la sencillez. Ella tenía ambiciones y vocación por la vida de ciudad. Quizás por eso no fue feliz el matrimonio, celebrado a las siete de la noche del 25 de marzo de 1911, entre el señor Ángel Castro Argiz y la señorita María Luisa Argota Reyes. Fueron testigos de aquella unión efímera Pedro Gómez y José Álvarez, quienes ya se contaban entre los amigos cercanos de Castro.

Manuel, el primer fruto de esos amores, nació en Guaro unos diez meses después de la boda y se fue con la misma prisa con que había llegado, apenas un año después de su nacimiento. En mayo de 1913, ya María Luisa estaba embarazada otra vez y a punto de nacer María Lidia. Le siguieron Pedro Emilio en 1914, Antonia María Dolores en 1915 y Georgina de la Caridad en 1918. Las niñas más pequeñas pasaron por la vida como una bendición huidiza. Ninguna de las dos se quedó por mucho tiempo, a pesar de las cataplasmas y las precauciones con encierros a cal y canto.

Era una época de fiebres, convulsiones y flujos incontrolables, a los doctores de la jefatura local de sanidad, no les quedaba otra alternativa que sentarse a esperar en los vestíbulos, el desenlace fatal o el milagro de Dios, como si fueran sacerdotes ordenados en una parroquia mucho tiempo abandonada y en cuaresma.

Las niñas murieron en la casa de la calle Leyte Vidal en Mayarí, donde vivía el matrimonio Castro Argota. Dejaron una impresión de flores secas en la pareja, una sensación de sudores estériles y amores irremediablemente en fuga. Con ellas, se marchó de una vez toda esperanza de cercanía entre aquellos dos seres distantes. Ángel pasaba largas temporadas en el barrio de Birán, donde explotaba unos terrenos cerca de los pinares. Siempre insistió en llevar a María Luisa con él, pero nunca pudo convencerla, entonces se olvidó de su ilusión y desistió para siempre.

Durante ese tiempo de ausencias frecuentes vivía de manera itinerante, como contratista de la United Fruit Company. Con los ahorros de El Progreso empleó a un grupo de hombres y se hizo de una cuadrilla de bueyes para transportar caña y leña hacia los centrales azucareros de la zona. Tiempo amargo en que las maderas recias y preciosas fueron a parar a las calderas de vapor de los ingenios. Tumbaba montes que la compañía convertía enseguida en plantaciones de caña. Llenaba hasta setenta carros de dos mil cuatrocientas arrobas cada uno, lo que como promedio resistían las bestias. Aceptaba contratas en terraplenes de línea y fomentaba las colonias de caña y la ganadería en la finca Manacas, donde inició la construcción de una casa para establecerse.

El paisaje le recordaba a Láncara, ese era el signo de que podría vivir una vida nueva. Su capital se incrementó con las zafras de la Primera Guerra Mundial, cuando los azúcares cubanos aseguraron las ventas a los aliados. Logró salir airoso de los enfrentamientos entre liberales y conservadores, durante La Chambelona, la protesta armada contra «el cambiazo» en las urnas y la reelección del presidente conservador, Mario García Menocal.

De un lado, los alzados con las ropas deshechas, hambrientos y descalzos recorrían los campos como una epidemia; del otro, el ejército sin paga, seguía el rastro y amenazaba a los pobladores. Las partidas de uno y otro bando incendiaban propiedades, se batían a tiro limpio, sin importarles si en la trifulca mataban a un infeliz ajeno a la pugna por el poder. Todo terminó con el despliegue del ejército y el desembarco de marines yanquis por los puertos de la Isla.

Don Ángel tendría que resistir los embates de la crisis de los años 1920 y 1921, cuando el precio del azúcar descendió en picada y se arruinaron hacendados y colonos, propuso un convenio para la suspensión del pago a sus acreedores por tres años y, la moratoria le fue concedida sin dilaciones, respiró profundo cuando los abogados le entregaron los papeles.

Logró sobreponerse a las dificultades y las preocupaciones, pero los sobresaltos habían fatigado su espíritu y nunca conciliaba el sueño en la casa vacía, únicamente habitada por su imagen en los espejos.

La lluvia de la madrugada permanecía en la frialdad del campo y el rocío incesante de las hojas al rozarlas. Todo era un murmullo de alas mojadas y libélulas indiscretas, la mañana en que don Ángel vio a Lina y quedó fascinado ante la magia de aquella aparición que lo hizo evocar todo su tiempo largo y triste. Hasta ese día no la había visto pasar, pero a partir de entonces, cómo mantenerse impasible ante su presencia, si lo primero que había sentido era su olor a cedro.

Lina

Las imágenes desconocidas aparecían a través del cristal de la ventanilla del tren. Lina Ruz González, espigada como un junquillo, pegaba la nariz al vidrio transparente. Hasta entonces, la niña de siete años, sólo tenía idea del monte y la casa de recios horcones de granadillo con el techo alto de tejas españolas en Las Catalinas, lugar donde nació el 23 de septiembre de 1903: un poblado fundado en 1900 a orillas del río Cuyaguateje, entre yagrumas y vegas de tabaco, aireado con olor a condimentos, aceites esenciales, mieles y café, a unas leguas del Camino de Paso Real de Guane, en la provincia de Pinar del Río, por donde Cuba mira al Golfo de México.

Pinar del Río fue el nombre con resonancias de aguas sobre piedras y árboles de alto vuelo, que sustituyó al de Nueva Filipinas, que era como se conocía toda aquella región del occidente del país, cuando se creó la primera tenencia del gobierno en el territorio, por el año remoto de 1774. Hasta allá se llegaba, desde La Habana, por el Camino de Vuelta Abajo que se adentraba por entre las vegas de tabaco, cuyo cultivo y cuidados, los inmigrantes canarios habían transformado en arte y prodigio, hasta conseguir la hoja más preciada para la torcedura de los puros Habanos.

Las Catalinas pertenecía al término municipal de Guane, la ciudad de mayor importancia al suroeste de la capital de provincia, crecida desde 1596 hasta 1896, cuando las fuerzas cubanas al mando del Lugarteniente General Antonio Maceo, incendiaron el pueblo y solo quedaron, erguidos en el paisaje, algunos troncos humeantes y un campanario en silencio estremecido por la guerra.

La niña nunca imaginó una habitación tan espaciosa, animada y azul como la estación de ferrocarriles. Las casas de tabaco tenían esa apariencia, pero como las hojas ensartadas en los cujes debían estar a la sombra, terminaban siendo salones oscuros y deshabitados.

Según su madre, doña Dominga del Rosario González Ramos, las iglesias también alcanzaban la altura y la claridad del cielo. Doña Dominga se casó entre lirios y olor a incienso en la iglesia de la Parroquia de San Idelfonso de Guane, Inmaculada Concepción del Sábalo, el 26 de febrero de 1900, después que pasaron los temores sin que llegara el juicio final ni la destrucción del mundo como se anunciara tantas veces para cuando el siglo muriera. Don Francisco Ruz Vázquez contaba entonces treinta y dos años y ella veintiocho. Ella era descendiente de Domingo Marcos González Arenas, un español de San Andrés de los Tacones en Oviedo, Asturias; y de Isabel del Rosario Ramos y Ramos, una cubana de Guane, cuya familia llevaba tantos años allí que no existía quién pudiera afirmar entonces, de qué lugar de la península habían llegado sus primeros antepasados. En el libro de blancos de la iglesia parroquial, las inscripciones de nacimiento se remontaban muy atrás y nadie había sentido entonces suficiente curiosidad por el pasado, como para buscar con vehemencia en la complicada madeja de uniones y descendencias hasta los mismísimos comienzos del asentamiento en aquellas tierras del oeste isleño.

Doña Dominga había quedado huérfana de pequeña; a ella y a su hermana Nieves, las educó y cuidó con esmero una tía, quien llevaba siempre vestidos de hilo de colores claros. En su casa, de geranios en tiestos, sombras y helechos frondosos en el patio interior, aprendieron a descontar las horas en calma, mientras bordaban pañuelos o tejían calcetines. La tía era la dulzura en persona y su posición, sin retumbante abolengo, lo suficientemente holgada como para sostener a sus sobrinas. Doña Dominga agradecía siempre la vocación maternal de la tía y no sabía por qué vericuetos inmemoriales de la sensibilidad, al ver a alguna mujer mayor con blusas y vestidos de hilo, sus recuerdos retornaban a la ingenuidad y despreocupación de su infancia. Cuando doña Dominga ya era una anciana y su cuerpo encorvado y delgaducho resistía las incertidumbres y la ansiedad por la suerte de sus nietos que peleaban en la Sierra Maestra, buscaba, entre sus más entrañables reliquias, una estampa de daguerrotipo de la tía, a quien pedía protección mientras rezaba y miraba al cielo.

Don Francisco Ruz Vázquez, fue robusto desde su nacimiento en 1867, un año antes de que estallara la contienda, en un ingenio del Oriente del país, donde el hacendado Carlos Manuel de Céspedes declaró la guerra a España y concedió la libertad a sus esclavos, aquella partida de fieles que escucharon sus palabras sin comprenderlo del todo, sin saber qué hacer sin las rutinas de la finca La Demajagua, pero se echaron a la manigua con la excitación y el arrebato de los libres.

Francisco nació de la unión sacramentada entre Rafaela Vázquez Rivera y Francisco Hipólito Ruz Acosta. Su madre, según las partidas de bautismo de los hijos, era originaria de Candelaria un nombre evocador de luminosidades, que remontaba a las personas más allá del océano, a las Islas Canarias. Años después la declaración jurada que se hizo al inscribir a una nieta que ella no conoció confirmaría su ascendencia canaria. El dato fue registrado en la certificación de bautismo de Agustina Isabel Ruz González, *Belita*, en el Libro 13 de bautismos, Folio número 155, que se encuentra en los archivos de la Parroquia de San Antonio de Sibanicú.

Rafaela era una mujer indómita y enérgica, que sólo las penurias de la reconcentración lograron abatir como un cazador a un ave en pleno, alto y casi inalcanzable vuelo.

El capitán general de la Isla, Valeriano Weyler, para desarticular la red de abasto al ejército independentista, en hombres, armas, alimentos y provisiones emitió varios bandos; primero ordenó el cierre de todas las tiendas situadas a más de quinientos metros de los poblados de las provincias de La Habana y Pinar del Río, y como si ello no fuera suficiente calamidad excluyó después, de las raciones alimenticias, a mujeres e hijos de insurrectos, dispuso la requisa de todos los caballos que había en los campos y el traslado del maíz a las ciudades de La Habana, Matanzas y Pinar del Río, y el 21 de octubre de aquel aciago 1896 dispuso, en un plazo de ocho días, la reconcentración en los pueblos ocupados por las tropas, de todos los habitantes de los campos dentro o fuera de la línea de fortificación de las poblaciones.

Los seres más endebles no resistieron los rigores de los caminos, las calenturas y el hambre, al vivir en las villas, o en las calles de los poblados. Los viejos sintieron un peso abrumador en el alma y murieron de pura tristeza, los niños enfermaron, las mujeres decidieron no procrear después de perder a sus hijos, y los hombres prefirieron sumarse a las filas insurrectas, antes que hundirse en la humillación de ser enrolados en la leva del ejército español. Stephen Bonsal, corresponsal del periódico *The New York Herald Tribune*, contaba en sus crónicas de 1897 aquellas desgracias del infierno:

> En Pinar del Río estas estaciones de hambre se concentran en su mayoría a lo largo de 180 kilómetros del ferrocarril occidental, que va desde La Habana al pueblo de Pinar del Río. Sólo las estaciones de Guanajay, Mariel, Candelaria, San Cristóbal y Artemisa albergan a 60 000 personas hambrientas y sin hogar, y el número de aquellos que han encontrado la muerte, según los más conservadores de esta colosal masacre autorizada, se estima que llegue a 10 000, desde principios de este año.

Rafaela demostró toda su fuerza y firmeza de carácter, hasta que el ánimo y la disposición se le escabulleron y nunca más logró recuperarse. Los hombres de la familia se habían dedicado siempre a la transportación de mercancías en las carretas que transitaban los caminos de polvo y lodo, arrastradas por la cadencia paciente y esforzada de los bueyes. Cada uno de sus hijos tenía su propia carreta y juntos, recorrían el barro y la arena de los senderos entre matorrales y riesgos, en temporada de lluvia y de seca.

En plena contienda de 1895, un oficial de la Corona decidió que ellos estaban obligados a llevar los suministros del ejército español de uno a otro lugar en la zona, y como Quintín, uno de los hijos de Rafaela, se resistió y logró escapar cortándole los tendones a los animales, el Coronel detuvo a sus otros dos hermanos: Nieves y Francisco, a quienes la osadía de Rafaela sacó del encierro casi al instante.

Aquel atardecer, el puesto español fue sacudido como por un temporal. La madre llegó con un estruendo de mil demonios que amilanó al militar, invadido de pronto por los temores de la reclamación que aquella mujer vociferaba a los cuatro vientos, si no ponía en libertad en un suspiro a sus hijos. Ella pudo vencer la arbitrariedad en aquella escaramuza fugaz, pero poco después no se sobrepuso a la tristeza y el desamparo aterradores que la política despiadada de Weyler sembró en el destino de su familia, la de los vecinos y la de toda la gente que, diezmada, erraba perdida en su propia tierra. El color cetrino fue invadiendo los rostros y secando las miradas de los inocentes que deambulaban con la esperanza de conjurar el abismo y el dolor. Al morir, Rafaela tal vez ya no recordaba nada, ni siquiera aquella resonancia de fulgores que el nombre de Candelaria, el lugar donde nació, despertaba al mencionarse.

Francisco Hipólito Ruz Acosta, el esposo de Rafaela, se reconocía descendiente de unos gaditanos establecidos en San Juan y Martínez, otra pequeña ciudad pinareña, en el Camino de Vuelta Abajo. La ascendencia de Francisco Hipólito, pertenecía a la memoria familiar, lo aseveraban los padres de los hijos y los hijos de los hijos, en una historia de recuerdos de Cádiz, que aludía a la vocación de comercio, al espíritu marinero de la urbe y a los sudores que los cuerpos transpiraban durante los días más cálidos, en la ciudad andaluza asomada al Mediterráneo.

Desde su casamiento con Francisco Ruz Vázquez, hijo menor del matrimonio de Francisco y Rafaela, doña Dominga, cuya estirpe era menuda, firme y devota, apenas podía asistir a misa ni rezar sus oraciones ante el altar mayor, porque la finca quedaba lejos de la iglesia de Guane, de modo que debió conformarse con asistir los días en que iba a bautizar a sus hijos y con llenar la casa de estampas de papel para encenderles sus luces al Corazón de Jesús y a otros santos.

Apasionada en sus creencias, sabía de memoria las oraciones y guardaba como una verdadera reliquia la *Santa Biblia*. Llevaba su religión con una pasión intimista y fervorosa que la hincaba de rodillas ante el pequeño altar, esquinado en un rincón de la casa, donde no faltaba nunca una orquídea. Doña Dominga empezaba el día con su «Creo en Dios Padre todopoderoso,/ Creador del cielo y de la tierra./ Y en Jesucristo su único Hijo, nuestro Señor (...) Amén». Al persignarse, llevaba su crucifijo a los labios. Luego continuaba largo rato absorta frente a las imágenes, rodeada de los niños a quienes hacía repetir sus palabras y respetar la solemnidad del momento con premoniciones de tragedia y castigo.

A falta de un parque en el pueblo, el andén resultaba el paseo preferido de los pequeños, allí veían la llegada de los trenes y adivinaban por los pitazos, la cercanía de las locomotoras traqueteantes y ruidosas, que desde el puerto de San Cayetano irrumpían en la quietud de Guane desde 1898, cuando la Compañía de Ferrocarriles del Oeste extendió, de tramo en tramo y avanzando con lentitud por toda la provincia hasta esos confines, las líneas de hierro.

Poco antes de subir al tren, Lina, sentada en uno de aquellos portentosos bancos de madera de caoba alistados uno tras otro en el salón, se alisaba el vestido de algodón y sonreía al recordar lo que su madre le susurrara al oído al comprarle la tela a los viajantes: «es un paño de los dioses». Por su suavidad y transparencia fina, resultaba muy apropiado para vestirse en medio de los calores intensos de la Isla.

En la casa, y a pesar de no ser como el algodón, sino más calurosa, preferían también la muselina, que empleaban para las blusas por su apariencia delicada y los predominantes tonos pastel en las disponibilidades del comerciante. De las mil cosas que los vendedores extendían ante sus ojos al abrir sus maletas repletas de mercaderías, Lina se maravillaba con las puntas bordadas y los alfileres de cabecitas perladas. Sus hermanas, primas y amigas, sin embargo, ponían con avidez sus ojos en las cintas de seda, los pendientes, los perfumes, los potes nacarados con polvos de arroz y las sayuelas de satén. Las compras eran una fiesta inusual porque los comerciantes de los caminos pasaban por Las Catalinas de tiempo en tiempo, y en el pueblo no abundaban aquellos primores que causaban revuelo entre las niñas de la pequeña escuela rural, donde Lina aprendió a leer y escribir.

Ella evocaba la Casa de Dios siempre silenciosa y en paz, como un campo santo. Allí las horas pasaban lentas y cualquier ceremonia demoraba una eternidad. En la estación ferroviaria, en cambio, las horas transcurrían apresuradas y palpitantes; la gente entraba y salía, reclamaba boletos en la ventanilla del expedidor, preguntaba los horarios y los rumbos de los trenes, despedía a sus familiares o leía periódicos, sin prestar atención a los perros vagabundos o a los miserables en el portón de la entrada.

En su mundo de la niñez más temprana, Lina solo se impresionaba ante el viejo tinajón de la abuela. El barro siempre húmedo mantenía el agua fresca, y mientras comía tamarindos, apoyaba la espalda a la frialdad de la tinaja. No había nada como aquel recipiente de boca estrecha y barriga ancha, tan antiguo y cuidado.

El día de sus asombros en la estación ferroviaria, observaba el ambiente a su alrededor con expresión desconcertada. Su mirada inquieta permanecía suspendida en las horas de exaltación ante el viaje y lo desconocido. Un grupo de mujeres lavaba las paredes enlodadas por la última crecida del Cuyaguateje, que cada cierto tiempo se desbordaba. Siempre el calentamiento plomizo del mediodía terminaba por secar los muros que después alguien embadurnaría con brochazos de cal. Lina pensaba con tristeza que quizás nunca más volvería a Las Catalinas de su niñez. El polvo que la carreta de su padre alzaba, flotaba y giraba en sus recuerdos, disipaba los vestigios de techos y empalizadas en el horizonte.

Unos años antes, Las Catalinas, tenía el ánimo y la prestancia floreciente de las localidades que lograban, a pesar de las adversidades, prosperar. Surgió tras los años duros de la guerra, en el 1900, junto al embarcadero del río Cuyaguateje, por donde arribaban los barcos cargados de mercancías que transportarían después los convoyes hacia el interior de la provincia o hasta la Bahía de Guadiana, para luego cargar sus espacios vacíos con tabaco, en un espléndido trasiego de economías y futuro. Las casas se agruparon en torno al promisorio destino y a las ansiedades de progreso. Sin embargo, la buena fortuna no le acompañó un largo período, porque en 1910 los vientos huracanados del ciclón de los cinco días con sus cinco noches, inundaron todos los terrenos, sumergieron en la nada setecientas almas, y arrastraron las reses de los rebaños, los arados y las carretas, entre el 13 y el 17 de octubre, el mes de las ventiscas y las lluvias torrenciales, temido por los habitantes de toda la Isla.

Los aires violentos del ciclón se llevaron la esperanza de la prosperidad. El río dejó de ser navegable, y los barcos no pudieron adentrarse nunca más hasta allí. Las carretas perdieron su rumbo hasta la Bahía de Guadiana, el puerto más al oeste, en la costa norte, adonde se encaminaban los mercadeos, y no quedó otro remedio que hundirse en la miseria o partir. Antes de la decisión definitiva, vivieron y probaron suerte por un breve período en El Cayuco, un lugar mucho más remoto que Las Catalinas, en una zona de explotación forestal, pero tampoco allí las cosas prosperaron y no quedó otra salida que esperanzarse con las ofertas de los contratistas recién llegados de Camagüey y Oriente. El recuerdo de El Cayuco, aquel lugar recóndito entre florestas, era tan vago que llegaba a ser casi inexistente en la memoria de Lina.

Era la primera vez que emprendían la marcha con la intención de no volver. Por eso iban todos hasta Alejandro, que recién nacido no dejaba de llorar en medio de tanto ajetreo. No hubo tiempo siquiera para inscribirlo en la parroquia, lo que Francisco y Dominga harían después. De los niños, sólo Alejandro acompañaba a Lina en el desvelo. Ella compartía el asiento con su padre, quien llevaba ropa dominguera y al adormecerse, el sombrero, que sostenía entre las manos, rodaba al suelo una y otra vez. Lina se lo recogía sin que él lo percibiera.

Panchita, la hermana mayor, descansaba plácidamente, quizás como nunca antes lo había hecho. En la casa, todos desistían de acompañarla en sus insomnios reiterados con la luz de la chismosa encendida hasta muy tarde, tanto, que a veces amanecía asomada a la ventana o deambulando como un fantasma por el patio y ahora, sin embargo, dormía en medio del traqueteo y el calor infernal. Más tarde, en la parada del almuerzo, Panchita despertó y grabó en su memoria aquella escala en Santa Clara para después seguir sin paradas hasta Tana, en el Camagüey, donde cifraban las esperanzas de una vida más holgada y cómoda, según las promesas de empleo y casa.

Panchito, Antonia y Enrique ocupaban el asiento de enfrente, recostados uno sobre otro y bañados en sudor por el recalentamiento del sol sobre el techo metálico del tren. Doña Dominga consolaba a Alejandro, agotada de luchar contra la pereza de las horas y la incertidumbre.

Lina permaneció en su puesto atenta a todos los detalles: la casilla de la correspondencia cerraba la fila de vagones, un hombre no pagó su pasaje y lo iban a bajar sin falta en la próxima casa habitada, en medio del camino... ¡poco le faltaba para llorar al pobre! En el fondo del vagón, viajaba una muchacha de ojos azules y piel muy blanca, con un sombrero de pana y ropa tan calurosa que le enrojecía el semblante. Con bastante dificultad y evidente acento extranjero, pronunció algunas palabras en español al entregar el ticket. El conductor, chequeó su boletín y comentó con otro pasajero:

—Se trata de una joven noruega... desea reunirse con su familia en Oriente, donde los padres se han establecido para plantar naranjales.

—Quienquiera que sea, que Dios la acompañe –dijo su interlocutor y sonrieron.

Al otro lado del pasillo, una mujer escuchaba con expresión incrédula a un joven sentado a su lado por casualidades del destino. El campesino gesticulaba excesivamente y hablaba de ríos fugados hacia atrás, troncos torcidos, animales muertos y gente desaparecida en el viento de las lluvias por todo Pinar del Río. La culpa era del cometa Halley, «una luz fulminante en el cielo que había traído juntas todas las desgracias».

La mujer no había hecho hasta el momento ningún comentario. Vestía con la sobriedad de una institutriz y su carácter parecía ser demasiado frío e inflexible. De pronto se volvió hacia el joven y le dijo:

—¿Quién va a creerle a usted esos cuentos de camino?

Lina no pudo aguantarse y recordando el ciclón expresó:

—¡Si será verdad, yo vi las lechuzas cerca de la casa la noche antes, y oí que aullaban los perros...!

Doña Dominga la interrumpió, visiblemente molesta:

—Mire que usted es atrevida. Cállese la boca. Los muchachos hablan cuando las gallinas mean.

La niña bajó la cabeza y por su mente pasó al instante el temporal de los cinco días, cuando muchos comenzaron a tener miedo: afuera el viento silbaba aterrador, los pájaros morían sin levantar el vuelo, las cobijas de guano se perdían en el infinito de las nubes, caían con estrépito las paredes de las casas, la humedad invadía los cuerpos y calaba los huesos de la gente, las vegas de tabaco parecían ciudades sumergidas, los cadáveres flotaban como promontorios y el dolor iba invadiendo familias y parajes.

La niña guardó silencio y prestó atención al paisaje más allá del cristal polvoriento de la ventanilla. Primero intentó limpiarlo con un pañuelo y después con su propia respiración hasta que se dio cuenta que estaba empañado por fuera y no lo podía remediar. Se conformó con la visión nublada del tiempo y de las cosas. El tren se detenía en las estaciones de pueblos olvidados, decía adiós a los bohíos distantes y solitarios, a un lado y otro de la vía de raíles de hierro y troncos de ácana, pasaba por el lado de una cuadrilla de obreros cansados, cruzaba puentes y al mediodía llegó a la ciudad de Santa Clara, la ciudad que Panchita nunca olvidaría. Allí almorzaron para después seguir hacia Tana, en Camagüey.

El camino de Santa Clara a Camagüey y de allí hasta Santiago de Cuba, lo controlaba otra empresa. La Compañía de los Ferrocarriles Consolidados había concluido la línea central, entre 1900 y 1902. William Van Horne, audaz hombre de negocios y constructor del Canadian Pacific –Ferrocarril Interoceánico de Canadá–, promotor de la iniciativa para sacar de su incomunicación vastas porciones de los territorios de Camagüey y Oriente, previó la fundación de nuevos centrales azucareros. Van Horne realizó sus proyectos en sólo dieciocho meses, apoyado por el gobierno de ocupación militar norteamericano, interesado en apoderarse de Cuba.

En Tana descendieron del tren porque había empleo en la zafra azucarera. El contratista que los esperaba, les indicó el sendero hasta la pequeña casa donde iban a vivir. Los proveedores de fuerza de trabajo veían en Camagüey y Oriente la tierra de la promisión, y restaban posibilidades a Occidente, mucho más después de la ruina casi generalizada de los cosecheros de tabaco, tras el ciclón de 1910 en Pinar del Río.

A pesar de sus esfuerzos descomunales, durante los años de 1912 y 1913, de nada le valió a don Pancho afanarse por su familia, los recursos seguían escasos y no veía la hora bendita de la prosperidad. La entrada de braceros haitianos y jamaicanos complicaba la situación, porque ellos aceptaban bajos salarios y los cubanos terminaban desplazados si no se resignaban a los pagos de miseria.

Con la epidemia de paludismo en Tana decidió trasladarse de una vez para Ignacio, donde quizás podría mejorar. Pero tampoco allí cambió su suerte y se marchó con toda la familia a Hatuey, otro pueblo de casas alineadas bajo la simetría de los tejados y las propuestas de los contratistas. La alegría por los nacimientos de María Julia y María Isabel, al igual que el de Alejandro que había nacido en El Cayuco, compensaron la pena de andar sin rumbo ni esperanzas. A las niñas las inscribieron en la Parroquia de Sibanicú con la melodía usual de los nombres compuestos. Los calígrafos apuntaron los datos en los libros de bautismos de blancos con la letra cursiva desparramada, con la formalidad y la rutina acostumbradas. Allí, en el pequeño poblado de Hatuey, las niñas mayores de la familia serían ejemplo por su buena educación y sus hábitos correctos.

Todo ese tiempo don Pancho tiró caña con yuntas de bueyes. A veces se fatigaba tanto que el cielo se le cerraba en los ojos, los oídos le zumbaban y el estómago quedaba suspendido en el vacío de las angustias y náuseas sin conseguir alivio a sus desdichas económicas. Mientras, doña Dominga y las niñas mayores dejaban impecables las sábanas, los pantalones de montar, las camisas de trabajo y los trajes ajenos. La madre terminaba la faena con las piernas hinchadas y los huesos adoloridos de estarse horas y horas frente al anafe para calentar todas sus planchas; limpiarlas y luego pasarles un paño con sebo de modo que no se pegaran a las ropas y quedaran brillantes las telas almidonadas. Lina no sabía el porqué, pero un día cargaron todos sus bártulos y se fueron a las nuevas plantaciones de caña de azúcar, donde su padre y su tío Perfecto Ruz Vázquez, comenzaron a trabajar con don Ángel Castro Argiz, un español propietario de una fonda y algunas fincas por la zona de Birán, en Oriente.

Lina miró por entre las rendijas de las tablas de palma con la exaltación propia de quien ve venir los peligros y se dispone a enfrentarlos con temeridad pasmosa.

En la familia la creían capaz de cualquier cosa porque con sus catorce años no se le descubría el miedo. Su cuerpo flexible y su mirada de niña no denotaban su entereza de carácter, su vocación de audacias.

—Esta muchacha, cará, si parece que tiene la fuerza de un rabo de nube, –decía el padre mientras fumaba tabaco, un domingo de 1917 por la mañana, cuando acababan de pasar por allí los alzados de La Chambelona con amenazas de arrasarlo todo. La gente llamaba así al movimiento levantisco, por recordarles cierta conga de igual nombre, cantada por los liberales en sus mítines políticos. En las elecciones de La Habana, ante las grandes sumas de dinero gastadas por el candidato conservador, era usual el siguiente coro: «Aspiazo me dio botella y yo voté por Varona, aé, aé, aé, La Chambelona...»

Ella había permanecido serena, imperturbable, y sorprendió a todos con su temeridad.

Llevaban algún tiempo viviendo en las tierras de don Ángel Castro cuando aquello ocurrió. Primero, se alojaron en los bajos de la casa grande cuando aún se levantaban paredes y afincaban pilotes, luego, un poco más lejos. El propietario les propuso regresar a Guaro Tres por un breve período, porque las cosas se habían complicado y era preferible evitar males. Lo mismo pasaba un bando que otro con los ánimos violentos, encendidos.

En el pueblo, la gente comentaba que don Ángel era un hombre valiente, con ascendencia en ambos partidos, lo cual le permitió evitar el enfrentamiento inminente en las cercanías del cementerio de Guaro. Nadie sabía si era cierto, pero también le atribuían una frase lapidaria: «No podia dejar que esos hombres se mataran.»

Él, en voz baja y con una sonrisa de ironía, confesaba a sus allegados que tenía salvoconductos de ambas partes, cartas de presentación de uno y otro lado, que le permitían trasladarse sin preocupaciones.

Quienes lo escuchaban lo advertían y le aconsejaban cuidado, sorprendidos de su atrevimiento.

Por las conversaciones de los mayores de la casa, Lina admiraba a don Ángel. Lo respetaba con una devoción casi religiosa. Cuando lo contemplaba de lejos, sentía una sensación extraña, inquietante y alegre a la vez. Ella era una joven de diecinueve años y él era un hombre maduro con ímpetus juveniles, a quien los paisanos ponderaban por su rectitud de eucalipto y su callada bondad.

Las jóvenes del lugar lo reconocían atractivo con su estampa imponente, montado en el caballo, vestido de traje y con sombrero de fieltro. La aureola de hacendado generoso propiciaba las cercanías. Todos iban a verlo porque escuchaba siempre y no era difícil hablarle donde fuera, a mitad del camino, en la oficina o en el portal de la casa. La espesura de las cejas negras ungían de fuerza la mirada clara. Ellas murmuraban sobre su soledad y le sonreían al saludar. Lina no. No podía explicarlo. Era un sentimiento nuevo, la aturdía sin saber qué hacer en su presencia. Verlo le dejaba un alborozo galopante en el pecho, que se le salía por los poros y le costaba disimular. A ratos hacía entregas en la casona pero siempre intentaba no dejarse ver desde las habitaciones y los corredores para no encontrarse con él.

Don Ángel Castro Argiz no había reparado en ella. La conocía ¿cómo no?, desde que era casi una niña, pero no había percibido el cambio hasta el amanecer aquel, cuando aspiró de cerca su aroma a madera y reparó en la turgencia leve de los senos y en el contorno delicado de las caderas que la blusa y la falda anchas ocultaban.

Si don Ángel representaba la autoridad severa y la humanidad personificadas, Lina era el vendaval, el genio y la energía. En silencio, escuchaba a don Pancho hablar de la muchacha con orgullo, como ejemplo evidente de una estirpe ancestral. La joven montaba con destreza, dominaba los caballos de mejores condiciones. La gente la buscaba para curarse las heridas o los malestares y ella siempre ayudaba dispuesta sin que le temblaran las manos. Era una joven decidida que sólo conocía la timidez y la zozobra en asuntos de amor.

Para llevarse a la muchacha, desplegó todas sus ternuras, insistió sin desesperar, recurrió a los misterios de la fascinación, ideó sorpresas, enfrentó los prejuicios y rumores, demostró su filantropía, la acarició con una suavidad inimaginable en aquellas manos ásperas y la condujo por entre el gorjeo susurrante de los tomeguines y los zorzales que tejían el nido en los vericuetos y entrepaños de la escalera hacia el altillo, donde se amaron por primera vez una noche de luna creciente, en el silencio de la casa de madera de pino.

Escenario

Durante mucho tiempo don Ángel se dedicó, como contratista de la United Fruit Company, a sacar de las montañas todos los colmenares con abejas de España en cajas de palos huecos a como diera lugar; pero desde que las fincas, Manacas, La Española, María, Las Palmas y Rizo le pertenecían, tenía el firme propósito de fomentarlos en su propiedad, porque siempre harían falta en aquel sitio aislado del mundo, la cera para las velas y la miel para endulzar el café o mezclar con el ron o el aguardiente, un preparado que los cubanos veteranos de la guerra de independencia, vecinos de por allí, reconocían como el mejor remedio para los constipados y las fiebres, en temporada de lluvias.

Manacas era su posesión más antigua. La adquirió por refundición de dos lotes de terreno, que «los hubo por compra hecha a Don Alfredo García Cedeño», según escritura otorgada ante el notario de Holguín doctor Pedro Talavera Céspedes, el 22 de noviembre de 1915. Allí levantó su ilusión y las edificaciones con el mismo estilo *balloon frame* que tenían los poblados cercanos: el almacén de víveres y ropas, la fonda para los trabajadores, el barracón para los cortadores de caña y la casa principal, justo al borde del Camino Real a Cuba, poco tiempo atrás, la única vía de comunicación hacia el sur.

Las carretas cubrían el viaje por etapas, desde Mayarí, con una parada para hacer noche en el barrio de Birán, pasando por Palmarito y San Luis hasta llegar a Santiago, la escarpada ciudad, fundada por el conquistador Diego Velázquez en 1515, junto a la desembocadura del río Parada, en una bahía de bolsa, en la costa sur del país.

Don Ángel Castro compró las dos caballerías de La Española a don Genaro Gómez y Vilar en 1917 y, en octubre de 1918, la finca María, con otras treinta caballerías de tierra, a don Aurelio Hevia Alcalde y a Demetrio Castillo Duany, veteranos de la guerra independentista, quienes vivían en espaciosas mansiones del Vedado en La Habana, lejos de todos los terrenos conseguidos a muy bajo precio durante la ocupación militar de la Isla, a comienzos del siglo XX, desde sus convenientes y ponderables posiciones en la sección de Estado y en el gobierno civil de la provincia de Oriente en Santiago de Cuba.

En noviembre de 1918, don Ángel adquirió la finca Las Palmas del señor Herbert W. Thonson, y por último, a mediados de 1919, poco más de una caballería a Sixto Rizo Nora. Don Ángel oficializó la refundición de sus fincas en una sola, bajo el título de su propiedad más antigua y cercana: Manacas; lo hizo algunos años después, el 1 de julio de 1922, según Escritura No. 46, firmada ante el Notario de Mayarí doctor Mariano Dou Pullés. La descripción de la propiedad de don Ángel perfilaba la finca en los siguientes términos:

> «Finca Rústica Manacas», en el Barrio de Birán. Capacidad: –65 caballerías de tierra y 664 milésimas de otra. Lindero: –Norte: Finca «Sojo» de la que está

separada por una faja de 5 varas de ancho; Sur: Finca «Sabanilla» de los Señores Aurelio Hevia y Demetrio Castillo Duany y con el Señor Emiliano Dumois, de la que está separada por el Callejón Dumois, denominado antes Alto Cedro; Este: con resto de la Finca «Sabanilla», y Oeste: Finca «Hato del Medio», de la que esta separada por una faja de 5 varas de ancho por 22 metros 80 centímetros de largo, pertenecientes a los Señores Hevia y Castillo Duany.

Se decía que Thonson y don Ángel habían decidido hacerse hacendados a la vez. El norteamericano pronto desistió de sus afanes y se marchó lejos sin que nunca llegara a conocerse nada más sobre su paradero. La gente afirmaba que habían aparecido en su memoria, los fantasmas familiares, que lo llamaban una y otra vez para que regresara de aquellos parajes del trópico, la manigua, los azares y las desventuras alucinantes, a las frías, nevadas y consistentes propiedades de sus antepasados, pero esas afirmaciones no pasaban de ser pura imaginación, fábulas de noches largas y cuentos de camino.

Cuando la claridad era opalina, los hombres de Birán aseguraban que por Las Palmas el día parecía noche de tan tupidos que eran los palmares y que don Ángel Castro los protegía con la misma devoción con que plantaba cedrales, o madrugaba para repartir el desayuno a los peones al pie del trabajo, en los potreros, los corrales o las colonias de caña. Los cedros eran su afición, disfrutaba su altura y las sombras bajo su copa redondeada y densa. La corteza le recordaba las láminas finas de madera con las que se alfombraban de fragancia las cajas de puros habanos, y los preparados medicinales con trocitos de árbol y hojas maceradas.

Los Rodríguez, García, Gómez, Silveira, Gallo, Guevara, Rizo, López y Martínez, se contaban entre sus empleados, casi todos ellos pertenecían a familias cubanas insurrectas, empobrecidas después de tres años de guerra contra el despotismo español, a quienes no les quedó para legar a sus hijos más que la hidalguía de la honradez, la limpieza de sus ropas y la cobija de guano de sus bohíos, abiertos de par en par a la indulgencia y la hospitalidad por muy modestas que fueran sus condiciones. La gente del país sufrían muchas calamidades, sin felicidad y sin fortuna.

Algunos inmigrantes españoles, llegados de la península con la eterna ansiedad de los buscadores de fortuna, fundaron allí una cofradía para los recuerdos, las discusiones, y la compañía durante los insomnios, más largos, en las noches despejadas. Entre ellos se encontraban su primos Manuel y Ramón Argiz, y los amigos: César Álvarez, Antonio García, Nono Cid, Pedro Lago Vázquez y José Soto Vilariño.

A los haitianos y jamaicanos los traía la Nipe Bay Company y ellos se escapaban de allí, para asentarse donde don Ángel. Entre la memoria y el olvido, pronunciaban las palabras de su pasado, lejano como una goleta que los llevaba de regreso a los orígenes, mientras cargaban agua en cántaros y encendían mecheros de pálidos y temblorosos destellos, cuya humareda espantaba los malos espíritus, el frío o la inobjetable soledad del desamparo.

En enero de 1913, se abrieron las puertas del país a la inmigración antillana, por un decreto presidencial que autorizó a la compañía Nipe Bay Company para traer mil trabajadores con destino al central Preston, sin embargo, desde hacía años, la contratación ilegal y la entrada clandestina de haitianos, tenían lugar en Oriente.

El griego Constantino se dedicaba a esos menesteres con la evidente complacencia de las autoridades. El dueño de la goleta *Atlantic* también participaba de los jugosos dividendos que proporcionaban el reclutamiento y cesión de braceros de Jamaica y Haití.

Aquellos hombres jóvenes dejaban atrás sus familias, Saint Dominque, Cap Haitien o Kingston, arriesgaban el pellejo por irse a las plantaciones de la Isla Grande, e iniciaban sin saberlo, con la ingenuidad de los adolescentes, una vida de pesadilla perdurable y densa como los fardos de un arria que avanza entre los trillos y barrancos de una montaña que se empina sin final hacia el cielo.

Nadie podía imaginar entonces hasta qué punto llegarían las cosas. En un telegrama del señor E. Turner, miembro de la colonia jamaicana de residentes en el central Miranda y sus alrededores, podía leerse: «Súbdito inglés Oscar Taylor, de Jamaica, fue paleado y mortalmente herido por arma de fuego, por Guardia Gorit,... (punto); –Súbditos ingleses este Central piden justicia (punto) Sírvase actuar enseguida.»

El señor E. Brice, cónsul de su majestad británica, puso en conocimiento del Gobierno Provincial de Oriente, los hechos para «los efectos que estime convenientes, no dudando que los súbditos de S.M.B., recibirán como siempre, la mayor protección de las autoridades en esta provincia».

El escándalo fue solo eso, y la mejor prueba de que la situación de los antillanos permaneció inalterable fue la comunicación del encargado de negocios de Haití en La Habana, que un año o dos después de aquella tragedia participaba:

«a este Gobierno que había sido designado el Sr. Antoine Ferrer, como delegado de Haití con el propósito de que se dirigiera a los centrales Preston, Cayo Mambí y Miranda, a fin de observar si cumplen dichos centrales los compromisos referentes al trato que se les da a los inmigrantes haitianos (...)»

Esa embajada tampoco dio resultados visibles y la mayoría de los infortunados corrió la misma suerte ancestral de la desesperanza.

Por ese camino de penurias llegaron al Birán de don Ángel Castro: Vicente Poll, Comparal, Luis Martínez, Pablo, José María, Mulo, Serrucho, Luis Cilón, Pití, Castillo, Eduardo Benjamín y tantos otros. Como en cualquier parte, trabajaban sin descanso y vivían sin familia, muchos compartían una misma mujer de dientes carcomidos, piel mustia y fiereza en la mirada, mientras deshacían u olvidaban el amor en chozas con piso de tierra y paredes de guano de palma, renegridas por el tizne de las farolas de kerosene, que se encendían durante la penumbra de los zarzales y las nubes. Su vida era igualmente dura en Birán, sufrida y abnegada, pero también diferente. El propietario les ofrecía su consideración respetuosa y se compadecía de ellos. Podían verlo y hablarle sin temores, sin que importara el sudor de la camisa gastada o el fango en las alpargatas. Siempre tenía labor para ellos, accedía a sus peticiones y los amparaba de los excesos violentos de la guardia rural o los vaivenes del tiempo de hacer o no, los azúcares en las fábricas de la United Fruit Company, el emporio norteamericano dominante en las inmediaciones de la Bahía de Nipe, con ciento treinta mil hectáreas de tierra dedicadas a plantaciones cañeras, algunas arrendadas, que limitaban las tierras del activo inmigrante español, de indudables dotes organizativas y suficiente carácter como para disponer, para asumir, la dirección de una empresa y hacerla prosperar con éxito.

Se decía que don Ángel había logrado refrenar el forcejeo impúdico de la empresa norteamericana. La United Fruit Company acostumbraba no sólo a la despiadada explotación de los braceros, sino también a las expropiaciones forzosas de campesinos, al usufructo de tierras ajenas y a los desplazamientos subrepticios de linderos, que le valieron siempre una execrable reputación entre los trabajadores y sindicatos, y otra, de incontestables poderío e influencia entre hacendados, leguleyos, políticos y militares.

El batey había ido poblándose copiosamente y apenas quedaba el recuerdo del rancho desolado de la familia Astorga, vecina de allí, en época anterior al asentamiento de don Ángel, cuando en las veinte caballerías de Manacas, solo vivían cuarenta y cinco personas en casas de guano muy distantes. Según la memoria de doña Giralda y Juan Martínez, vecinos del lugar desde finales del siglo XIX, don Ángel, después de comprarlas a los dueños, tuvo que pagar otra vez las tierras a los campesinos asentados en aquellos lugares perdidos de Dios: Genaro, Monterroso, Astorga, Quintana, López, Gallo, y otros, cuyos apellidos dieron nombre a muchos potreros de la finca.

La finca se encontraba situada en Birán, un barrio perteneciente al término municipal de Mayarí, cuyos límites habían sido fijados el 14 de septiembre de 1912, según lo dispuesto por el Ayuntamiento en 1908. Debía su nombre a un vocablo de origen aruaco; tal como Baní, Barajagua, Bitirí y Banes en la misma región. Contaba con los caseríos de Birán, Manacas, Colorado, Sabanilla y Sao Corona. Tenía colegio electoral en la Escuela Pública Mixta No. 15, una estación telegráfica sin servicio de correo, tres colmenares con cuatrocientas y tantas colmenas de abejas de España en cajas de palos huecos, minas sin explotar en La Juliana, Cedro, Guaro y Nipe –concesiones de la

Spanish American Iron Co.–, montes vírgenes y unas pocas caballerías de tierra cultivada.

El ferrocarril particular de la Nipe Bay Company recorría cuatro kilómetros dentro del barrio, el puesto de la guardia rural estaba en Guaro, distante a unos veinte kilómetros, y un poco más cercano, a doce kilómetros, el paradero de la Cuban Rail Road Company, en Alto Cedro.

El 19 de febrero de 1913, poco antes de que don Ángel decidiera comprar terrenos en el paisaje cercano a los pinares, el alcalde era Eulogio Vega y el suplente, Amado Mendoza.

Sin levantar la vista, el fotógrafo colocó su equipaje en el terreno rocoso y polvoriento y buscó la manera de apoyar en el suelo irregular el trípode de la cámara fotográfica. Apresurado, desmontaba de la carreta todas sus pertenencias, porque ya se habían secado los goterones de rocío en las hojas de los árboles y el sol empezaba a fustigar a los viajeros, poco acostumbrados como él a la largura de los caminos del campo.

Mientras se sacudía el polvo de los pantalones, alzaba la mirada pensando que en ningún otro lugar captaría las imágenes rústicas, abigarradas y discretamente elegantes que contemplaba en ese instante. Terminaba el mes de diciembre de 1922 y a mitad de esa mañana, el bullicio traía las voces españolas, cubanas, haitianas y jamaicanas confundidas con la brisa de las montañas. Eran seis las casas de madera y zinc, levantadas en el estilo *balloon frame* de techos a cuatro aguas y corredores alrededor de las viviendas, circundadas en torbellino, por las acequias que bordeaban los tejados, invadidos de campanillas moradas y blancas, silvestres, inquietas y danzarinas en el aire de las tardes.

Don Ángel Castro, vestido con traje blanco de dril cien y un dieciocho tiros a la cintura, se presentó con un aspecto patriarcal. Eran imponentes su prestancia y autoridad. La gente lo saludaba y él respondía levantando el sombrero de fieltro con sus dedos larguísimos y huesudos, que contrastaban con su figura corpulenta. Su aire era capaz de refrenar los embates de los bandoleros refugiados en los maniguales y las cuevas del lomerío.

Lina, su mujer, se perfilaba esbelta a pesar de sus casi seis meses de gravidez. Llevaba un vestido malva de talle largo, falda a media pierna, con un fajín en la parte más ancha del cuerpo. Tenía puestos zapatos de horma ancha, punta redondeada y tacón semibajo, su estatura apenas se alteraba. Como las estrellas del cinematógrafo que imponían la moda en los ambientes de la capital, llevaba el pelo en una melena breve y ondulada. Parecía como si se alimentara de pétalos de flores para conservar la delgadez, que en ella era tan natural como la intrepidez en asumir los atrevimientos de la época. Manejaba el ruidoso coche de cranque y pedales de la finca y resultaba una verdadera atracción al ver pasar el coche resoplando en la celeridad de su carrera con sus bocinazos que espantaban a los perros, los pájaros y las mariposas.

Asentada sobre horcones de caguairán, algunos más altos que un hombre, la casa principal parecía un roble que daba sombra y vida a todo cuanto la rodeaba: el almacén de víveres y ropas, la valla de gallos, la fonda, la escuela pública y los barracones de los cortadores de caña.

—¿Sabe qué no me explico? –preguntó el fotógrafo a don Ángel. ¿Cómo es que usted se estableció en un lugar tan apartado del mundo?

—En Birán nunca hay seca, siempre llueve –respondió sin dejar de observar el humo del tabaco mientras brindaba al artista una copa de coñac Pedro Domecq. El saborcillo a uvas y alcoholes añejados en las maderas de los barriles y en la alquimia poderosa del tiempo surtió sus efectos y la conversación se animó; versó durante un rato largo sobre los sabores, las fragancias, el color y la espuma de ola de las bebidas españolas.

El recién llegado no conocía mucho de otra cosa que no fuera su arte y toda su presencia daba esa impresión. Pulcramente vestido, con la sobriedad de un traje inglés, tenía el pelo engominado, el rostro bien rasurado y su anatomía descansaba en un bastón de madera, enhiesto y ligero, con empuñadura de plata. Se asombraba con las noticias de economía comentadas en su presencia y por momentos parecía que él no era de este mundo.

La finca prosperaba gracias a la dedicación de don Ángel y a su buena estrella, cuando se decidió a comprar los billetes con los que, en dos oportunidades, ganó el premio gordo de la lotería. El pasto de los potreros cubría cuarenta caballerías de tierra y las colonias de caña en producción, catorce. El ganado se reproducía bien y mejoraba la raza. Su rebaño tenía ochenta bueyes de trabajo, veintidós toros y noventa y cuatro novillos, noventa y ocho vacas, cuarenta y cuatro crías y cuarenta y siete novillas, siete caballos, cinco yeguas y dos mulos de monta. Además, crecían en los corrales ciento cuarenta cerdos y quince carneros. Los guineos, las gallinas y los patos abundaban, desperdigados por los matorrales.

—Con la crisis de los años veinte –explicaba don Ángel– solicité una moratoria para el pago a los acreedores.

Atrás habían quedado los días de bonanza que sobrevinieron para la venta del azúcar, tras el final de la

Primera Guerra Mundial, conocidos por los diarios, los comerciantes, y hasta los pobres con los bolsillos vacíos, como «La Danza de los Millones».

No tuvo paz hasta solucionar los problemas, con lo cual evitó perderlo todo de una vez, como en uno de esos naufragios repentinos cuando un vapor transoceánico tropieza, en medio de una mañana soleada y serena, con un arrecife inesperado, y se va a pique sin importar para nada la calma o la belleza aparentes del día.

—A Dios gracias, el peligro mayor fue conjurado –exclamó don Ángel con alivio y sin poder prevenir los infortunios o depresiones, con una ingenuidad alentada por sus deseos.

Después del almuerzo y el café amargo de la sobremesa, el fotógrafo realizó su trabajo con la delicadeza propia de los artistas trashumantes. Buscó en la luz y las sombras de las habitaciones interiores, la auténtica expresión de los rostros y los ángulos más elegantes y armoniosos de la casa: los muebles de mimbre y respaldar alto, los atriles estilizados de antaño, y de fondo, como si fueran obras de una galería de arte, las paredes ribeteadas por cenefas de florestas, torcazas y aves reales.

Luego, cuando ya no castigaba tanto el sol del mediodía, don Ángel lo invitó a recorrer el paisaje.

—Ensíllame el caballo moro, –solicitó a Julio Rodríguez, trabajador de Birán desde los inicios, cuando los terrenos llanos del batey aún no estaban sembrados de paraná y don Ángel Castro no había decidido como ahora, trasladar los potreros hacia la zona alta y dejar el valle para el cultivo de la caña de azúcar.

—Ya usted ve –le dijo a su invitado–, aquí el terreno es muy fértil y crecen bien los cedros, los algarrobos, los cocos y las palmas. Por eso me gusta. Además, ¡esto se parece tanto al lugar donde nací...! –afirmó con una nostalgia que se prolongó en breves silencios durante el recorrido; un silencio que la timidez y la amabilidad del retratista respetaron sin palabras, sin frases innecesarias.

Lina observaba las fotografías, sentada en una comadrita en el corredor de la casa, regocijada por las estampas en sepia. No tenía costumbre de bordar ni de tejer. Su tiempo era todo de don Ángel, se esmeraba en su amor y sus atenciones, vivía para él. En el espacio reducido y acogedor de la oficina de su esposo, lo rasuraba y le mantenía el pelado según su costumbre, también le servía el almuerzo y la comida, lejos del bullicio grandilocuente del comedor a no ser en días de visita o grandes ocasiones, cuando don Ángel cumplía las formalidades de anfitrión. En los horarios de siesta mientras él reclinaba la cabeza, Lina lo observaba encandilada por la atracción que ejercía sobre ella, aquella presencia de cedro formidable de un hombre que alentaba pasiones y ternuras insospechadas. Cuando no estaban juntos, dedicaba sus energías a la administración de las instalaciones del batey y a otras faenas importantes para él.

Durante los días finales del embarazo, sin todas esas ocupaciones, soportaba a duras penas el tedio, sentía pasar con lentitud las horas preguntándose si el fruto de sus amores sería hembra o varón, si heredaría la fortaleza de árbol de su padre. Por eso, mientras miraba las fotos, deseaba tener un buen parto y una criatura saludable para constituir una familia y verla crecer plena de dicha al lado de don Ángel. Sin saber por qué, esa tarde se retiró más temprano que de costumbre a descansar, toda la noche se sintió incómoda y estremecida, pero no dijo nada y se dispuso a salir al portal con el amanecer.

El día transcurría despacio, demasiado pausado para su deseo de que llegara el alumbramiento de una vez y por todas. Al oscurecer, sintió un flujo caliente y viscoso deslizándose por entre sus piernas.

Cuando Justina, la recogedora que vivía en El Jubal, confesó su escasa competencia para salvar a la madre y a la criatura, don Ángel, angustiado, envió por el doctor Strong, un norteamericano empleado en el hospital de la United Fruit Company, en Marcané, en quien puso todas sus esperanzas. La congoja de don Ángel no tenía límites. En medio de su aflicción, pensaba en Lina como la única mujer capaz de despertarle aquel susurro de viento desbocado que habitaba en él al verla, rozarla, escucharla, amarla en la penumbra del altillo. Ella era su otro yo y no podía creer que en una circunstancia feliz como aquella, la muerte pudiera abrazarla. Vueltas y vueltas daba el sombrero entre sus manos temblorosas, cuando se sintieron pasos cortos, precipitados, y alguien asomó la cabeza por una de las entrepuertas y anunció que la madre y su pequeña hija estaban fuera de peligro.

El día 2 de abril de 1923, nació Ángela María Castro Ruz, en una de las habitaciones de la planta baja de la casa, envuelta en los vapores del agua hirviente de las palanganas y la suavidad pulcra de las toallas blanquísimas, el olor a alcanfor, los temblores de Lina, los paseos apurados de la mujer que hacía la limpieza, la presencia circunspecta del médico y el revuelo del padre, pleno de alegrías después de tantas inquietudes y sobresaltos de espíritu.

La niña de ojos negros y labios finos como los de su madre, heredó el nombre de su padre, pesó catorce libras y la gente más vieja aseguraba que eso se debía a que Lina había tomado vino durante el embarazo; aunque otros lo atribuían a la leche recién ordeñada del desayuno antes del amanecer.

Tras el parto, Lina no permaneció en cama durante cuarenta días, ni cumplió el fastidio de no lavarse los cabellos, como se recomendaba entonces. Se incorporó pronto para alimentar a la recién nacida con una disposición que tendía a la luz y al aire, se esforzaba por olvidar los encierros, la quietud y el sereno retiro que solía aconsejar la ancestral costumbre. Doña Dominga recomendaba la sopa de gallina, la maltina, el cocimiento de bejuco de boniato y la horchata de ajonjolí para la abundancia de leche en los pechos.

Diecinueve meses después volvió a repetirse la historia con el nacimiento de un varón de trece libras a quien llamaron Ramón Eusebio, a la hora en punto de las siete de la mañana del día 14 de octubre de 1924.

La familia crecía y con ella la casa. La añoranza de don Ángel por las viviendas de Galicia lo llevaron a plantar una higuera cercana y a abrir espacios bajo el entablado del primer piso como refugio insólito para el ganado y las aves de corral, por el instinto de guardarlos de los soplos invernales de la península. Muchas veces repetía a quienes le preguntaban extrañados: «aquí también hay que abrigarlos pero de los huracanes, los tornados, y las crecidas».

En esa época, la vivienda con una planta principal y el mirador en la segunda, un poco más pequeño que el resto de la casa, comenzó a extenderse por uno de sus lados. Se construyeron: la botica, el baño, la alacena, un comedor más espacioso que el anterior y la cocina. Por el otro lado también se alargó cuando levantaron el local de la oficina donde el gallego César Álvarez llevaba meticulosamente las cuentas de la propiedad. La casa ganó en amplitud y comodidad y por el este, miraba a las montañas de los pinares.

Todos esos cambios indicaban los aires de prosperidad que soplaban en Birán.

Ese mismo año de 1924, don Ángel viajó presuroso a la ciudad de Santiago de Cuba, para firmar el día 26 de abril, en compañía de su amigo don Fidel Pino Santos, en el bufete del doctor Ernesto Gavinet Horruitiner, un contrato ventajoso de servidumbre de paso, molienda de caña y refacción agrícola, recogido en la Escritura No. 382, y establecido con el señor Rogelio de Armas y Herrera, apoderado sustituto de la Warner Sugar Corporation, una sociedad anónima constituida y domiciliada en Nueva Jersey, Estados Unidos, según constaba en la escritura de sustitución de poder otorgada por el señor Arthur L. D. Warner que le transmitía facultades bastantes para el otorgamiento.

La Warner Sugar Corporation era propietaria de la finca central Miranda, a unos veintisiete kilómetros de Birán. La descripción de la propiedad refería:

> Finca Central Miranda, ingenio de fabricar azúcar, situada en el antiguo cuartón, hoy barrio de Cauto Abajo, Término Municipal de Palma Soriano, con sus edificios, maquinarias y demás anexidades, y su área de trescientas setenta y una caballerías de tierra y ochenta y cinco centésimas de otras, equivalentes a cuatro mil novecientas noventa hectáreas, treinta áreas y trece centiáreas, que lindan al Norte con la finca de Cayo del Rey, al Sur con la denominada Ingenio Palmarito y la nombrada El Abejal o Mijial, al Este con las otras Piloto Arriba y Bucuey, y su anexo Mijial, y al Oeste con la nombrada La Güira. Este inmueble es la finca matriz de la que con el nombre de Warner Sugar Corporation resulta de la

agrupación legal, pero no real, hecha de ella y varias otras, en escritura otorgada ante el notario de La Habana, señor Mario Recio y Fons, en veintiuno de marzo próximo pasado, y la adquirió la Warner Sugar Corporation por aportación hecha por escritura otorgada ante el mismo notario señor Mario Recio en diez y siete de marzo último.

De acuerdo con los convenios, don Ángel constituía sobre su propiedad y por un período de veinte años, una servidumbre de paso a favor de la compañía norteamericana, para que cruzara la línea del tren entre sus colonias e instalara dos puntos de pesaje o chuchos, con las romanas y grúas indispensables para esa labor.

El ferrocarril, con una doble vía ancha y la extensión adecuada para el tiro de la caña del señor Castro, estaría disponible para la zafra de 1924-1925. El hacendado podría emplearlo también para la transportación de mercancías y frutos hasta el ferrocarril público o desde este.

El contrato de molienda establecía su obligación de entregar a la Warner Sugar Corporation por veinte años, todas las cañas sembradas y por sembrar en terrenos destinados para ese cultivo en su finca. Al ser recibidas, debían cumplir una serie de requisitos: «estar en perfecto estado de madurez, limpias de pajas, cogollos, raíces y renuevos, según costumbre, y bien estibadas, sobre los carros del ferrocarril (...) las cañas no podrán estar secas, ni ácidas, ni quemadas (...)»

Don Ángel contraía la obligación también de iniciar el corte y tiro, el día fijado por el administrador del central Miranda, el cual se lo comunicaría con quince días de anticipación, al comienzo de la molienda industrial. El número de arrobas de caña de la entrega diaria durante la zafra, sería fijado de conjunto, según la demora del proceso fabril. En la escritura se establecía como precio, el importe en efectivo de cinco y media arrobas de azúcar de noventa y seis grados de polarización por cada cien arrobas y se especificaba, además, que el precio del azúcar que regiría para la liquidación del de la caña, sería el determinado por las cotizaciones quincenales del Colegio de Corredores de La Habana.

La escritura, muy extensa, contenía hasta los más pequeños detalles, incluso los referidos a la refacción agrícola: los préstamos o anticipos que la Compañía se comprometía a facilitar para los gastos de la producción, recolección y entrega de la cosecha al central.

En virtud del convenio, el colono declaró que la Warner Sugar Corporation le había entregado con anterioridad al otorgamiento de la escritura, la cantidad de veinte mil pesos en moneda de los Estados Unidos de Norteamérica, unos dos mil pesos por cada una de las diez de treinta caballerías que hiciese sembrar y cuya siembra se comprometía y obligaba a realizar dentro del plazo de cuatro años, desde esa fecha, hasta el 1 de julio de 1927, cuando debía concluir el pago de la deuda.

El documento se extendía en numerosos asuntos de índole económica. Don Ángel pensaba, mientras el abogado y notario leía toda aquella papelería, que los tiempos más duros habían pasado porque el contrato constituía de cualquier modo una garantía, aunque se encontrara obligado a hacer la entrega de sus pagos de la deuda al señor Fidel Pino Santos, en la oficina del central Miranda.

Había quedado cancelada una hipoteca que a favor de don Fidel Pino Santos gravaba su inmueble. Confiaba en que no habría problemas, don Fidel Pino Santos era su viejo amigo, desde que trabajaban para la United Fruit

Company, uno como contratista y el otro como comerciante. Hombre bajito, regordete, de ojos saltones, muy expresivos y gran astucia para los negocios, iba en ascenso como la espuma, lo cual resultaba visible en la cérea pulcritud del traje almidonado y la leontina de oro reluciente. Su padre, Miguel Pino, atraído por el comercio creciente de los Dumois, se avecindó por el año 1887, en Banes, un poblado fundado con la prosperidad de las plantaciones de «guineo», y convertido a principios de siglo en el primer enclave en Cuba de la United Fruit. Allí, en un lugar tan distante de las capitales del país y la provincia, se hablaba inglés en cualquier esquina, llegaban las publicaciones más recientes de todo el mundo, se despachaban envíos hacia Nueva York, y se organizaban los sindicatos obreros con una fuerza inusitada debido a los atropellos y los desmanes de la compañía norteamericana.

Miguel Pino, de origen canario, triunfó en Banes como comerciante. Puso sus ojos en Caridad Santos, quien lo sobrevivió muchos años ataviada por dentro y por fuera con los rigores tristes del luto y la bendición para sus nietos entre labios.

De ese matrimonio nacieron diez hijos. Don Fidel Pino Santos, ocupaba el lugar del cabeza de familia y aprobaba o no los pasos en la vida de quienes lo rodeaban con una autoridad aceptada e incontestable.

A pesar de sus esfuerzos por inducirlos a todos al mismo camino de la fortuna, cada uno tomó un sendero diferente. Ernesto, a causa de su eficiencia como funcionario de la United Fruit en Cuba, acabó siendo un reconocido ejecutivo. Trabajaba en Boston y venía a la Isla cada dos años a ver a sus familiares.

Juan, Arturo y Miguel casi siempre disponían de la buena voluntad de don Fidel Pino Santos, quien les procuraba empleo en instituciones públicas; y así sobrellevaban las inconstancias de sus economías.

Teresa no hizo otra cosa que atender el hogar. Antonio sobrecogía por su irresponsabilidad, mezclándose en juegos prohibidos. Su temida figura, andaba siempre con un revolvón y la gente le conocía el hábito de disparar sin miramientos.

Domingo era el espíritu aventurero de la casa y conmovía por su bondad. Se fue a Centroamérica, trabajó en un circo de los tantos, deambulantes y pobres, que recorrían los caminos y llegaban donde nadie. Hizo amistad con el General de Hombres Libres Augusto César Sandino y volvió a Cuba sin mucho dinero pero con todas sus fantasías y verdades predisponiéndolo para las causas nobles y progresistas, con un sentido antimperialista. No tenía nada y nada podía perder.

Oscar, el más joven de los hermanos, de inteligencia abarcadora, capaz de hacer el bachillerato y la carrera de abogacía en cuatro años, murió a los veintiocho años de edad. Vicente, también abogado, heredó el bufete y la notaría financiados por don Fidel Pino Santos para su hermano menor, a pesar de su exigua generosidad y la paciencia de que se debía disponer si se esperaba algo de sus bolsillos.

Toda la historia la conocía el amigo de las conversaciones con don Fidel Pino Santos. Se decía que don Ángel Castro lo salvó de la ruina total y el suicidio, cuando la crisis de la banca en el año 1921, al prestarle cincuenta mil pesos, cincuenta vacas y un toro padre. A pesar de los rumores reiterados, don Ángel nunca lo confirmó, tal vez porque valoraba el silencio como un gesto imprescindible que completaba su altruismo, y demostraba amistad.

Lina aguardaba ansiosa a la entrada de la casa. Conocía la importancia de aquellas conversaciones y papeleos que debían concluir con un pacto en Santiago, pero aún no estaba al tanto de los resultados, y se desesperaba por recibir buenas noticias. Él llegó agotado del viaje, conforme y feliz con lo acordado. Luego conversaron hasta bien entrada la noche, cuando se retiraron a dormir con la certeza de que podrían sobrellevar los temporales si se mantenían juntos.

Don Ángel no imaginaba entonces que los tiempos de dificultades severas estaban por llegar. Nadie podía concebir la política oficial de restricción azucarera que sobrevendría como una maldición y mucho menos, adelantar los acontecimientos que desencadenaría después la dictadura machadista en todas partes. Aunque aquel día de los convenios, compartió la alegría anticipada de don Ángel, Lina no pudo sustraerse al sentimiento que refrenaba su euforia, o al menos le ponía bridas al entusiasmo con que su esposo celebraba los negocios con don Fidel Pino Santos. En realidad, ella misma no se explicaba sus razones para tanto sigilo, para tanta suspicacia, sentía algo así como una corazonada, que era como llamaban los viejos a los avisos del alma. Antes de apagar la luz en la habitación, rezó algunas oraciones y luego, con cierto escepticismo que no conseguía evitar, musitó para sí: «Ojalá todo salga bien, ojalá no se olviden estos compromisos que no se firman en la casa de Dios.»

Ramón Eusebio, el segundo hijo de los amores de Ángel y Lina, resultó ser una criatura enfermiza. Si la brisa traía olor a hierba mojada y humedad de sombras, cambiaba de color y respiraba con unos silbidos roncos y entrecortados que solo se calmaban después de las inhalaciones de mentol y el aceite tibio de bacalao que la madre le frotaba en el pecho en sus noches despabiladas de presentimientos angustiosos al verle el semblante exhausto y una coloración azulada en los labios finos.

Tanto afán puso ella en las atenciones, que cumplido el año y a pesar de su apariencia delgaducha y su evidente fragilidad, el niño crecía sano y animoso.

Cuando esos episodios de desesperación transcurrían y la calma volvía otra vez, ella desahogaba sus sobresaltos en diálogos con el Sagrado Corazón de Jesús. Para ese tiempo, y encinta de nuevo, aquellos desvelos agotaban su sensibilidad, para dar paso después al alivio y la alegría de ver a Ramón Eusebio correr por las habitaciones, recuperado de sus dolencias. Entonces la dicha desbordaba a Lina, y su risa jubilosa se expandía por los aposentos de la casa, los pasillos y la naturaleza frondosa de Birán.

Aún permanecían en vela los rumoreos de la manigua y estaba por agotarse la luz de los candiles cuando a las dos en punto de la madrugada del 13 de agosto de 1926, nació Fidel Alejandro Castro Ruz, un niño vigoroso de doce libras de peso, que ensanchó sus pulmones a la primera bocanada del aire de los pinares y se dispuso a sus días con la misma vehemencia de vida, pasión de hacer, y exuberancia natural que lo rodearon cuando los haitianitos del batey se apresuraron en la maleza por hojas de yagruma y verbena con que enjuagarlo a esas horas, para la tersura de la piel y los buenos augurios.

Memoria

El niño no rebasaba el borde superior de la baranda del corredor. Al asomar la mirada por entre las tablas en cruz distinguió al vaquero y reparó en sus esfuerzos al arrastrar a duras penas a Ballena, una vaca color «verduga» que se resistía a andar con todo el peso de su portentoso vientre y la paciencia de su estampa amenazante.

Desde lejos, los muchachos de la casa se divertían haciendo señas para provocar la agresividad del animal, que resoplaba su coraje contenido y tenía los ojos vidriosos y las ubres hinchadas de leche. Bastaba que Ballena reiniciara sus pasos para que los niños salieran corriendo hacia las habitaciones interiores, escapando de un peligro que en realidad no existía. Las gallinas, los patos, los cerdos y las vacas dormían la noche entera en el sótano, como en un arca de Noé, entre pilotes de caguairán.

Los peones ordeñaban el rebaño por la madrugada, luego, al despuntar el día, lo llevaban a los potreros, a unos cien metros de allí. A Fidel nunca lo asustaron el cantar de los gallos, el ronroneo de los puercos, el mugir de la vacas, el relinchar de los caballos, ni los ladridos de los perros. Para él eran sonidos familiares, cercanos. Pasaba las horas mirando en derredor como si con los ojos pudiera descubrir el secreto de todas las cosas, con una avidez de conocimiento natural y paciente, y una insistencia pertinaz para saber sobre cualesquiera de los misterios del mundo.

Detrás de las mamparas de la sala y transponiendo el umbral, la casa se descubría espaciosa y fresca con los portones y los ventanales abiertos al paisaje de la finca. Fidel la recorría hasta la cocina para pedir agua de la nevera de madera, donde conservaban el hielo transportado desde Marcané, el batey del ingenio a unos cuatro kilómetros de allí, propiedad de la Altamira Sugar Company. Le llamaban extraordinariamente la atención el frío de aquellas piedras blancas y el aparato singular para conservarlas. Del manantial del río Sojo, un arroyo al que los pobladores atribuían propiedades curativas y hasta milagrosas, traían el agua de beber para la casa. El líquido se pasaba por un filtro de loza con apariencia de bombilla invertida.

El niño husmeaba por los rumbos de la alacena donde ponían a refrescar, bajo una tela metálica, el pan de harina de Castilla, los pasteles, la natilla con canela o el dulce de leche, cocidos a fuego lento. Por ese mismo rumbo se encontraban el comedor y las grandes vitrinas de cedro y cristal donde se guardaban como tesoros, vajillas de loza y porcelana, cubiertos, servilletas y manteles de hilo bordados.

Antes existía un solo baño, pero después hicieron un pasillo hacia uno de los lados y construyeron el rural, un poco más apartado, sobre un foso oscuro, insondable y pestilente. El otro, junto a la cocina, olía a colonia, hierbas aromáticas y esencias de jazmín. Llenaban la bañera con agua de lluvia, recogida en el aljibe adonde iba a parar la canal que bordeaba los techos cubiertos de campanillas silvestres. De un pozo, los trabajadores bombeaban agua para un tanque más alto, gracias a una turbina manual que utilizaban una vez y otra, hasta el cansancio.

Desde entonces Fidel prefería la parte más habitada de la casa, donde la vivienda se alargaba hasta la cocina. Su padre andaba por ese lado después de su recorrido a través de la finca. La gente se agolpaba, entraba, salía, conversaba. Existía en el comedor y sobre todo en la cocina, un constante trajinar, algo inusual en la sala y las habitaciones del frente, estas últimas demasiado vacías, de muebles grandes, espejos como lunas apagadas y silencios frecuentes. El cuarto de las medicinas, poseía el poder influyente de la magia verdadera, el encanto de los olores diversos, los potes de varios tamaños y el misterio de las emulsiones y los jarabes para remediar indisposiciones.

Mucho más acogedora era la habitación del segundo nivel, donde soplaba con fuerza la brisa y el paisaje inspiraba. Allí dormían todos reunidos. Para llegar era imprescindible subir por una escalera estrecha de recios tablones que atravesaba un breve intersticio, donde los pájaros aleteaban su sorpresa.

Los hijos dormían junto a los padres en el altillo, donde prevalecía el frescor, el silencio y existía una quietud de modorra, una calma bienhechora, saludable. Desde los ventanales recubiertos de tela metálica, se veía el techo de zinc de la planta principal de la casa. Al nacer Angelita, Lina la llevó con ellos a la habitación de los altos; lo mismo hizo con Ramón y después con él, hasta que los tres crecieron y la casa se pobló de otros ángeles.

Fidel no tenía ya la estampa de la primera fotografía de su vida: de pie sobre una silla de mimbre con melena de rizos, la cara redonda y los ojos pequeñísimos, apoyaba un brazo en el espaldar de la silla, vestido con un traje oscuro de cuello y puños claros, zapatos de cordones y medias blancas. Una de sus piernas descansaba y la otra permanecía firme. Para entonces, la tía María Isabel, *Belita*, había pasado el susto más grande de su vida: Él tendría unos ocho meses de nacido y toda su robustez rodó desde uno de los hombros de la muchacha de doce años. La tía Belita quería morirse, pero al niño no le ocurrió nada y el desasosiego pasó. Siendo ya una joven casadera, ella se marchó de Birán, porque su madre doña Dominga reprobó sus amores con Prudencio Estévez, un cubano muy humilde, machetero en las colonias de caña, con quien Belita fue siempre feliz a pesar de las calamidades y las carencias del hogar, fundado sobre esa volátil y sólida materia que es la comunión de las almas. El tiempo se encargó de acercar las lejanías y la tía Belita, su esposo y sus hijos fueron muchas veces a Oriente para visitar a doña Dominga y a toda la familia.

Las imágenes fotográficas de 1929 captaban a Fidel como un niño fuerte, el pelo corto peinado al lado y embadurnado de gomina. La camisa blanca de cuello redondo, por encima del traje de mangas largas, y el pantalón corto, almidonado. Arqueaba la ceja izquierda y observaba como una maravilla la ceremonia y los mecanismos de aquella caja de fuelles, un acordeón, detrás de la cual, se asomaba a ratos, el fotógrafo. Sostenía un cuaderno o un libro y llevaba una flor en el ojal del traje.

Los tiempos de la cuna de hierro habían quedado atrás. Cumplidos los cuatro años, situaron su pequeña cama a los pies de la del padre, donde llegaba la frágil claridad de las velas o de la lámpara de gas, encendida hasta altas horas de la noche, mientras el viejo leía libros voluminosos o periódicos atrasados que abandonaba a su suerte en la mesa de noche, en cuanto comenzaban a cerrársele los ojos. A un lado estaban las camas de Angelita y Ramón y más distante la de Lina, donde los santos miraban con expresión candorosa y apacible desde las paredes. Por la noche, los padres permanecían separados y se reservaban sus ardores de amor en presencia de los niños, con una corrección y prudencia notorias, distintivas y tradicionales, de acuerdo con las buenas costumbres.

No faltaba en el dormitorio el aparato con que se difuminaba el insecticida antes del oscurecer, para evitar la incomodidad de las telas o gasas de mosquiteros extendidas sobre los lechos.

Luego de la Navidad, los Reyes Magos viajaban desde el lejano Oriente, hasta la casona del batey, y entonces, las uvas, las manzanas, los caramelos y algún juguete sencillo, ocupaban un lugar junto al árbol de fulguraciones y copos de nieve, en la sala, como sorpresa para el amanecer siguiente: 6 de enero de leyendas y narraciones fantásticas. A Angelita le trajeron un juego de yaquis, con el que sus manos adquirieron una movilidad asombrosa para atajar, al vuelo, la pequeña pelota.

Al levantarse, don Ángel siempre comía naranjas. Era su costumbre inviolable pelarlas, polvorearlas con bicarbonato o glucosa y ponerlas la noche anterior en una repisa, por fuera de las ventanas, al rocío de los amaneceres. De ese modo, a la mañana siguiente, eran una verdadera delicia, bien frías y jugosas.

El padre demostraba su ternura sin palabras. Algo significativo en él, siempre abrumado de trabajo y preocupaciones. No regañaba ni discutía con frecuencia. Su mal genio y prestancia de hombre de carácter, inspiraban respeto. Sin embargo, alisaba el pelo a los niños con una delicadeza fina y acariciante de flor, y cuando ellos sentían la necesidad de ampararse de algún regaño, no dudaban en refugiarse tras él, en quien reconocían una protección segura.

Según los trabajadores del batey, una vez Angelita, Ramón y Fidel enfermaron de la misma dolencia y don Ángel revivió sus temores con el recuerdo de los hijos difuntos. Alguien recomendó jugo de naranjas o cocimiento de la corteza, para aliviar las calenturas y los ahogos, pero no había dónde conseguir la fruta y precisaron esperar la llegada de un envío lejano: una demora, un retraso insoportable que don Ángel sufrió con una zozobra desbocada en el pecho y considerándolo una imperdonable falta de previsión de su parte. Cuando los muchachos sanaron, el gallego ya lo había decidido: plantaría quince mil naranjos, en una profusión desmesurada de lo que podría significar un remedio infalible para aliviar y curar los resfriados, eludir las neumonías u otras enfermedades. Ahora, al fondo de la casa se extendía un bosque de árboles espinados y azahares olorosos, al que la pareja prestaba los mayores cuidados. La historia puede ser real pero también una leyenda, porque en Oriente existían naranjales desde que los inmigrantes rusos y noruegos establecieron allí sus haciendas para fomentarlos.

La madre regañaba, peleaba o castigaba. Los niños la sentían más cercana. Al viejo lo envolvía una aureola de autoridad, aunque no impusiera la disciplina ni las prohibiciones.

A ella, los hijos la trataban con mayor naturalidad y confianza. Establecía el orden y los horarios, los arropaba bajo la frazada a la hora de dormir, los bañaba y vestía, adivinaba sus ánimos, y hasta corría tras ellos o daba unas palmadas cuando se habían excedido en sus diabluras, pero esto ocurría si lograba darles alcance, si lograba capturarlos, porque los muchachos, sobre todo Ramón y Fidel, ya la conocían y escapaban a la más mínima evidencia o amenaza de castigo.

Toda su bondad, Lina la volcaba en cuidados amorosos y desvelos, sin olvidar sus obligaciones al frente de la casa. Además, sabía curar malestares y padecimientos. Lo mismo indicaba un purgante de agua de Carabaña, que unas cucharadas de aceite de ricino, tan espeso y desagradable, que era preciso mezclarlo con malta de cebada y taparse la nariz para poder tomarlo sin chistar. Cada día les suministraba vitaminas, y de vez en cuando, emulsión de Scott, un medicamento de marca norteamericana, blanco y denso, elaborado con aceite de hígado de bacalao y azúcar, comprado en la farmacia de Castellanos, en Marcané, siempre al tanto de la última novedad y fiel a la tradición de las mejores y más distinguidas droguerías del país.

Castellanos, el farmacéutico, venía de San Andrés, en Holguín. Los hombres de la familia pertenecieron a las fuerzas cubanas del Ejército Libertador y las mujeres y los niños vivieron en las prefecturas insurrectas, improvisadas en la manigua. El padre del propietario de la farmacia salió con la tropa de Menocal y regresó con los pies deshechos. Era un hombre de autoridad severa y tenaz personalidad que, después de la guerra, volvió al trabajo de la finca y fue juez de paz.

Uno de sus hijos, todavía adolescente, recibió una beca de la Iglesia Bautista Americana y viajó a un pequeño pueblo en Illinois, donde cursó estudios secundarios, el bachillerato y el nivel superior. Se graduó en Farmacia y Química Farmacéutica, por el año de 1916, en la Universidad de Valparaíso en Indiana. Al llegar a la Isla, revalidó su título en La Habana y se fue a vivir a Preston, el central de la United Fruit Company. Allí conoció a la que sería su esposa, luego marcharon a Marcané, donde estableció la farmacia y le nacieron los hijos.

La botica se encontraba en un edificio de dos plantas, el establecimiento en los bajos y la vivienda en los altos. Resultaba una maravilla pasear la mirada por la estantería y el mostrador de cedro, por los albarelos, tubos de ensayo y jarrones de cristal de Bohemia llamados «ojos de boticario».

La mayor parte de los medicamentos de la casa de Birán se adquirían en la farmacia de Castellanos. Los niños se deslumbraban por la variedad de frascos, el juego de luces en la cristalería de los estantes, el orden impecable y los olores a esencias medicinales. A Fidel le llamaba la atención la etiqueta del frasco de emulsión de Scott, donde aparecía dibujado un pescador con un bacalao grandísimo a la espalda.

Lina atendía con esmero a don Ángel y le indicaba el guisaso de Baracoa, una pequeña planta muy buena para los riñones, tanto como el agua de coco, según aconsejaban los campesinos acostumbrados, por la ausencia de los médicos, a curarse con los palos, los frutos y las raíces del monte.

Segura de sí, activa y de mucho carácter, a veces se inquietaba porque no siempre dependía de ella el restablecimiento de los hijos y el esposo, entonces apelaba al Señor y le rezaba oraciones desesperadas, sin renunciar a los curativos, las abluciones, los cocimientos, o los masajes que alguna campesina diestra en esos menesteres, aplicaba concienzuda, en los vientres aventados y en las inflamaciones tras las rodillas.

A los niños, aún pequeños, los vacunaron contra la viruela. A Fidel la úlcera se le puso tan purulenta, que la marca le quedó para toda la vida en el pie derecho.

No existía ninguna posibilidad de evitar la poliomielitis, el cólera o el tétanos. Algunos aseveraban que tal vez las pequeñas, múltiples y recurrentes heridas iban como inmunizando al cuerpo de los peligros de la rigidez, pero nadie había podido demostrarlo.

Las desgracias solían llegar con las epidemias. Para el sarampión tomaban un jarabe de pelusa de maíz. La varicela requería un tratamiento interminable de lavativos. Algunos decían que el paludismo se sudaba al sol. Las heridas se curaban con miel y emplastos improvisados, pero muchas veces esos remedios no lograban conjurar el tétanos.

Lo mismo ocurría con las parturientas. De nada sirvió implorar a las vírgenes, a los apóstoles y a los mártires, para salvar a la hermana de Lina: Antonia, casada con José Soto Vilariño, un español de Valladolid, mayoral principal de don Ángel en la finca. Antonia –la madre de Luis, Ana Rosa y Clara–, murió estremecida por las fiebres puerperales poco después de dar a luz una niña a la que nombraron María Antonia, y que envuelta en la lencería de los recién nacidos, llegó a la vida de sus abuelos doña Dominga y don Pancho, cuando ya eran viejos. Ellos educaron a la pequeña en los rigores familiares y la estricta conducta de otro tiempo.

El 8 de junio de 1929, Fidel sin cumplir los tres años, miró con asombro las fotografías en las paredes, las estampas religiosas y las velas encendidas del funeral. No sabía qué significaba toda aquella tragedia, el llanto y la tristeza en la casa de los abuelos y los tíos, junto al cañaveral, adonde llegaron, después de caminar largo rato, por una vereda estrecha, monótona e infinita.

No imaginaba la muerte en aquellos momentos de pena, lágrimas y olor marchito de azucenas en agua. Nadie se molestó en explicarle, se invocaba a Dios y se creía en malos presagios y en santos. Los niños no sabían nada, nadie conversaba con ellos. Aprendían de la vida por intuición y experiencia.

Entonces llegó Clara a la casa grande, como una iluminación en quien se recordaban los días más felices de Antonia. Clara tendría tres años y Lina la llevó a vivir a Birán junto a María Antonia, la pequeña recién nacida a quien Nemesia Vargas alimentó las primeras semanas como ama de leche. Lina consideraba justo ayudar a su familia en la crianza de los sobrinos huérfanos, pero poco después tuvo que marcharse a Santiago, e internarse en la clínica Los Ángeles para someterse a una operación de apendicitis y a María Antonia, aún de meses, decidieron enviarla con la abuela doña Dominga porque era muy pequeña y requería una esmerada atención.

En ese tiempo los abuelos se acercaron al batey. Don Ángel ayudó a don Pancho a establecer su nueva casa, donde la familia Ruz rezaba por el alma de Antonia que Dios se había llevado a los cielos.

Clara permaneció en la casona hasta el día de su matrimonio más de veinte años después. Fidel que entonces apreciaba muy inclinados los escalones hacia el altillo y miraba a lo interminable desde el primer piso de la escalera a lo alto del techo, no reparaba en el llanto de Clara ni en sus insomnios; tampoco en su tristeza, solo en el revuelo de su llegada y el agrado con que recibió como golpe de fortuna, la presencia de alguien de su misma edad.

Lina no dejaba de orar por todos ante la imagen del Santísimo Corazón de María. El gobierno de Machado había decretado desde mayo de 1926, la restricción azucarera y con la adversidad económica sobrevinieron también todas las calamidades inimaginables.

Para don Ángel resultaba imposible negarse a una solicitud apremiante, siempre se compadecía y daba alguna orden para la tienda o proporcionaba trabajo donde no existía, porque los pedidos en las zafras de 1926 al 1927, y de 1928 al 1929, se redujeron drásticamente. Aunque por lo regular lo hacía en las tierras arrendadas a Carlos Hevia, casi como una previsión ante futuros reclamos, siempre ofrecía su consentimiento para que los campesinos se establecieran allí y laboraran en una pequeña parcela de tierra para el autoabastecimiento de sus familias. En Manacas, que era su propiedad, vivía sólo Marcelo López, que era compadre de mucha confianza de don Ángel, y llegó a ser alcalde de barrio y a inscribir a un numeroso grupo de guajiritos de por todo aquello.

Don Ángel era un hombre espléndido a pesar de su delicada situación económica. Entre los peones, los vaqueros y los agricultores, lo reconocían como un «dueño sentimental». Su mujer percibía los peligros y actuaba con mayor rigor, quizás con el instinto maternal de preservar la holgura para sus hijos. Lina defendía la estricta administración del dinero, aunque también ella terminaba corriendo con los enfermos, asumiendo los gastos de los infelices y ahijando a los niños de la localidad.

Don Ángel viajó a Santiago de Cuba en noviembre de 1928, para reconocerse ante el abogado y notario público de esa ciudad, doctor Eduardo Vinent y Juliá, como deudor del señor don Fidel Pino Santos por la cantidad de ciento veinte mil pesos oro, moneda acuñada de los Estados Unidos de Norteamérica, cuya suma se comprometía a devolver al vencimiento del término de cinco años –a contar desde aquella fecha y prorrogable a cinco años más– y a contribuirle, mientras no efectuara su devolución, con el interés convenido del ocho por ciento anual, pagadero por mensualidades vencidas en el domicilio del acreedor donde se pactó el cumplimiento del contrato.

Hipotecaba por segunda vez su finca, en garantía de pago del principal de sus intereses y de cuatro mil pesos más que se consignaban para gastos y costos en caso de litigio.

Ambos, don Ángel y don Fidel Pino Santos, eran reconocidos como amigos íntimos y conversaban sin que otros participaran de sus planes o acuerdos. Nadie sabría con rigor qué vínculos los unían ni cuáles eran sus propósitos. Lo cierto es que se visitaban y su trato era cordial y familiar. Don Fidel Pino Santos siempre fue bien recibido en Birán, e incluso, el tercer hijo de don Ángel y Lina, se llamaba como el señor apoderado porque alguna vez se pensó que este sería su padrino de bautismo. Don Ángel visitaba con frecuencia al matrimonio de don Fidel Pino Santos y Exuperancia Martínez Gandol, en su casa de la calle Corona No. 32, en Santiago de Cuba. Una década después, cuando don Fidel Pino Santos enviudó, Lina Ruz asistió al velorio con Angelita, que entonces tenía catorce años de edad.

A pesar de las excelentes relaciones que primaban entre don Ángel y don Fidel Pino Santos, la situación mantenía tenso al deudor y sólo se le notaba expresivo cuando recorría la finca o salía de viaje para resolver los asuntos de negocios con sus proveedores de mercancías, los propietarios de grandes almacenes en La Habana Vieja.

En la capital, de una sola vez, resolvía varios asuntos: verse con el médico el problema de la vesícula y pagar sus contribuciones al Centro Gallego de La Habana, al que pertenecía desde 1909, cuando contaba treinta y tres años de edad y aún no se había casado por primera vez. En la fotografía del carnet, su expresión adusta revelaba la soledad de un hombre sin hogar, llevaba rapada la cabeza, un saco a cuadros y una camisa abotonada hasta el cuello.

Las disposiciones reglamentarias del centro constituían un extenso pergamino. Para ejercitar los derechos sociales, incluso los sanitarios, era requisito indispensable presentar el recibo. Los asociados que ingresaban con más de cincuenta años, no tenían derecho a la asistencia sanitaria.

El recibo incluía al dorso una guía con las direcciones del Palacio Social, la Casa de Salud La Benéfica, el plantel Concepción Arenal, las consultas de los médicos y especialistas, los laboratorios clínicos y los abogados.

La Nochebuena de ese año de 1929, don Ángel dispuso la entrega de alimentos para todos los campesinos de por allí. De no ser así, la mayoría no tendría nada especial para la ocasión, sólo un plato de harina de maíz y unas viandas, porque con la caída brusca del precio de los azúcares, se encarecieron las mercancías, sobre todo el jabón, los aceites, la carne y las harinas, acaparadas y revendidas por los especuladores a precios inaccesibles.

Había quien no deseaba endeudarse y otros no se atrevían a llegar hasta el portal de la casa para solicitar a don Ángel Castro otro anticipo. Él solía acomodarse en su sillón de palma y pajilla de mimbre, en el corredor del frente de la casa, donde acostumbraba prodigar su generosidad.

Su hijo Fidel lo recordaba bien, recién pelado y afeitado por Lina en el sillón de barbería que había en la habitación contigua a su dormitorio, allí, en la oficina donde el viejo ventilaba asuntos electorales y de impuestos con todas aquellas autoridades recién llegadas de la municipalidad o la provincia. Allí también almorzaba, comía y disputaba las partidas de dominó por las noches. En Navidad, el niño veía su rostro complacido, aunque aquella vez no se escucharan las castañuelas y los taconeos de las españolerías, ni la voz potente del tenor italiano Enrico Caruso, en los discos del fonógrafo RCA Víctor, que sobre la repisa del comedor de las visitas era una verdadera atracción a pesar de la cuerda imprescindible al final de cada melodía.

Habían transcurrido muchos años desde que en 1877 Thomas Alva Edison grabara la canción infantil *Mary had a little lamb* en el primero y más rústico de los fonógrafos inventados. Luego se expandieron por las ferias, los circos, los cafés y los bares, donde la gente echaba sus monedas en la ranura, se colocaba los auriculares y escuchaba la maravilla de la música guardada en aquellas cajas sonoras, de primorosos grabados florales, historias de hadas y duendecillos.

Para 1904, Caruso era artista exclusivo de la Compañía RCA Víctor y ese mismo año, la firma puso en venta el primer fonógrafo con bocina tipo trompeta llamado Victrola, muy parecido al que guardaba silencio en la sala de la casona de Birán, la noche del 24 de diciembre de 1929, cuando hasta el aire estaba de luto por la ausencia de Antonia Ruz.

La fecha en la pizarra indicaba el mes de septiembre de 1930. Fidel asistía a la Escuela Rural Mixta No. 15 de Birán y sus ojos revelaban la íntima sensación de sorpresa, de fascinación ante la posibilidad de aprender. Ocupaba un puesto en la primera fila de los pupitres de hierro y madera con apariencia de ola. El espaldar de uno, servía al de atrás como sostén de la paleta y sólo el primero carecía de esa especie de repisa volada donde apoyarse para escribir. Como se trataba de un aula multigrado, prestaba atención a todos los asuntos con independencia del nivel y la edad al que iban dirigidos, su memoria registraba de modo apresurado e indeleble los nuevos conocimientos.

La escuela funcionaba en una casa de madera y techo de zinc, asentada en troncos de árbol sobre el terreno ondulado de piedras y fanguizales. La pequeñez de la pizarra cabía entre las ventanas, a la altura de los veinte o veinticinco alumnos en el ala izquierda de la construcción, donde se encontraban los estantes de libros y el escritorio de la profesora; atrás el escudo de la nación y una galería de fotografías de patriotas cubanos: José Martí, Antonio Maceo, Máximo Gómez, Calixto García e Ignacio Agramonte, entre otros tantos héroes de las guerras independentistas.

Angelita y Ramón, sus hermanos mayores, debían asistir a clases y como no había lugar para él en otra parte, permanecía allí, durante las mañanas y las tardes, junto a Carlos y Flores Falcón, Pedro Guevara, Luis Soto, Pedro Pascual Rodríguez, Dalia López y otros niños de edades diversas, casi todos descendientes de familias campesinas del batey. Luego, se incorporaron Norberto Gómez, hijo del mecánico Antonio; Melba Varelo, hija del telegrafista de Birán y por último, Clara, cuyo nombre tenía para todos resonancias de farol o amaneceres. Cuando el curso avanzó, también se sumaron al grupo, Luis y Rolando Lid Colón.

Al atardecer iban todos a bañarse al cauce estrecho y poco profundo del río Manacas, en una charca de piedras pulidas casi a flor agua. También formaban parte del grupo, los primos Ana Rosa y Luis, a quien doña Dominga permitía ir a casa de la tía Lina con la advertencia de regresar pronto y comportarse bien.

Era una cuadrilla bullanguera y feliz, enrolada en aventuras y complicidades. No importaba que unos fueran hijos del hacendado y otros de los trabajadores, ni si eran blancos, mestizos o negros. Se desenvolvían con una libertad que respiraban a sus anchas, en una vivencia pródiga en aires puros. Eran amigos y no había distinciones ni racismo.

Don Ángel y Lina eran de origen humilde, trabajaban y convivían con la gente, a pesar de que alcanzaron una posición de mando y adquirieron la propiedad sobre aquellas tierras, continuaban siendo accesibles, sin la cultura excluyente de los terratenientes de cuna, y sus hijos crecían junto a la gente sencilla.

Los niños de la casa, se criaban rodeados de las atenciones y los halagos con que se solía tratar a los herederos de una familia rica, pero nunca se les prohibía jugar, correr, cazar pájaros, bañarse en el río, entablar amistad y crear afectos perdurables con los muchachos del batey. Como no existía una persona dedicada a ellos, eran libres todo el tiempo, con la única obligación de presentarse sin falta a las horas señaladas de almuerzo y comida. Se mezclaban con todos y en cualquier parte, en la naturaleza restallante de los algarrobos, anacahuitas, jiquíes, mangos, caimitos, naranjos, almácigos y cedros.

Desde entonces, existía la diferencia de que unos calzaban zapatos, vestían bien y eran inapetentes, y otros, sin embargo, andaban descalzos, con ropas gastadas y siempre tenían un apetito voraz; pero aún, nadie se preguntaba por qué las cosas sucedían de ese modo, mucho menos los niños, para quienes todo resultaba natural.

Engracia, su primera maestra, poseía modales finos y ternura inacabable. Era una muchacha muy joven y cariñosa con los alumnos. Fidel se enamoró de ella con el amor candoroso e ingenuo de la infancia; se comportaba bien, permanecía tranquilo, casi alelado, sin perder una palabra, ni una sola historia o anécdota, atento a clases. Después pasó Miguelina y luego Pepe Sánchez, un reparador de líneas telefónicas, habilitado como sustituto hasta la llegada de Eufrasia Feliú Ruiz, solterona, de estricta educación francesa y carácter amargado, que imponía rigores. Ella era exigente con sus alumnos y con ella misma; su vida era solitaria y triste. Los años y la crianza de un sobrino transformarían su presencia; su voz sería más tenue y la expresión de su rostro, aún serio, mucho más dulce y tierna.

Quizás porque aún era pequeño, Fidel sentía allí la impaciencia y excitación propios de sus cuatro o cinco años y como no le gustaba Eufrasita, porque los castigaba, poniéndolos de rodillas o los hacía permanecer de pie contra una esquina, se rebelaba, soltaba una sarta de malas palabras aprendidas con los haitianos y los vaqueros y escapaba por la ventana del fondo o por el corredor. Saltaba la baranda y ¡adiós reglazo de castigo! Un día no le sonrió la suerte y cayó sobre una pequeña caja de madera y se clavó una puntilla en la lengua, la misma lengua con la que antes había pronunciado un amplio repertorio de insultos. Suspendió la escapada y se fue directo a casa. Lina no lo consoló.

—Dios te castigó.

Y él lo dio por seguro, Dios era un señor que miraba desde allá arriba y decidía los destinos, el paraíso o el infierno, también para los niños.

Aunque asistía a clases desde antes, el 5 de enero de 1932 lo inscribieron por primera vez y con carácter oficial en la pequeña escuela, donde aprendió los números y las letras y comenzó a leer casi sin darse cuenta. Transcurría el segundo período del año escolar. En el registro, una libreta de tapas de cartulina anaranjadas y cuartillas en sepia, aparecían anotados, su nombre y la edad de seis años, aunque en realidad tenía cinco, pues cumpliría los seis en agosto. El 28 de abril del propio 1932, inició el tercer período del año escolar y en el registro, enmendaron el error: apareció entonces su nombre y al lado la edad de cinco años.

Si la clase no era interesante, su vista recorría los trajines del batey, más allá de las ventanas y el portón. Sus pensamientos se perdían por el rumbo de la valla de gallos donde los hombres rociaban de alcohol a sus ejemplares para reanimarlos en medio de la pelea. En ese instante, imaginó el revuelo colorido de alas y crestas y la exaltación del público ante cada picotazo, a cada salto de ataque. En sus meditaciones llegó hasta el comercio en el Camino a Cuba, desde donde siempre se escuchaban las pulsaciones del telegrafista Varelo sobre los tipos de la máquina de escribir Underwood o las sonoridades indescifrables del telégrafo que unos años más tarde atendería con esmero tenaz Pedro Botello Pérez.

Otras veces recordaba ensimismado las emociones vividas en casa, cuando el nacimiento de Raúl Modesto, que evocaría con sentimientos de angustia y felicidad. En su imaginación, Fidel volvía a vivir aquel día 3 de junio de 1931, cuando don Ángel aquietaba su alarma dándole vueltas entre las manos al sombrero. Ya había aclarado y aún Lina no había dado a luz. Con la misma lentitud del goteo de rocío, el alumbramiento demoraba. Despertaban los ruidos cotidianos del batey. Isidra Tamayo pasaba a ratos con las sábanas empapadas de sudor, envuelta en el olor de los alcoholes y las lociones desinfectantes, y con una expresión de desconcierto en el rostro.

Fidel, sin comprender la dimensión de lo que ocurría, permanecía expectante en el corredor y tal vez junto a él, Ramón y Angelita. A la una en punto de la tarde, escucharon el llanto del recién nacido. Isidra dio la buena noticia con una sonrisa amplia en la que Fidel adivinó la alegría: «Ambos estaban a salvo.» En el aula, el alumno sonrió y de repente, escuchó una voz de trueno. «Atienda de una buena vez, le estoy hablando a usted», vociferaba la profesora intempestiva. Eufrasita interrumpió sus «regresos». Lo reprendió por estar en los celajes o en sabe Dios qué mundos y habló insistente de los estudios en Santiago de Cuba, donde consideraba mayores las posibilidades para su desenvolvimiento, donde tendrá que aprender de veras a escuchar a sus profesores, donde no podrá darse el lujo de tantos ensimismamientos.

El 3 de junio de 1932, el mismo día en que Raúl, su hermano más pequeño cumplía un año de nacido, Fidel concluyó sus estudios de primer grado en la Escuela Rural Mixta No. 15. Para entonces, cantaba con gesto severo y solemne el *Himno Nacional*, entonaba las estrofas de un modo palpitante, conmovido. También recitaba algunos versos del Apóstol José Martí, y su declamación tenía la exactitud de los relojes y la emoción de los sinceros.

Con la vista fija en las metáforas que las nubes de humo creaban en el aire, don Ángel tomó el tren en el paradero de Alto Cedro, para viajar a Santiago. Permaneció en silencio, mientras desfilaban ante su vista los campos de caña, las chimeneas de los centrales azucareros, los bohíos campesinos, las guajiras que extendían al sol la ropa recién lavada sobre las piedras de los arroyos, los hombres a caballo y los faroles apagados en plena luz del día, mientras se balanceaban colgados de la lentitud de las carretas. Abstraído en sus preocupaciones lo sorprendió la llegada a la ciudad. Apenas podía creer que había pasado el tiempo y el viaje había concluido. Se sacudió la modorra y el escepticismo, y encaminó sus pasos hacia el pequeño hotel de sus estancias habituales tras meditar y concebir las posibles salidas a su situación. Esa misma tarde visitaría la casa de don Fidel Pino Santos para llegar a acuerdos preliminares. Debían presentarse al otro día, en el bufete del abogado y notario público, doctor Eduardo Vinent y Juliá. El plazo de la deuda vencía y habrían de adoptar una determinación.

La familia Pino Santos vivía en una residencia de columnas espigadas y vitrales floridos. El viajero llegó al final del mediodía, cuando comenzaban a atenuarse los calores intensos y soplaba la brisa frágil de las cuatro de la tarde. Sin que nadie los importunara, conversaron en la sala, con el propósito de hallar la mejor solución para los dos.

—Este es uno de los mejores vinos de España –aseguró don Fidel Pino Santos mientras tomaban algunas copas de Tres Ríos y el visitante sentía en las sienes y la nuca todo el peso de la incertidumbre que solo el pago definitivo de la deuda podría evitar.

Don Ángel conservaba arrendadas un número considerable de tierras en los Pinares de Mayarí y encaminó sus mayores esfuerzos a la extracción de la madera, lo aconsejable en períodos de crisis como los que corrían: el precio de los azúcares andaba por el suelo en el mercado mundial y la industria se encontraba deprimida, en medio de la debacle política y las represiones sangrientas que estremecían al país. Don Ángel presintió el estallido, lo intuyó con nitidez, como aquella vez que adelantó el fracaso de la guerra de España en Cuba.

A pesar de su perseverancia, de las diligentes iniciativas productivas y los empeños por salvar su más preciada posesión, no tendría otro remedio que poner la finca resultante de la refundición de las cinco tituladas Manacas, Las Palmas, María, Española y Rizo, a nombre del acreedor, hasta que se encontrara en condiciones de satisfacer los intereses de su adeudo.

Oscurecía cuando se despidieron con el compromiso de verse a la mañana siguiente en el bufete del abogado. Esa noche, percibió condensada toda la soledad del día en la habitación del hotel, en los escaparates sombríos, las gavetas vacías, la oscuridad de las paredes y la desolación de la luna del espejo, donde se reflejaba la inquietud de su espíritu, a pesar de las garantías ofrecidas de que todo continuaría igual para dar tiempo al tiempo.

Sobre el escritorio de caoba se amontonaban los expedientes y la papelería, el timbre para detener las discusiones, las carpetas de piel, el tintero. El notario, reclinado hacia delante, leía en voz alta la escritura de cesión en pago. Transcurría el 20 de julio de 1933.

La finca hipotecada abarcaba sesenta y cinco caballerías y seiscientas sesenta y cuatro milésimas de otra, según plano levantado por el agrimensor Felipe Xiqués, y estaba sujeta en su totalidad a un contrato de molienda de cañas celebrado entre la Sociedad Anónima Warner Sugar Corporation y el deudor, así como a una servidumbre de paso, para el uso de una línea de ferrocarril.

Al no satisfacer don Ángel los intereses de su adeudo, el acreedor acudió a las autoridades judiciales y estableció el procedimiento sumario hipotecario. El juicio se encontraba en el trámite de segunda subasta y para el acto se había señalado el día 31 de julio del corriente. Tendría lugar a las nueve de la mañana, en la Sala de la Audiencia del Juzgado de Primera Instancia de Mayarí, el poblado al norte de la provincia, resurgido una y otra vez de las inundaciones, donde radicaba la cabecera municipal a la que se adscribía el batey de Birán, hacia donde miraban sus pobladores si había que hacer efectivas las disposiciones oficiales o acudir a la iglesia. El deudor cedía en pago la finca al no poder satisfacer a don Fidel Pino Santos el importe de su acreencia. Al final del documento firmaban ambos y el notario daba fe del convenio.

A pesar de la escritura, al menos en apariencias, nada cambió en el batey ni en la finca, y acaso, el tiempo para recuperar la propiedad, formaba parte del pacto silencioso entre caballeros que la antigua amistad tal vez sellara entre don Ángel y don Fidel Pino Santos, pero la adversidad no dejaba de inquietar, mortificar y alarmar al hombre batallador que desde su llegada a Cuba soñaba con la estabilidad de su economía y un futuro promisorio para los suyos.

Cubierta por un blanquísimo mantel bordado y rematada al centro por un frutero de cristal, la mesa del comedor de la casa grande reunió en torno suyo a los dueños de la finca, los hijos y sus invitados. Allí se trataron asuntos importantes de la familia y la propiedad; el futuro de los niños por ejemplo, ya se había decidido tras una larga conversación con la maestra, en el ámbito del almuerzo de aquel día. Tanto insistió Eufrasita en las bondades, en las posibilidades de los estudios en la ciudad, que consiguió convencer a la familia sobre la conveniencia de enviar a los hijos allá, adonde vivían su padre Néstor Feliú y su hermana Belén, que era maestra de piano. La maestra aseguraba que sería lo mejor para los niños y no la vida en el batey aislado y rústico. Angelita había llegado a una edad, en que lo aconsejable era cursar estudios superiores y ello no era posible aquí, donde la escuela, a lo sumo, podía cubrir hasta el cuarto grado; en Birán ya no existían perspectivas para ella. Sobre todo sería una gran oportunidad para Fidel, tan despierto e inteligente. Allá podrían ir a los Colegios Spencer y La Salle, y acostumbrarse a la vida de la gran urbe, explicaba la maestra de Birán.

Ante tanta disposición, don Ángel y Lina dieron su consentimiento, lo hicieron con el admirable deseo de que sus hijos estudiaran y progresaran en la vida. Para ello, hicieron grandes sacrificios, sin sospechar que las personas a quienes confiaron el cuidado y la educación de los niños no tenían vocación ni amor suficientes como para aliviar la inmensa y dolorosa nostalgia del hogar.

En diciembre, tras los festejos de las Navidades, Angelita y Fidel emprendieron el viaje. Al llegar, las luces eléctricas, los arcos de madera y el bullicio de la Estación de Ferrocarriles de Santiago suscitaron en el más pequeño un deslumbramiento absorto y callado. Sus ojos se perdían en las paredes altas y la luminosidad de las bombillas y pensaba en la lejanía de Birán y de los amigos. Sentía añoranza de los árboles, y la luna, de la libertad de jugar, correr y galopar, de la compañía de los monteros, los campesinos y los haitianos, de la frescura de los aguaceros copiosos, del sol intenso de los mediodías y de la vegetación tupida al alcance de la vista y de las manos. Él aún no podía nombrar esos sentimientos, no conseguía explicar lo que le ocurría, no tenía palabras suficientes para tal confusión. La primera noche en Santiago, en casa de una prima de la maestra Feliú, a la que todo el mundo llamaba Cosita de un modo paradójico porque su anatomía gruesa y alta, le parecía a Fidel una presencia descomunal, se orinó en la cama, quizás debido al nerviosismo o la agitación por el viaje, o al hecho de que sentía una profunda tristeza tan lejos y entre personas extrañas. Esa noche, su hermana Angelita estuvo a su lado, se ocupó junto a Belén de cambiarle las sábanas, arroparlo y darle un beso para tranquilizarlo, pero ya no había remedio, él no lograba conciliar el sueño y aún con los ojos cerrados, en aparente sueño, se sentía infeliz, confundido y solo.

Las horas transcurrían aburridas, desoladas, en medio de una aflicción que lo espantaba y pesaba en el ánimo, lo fatigaba y adormecía para después desvelarlo sin remedio. En ciertas ocasiones alcanzó a consolarlo Esmérida, una guajirita que los había acompañado para hacer labores domésticas y que no comprendía tampoco las razones de lo que estaba sucediendo.

El niño sentía profunda su soledad, lo embargaba una sensación de desamparo y de inseguridades, y una zozobra pertinaz en el alma. Durante las noches, ese desasosiego se tornaba aún más agobiante. Al irse a la cama, preguntaba insistentemente por sus padres y siempre le respondían lo mismo: «están lejos». Se aferraba a la compañía de su hermana mayor, sin saber todavía las vicisitudes, los pesares y la incomprensión que sobrevendrían, como un cambio brusco, triste y abrumador en sus vidas.

Al principio se instalaron todos en la calle Santa Rita, cerca del Malecón, donde vivía Osoria, *Cosita*. Unas semanas más tarde, la familia Feliú se trasladó con los niños a la parte alta de la misma calle, en la Loma del Intendente, frente al Instituto de Segunda Enseñanza. La casa estrecha, oscura y húmeda, de paredes de tabla y techo de tejas rotas y descoloridas, sobrecogía por la timidez de su presencia en aquel barrio viejo y pobre.

El fin de año, siempre motivo de regocijo, no lo fue para ellos, ni para Angelita ni para Fidel, sobre todo para él, que era tres años más pequeño y no hallaba motivos de celebración; lejos de Birán y rodeados de personas ajenas, echaban de menos el refugio cálido de la casa, y el cariño dedicado de los padres: Fidel ansiaba escuchar la voz de Lina y sentir la mano del viejo palpándole la cabeza y alisándole el pelo en un arrullo tierno y discreto.

Santiago

El niño abrió los brazos y se refugió en la corpulencia cálida del viejo. Al verlo, salió corriendo y gritando: «Ahí está Castro, ahí está Castro, ahí está Castro», y se precipitó hacia su padre con alborozo, con un entusiasmo desbordado en agitación y euforia. Belén, la hermana de Eufrasia Feliú, contemplaba conmovida el encuentro de ambos, en aquella arruinada casa de la calle Santa Rita, donde vivían Angelita y Fidel. La carrera extenuó al niño enflaquecido, de melena hirsuta y aspecto desvencijado, que respiraba con sofocación y hablaba a intervalos breves. A pesar de la ansiedad jubilosa de su mirada, tenía los ojos hundidos y los párpados de un color cetrino violáceo. Don Ángel lo notó enseguida, a pesar de las adversidades económicas que presagiaban tiempos muy difíciles; el corazón le dio un vuelco, preguntó alarmado, indagó por qué el niño tenía el semblante pálido y la estampa endeble. En la casa de los Feliú le explicaron que los niños habían enfermado de sarampión y que esa era la causa de la delgadez y apariencia ajada de Fidel y le aseguraron que al desaparecer la enfermedad ya no existía motivo para preocuparse. Con los días, su salud quedaría restablecida.

Don Ángel creyó esas palabras, confió en Belén y moderó sus temores. En ese instante no imaginaba las privaciones vividas por sus hijos, porque él enviaba puntualmente el dinero suficiente para que tuvieran una vida holgada y una atención esmerada. La muchacha se ruborizó por su propia falsedad. No se trataba solo de la convalecencia por la enfermedad como ella asegurara. Sintió pena por don Ángel, a quien ocultó la difícil situación económica a la que los obligaba la austeridad de Eufrasita. Ella no tenía valor suficiente para decirle la verdad, su carácter débil se lo impedía: «Dios me libre de contrariar a mi hermana», repetía para sí, para convencerse de su parquedad, y justificar su silencio cómplice. Sabía que Fidel había bajado de peso porque apenas comía, porque la cantina no alcanzaba para tantos, y porque lo tenía enfermo la nostalgia por sus padres y por Birán. Titubeó un momento, pero no se atrevió a desafiar a Eufrasita y al final se reservó sus opiniones. Belén bajó los ojos sin agregar una palabra más, cada una de las que pronunciara se le antojaban un terrible pecado y en lo recóndito de su sensibilidad, de su alma buena, se sintió avergonzada.

Desde que Eufrasia Feliú consiguió que sus alumnos viajaran a Santiago, el padre enviaba por cada uno de ellos cuarenta pesos de mesada, una verdadera fortuna, suficiente para una enseñanza adecuada y buenos cuidados en tiempos de escasez. En realidad, el dinero apenas se empleaba en los niños y se economizaba demasiado.

Eufrasia permanecía en Birán durante las clases y sólo visitaba la ciudad de vacaciones o en alguna otra ocasión, pero desde la distancia, llevaba las riendas de la casa y no permitía gastos «excesivos», de acuerdo con la desmesura de sus ahorros, gracias a la oportunidad que le habían traído la providencia y la buena fe de don Ángel y

Lina. Podía presumirse que, desde el principio, la precariedad económica de su familia, determinó la insistencia de la maestra por enviar sus alumnos a Santiago, con lo que aseguraba remediar las dificultades.

Néstor, el padre, enfrentó solo la crianza y educación de sus tres hijas, huérfanas de madre desde pequeñas. Ellas estudiaron en Haití o en Francia, nadie podía asegurarlo con certeza, pero su exquisita dicción al hablar el francés y la fineza de sus modales, así lo indicaban. Tal vez eran descendientes de franceses, de los que emigraron a Oriente cuando la revolución de Toussaint Louverture, en 1791, y fomentaron sus haciendas de cafetales y cacao, gracias al conocimiento avanzado de las técnicas agrícolas en sus plantaciones. Los franceses sabían cómo aprovechar las humedades y las sombras, la cal para la fertilización y el trabajo de los esclavos, y difundieron sus apellidos también entre los descendientes de las dotaciones de esclavos, que asumieron los de sus amos.

Belén era maestra de piano, Nieves doctora en medicina y Eufrasia profesora habilitada. La familia disfrutó una posición holgada hasta el año de 1932, cuando Nieves enfermó y Belén quedó sin empleo, con lo cual, la situación se tornó muy embarazosa en medio de la depresión económica y las convulsiones políticas del país. El salario de Eufrasia era el único ingreso posible y era usual que el gobierno del dictador Gerardo Machado olvidara pagar a los maestros.

A principios del año 1932, Lina había llevado a Raúl y a Angelita a la consulta de Nieves. Raúl tenía seis meses de nacido y Angelita nueve años de edad. La niña padecía de la vesícula y Nieves, la hermana de la maestra, le indicó un tratamiento que consiguió aliviarla de las molestias que siempre experimentaba tras ingerir alimentos, y a la que muchas personas atribuían su delgadez, su aspecto de «vara de tumbar gatos». Angelita cumplía el método rigurosamente, atenta a los horarios y las proporciones de los medicamentos, incluso después de que Nieves ya había muerto a comienzos de 1934, de cirrosis hepática, una enfermedad de piel mustia y cansancios irreparables.

Al principio sólo eran Néstor, Belén, Angelita, Esmérida y Fidel, pero después Ramón visitó Santiago y Fidel lo entusiasmó para que permaneciera allí. Ramón llevaba una pequeña bolsa con monedas que a Fidel le parecieron un verdadero capital para comprar hielo de esencias, siropes, turrones de coco y otros dulces, que adquirían casi siempre en un comercio de la esquina, frente a la casa del Moro Yibi, un hombre al que atribuían todos los misterios y exotismos que un niño puede imaginar ante alguien de ascendencia tan distante. Sin embargo, aquellos fondos de Ramón se agotaron pronto y la situación empeoró.

Todos los días llegaba Marcial, un pariente de las Feliú, que hacía el recorrido diario desde la casa de la prima Cosita, y traía y llevaba la cantina para tres personas que se alargaba para seis y además, debía dividirse entre el mediodía y la noche.

Lina los había visitado apenas establecidos en la ciudad, pero aún era muy temprano para percatarse de la situación y los niños no sabían cómo explicarse, ni siquiera comprendían bien lo que ocurría.

Eufrasia recibía ciento veinte pesos mensuales, equivalentes en dólares, según la cotización de la moneda en esos años. Era tan frugal en los gastos de manutención de los hijos de don Ángel en Santiago, que transcurridos dos años, viajó a las Cataratas del Niágara, un viaje en aquella época inalcanzable para los ingresos modestísimos de una maestra en una pequeña escuela rural.

Fidel pinchó con el cuarto diente del tenedor el último grano de arroz en el plato, sin saber qué significaba aquel apetito desmedido, una sensación desconocida para él, a quien en la casa de Birán siempre tenían que presionar para que comiera algo, después de probar todas las chucherías imaginables en la tienda, los barracones de los haitianos, la alacena de García o en los alrededores del batey: dulces de leche, empanadillas, mazorcas de maíz asado, miel, guayabas, naranjas, mangos o tajadas de fruta bomba. Lina se resistía a ese mal hábito, ante aquellas comilonas con una frase poética: «grano a grano se le llena el buche a la gallina», convencida de que siempre sus hijos desaprovecharían los almuerzos y comidas preparados con esmero.

En Santiago, a Fidel, comer le parecía una maravilla fabulosa y esperaba la cantina como una verdadera fiesta, sin dejar de pensar en eso todo el tiempo, como una obsesión compartida, porque, en justicia, allí nadie escapaba del hambre y la ansiedad.

Belén les enseñaba meticulosa, la austeridad francesa en los modales, cómo comer, comportarse y sentarse a la mesa. Entre las reglas inviolables figuraba no pedir. Era un barrio de niños pobres y todos sabían eso. Si Angelita, Fidel o Ramón pedían un poco de hielo «rallado», allá iban los otros a contarle a Belén.

Una vez Fidel quizo un centavo para comprar un dulce y ella le respondió con dulzura e impotencia: «no, no te puedo dar ni uno, porque quedan solo ochenta y dos». Sentado en un pequeño banco de madera, lo confinaban a la soledad, durante horas en una pequeña habitación donde se acumulaban trastos inservibles. Allí repasaba, en la parte de atrás de una libreta escolar, las tablas de multiplicar y las restantes operaciones matemáticas.

Pero no se trataba únicamente de la pobreza sobrecogedora de la mesa, la pérdida de tiempo o la lejanía de Birán. Las conmociones incluían imágenes violentas. Los soldados redoblaban el paso frente a la casa en sus recorridos habituales cerca del Instituto, ocupado por la fuerza pública. Unos marinos apostados junto a los altos muros de piedra, no dejaban ni hablar, pasaba un grupo de estudiantes, alguien decía algo y lo golpeaban con la culata de los fusiles.

Las explosiones estremecían los crepúsculos. Fidel se desvelaba con los estruendos reiterados de la madrugada y las sirenas de los autos. Los soldados detenían a los transeúntes a esas horas que suponían inapropiadas para andar por las calles. Al pobre Antonio Gómez, el mecánico de Birán, lo encarcelaron por razones políticas, porque era comunista y su condición era un sacrilegio. El niño lo recordaba bien. Con la claridad de las imágenes grabadas para siempre en la memoria, veía llegar a la casa de la maestra en Santiago, a la esposa de Antonio. La mujer, muy acongojada, se lamentaba por lo que estaba sucediendo. Sus lágrimas interrumpían la conversación y no le permitían tomar en calma el café de las visitas. Los labios le temblaban al borde de la diminuta taza, una descolorida delicadeza de porcelana, decorada con margaritas azules y muchachas orientales de abanicos de papel en el pecho y alfileres en el pelo.

Antonio vivía con su familia cerca de la casona de Birán, casi en la ribera del arroyo Manacas, próximo a la tienda y al correo, siguiendo por el Camino Real de la Isla. Su casa era una construcción de madera de dos pisos, ocupada por dos familias. Tenía varios hijos. Su esposa viajó a Santiago para visitarlo y confortarlo en la prisión. Fidel la acompañó a la cárcel, ubicada al este de Santiago, donde terminaba el Malecón, en la Avenida de la Alameda. Nunca olvidaría aquél lugar sombrío, de cerrojos, carceleros y rejas. La mujer miró en derredor desconsolada y el niño, impactado, sintió pena por la familia de Antonio. La esposa del mecánico lloraba con desesperación entre las paredes mugrientas, y el niño lo recordaría con un estremecimiento interior siempre.

    La excursión a La Socapa era el único recuerdo grato de entonces. La lancha iba más allá de la rada y salía al mar abierto. Angelita temerosa, comenzó a gritar, a desesperarse, porque las nubes anunciaban temporal y el barco oscilaba de buenas a primeras con la violencia de las aguas. Fidel, deslumbrado por el paisaje ante su vista, no se percató del peligro y no entendió a su hermana, que vociferaba y pataleaba sus miedos, su deseo de regresar a la orilla, con el mismo espanto con que vivía los temblores de tierra cada vez que Santiago se estremecía. Por primera vez, a partir de aquella mañana sobre las olas, Fidel tuvo noción de la inmensidad de los horizontes como algo impresionante, y deseó reanudar el viaje marítimo rumbo a las fortificaciones antiguas, en la ruta a la boca de la bahía, a las islas o penínsulas donde las leyendas deslumbrantes. La batería de La Socapa, el Castillo de La Estrella y el Morro fueron edificados por los españoles para defender la ciudad del francés Jacques de Sores y de todos los piratas y corsarios que diezmaban Las Antillas. Aquella excursión a la francesa, incluida la canasta de mimbre con dulces de leche y guayaba, permanecería en su memoria como un instante de inmensa felicidad.

Durante esa primera estancia en Santiago, los niños nunca visitaron el cinematógrafo ni salieron a pasear. El viaje en barco quedó como una experiencia insólita y fugaz, evocada en las tardes nubladas o estremecidas, por la ventolera del sur.

Cuando llovía, diluviaba más dentro de la casa que afuera y se colocaban palanganas bajo los techos agujereados, invadidos por los helechos y el musgo. Los aguaceros torrenciales calaban de humedad todos los rincones. Llegó el momento en que, además de usar pantalones cortos, debía andar sin medias porque los zapatos se le rompieron. Fidel pidió una aguja y los remendó por los bordes con hilo de coser y con toda la habilidad o la paciencia de que era capaz un niño.

Angelita asistía al Colegio Spencer, pero él no hacía más que perder el tiempo y escuchar de lejos las notas del piano de Belén, durante las clases de música o los desahogos de su amargura. El tiempo se escapaba y no podría determinar si fueron unos pocos meses o un año; a él por siempre, le parecería una eternidad. La clase se iba muriendo y cada día asistían menos niños a la instrucción musical. Los padres de los alumnos insistían en el cumplimiento estricto de los horarios, porque su dinero no era suficiente como para sufragar muchas horas de tanta inútil preparación, en época de imprescindibles pragmatismos. Belén presentía que sus exiguos ingresos de quince o veinte centavos por discípulo, desaparecerían de un momento a otro y quedaría a la deriva. Ella era un alma dócil. Su apariencia concordaba con su manera de ser, tendía a la obesidad apacible y bonachona, a la dulzura del carácter y al trato afable y benévolo, era en extremo metódica y sensible, tocaba siempre el piano antes del almuerzo. A pesar de ser la hermana mayor, no enfrentaba la autoridad temeraria de Eufrasita, entre otras razones, porque dependía de ella. Además, su espíritu carecía de suficiente intrepidez, temple y resolución para tales beligerancias. Lo mismo le ocurría al padre, quien había trabajado como sastre durante largos años y ahora sentía demasiado agotamiento y pereza como para ir contra la corriente.

La maestra de Birán era la hija menor, pero imponía su carácter dominante. Delgada y estricta hasta en el vestir; lo hacía con una sobriedad adusta. Quizás tenía sus razones y resultaba incomprendida, pero al mismo tiempo, hería.

Lina había parido a su quinto hijo. Juana de la Caridad nació el 6 de mayo de 1933, a las ocho de la noche, cuando los cocuyos comenzaban a encender los faroles de sus ojillos despiertos.

En la primavera de 1934, Angelita hizo su primera comunión y ya el rostro se le veía enjuto y apesadumbrado en las imágenes fotográficas de la ceremonia. Transcurridos algunos meses, nadie esperaba a Lina y sin embargo, Angelita confiaba en su llegada.

Una noche, la maestra Eufrasita mal interpretó la presencia de la niña en la terraza, donde se «celebraban» Belén y el novio Luis Hibertt, el cónsul de Haití. Angelita solo había ido a despedirse y a desearles las buenas noches con aquellas palabras que se recitaban «hasta mañana, que duerman bien»; pero Eufrasia en su habitual predisposición creyó que estaba mirando y la reprendió sin razones. El disgusto fue tan grave, el sufrimiento de la niña tan profundo, que se sintió atormentada y pasó la noche en vela, ansiosa del amanecer. Desde ese momento, no dejó de implorarle al Cristo de un crucifijo que, por lo que más quisiera, hiciera venir a su mamá. Ponía toda su devoción en esa solicitud, con la creencia de que el Señor la escucharía y atendería sus ruegos.

A la mañana siguiente, Lina llegó en un automóvil de alquiler de la Estación de Ferrocarriles y desandó un tramo de la calle con Raúl de la mano. Se detuvo junto a un puesto de frutas, y compró un saco de mangos Toledo que sería la delicia de los niños. Angelita la observó desde un balcón que daba a la calle y salió presurosa, agitada y feliz, porque se había cumplido su deseo y, desde entonces, confirmaría su devoción con aquella prueba, considerada irrefutable.

Al cruzar el umbral y verles la estampa, la madre se estremeció, consternada ante el abandono y la delgadez de los niños. Angelita, Fidel, Ramón y Esmérida comieron las frutas con una voracidad exagerada, que a Lina le bastó para comprender lo que sucedía.

Angelita contó con lujo de detalles todas las vicisitudes y penurias vividas. Mucho antes intentó enviar una carta a su casa, pero Eufrasia la sorprendió al salir del baño, donde se había escondido para redactar sus quejas con el sigilo y la ansiedad de no ser descubierta. La maestra se interpuso en el camino y le exigió:

—Déme lo que lleva en la mano.

La niña extendió la pequeña nota manuscrita, sin decir una palabra ni justificar su «atrevimiento».

La maestra leyó la carta y no logró mantenerse imperturbable. Nerviosa la guardó para sí y no la devolvió.

Mientras escuchaba a su hija, Lina iba dejándose caer y entristeciéndose cada vez más, hasta que rompió en sollozos. No quería afligirse en presencia de sus hijos, pero no podía evitarlo, la abrumaba una pena amarga. Levantó la mirada y los vio allí, demasiado callados para no percatarse de que habían crecido. De alguna manera ellos deseaban consolarla, pero no conseguían expresar sus sentimientos. Todo había pasado, Lina estaba cerca y esa circunstancia era su mayor felicidad, la bendición por la que Angelita había orado durante toda la noche.

Ella los llevó a pasear, les compró ropas y zapatos nuevos. Ese mismo día fueron donde el barbero y la peluquera y a La Nuviola, una heladería en el centro de la ciudad, próxima al Parque Céspedes. Al día siguiente, temprano en la mañana, salieron rumbo a Birán, en el tren de Santiago a Antilla. Se quedaron en el paradero del central Miranda y allí emprendieron el viaje a la finca en aquellos vehículos autopropulsados para avanzar como locomotoras sobre los raíles. Los herbazales crecidos con las lluvias del verano y la inactividad del tiempo muerto, obstruían las líneas de tal manera, que Quintana, el conductor, los llevó solo hasta Canapú, porque era imposible continuar por aquella ruta endemoniada.

Llegaron a la casa de Joaquín Fernández, un español, militante del Partido Comunista, capataz de una brigada de reparación de líneas, quien tampoco podía hacer nada, porque el pequeño vagón no avanzaba entre tantos matorrales sin el peligro de descarrilarse.

Almeida, compadre de don Ángel, que estaba allí, buscó unos caballos para que hicieran el recorrido antes del atardecer. Lina llevó a Raúl en el suyo; en el otro, iban juntos Angelita, Ramón y Fidel con el júbilo saliéndoseles por los ojos en el viaje de regreso.

A la hora de la comida, la mesa servida en la casa grande de Birán era un verdadero festín para los niños, que devoraron todo en un santiamén ante el asombro de don Ángel, quien hasta ese mismo momento había permanecido incrédulo sobre la intensidad de los esmeros ahorrativos de Eufrasita, hasta el punto de dudar que los niños pasaran hambre.

En la casa nadie quería a Eufrasita, le retiraron la confianza y cuando regresó de Santiago, fue a vivir a la escuela. Ramón y Fidel bombardeaban el techo con unas doscientas piedras lanzadas desde una estiba de madera al costado de la panadería. Las piedras rodaban, hacían un ruido infernal y la maestra gritaba sin descanso, con los nervios de punta por la sorpresa que le provocaba el desafío y la maldición de no poder castigarlos por aquella grave conducta.

Desde su regreso de Santiago, Fidel dormía en una de las amplias habitaciones que se encontraban en la planta principal de la casa y que compartía con Ramón y Raúl. Allí, junto al comedor-oficina del viejo, se encontraba la caja de caudales. Únicamente Juanita, aún muy pequeña, dormía en el ático de la planta alta junto a sus padres.

A Fidel lo desvelaba el ronronear del motor de la panadería, grande y ruidoso como el molino de triturar café o maíz o el de moler carne. Hacía tiempo que vivía lejos del campo, de sus silencios y sonidos susurrantes, tan distinto a la ciudad. En la urbe, los ruidos eran prominentes, no dejaban espacios vacíos a la sensación inquietante y maravillosa de la soledad.

En la finca, no existía el bullicio vocinglero de los cafetines, las calles y los parques, allí se percibían rumoreos, roces, secreteos, insinuaciones: el viento al pasar, el movimiento leve de las hojas de los árboles, del farol crepitante que se balanceaba en el horcón del medio de los bohíos, los grillos en sus deslizamientos sigilosos, la respiración de los animales, el canto de los pájaros, el graznido de la lechuza y el aullido lejano y lúgubre de los perros. Todo contribuía a los temores, a causar cierta aprensión y desvelo.

Fidel escuchó atento después que apagaron la luz de las lámparas de gas. Debía esperar a que transcurriera esa primera noche en Birán y amaneciera para disipar de una vez, la impresión solitaria de la madrugada, acrecentada por las historias sobrecogedoras de fantasmas, aparecidos y bandidos.

Los bandoleros asolaban las serranías y maniguales. Cuando merodeaban en las inmediaciones mismas de Birán, robaban y mataban sin el menor escrúpulo. De sólo mentarlos, la gente se atemorizaba. Zafrán, Arroyito, Varela, Nemesio Cortés y el Chino Majaguabo, entre otros, eran los nombres temibles que se susurraban con cautela en los oscureceres o cuando se advertía a alguien que pusiera cuidado en el sendero de regreso a casa, si para ello debía adentrarse en el monte o caminar un trecho largo y desierto. Varela se untaba el cuerpo con sebo, y no había Dios que lo atrapara si se escurría en las penumbras, sin remedio ni consuelo para los habitantes de la localidad.

A Nemesio Cortés dicen que lo envenenó Isidra Tamayo, por orden de las autoridades que lo seguían durante meses en recorridos estériles, sin lograr capturarlo. A Isidra, la vecindad, le pagó sus servicios. El bandido iba siempre a su patio buscando provisiones y ella le brindó café. El capitán de la guardia lo contempló todo, oculto en una pequeña habitación desde donde podía presenciar los detalles con el propósito de atestiguar más tarde, ante los tribunales, el proceder y la muerte del peor de los bandoleros de por todo aquello. El hombre, con la vista nublada, le disparó a la mujer que lo había traicionado, pero no consiguió dar en el blanco. El ataúd permaneció en el portal de la bodega de Birán largo rato, un día de conmoción general que los niños nunca olvidarían.

La casa se ponía en pie antes del alba. García colaba en la madrugada el café del desayuno y encendía la luz del farol en la habitación cercana. Aún persistía la oscuridad y el niño descendía las escaleras del frente con la mirada soñolienta y la satisfacción de sentir la frialdad y el olor a hierba mojada, a terreno fangoso.

Fidel decía que su caballo, de color dorado como un Hereford, era chico pero bastante inteligente. Lo llamaba Careto que significa el de la cara blanca y lo describía inquieto, porque le gustaba escapar; vigoroso y veloz. El niño lo prefería así, robusto, como señal de fortaleza y salud. Cabalgaba desde antes, al pelo o con montura. Se aferraba a la crin y a veces ni le ponía freno. Esa mañana lo buscó en el potrero, donde lo cuidaban con esmero sin permitir que nadie lo montara mientras su dueño no se encontrara en la finca. Le pidió ayuda a Ubaldo, uno de los hijos de Juan Martínez, que trabajaba para el viejo desde que se asentó en Birán. Se fueron a enlazarlo y ensillarlo, con maniobras rápidas y efectivas.

Fidel recorría en Careto las cercanías de la casa con los aires de los indios norteamericanos de rostros pintados y cabezas emplumadas, tan célebres entonces en las revistas de historietas.

Otras veces, iba con los muchachos del lugar a cazar pájaros, armado de un tirapiedras, fabricado con una horqueta de palo de guayaba y una liga.

Las guasimillas crecían en los potreros y las bandadas de torcazas y pericos volaban a posarse en sus ramas.

Ramón, Fidel, Carlos Falcón y Juan la noche, sus compañeros de aventuras, cazaban lo mismo a las tojositas, las guineas cimarronas que a los choncholíes. También emborrachaban a los patos con maíz y alcohol, como una ocurrencia a la que no daban importancia por su corta edad, o libraban verdaderas batallas, lanzándose naranjas podridas entre los árboles del fondo de la casa.

Los hijos de don Ángel Castro regalaban ropas y víveres de la tienda, tabacos o cualquier otra cosa, a los amigos, a los trabajadores, y sobre todo, compartían con los haitianos de los barracones las mazorcas de maíz asado y la miel.

Fidel andaba libre, con un regocijo inacabable, en medio de la naturaleza familiar del Birán-Castro, como entonces la gente empezaba a identificar la propiedad de don Ángel para distinguirla de las tierras de la United Fruit Company, de los Biranes enumerados según los chuchos de la Compañía hasta La Trocha, donde se desafiaban casi cara a cara, un comercio provisional del gallego y uno de la Compañía norteamericana, en disputa eterna por la clientela en los meses de zafra.

Cuando Ramón y Fidel no se presentaban puntuales a la mesa servida, a la hora del almuerzo y la comida, los amenazaban con enviarlos a un reformatorio en La Habana, donde internaban a los muchachos delincuentes. Al menos por un buen rato, surtía efecto la advertencia. Luego se olvidaban y volvían otra vez a las cándidas maldades, que inauguraban haciendo desaparecer las fustas y los cintos de cuero, que en la casa era costumbre dejar a la vista en uno de los corredores. Lina a veces amenazaba con utilizarlos para castigar las travesuras de sus hijos. Nunca lo hacía, pero ellos tomaban sus precauciones por si acaso, y cuando don Ángel los necesitaba para irse a azuzar las bestias, entonces no había modo de hallarlos por toda aquella vastedad.

La familia se reconcilió con la maestra después de las vacaciones, cuando volvió a insistir en los favores de los estudios en la gran ciudad y el futuro prometedor para los vástagos de la familia si continuaban su preparación en los colegios religiosos. Ya para entonces había pasado el enojo, como aquella vez en que Fidel decidió destruir el mapa de Oriente que colgaba de la pared de la escuela, porque le parecía inservible si no aparecía en él, el pequeño poblado de Birán. Eufrasia persistió en la necesidad de que los niños retornaran a Santiago para cursar un nivel superior y comprometió su palabra de que no volvería a repetirse la experiencia de antes, una realidad que eludía y negaba categórica. Lina accedió, convencida de que decidía para sus hijos lo mejor, con la voluntad de que aprendieran y llegaran a ser alguien en la vida.

Como en la primera ocasión, Ramón permaneció en la finca, tal vez porque su salud no era buena y Lina prefería tenerlo cerca. Angelita y Fidel emprendieron el viaje a Santiago sin la ingenuidad de la primera vez, con suficientes reparos como para mirar con dolor cómo se alejaba el paisaje de Birán.

La Salle

Angelita se acomodó en una butaca de madera torneada con aires de mueble de la *belle époque*, de perfiles atenuados y osadías asimétricas. El pelo negro y coposo, destacaba el óvalo redondeado del rostro y los ojos expresivos de una niña, que más parecía una muñeca de porcelana por la blancura y lozanía de su piel. Era de modales correctos y afición a las familiaridades y las conversaciones, de llana y elocuente sinceridad. Se reconocía como temerosa, pero algo en ella anunciaba la firme determinación de pasar por alto el miedo, si alguna vez en la vida resultara imprescindible. Llevaba una blusa oscura, saya plisada y medias largas hasta el borde inferior de las rodillas, con el aspecto adusto de los uniformes escolares.

Fidel permanecía de pie junto a ella, enfundado en un traje de marinero que le quedaba corto y acentuaba la largura de sus brazos y piernas y el porte de su figura. Descansaba un brazo en el respaldo del asiento y el otro en el cinturón de cuero que sostenía sus pantalones. La mirada le brillaba y sonreía con una expresión pausada. Le faltaban dientes a su sonrisa. Su hermana era punto de apoyo y ternura. Ella, tres años mayor, sentía responsabilidad por él, unas veces le reclamaba mejor comportamiento, y otras, compartía sus travesuras con la misma pueril malicia de los de su edad, sin la severidad de sus mayores para enmendarlos. El fotógrafo captó la imagen en un estudio de la ciudad capital de Oriente, la primera vez de su estancia en Santiago.

En el entorno de la casa de la familia Feliú, las circunstancias habían cambiado de manera notable. Belén y Luis Hibbert se casarían y por esa razón, el cónsul haitiano ejercía ya cierta influencia que limitaba la autoridad dominadora de Eufrasita. La maestra ya no podía disponer de la voluntad de su hermana Belén, hasta entonces muy vulnerable a sus arbitrarias disposiciones.

Otra bendición era que Angelita no tenía que atravesar la ciudad para llegar al Colegio Spencer, al matricular en el de Belén, más próximo a la casa. De ese modo, se ahorraba las extenuantes caminatas bajo el ardiente sol de los mediodías. Podía emprender el camino de ida y vuelta con más calma, como un verdadero paseo, mientras detenía la mirada en los portales de las viviendas, los álamos junto al asfalto de las calles, las plazoletas y los parques, los anuncios lumínicos de los comercios, que a esas horas del día todavía permanecían apagados y el andar de los pregoneros de frutas del Caney o de los trasnochados predicadores de futuro. Ramón aún permanecía en Birán. Más tarde, también volvería a Santiago para estudiar en La Salle.

La familia Feliú vivía ahora en una edificación contigua a la anterior y a la que se accedía por una escalera en un patio interior. En la nueva casa ya no llovía adentro, pero la incomodidad persistía, sobre todo por las noches; Fidel dormía en un canapé de mimbre. Estaba ubicado en un pasillo, cerca de la calle y Santiago continuaba estremeciéndose al oscurecer. No sabía el por qué de las explosiones pero deseaba tener la tranquilidad de dormir en una habitación interior, lejos del retumbar de los tejados y las paredes. El Instituto sin embargo, permanecía en calma. Ya no lo ocupaban las fuerzas del orden público.

En temporada invernal, a comienzos de año, los niños seguían entusiasmándose con la llegada de los Reyes Magos, les escribían sus cartas con solicitudes de juguetes como para llenar un almacén y satisfacer todas las actividades imaginadas por los chicos. Ponían hierba y agua a los camellos, y se iban a la cama con la ilusión de los regalos y las confituras. Al amanecer, sobre todo para Fidel, la ilusión se transformaba en decepción: por segunda vez, los Reyes le trajeron al varón una corneta, más apropiada para las fiestas de carnaval que para conciertos, pero que de cualquier modo, resultaba inservible a los ojos de un niño a quien jamás se le habría ocurrido anotarla en la lista de los juguetes pedidos, porque nunca había tenido buen oído para las melodías y mucho menos vocación musical. La anterior corneta era toda de papel y esta, que le obsequiaron era de metal y cartón.

Después del regreso de Birán, los hermanos percibieron aliviados todos los cambios favorables de su situación, pues ya no sufrían las privaciones de la primera estancia, sin embargo, existía algo inalterable: a Fidel tampoco esta vez lo motivaban con libros o clases, ni asistía a colegio alguno. Toda la enseñanza consistía en breves dictados y en repetir las tablas de multiplicar en interminables letanías, una verdadera lástima pues él había adelantado lo suficiente en aquella escuela rural de Birán, donde con apenas cuatro o cinco años había aprendido a leer y escribir. Las mañanas transcurrían más o menos animadas, pero las horas del mediodía eran insufribles sin tener nada que hacer, un verdadero fastidio para su temperamento vivaz, afanoso, imaginativo y dinámico.

Tras la caída de Machado y el golpe militar del 4 de septiembre, en sus inicios una acción positiva y después, bajo la tutela del sargento Fulgencio Batista y la influencia yanqui, una verdadera pesadilla, porque inauguró un tiempo de represión desbocada e implacable, con los huracanados vientos que se llevaron a bolina la revolución de 1933, asumió la presidencia el Doctor Ramón Grau San Martín, cuyo efímero gobierno, de septiembre de 1933 a enero de 1934, aprobó las leyes de nacionalización del trabajo, una demanda de la clase obrera cubana, reiterada en congresos y reuniones sindicales desde los primeros años del siglo XX. Los inmigrantes antillanos en medio de su desesperación, aceptaban al precio de su propio infortunio, empleos con pésima remuneración, con lo cual desplazaban a los trabajadores nativos, envilecían los salarios y arruinaban todas las esperanzas en los cubanos del campo por una vida mejor. Sobre los braceros haitianos recayó entonces, de manera injusta, toda la responsabilidad de los terratenientes y propietarios.

Hasta entonces, la realidad nacional había ido acumulando desigualdades y ya desde los años veinte, resultaba evidente la total dominación norteamericana, de la que era un ejemplo ilustrativo la situación de la propiedad de las tierras, algo reconocido en pasajes escritos por estudiosos como Leland H. Jenks, con datos de tiempos que ya parecían remotos. Jenks se remitía al mismo Van Horne que había extendido el ferrocarril de Santa Clara a las inexplotadas tierras de Oriente, en los tiempos en que la familia de Lina Ruz había hecho el viaje de

Pinar del Río a Tana, en Camagüey, donde los contratistas ofrecían empleo en las plantaciones cañeras de las nuevas compañías azucareras norteamericanas. Decía Jenks en sus anotaciones que para 1906:

> (...) Sir William Van Horne había adquirido casi la soberanía de las provincias de Camagüey y Oriente (...) Sólo en la provincia de Camagüey había 7,000 propiedades yanquis. Siete octavas partes de las tierras adyacentes a Sancti Spíritus eran americanas (...)

En un recuento de insatisfacciones, también a los norteamericanos podía imputárseles las desgracias de los braceros antillanos, expulsados en los vapores que desatracaban del puerto de Santiago de Cuba, porque la Nipe Bay Company había sido la promotora de la entrada de haitianos por intermedio de una solicitud de su representante Florentino Rosell, en el año de 1913, a la que el gobierno del presidente José Miguel Gómez había accedido con una exasperante prontitud «por considerar atendibles las razones aducidas por la empresa».

Los niños no entendían entonces asuntos de política y economía, solo sentían pena de aquellos hombres que nutrían la fila, a punto de emprender un viaje forzado y definitivo. Algunos mascullaban su sorda inconformidad, con la frente alta y los puños apretados. Otros andaban con paso lento, los hombros caídos y la cabeza baja, como si ya nada importara. Los pequeños se inquietaron al pensar que decidieran hacer lo mismo con los haitianitos del batey... El barco, con sus dos chimeneas y su vaivén lento en las aguas de la bahía, les causó una gran impresión. Con

Luis Alcides Hibbert despedían el vapor *La Salle*, desde la Avenida del Puerto.

Al matrimoniarse Belén y Luis Hibbert, cambiaron los modos y costumbres de la casa. La cocinera disponía la mesa y el servicio a la francesa. A Fidel había que obligarlo a comer los vegetales, porque no era costumbre en su casa ingerir remolachas y zanahorias. En Birán, servían los garbanzos, el arroz o el arroz con pollo, la carne, la yuca, la malanga o el plátano, y nunca faltaban en la mesa, las frutas, el postre y el café. Luego, don Ángel descansaba a la sombra del portal o en su pequeña oficina, mientras aspiraba con fruición y exhalaba el humo de un puro de los que conservaba en las olorosas cajas de cedro. El hijo recordaba cada detalle ceremonioso, mientras esperaba el almuerzo, sentado a la mesa en la casa de Belén. Don Ángel presionaba los tabacos para saber si tenían la humedad adecuada, después los escuchaba, al menos eso le parecía a él, porque el viejo se los acercaba al oído antes de decidirse a una de sus placenteras fumadas. A punto de encenderlos, los olía, para cerciorarse del aroma a cedro que la madera del estuche había ido infundiéndole al habano...

Aquel día de sus evocaciones, la conversación durante el almuerzo giraba en torno a los estudios y anunció su matrícula en un colegio conducido por religiosos, una noticia que recibió con alegría y no sin cierto estupor.

En los inicios de 1935, Fidel matriculó para cursar la segunda mitad del primer grado, en el Colegio de los Hermanos La Salle, cuando tenía ocho años de edad.

El colegio, distante de la casa solo seis cuadras, cumplía los horarios de manera meticulosa. Por las mañanas Fidel asistía a clases, a mediodía regresaba para el almuerzo y luego volvía para la sesión vespertina. En la escuela le enseñaban el catecismo y algunos pasajes de la Historia Sagrada y sobre la vida de San Bautista de La Salle, fundador del Instituto de los Hermanos de la Doctrina Cristiana. Según narraban las historias, La Salle fue ordenado sacerdote en 1678, renunció a una canonjía y distribuyó sus bienes entre los pobres. El Papa León XIII lo canonizó en el año de gracia de 1900.

No sólo en Santiago, donde vivían los hermanos nuevas y más gratas experiencias, existían razones para regocijarse. En Birán esperaban otro alumbramiento y el 2 de enero de ese mismo año de 1935, nació Emma Concepción, a las cinco de la madrugada, con el despuntar del alba y el rocío silvestre abundante y frío descolgándose de las hojas, las flores y el guano de palma cana de los ranchos campesinos. La niña recién nacida era muy hermosa y la dulce expresión de su rostro cautivó a los padres y a toda la familia.

En ese enero, Fidel y Angelita volvieron a soñar con los regalos de los Reyes Magos: Melchor, Gaspar y Baltazar. Los niños hicieron todo lo posible por complacerlos. Fidel recibió, por tercera vez, una corneta. Este juguete, aunque era todo metálico, no consiguió maravillar o seducir al niño, que quizás habría recibido con mayor emoción, una pelota, unos guantes o un bate para jugar béisbol, una espada o un traje de vaquero.

Con la ceremonia de bautismo, en la Santa Iglesia de la Catedral de la ciudad y Arzobispado de Santiago de Cuba, el 19 de enero de 1935, los recién casados Emerenciana, *Belén*, Feliú Ruiz y Luis Alcides Hibbert, le quitaron de encima a Fidel, de una buena vez, el estigma de judío con el que lo reconocían como si fuera un pájaro de mal agüero, por no estar bautizado «como Dios manda», esperando por el potentado don Fidel Pino Santos, y una ceremonia que nunca tuvo lugar. En el acta de bautismo aparecía inscripto como Fidel Hipólito Ruz González.

Mientras escuchaba la música sacra del templo de Dios, con el atuendo blanco y un tanto de indiferencia e incomprensión estampadas en el rostro, hizo su primera comunión, medio año después, el 2 de junio, poco antes de sus vacaciones de verano, la alegría más grande que entonces podía concebir.

Del automóvil de cranque que Lina manejaba en los años veinte, ya no quedaba ni el recuerdo y en la finca toda la transportación era a caballo, por los caminos polvorientos convertidos en lodazales, debido a las lluvias del norte o el sur, o por entre bosques tupidos o naranjales.

Las mercancías se trasladaban en carretas de bueyes, desde Birán, conducidas de ida y vuelta a la estación del ferrocarril a cuatro kilómetros, o al ferrocarril cañero del central Miranda, a un kilómetro de la casa, por donde se movía un vagoncito traqueteante que utilizaba la familia cuando debía salir de viaje o volver de la ciudad, entre plantaciones de caña y un reverberante azul de cielo.

En la casona del batey no era como en Santiago, donde las luces eléctricas alumbraban el oscurecer de las calles y las viviendas desde 1907. En Birán persistían los faroles, las lámparas de aceite, las velas de cera y los mechones de luz brillante. Resultaba mejor mirarse a la luna de los espejos bien temprano en la mañana, cuando se habían disipado las sombras y los cristales refulgían con la claridad del día.

En una de esas observaciones Lina se descubrió con un vestido de talle a la cintura y falda larga, zapatos de tacón alto y punta estrecha, medias blancas y sombrero de ala breve. Todo el conjunto acentuaba la misma delgadez de sus años juveniles, pero ya tenía algunas líneas en la comisura de los labios y al final de la mirada de sus achinados ojos vivos. Don Ángel conocía los cambios del vientre y los pechos de su mujer cuando venían los hijos, pero en ese tiempo su figura estilizada era casi la misma que cuando se enamoraron. Él se le acercó por detrás y quedaron mirándose.

Lina detalló a su esposo en el vidrio azogado. Don Ángel Castro llevaba un saco de casimir abotonado al frente, pantalón claro y botas altas de montar. Cumplidos los sesenta años, todavía era un hombre vigoroso, de apasionamientos y sentimientos frágiles.

Ella a veces perdía los estribos, maldecía su estampa de gallo fino y sus ambivalencias. Molesta, le reprochaba sus tardanzas y preparaba venganzas pueriles cuando él regresaba tarde de andarse por ahí, con amoríos pasajeros. Sin embargo, don Ángel siempre volvía a la suavidad de su regazo y a la firmeza de su carácter lo que le resultaba imprescindible para vivir la vida, enamorado hasta el final.

Don Ángel se marchaba esa tarde a los aserríos de los Pinares de Mayarí, para supervisar el corte de la madera con los menguantes de luna, la forma de evitar más tarde, la invasión de comejenes en los horcones y las tablas. Aunque no abandonaba sus colonias de caña para no incumplir los compromisos con el central Miranda, la extracción de madera le reportaba entonces hasta trescientos pesos diarios, un importante ingreso para su economía de inversiones y adeudos.

Iban juntos don Ángel y su hijo Fidel quien demostraba vocación de explorador durante las vacaciones en casa. A la luz de las fogatas en el campamento de los trabajadores forestales, don Ángel narraba las historias de la guerra, de sus viajes por el Atlántico, de las minas y de sus años como contratista en la United Fruit Company. No se percataba, pero en aquellos recorridos de largas distancias, lejos de la casa, se mostraba mucho más conversador y expresivo. Fidel notaba el cambio de carácter y lo atribuía a la nostalgia, porque el viejo era de contar poco, y reservarse el pasado con el mismo recogimiento de un ermitaño. La floresta restallante de los bosques de copales de resina perfumada, caobas, júcaros, carolinas, cedros, cuabas y marañones, que daban sombra durante el recorrido por las perdidas veredas del monte, o quizás el sosiego, el mutismo y la paz del camino, le transformaban el ánimo severo en una catarata de confesiones y anécdotas, mientras su hijo disfrutaba escuchándolo y viéndole contento. Había frío y al hablar, el aliento era en la oscuridad, una bocanada de brisa pálida.

En septiembre de 1935, Ramón y Fidel volvieron a reunirse e iniciaron juntos el nuevo curso en La Salle. Fidel cursaba el segundo grado, con nueve años recién cumplidos, y debía volver a la casa de las Feliú cada atardecer. Sus padrinos, Belén y Hibbert eran muy estrictos, lo reprendían continuamente y lo amenazaban con enviarlo interno al colegio.

Después de las vacaciones le resultaba difícil adaptarse. Extrañaba a sus padres, no tenía libertad y se sentía solo. Decidió cambiar su vida y rebelarse para que cumplieran la advertencia: había llegado a la conclusión de que estudiar interno en el colegio sería más acogedor y divertido, así evitaría todos los sermones, las reprimendas y reproches, aquella catarata de imprecaciones reiteradas y abrumadoras.

Un día, a fines de ese mismo año de 1935, por primera vez en su vida desobedeció todas las órdenes, violó los reglamentos, las prohibiciones y silencios de una manera planeada, consciente, como una gran rebelión, al punto de que, efectivamente, sin esperar más, lo enviaron pupilo a La Salle.

Para el niño representó un cambio bueno y radical. Nunca más regresó a los ámbitos de la calle Santa Rita y sin rencores se acercaría después a su pasado de modo indulgente con quienes lo hicieron sufrir. Se proponía dejarlo atrás; sin embargo, no lo conseguía del todo a pesar de la lejanía, porque las experiencias vividas allí habían sido lacerantes y permanecerían para siempre como un recuerdo áspero. En el Colegio La Salle, podía jugar en el patio con los muchachos a las carreras y los escondites, durante el receso, y esa expansión sana, esa compañía maravillosa de los de su edad, lo hacía muy feliz, sentía una complacencia que le permitía también la calma y el sueño profundo durante las noches.

Los jueves y los domingos, la goleta *El Cateto* enrumbaba la proa desde el muelle de La Alameda hacia la península Renté, donde los hermanos del colegio poseían una casa de descanso con áreas deportivas junto al mar. La embarcación navegaba lenta por la bahía, demoraba unos veinte o treinta minutos hasta el muelle en la playa poblada de caracolas de colores, troncos de palma cana y misterios de barcos hundidos. Hasta allí llegó Fidel con el aire y el olor del mar en los pulmones y la memoria. Sentía toda la felicidad del mundo en aquella vida libre, de pesquerías, natación, caminatas, juegos y exploraciones infinitas.

Ese tiempo se fue volando y llegaron las vacaciones de Semana Santa, una ocasión espléndida porque regresaba a la finca y podía ver de nuevo a sus padres y a sus hermanos más pequeños: Raúl, Juana y Emmita.

En el campo se guardaba un recogimiento rígido y triste ante la certeza de que Dios se moría el Viernes Santo, por eso era imposible e inapropiado alegrarse, bromear, hablar en voz alta o reírse. Aquellos eran días de unción sagrada y la abuela doña Dominga y Lina rezaban con fervor ante los altares.

Doña Dominga continuaba siendo la pulcritud en persona, lo mismo en los asuntos del cuerpo que del alma: «pobres pero limpios, pobres pero honrados», se le oía repetir como una ley irrenunciable. Lo mismo ella, que don Pancho vivían con la honorabilidad de quienes aprecian su virtud y dignidad por encima de todo, con una decencia incólume, y un orgullo propio que, sin proponérselo, trascendería a sus descendientes. Lina y también don Ángel los conocían bien, por eso, cuando decidían ayudar en algo, lo hacían de una manera discreta, que no hiriera el recato y la respetabilidad de los viejos, para no vulnerar sus escrúpulos.

El Sábado de Gloria llegaba como una compensación a las tristezas y renunciamientos. El cura venía de lejos para los bautizos numerosos y don Ángel apadrinaba una nube de niños.

Fidel se congratulaba de esos días no solo porque veía a sus familiares; la estancia en la finca acortaba más el tiempo que faltaba para las vacaciones de verano.

A partir de septiembre de 1936, Fidel recibía las clases del tercer grado y mostraba un gran interés por la historia fabulosa del pueblo hebreo y sus leyendas. Absorto, observaba las láminas de aquellos acontecimientos.

La Historia Sagrada lo fascinaba por sus crónicas de combates, luchas y guerras y la explicación sobre los orígenes del mundo, la vida, el universo, el hombre, el diluvio universal, el Arca de Noé, la historia de Moisés y las Tablas de la Ley, ilustradas de un modo mágico y subyugante. Con diez años de edad, las narraciones le llamaban la atención, sin menospreciar la Geografía, la Botánica, las ciencias naturales. En la lista de preferencias dejaba para el final, la Gramática, una asignatura complicada y densa, de disposiciones y normativas arbitrarias que respetaría con ahínco y concienzuda atención en todos sus textos.

La Matemática no lo preocupaba y se destacaba haciendo dibujos geométricos, una virtud que le faltaba para pintar paisajes o retratos. Se sentía a gusto en las horas de estudio o en las del almuerzo y la comida, cuando tenían lugar las sesiones de lectura para todos. Él era uno de los lectores, casi siempre se trataba de textos religiosos, historias de santos y mártires. Aquel ejercicio le agradaba y sin percibirlo, dejó una profunda huella en su sensibilidad literaria, en sus conocimientos y hasta en sus dotes oratorias, por el énfasis y el tono de sus pensamientos pronunciados en voz alta.

Consideraba las oraciones religiosas una verdadera penitencia. Carecía de suficiente vocación para soportar impasible el tedio y la demora de las misas y los cultos. Rezaba avemarías y padrenuestros cincuenta veces y al final le resultaba incomprensible lo aprendido de memoria. Las palabras iban gastándose, perdiendo sentido hasta convertirse en una frase ininteligible y vacía. Una sola oración bien pensada, pronunciada despacio, sintiéndola en el alma, valía mucho, mucho más.

Por otro lado, allí y en clases, su imaginación volaba fantasiosa hacia las batallas, las excursiones al mar, los partidos de béisbol o de básquet y los amores posibles o los que eran inalcanzables.

Llegado el tiempo de las vacaciones de Navidad no pudieron ir a casa porque una epidemia de tifus asolaba a los habitantes de Birán, y los padres consideraron mejor que permanecieran distantes, sin correr riesgos.

Por el Día de Reyes ellos mismos adquirieron los juguetes en el Ten-Cents y se convencieron de que los adultos eran quienes preparaban las sorpresas, después de leer las cartas, donde los niños solicitaban la magia de cumplir sus sueños. El espejismo se desvaneció, y quedó en su lugar un desengaño amargo, la pérdida de la primera y más ingenua de las inocencias.

En aquella oportunidad compraron pelotas, bates, guantes..., pero al final los dominó un aburrimiento inaudito en la inmensidad del colegio. Vivida esa experiencia, deseaban el vertiginoso paso del tiempo y se tornaba acariciadora la posibilidad de las vacaciones de Semana Santa, cuando podrían estar de vuelta en Birán.

Antonio García andaba con sus lentos pasos de un lugar a otro. Primero preparó el café y luego le brindó a Fidel una taza humeante y olorosa. A continuación puso a hervir la leche, cargó el agua, ablandó los garbanzos en remojo desde la noche anterior, y peló las viandas para el cocido. El joven ocupaba su lugar de todas las mañanas, en un taburete, recostado a la pared de tablas de pino de la cocina. Comenzó a leer los titulares con la entonación que requerían los partes de guerra.

—Vamos con calma, hijo, a ver si entiendo algo –le pidió García, más para recibir explicaciones, que para aminorar el ritmo de la lectura.

El viejo sirviente arrastraba una pierna al andar, por el reuma de sus huesos. Ya no podía montar ni ejercer su oficio de vaquero. Las articulaciones se le inflamaban al sereno o con el esfuerzo de las cabalgatas, y el dolor era insoportable. Sentía como si los huesos fueran poco a poco volviéndosele polvo.

Desde que Fidel tenía memoria, García se perfilaba en los espacios de la cocina, quizás el lugar más acogedor de la casa, donde olía a café, orégano y canela, chasqueaba el carbón, se enfriaba el agua en la nevera y la gente sentía deseos de conversar, de permanecer. Era una habitación cálida y el adolescente pasaba horas leyendo al cocinero en voz alta las noticias que llegaban de España y presagiaban la Guerra Civil.

Los diarios recibidos en Birán eran todos de centro derecha. El *Diario de la Marina*, militante furibundo de la reacción y el franquismo, informaría de adversidades y derrotas en el campo republicano y el lector consolaría a García, para convencerlo de que los combates no iban tan mal. Los periódicos *El Mundo*, *Información* y *El País*, llegaban desde La Habana y por fortuna, sus noticias resultaban más objetivas. De Santiago se recibía el *Diario de Cuba*.

García era analfabeto, pero intuía certeramente, como quien ha vivido y sufrido mucho. Era un antimilitarista convencido. No quería oír hablar de un cura, por esa conjunción en que el clero y los terratenientes de España habían vivido largo tiempo. Blasfemaba contra Dios y todos los santos del cielo, pero lo hacía en voz bien baja para que Lina no escuchara sus maldiciones anticlericales.

Don Ángel afirmaba que García era comunista. Según él, todos los partidarios de la República eran comunistas. La República había impulsado la reforma agraria, y ello era un indicio radical para que don Ángel estableciera su posición de antemano. El hacendado era uno en su bondad, en su espíritu generoso, y otro en sus ideas políticas conservadoras. No le gustaban los sindicatos, según su opinión, creaban caos, desorden.

Los primeros comunistas que Fidel conoció fueron aquellos españoles, según las cándidas definiciones de su padre. En el grupo figuraban el telegrafista Varelo, Nono Cid, César Álvarez y García. Don Ángel los tenía por comunistas aunque no lo fueran y sin que ellos mismos tuvieran idea de lo que significaba serlo. A pesar de su origen campesino humilde, defendía las posiciones e intereses de los propietarios de tierras, sólo que ejercía su autoridad de forma patriarcal, venerable y bienhechora.

Los españoles del batey se dividían en partidarios de Franco y afiliados a la República, pero era un antagonismo amistoso por el aprecio familiar que se profesaban. Durante las partidas de dominó discutían y los ánimos se exaltaban, sin embargo, pasado un rato, había desaparecido cualquier vestigio de desavenencias.

El niño simpatizaba con la causa de García, tal vez porque lo animaba un sentimiento noble hacia el cocinero. A veces, permanecía una hora o una hora y media leyendo los despachos cablegráficos que reseñaban los periódicos. Habían seguido juntos los acontecimientos destacados por los titulares y continuarían haciéndolo cada vez que Fidel se encontrara de vacaciones en Birán. En la Semana Santa del año de 1936, el cocinero aguardaba con verdadera impaciencia las sesiones de lectura, sufría con todo aquello y manifestaba un gran interés por lo que ocurría en España. La gente hablaba de su mal genio, pero durante esas horas, reposado y sin ofuscaciones, meditaba ensimismado, mientras andaba la cocina de un lado a otro.

Para esa época ya García vivía a un lado de la casona, en una construcción que antes se utilizó como silo para almacenar maíz y frijoles, y que después, se preparó como vivienda para él.

Cuando enfermó, Lina fue su médico. Uno de los hombres de la finca aseveró: «hay personas que ni con los padres son así; pero ella todos los días le llevaba las medicinas, los alimentos, cuanto él necesitara, a pesar de sus resabios y blasfemias».

Desde finales de 1935, estudiaban juntos en La Salle, Ramón, Fidel, Raúl y Cristóbal Boris, un muchacho de los Pinares de Mayarí, hijo del administrador del aserrío de la Compañía Maderera de las Bahamas, dedicada a la exportación de tablones, y probablemente la misma empresa norteamericana que, desde principios de siglo y por cien años, había adquirido los derechos de explotación forestal de las islas bajo la administración de Nueva Providencia y su capital Nassau.

La aureola de familia adinerada se extendió por el colegio gracias a un comentario de Fidel, que aseguró que en su casa ingresaban hasta trescientos pesos diarios; y la noticia derivó atenciones especiales, porque las autoridades del colegio presuponían que el capital de don Ángel sería indispensable y bienvenido en las contribuciones escolares. Fue entonces que se destinó un cuarto solo para ellos.

Lina había ido a visitar a sus hijos mayores, y Raúl, aquel día sábado, como no se impartían clases y el ambiente del colegio era de niños jugando por todas partes, insistió en que quería quedarse con sus hermanos. Lina salió de la institución y en una tienda cercana, compró ropas y preparó una maleta con lo imprescindible para que el varón más pequeño de la casa, de unos cuatro años y medio de edad, pudiera permanecer en el colegio. Al llegar la noche, Raúl sintió que se encontraba lejos de su mamá y comenzó a llorar. No le habían dejado el biberón y a esas horas, un cura tuvo que ir a buscarle uno a una botica de turno, de aquellas que mantenían de guardia a un farmacéutico para que atendiera las urgencias durante la noche y la madrugada. Raúl era muy pequeño, era algo así como la mascota del colegio, no debía cumplir los horarios, no asistía a misa, no pertenecía a ninguna clase o grupo, deambulaba por los pasillos, impaciente porque llegara el horario del recreo, que duraba apenas diez o quince minutos, se asomaba insistente a las aulas donde esperaba divisar a sus hermanos, o corría montado en un velocípedo por los pasillos. En una de aquellas carreras chocó contra un piano y se hirió en la cabeza, lo que ocasionó una gran alarma en la escuela. Otra vez, lo pelaron y como no le gustó, él mismo se dio tantos tijeretazos en el pelo que los directivos tuvieron que raparlo, lo que le valió el sobrenombre de Pulguita.

El paso de un camión de bomberos, animó también aquella primera noche. En la mirada de Raúl refulgían todas las picardías de que era capaz, y sobre una banqueta, gritaba:

—Oye, se está quemando Santiago, Cristobita, se está quemando Santiago.

El niño comenzó a gritar y a pedir auxilio y solo lograron calmarlo después de que el Hermano Enrique le trajo un sedante. En el cuarto, Ramón intercedía entre Fidel y Raúl. Uno aseguraba la malcriadez del otro y la necesidad de ponerle disciplina, enseñarle la rigurosidad del régimen escolar y otras se comportaba como si tuviera tan corta edad. Ramón consentía a Raúl, lo veía aún muy pequeño para someterlo a tantas exigencias. El hermano mayor apadrinaba al menor, lo bañaba, lo vestía, lo protegía como un padre a su hijo.

Con los ruidosos trabajos de construcción del tercer piso, la escuela de los Hermanos La Salle amplió su capacidad de matrícula en 1937. En el acto de fin de curso, la presencia de Raúl causó simpatía porque era bajito y delgado, y cantaba, y se movía con gracia singular en la tarima del escenario: «la puerta de mi casa tiene una cosa, tiene una cosa, la puerta de mi casa tiene una cosa, tiene una cosa; pero qué cosa, pero qué cosa: que se abre y se cierra como las otras, como las otras».

El auditorio reía con la imagen de aquel niño-duende. Angelita no lo olvidaría nunca, porque se había divertido muchísimo desde su luneta de invitada.

Ese verano, las maletas iban cargadas de todas las estatuas de santos que les fue posible comprar en el Congreso Eucarístico celebrado en el colegio. Lina se conmovió con el gesto de sus hijos y alabó su devoción religiosa, su afán de incorporar nuevas imágenes a los altares de la casa. Hasta don Ángel lo vio con buenos ojos, sin preguntarse de dónde habían salido tantas figuras de yeso, de hábitos coloreados y rostros angelicales. La tormenta se desencadenó después, cuando llegó a Birán la cuenta excesiva, por el valor de todas aquellas esculturas de escaso significado artístico y apariencia grotesca. El hacendado, indignado por el derroche desmedido, los reprendió sin pensar en el odio de Dios ni el castigo de los cielos si los santos escuchaban sus imprecaciones.

No fue el único vendaval. El padre, preocupado porque a ratos aparecían gallinas y patos muertos, buscaba descubrir al culpable. Carlos Falcón y su hermano, a quien llamaban Tropezón; Ramón, Raúl y Fidel utilizaban primero flechas compradas en el Ten-Cents de Santiago, pero después las fabricaban ellos mismos, con corchos, clavos de seis pulgadas y diminutas plumas de ave. La ocasión propicia fue un día de competencia. Disputaban flechar un pato grande. Fidel, diestro ya en el tiro, exclamó:

—¡Por ná, lo engancho!

—¡El que te va a enganchar a ti soy yo!, –retumbó a sus espaldas la voz del hombre a quien más respetaban.

Carlos Falcón creía capaz a don Ángel de adivinar el paso de un temporal. «Un día ordenó picar semilla porque iba a llover y ya el agua estaba en el viento, aunque se veía el cielo limpio. Un par de días más y ahí llegó el aluvión». Reconocía a don Ángel Castro como un agricultor completo:

«No hay quien le arranque una naranja, porque se va secando, usted la corta con una tijerita y viene el retoño (...) coge y talla las matas y hay que pintarles el tronco con pintura de aceite, de óleo o zinc y retocarlas, todo de blanco y el naranjal parece abajo un cementerio con sus blancuras y sus sombras».

Durante esas vacaciones de verano, los tres hermanos varones visitaron la casa de Cristobita en los pinares. El retrato del recuerdo los mostraba después, con el mismo sombrero blanco con el que aparecía Fidel fotografiado en un tractor de la finca. El sombrero alargaba la estatura de Ramón, y Raúl sostenía a duras penas un revólver. Como siempre, habían hecho el viaje a caballo. Fidel notaba que el suelo no se volvía un lodazal por la abundancia de mineral en la tierra. El sonido metálico de las herraduras del caballo al trotar sobre el polvo de los caminos, lo confirmaba.

Septiembre de 1937 parecía un mes de verano por los intensos calores. Al reiniciarse las clases, el claustro profesoral reconoció las buenas calificaciones de Fidel en el curso anterior y le permitieron matricular el quinto grado sin hacer el cuarto. Para entonces, tenía ya once años y en La Salle lo consideraban un buen alumno, distinguido en los deportes, con pronunciación enfática y correcta en las lecturas, disciplinado y serio. Sin embargo, los incidentes con el Hermano Bernardo, uno de los inspectores que tenía a su cargo a los discípulos internos, determinaron que no volviera a esa institución, tras haber cumplido los primeros meses del curso.

Recién llegado de las vacaciones de verano en Birán y durante una de las excursiones a Renté, tuvo lugar la primera desavenencia. Fidel discutió con Iván Losada, un muchacho muy mimado del Hermano, una riña de camisas desabrochadas y separación forzada en medio del vaivén de la lancha en la bahía, algo muy común entre los niños de su edad.

De esas excursiones, regresaban de noche y subían de La Alameda al Colegio La Salle, por entre las calles del barrio de las prostitutas, que se asomaban a los ventanillos y portones con los rostros embadurnados de pintura, su olor a burdel y sus comentarios mordaces e insinuantes.

Los muchachos iban en dos filas: unos por una acera y otros por la otra. Cada vez que pasaban por allí, aquellas siluetas marchitas, que no respetaban al cura, lo invitaban; haciéndole propuestas lascivas, y parecían congratularse al hostigar a los que llevaban sotana, como si los hábitos fueran una maldición. Tal vez veían en ellos la beatería que las despreciaba, y esa actitud descarada no era más que la furibunda y vana venganza de que eran capaces.

Al llegar del recorrido, Fidel e Iván volvieron a enredarse a puñetazos con la complicidad solitaria de uno de los espacios del colegio, para desahogar de una vez los rencores. Iván Losada salió mal, con el párpado hinchado y una coloración azulada en la piel a un lado del rostro.

El vencedor estaba en la capilla de la Sacristía, en la ceremonia de la bendición, cuando el Hermano Bernardo lo llamó aparte, y sin preguntar razones ni permitir una explicación, le dio una bofetada con todas sus fuerzas; luego, cuando el agredido volvió la cara, lo golpeó de nuevo y lo dejó, no solo aturdido, sino muy humillado y con una dolorosa sensación de desconcierto y herido ante la injusticia.

En noviembre ocurrió el enfrentamiento final. Los alumnos aprovechaban los diez o quince minutos libres antes de la sesión de clases para jugar pelota. Se disputaban la mejor posición. Fidel discutía cuando el Hermano Bernardo llegó por detrás y le pegó. Desafiante, Fidel respondió con una golpiza desenfrenada hasta que el profesor logró controlarlo.

Después, Fidel intentó justificar su rebeldía ante el director, pero este no quiso escucharlo. No admitió razones.

El Hermano Bernardo asumió la actitud de víctima, de persona ofendida, y las autoridades del colegio optaron por ignorar al estudiante. No le conferirían notas de conducta de ninguna índole, silenciaban sus aciertos y lo olvidaban, desconociéndolo deliberadamente. Faltaban cuarenta y cinco días para las vacaciones de Navidad. El tiempo andaba con pies de plomo para él, sentía que aún faltaba una verdadera eternidad para encontrarse de nuevo entre los suyos, donde quizás consiguiera explicar su acalorada reacción, su sensibilidad ante el abuso, su inconformidad con las represalias docentes, su indignación ante el ultraje desmedido y violento del Hermano Bernardo, quien se suponía debía mostrar una conducta madura, serena y comedida al mediar entre los pupilos.

Don Ángel vestía su traje de dril cien con botonadura de nácar, impecablemente limpio y planchado, mientras Lina lo acompañaba a merced de la brisa desde la altura de sus tacones y la levedad de su vestido largo de muselina. La presencia de ambos en la escuela, donde esperaban recibir excelentes referencias de los hijos, causó gran revuelo.

Al final del viaje en tren, ella había sentido náuseas y fatiga. Detenida en medio del vestíbulo, no sabía qué hacer con sus malestares, con aquellas sudoraciones copiosas que le empapaban todo el cuerpo «de pies a cabeza» al decir de doña Dominga cuando alarmada secaba a sus hijos y los frotaba con alcanfor para evitar los constipados y las neumonías y «no se sabe cuántos demonios más que podían llegarles después de bañarse en el aguacero», una «mala muerte», que los guajiros concebían casi segura si no se conseguía sacar toda la lluvia de los huesos.

Al ver llegar a sus padres en un automóvil de alquiler, Ramón, Fidel y Raúl acortaron el paso por los corredores del colegio con alegría y bullicio dominguero, sin saber aún el temporal que se les venía encima.

Lina, no pensaba en los demonios por exorcizar, sino en un nuevo embarazo, un presentimiento aún sin confirmar, que los niños, por supuesto, no imaginaban. Ellos le vieron el semblante pálido como a punto de un desmayo, se le acercaron para sostenerla y preguntaron si se sentía mal.

—No es nada, solo el agotamiento del viaje y este calor húmedo de Santiago –respondió evasiva, al tiempo que respiraba profundo y alzaba la cabeza, con los ojos cerrados que pronto volvió a abrir, recuperada con la solícita actitud de sus hijos y la dicha de verlos fuertes y cada vez más crecidos.

En el despacho amplio y sobrio del director del colegio, recibieron con todo merecimiento y protocolo a la pareja, pero les presentaron un catálogo de lamentaciones, quejándose del calamitoso proceder de sus hijos. Las autoridades colegiales consideraban indisciplinada, desafiante e inaceptable la conducta de los discípulos: «dejan mucho que desear su corrección, su apego a las normas, a la obediencia», repetían en su furibunda defensa con preceptos de rectitud e inflexibilidad en un gimoteo mezquino y poco comprensivo hacia los niños, pero para los padres, de un peso incontestable por la solemnidad de su investidura.

Lina y don Ángel escucharon en silencio, porque no podían dar crédito a lo que ocurría y además, se sentían avergonzados ante aquella andanada de versiones que presumían fundamentadas.

La conversación se prolongó sin que don Ángel y su esposa supieran qué hacer o cómo disminuir las molestias que sus hijos habían ocasionado. Mientras el director refería su contrariedad por la conducta de los Castro Ruz, don Ángel demostraba aparente aplomo sin dejar de fumar, con una lentitud que contenía su enfado.

Los niños se percataron del disgusto que fruncía el ceño de don Ángel y Lina al salir de la entrevista. La expresión presagiaba reprimendas y sermones, aunque sus padres guardaron silencio durante el viaje de regreso a la finca.

Todavía no sabían con certeza qué le habían informado a sus padres pero, a juzgar por la severidad del castigo y las palabras de don Ángel, las autoridades de la escuela contaron la versión más conveniente a sus intereses. Fidel sentía que en su casa creyeran esos comentarios tan injustos.

Más tarde, sentado en el portal de la casona, don Ángel contaba a todas las visitas lo que el director aseguraba de sus hijos: «Son los bandoleros más grandes de la escuela.»

Quienes lo escuchaban no conseguían discernir a ciencia cierta si narraba las historias con enfado, o si por el contrario, don Ángel sentía algún regocijo interior, apenas insinuado en el tono de las frases que paladeaba en el recibidor una y otra vez. Quizás lo asombraba el desafío de los varones de la casa ante la rigidez del colegio y no podía reprimir íntimamente, la sensación ambivalente e inconfesable de repulsa y aprobación. Sin embargo, no importaba mucho lo que meditara o sintiera, estaba convencido de que resultaba una pérdida de tiempo enviarlos a Santiago, separarse de ellos para nada, si en realidad no progresaban en los estudios. Había adoptado la decisión de que permanecieran en Birán, donde el trabajo los haría hombres, como lo habían formado a él los sufrimientos y esfuerzos a lo largo de la vida. Ninguno de sus hijos volvería a estudiar porque emplear dineros con ese propósito, resultaba un verdadero derroche.

A César Álvarez, el tenedor de libros, don Ángel le encargó imponer una larga lista de cuentas matemáticas a Fidel y a Ramón para que las resolvieran, como sanción merecida a tantos atrevimientos y beligerancias. El oficinista utilizó un libro de tareas de la escuela como guía para aplicar el correctivo. Por fortuna, Ramón poseía también el folleto de respuestas. Lo había conseguido antes, con el Hermano Miguel, en el propio colegio de La Salle, donde, por oficiar como monaguillo, tenía amistad con algunos sacerdotes y profesores.

Por el cuaderno de las soluciones copiaban los resultados para disminuir el tiempo de cálculo y salir pronto al campo, a divertirse, a saciar su ansiedad de sol y libertad. A pesar de ello, no siempre podían escapar; la tarea asignada consistía en trabajar durante horas en la tienda y la oficina, lo cual los retenía casi toda la mañana, cuando el clima era más benevolente con las bestias y resultaba posible transitar las veredas del monte con la fresca humedad del rocío como una bendición que acortaba las distancias. Al írseles la mañana en la contaduría, ya no era atrayente la idea de perderse por ahí, entre los naranjales y los potreros a la búsqueda de aventuras nuevas.

César Álvarez, asturiano inteligente, de escasa estatura y complexión gruesa, usaba pantalones de montar tan amplios que lo hacían parecer aún más bajo y robusto. Buen amigo de Fidel, le narraba historias de Grecia y Roma y despertaba el interés por los personajes de la literatura y la vida con una asombrosa locuacidad al narrar, como si tuviera el don de los juglares, aquellos contadores de historias que iban cantando de pueblo en pueblo. César impresionaba por sus nociones de inglés, italiano, griego, alemán, latín y francés. Fidel lo escuchaba traducir frases completas, pronunciarlas con fluidez y charlar con la maestra Eufrasita en el francés de la casa de Santiago, tan depurado y melodioso como aquel que conversaban las hermanas Feliú y del que ellos no comprendían una sola palabra.

La letra gótica de Álvarez admiraba a Ramón. Nunca antes había visto rasgos tan depurados, delineados y perfectos. Los trazos parecían dibujos o jeroglíficos antiguos.

El contador llegaba al amanecer. Día tras día, a la misma hora, abandonaba el lecho cálido de Emiliana, su mujer en la viudez, una mulata espigada y recelosa que no permitía a don Álvarez tomar el café de los peones, porque «sabe a flor de muerto».

Cuando terminaba la jornada en la oficina repleta de libros de contabilidad, vales y solicitudes, se iba apurado a donde Emiliana, a la casa situada un kilómetro más allá, en un promontorio leve del terreno, donde toda la rutina de sus días se volvía polvo, ante la seducción de las transparencias que Emiliana vestía en los atardeceres y el galanteo del café recién colado.

Fidel agradecía las horas de conversación fascinante con el oficinista. No olvidaba su deferencia al hablarle y estimular su curiosidad, en medio de tantas ocupaciones y papeleos, y defendía el criterio de que debía ser abogado, una carrera para la cual, César Álvarez consideraba que Fidel tenía todas las condiciones.

Jesuitas

El 7 de enero de 1938, cuando debían viajar a Santiago, don Ángel no los envió de regreso a la escuela. Raúl con seis años, permanecía ajeno a todo. Ramón, en cambio, estaba feliz porque quería ser tractorista y mecánico y eso era posible en la vida del campo, en la finca de su padre. Fidel, por el contrario, no se resignaba a esa decisión, sobre todo porque lo castigaban sin razones válidas, sin escuchar su versión de los hechos. Había sido víctima de la agresión física, de la violencia, de la barbarie y la inhumanidad y lo consideraba una humillación muy grande.

Decidió hablar con su mamá, confiar en su sensibilidad y preocupación por la educación de los hijos, porque ella no quería para ellos una vida de escasos conocimientos, de poca preparación. Ella tenía suficiente luz natural y lo veía con claridad: el futuro de sus hijos no dependía solo de la fortuna, también eran imprescindibles los estudios. Fidel explicó primero y luego, exaltado, amenazó con quemar la casa, en un arrebato de rebeldía. Lo aseguraba para impresionar y la madre sabía que solo eran palabras, amenazas fútiles. Lina conversó con don Ángel. Insistió y apoyó su deseo de superación, sus deseos de estudiar. En realidad lo hacía por pura satisfacción, porque intuía que el niño no mentía, y ponderaba que Fidel había sido un buen estudiante y merecía que su criterio y sus deseos se tuvieran en cuenta.

Con paciencia Lina disuadió a don Ángel, quien al final accedió y dispuso el viaje a Santiago, para matricular a Fidel en el Colegio Dolores, de la Compañía de Jesús. También visitaría a don Fidel Pino Santos, entonces en campaña electoral como candidato a representante por el partido del gobierno.

El viejo lamentaba a veces la presencia de los funcionarios estatales e inspectores corrompidos, no porque exigieran el cumplimiento de las normas establecidas, sino porque de cualquier modo había que entregarles dinero, sin importar cómo marchaban los establecimientos comerciales o las plantaciones agrícolas. Del gobierno profería críticas sin mucha acritud ni amargura, atribuía los problemas a los políticos corruptos y la mala administración, sin mencionar para nada las influencias y predominios de los norteamericanos, a quienes trataba con amistad y apreciaba por la capacidad organizativa y la eficiencia demostrada en el manejo de los centrales. Don Ángel mantenía excelentes relaciones económicas con ellos, a pesar de la competencia comercial y el constante forcejeo silencioso de linderos con la United Fruit Company.

Al principio, los norteamericanos que visitaron la casona no eran los que trabajaban en la United Fruit Company, sino los ejecutivos de la Warner Sugar Corporation, de la cual era una subsidiaria la empresa Miranda Sugar Company, compañía propietaria de una cadena de centrales diseminados desde la costa norte hasta la sur, y con la cual tenía contratos su padre. Fidel los observaba durante las conversaciones en la oficina administrativa, cuando definían la cuota de producción cañera con destino a la fábrica de azúcar –un asunto de la mayor importancia–, o al degustar los vinos de España en la sala principal, al tiempo que comentaban las actualidades noticiosas para salir más tarde a recorrer la finca.

Al primero que Fidel recordaba era al administrador del central Miranda, después otros se mencionarían y recibirían en la casa, Morey, el administrador del central Marcané, de la United Fruit Company, y los de las empresas o compañías, siempre bonantes y poderosas, que investían de importancia a los ejecutivos y los accionistas que vivían en Nueva York o en otras ciudades de los Estados Unidos. Llegaban a aquella localidad pequeña, casi perdida en las geografías, precedidos por grandes inversiones de capital, en colosales y modernas industrias o en la extensión de la líneas ferroviarias. Los puestos ejecutivos de mayor nivel los ocupaban los norteamericanos y los otros, de menor envergadura, empleados cubanos. Vivían en barrios exclusivos, en pintorescos *chalets* rodeados de áreas verdes, portales, puertas y ventanas recubiertos de tela metálica, y bendecidos por el privilegio de la luz eléctrica, con un confort inusitado y tentador que humillaba a quienes no tenían esos privilegios y los observaban desde lejos.

Era una sociedad local muy singular, donde los norteamericanos disponían también de la voluntad y el destino de la gente. A los trabajadores más allegados los distinguían con ciertas consideraciones y a los braceros antillanos y los cubanos al borde de los caminos, les reservaban una despiadada explotación –fría, calculada, y diligente– lo que les permitía mantener el orden, la eficiencia y los jugosos dividendos.

Sin desdeñar aprensiones, cualquier autoridad, norteamericana o no: alcalde, senador o representante, merecía en casa de don Ángel todo respeto y consideración. Tampoco titubeaba al apoyar a su amigo don Fidel Pino Santos, en sus aspiraciones políticas, tal vez sintiéndose obligado o comprometido de acuerdo por el carácter de la relación personal y económica que siempre habían sostenido entre ellos, se adentraba febrilmente en las campañas que más parecían una empresa comercial que asunto de ideas elevadas.

En el cuarto de Fidel, Ramón y Raúl se encontraba la caja de caudales de don Ángel. Ellos, lo escuchaban andar en los mecanismos de la combinación y distribuir a los sargentos políticos, las sumas de dinero para comprar votos en favor de don Fidel Pino Santos, a pesar de los reparos de Lina, opuesta a aquellos manejos por considerarlos un derroche innecesario de las finanzas.

Durante el viaje de diciembre de 1937 a Santiago, poco antes de la Navidad, Lina asistió a los funerales de Exuperancia Martínez Gandol, la esposa de don Fidel Pino Santos, fallecida el 19 de diciembre de ese año. Con catorce años cumplidos, la acompañó Angelita, cuya memoria evocaría siempre aquel momento sombrío.

El viejo deseaba aprovechar la oportunidad de su segunda visita a la ciudad para saludar a su compadre y confortarlo.

Ramón se quedó en Birán y a Raúl lo enviaron a una escuela cívico-militar, de las que había creado con afanes de ganar prestigio, el otrora sargento Fulgencio Batista, la figura siniestra que después del golpe militar del 4 de septiembre, tras la caída de Machado, traicionó las aspiraciones revolucionarias, y plegó la situación nacional de modo abyecto a los intereses yanquis. En cada una de aquellas escuelas del ejército, el maestro era un militar y los recursos superaban los de las pobres escuelas públicas. Raúl estudiaba como a cuatro kilómetros, en Birán Uno, un lugar no muy lejos de la casa. El maestro militar, listo y complaciente con quienes ocupaban una «buena posición», confiaba en que se ganaría la voluntad del hacendado si consentía a Raúl, el menor de sus discípulos, razón por la cual le permitía todo, y Raúl se sentía a sus anchas. Poco tiempo después, el maestro militar obligó al niño a aprenderse de memoria un discurso que debía pronunciar frente a Batista, en una visita a La Habana: «en nombre de los alumnos de la escuela cívico-militar de Birán I, pedimos a usted que haga teniente a mi sargento...» Efectivamente, a Armando Núñez, lo ascendieron y lo nombraron en una escuela técnica, de un nivel superior al de primaria, en Mayarí, adonde llevó consigo a Raúl. Sin embargo, el alumno era muy pequeño y no podía permanecer allí, por lo que, Armando lo envió a Santiago, a vivir con unos parientes en el barrio de Los Hoyos, donde estuvo hasta el día en que Lina fue a buscarlo a Mayarí y no lo encontró. Enseguida, la madre fue por él, que estaba feliz en aquel lugar, donde asistía a una escuelita pública, compraba en la bodega, pedía la ñapa y jugaba pelota y bolas, con los muchachos de la casa.

Angelita viajó de nuevo con Fidel. Don Ángel los encomendó en Santiago al cuidado de una familia amiga, que vivía en una casa esquinada en la calle Calvario. Ella ingresó en el bachillerato y él externo en Dolores, para concluir el quinto grado. Ese mismo día, el 11 de enero de 1938, matriculó en el nuevo colegio y lo inscribieron por primera vez en el Registro Civil de Cueto, provincia de Oriente, con el nombre de Fidel Casiano Ruz González, Folio 258, Tomo No. 10.

El dueño de la casa, don Martín Mazorra, propietario de una tienda llamada La Muñeca, donde don Ángel compraba ropa masculina para su almacén en Birán y para su familia, era un hombre bajito y menudo, de aspecto flexible y reposado. Conservaba su autoridad a la sombra, sosegado y hermético, solo sobresalían su carácter y mal genio si debía imponerse en algo. Carmen Vega, su mujer, una mulata de origen humilde, vistosa y emprendedora, vivía pendiente del orgullo social, las buenas costumbres y las vanidades de figurar entre lo mejor de lo mejor. Tenía tres hijos, el mayor de un primer matrimonio, el segundo era Martín que estudiaba para piloto en los Estados Unidos, y Riset, la más pequeña de la familia.

De los hijos con don Mazorra, la muchacha era la más avispada. Riset cursaba el tercer año del bachillerato. Fidel lo sabía por las listas blancas en la saya de tachones azules. Trigueña, con la piel cobriza y lozana de las mestizas, algo gruesa, se le notaban las protuberancias sinuosas del cuerpo. Su presencia animaba el ambiente como un carrusel, era alegre, bulliciosa y natural. El adolescente la amaba, con ese amor platónico de la edad en que los muchachos se fijan en una joven mayor y le siguen los pasos con la mirada, se ruborizan sólo de verla o callan en el momento ideal para las declaraciones.

Los anfitriones adoptaron desde el principio una actitud severa, y le exigían lo imposible, sobre todo por quedar bien con el hacendado de Birán. Aspiraban a que las calificaciones de Fidel fueran sobresalientes, sin tener en cuenta el problema vivido antes en el Colegio La Salle, el rigor superior de los jesuitas, el atraso con que se había incorporado a clases, y mucho menos, el período de adaptación a las nuevas circunstancias. Ellos no se conformaban, no se resignaban a la existencia de ese período imprescindible para el alumno, durante el cual, le resultaría difícil despuntar como destacado del curso.

Fidel sentía atracción por algunas de las asignaturas, como la Geografía general, referida a los viajes a la Luna y a Marte, los astros y el espacio cósmico, pero a pesar de su fascinación, sus notas eran más bien bajas.

Si no lograba buenos resultados en las evaluaciones cotidianas, le retiraban el dinero para ir al cine, tomar helado o comprar la revista *El Gorrión*, una publicación argentina de historietas, que llegaba con puntualidad a los estanquillos y se vendía por cinco centavos. Leía *De tal palo tal astilla*, una novela del oeste, inspirada en los éxitos del cinematógrafo. La sala oscura lo embelesaba. Permanecía horas ante la pantalla donde rodaban vertiginosas, las imágenes de las películas de vaqueros como Tom Mix y Buck Jones, enfrentados a disparos y puñetazos en las áridas regiones y los bares de la América del Norte.

Por ese tiempo vio el filme *La carga de los seiscientos* que se desarrollaba en el siglo XIX, en la India. Disfrutaba las películas cómicas, como las de Cantinflas, o las de aventuras en la selva, como las de Tarzán. Lo fascinaban también las maravillas de Charles Chaplin, con su Charlot, hombrecillo frágil, dinámico, de una elegante y tierna comicidad, convencido de la gran belleza del silencio, apoyado en su bastón, enfundado en su viejo y raído traje, bajo el amparo de su sombrero hongo, su generosidad y su tristeza.

Una victrola cantaba en los portales los tangos de Carlos Gardel, la voz portentosa de Río La Plata, que se esfumó en el viento por un accidente de aviación en junio de 1935 y era, desde entonces, una presencia poética y legendaria. Las grabaciones de la RCA Víctor reproducían sus canciones con una nitidez de cristal, entre acordes de bandoneón, guitarra y leyenda. Aquel aparato sonoro le recordaba siempre el viejo fonógrafo de Birán. En realidad disfrutaba mucho las mañanas de domingo y los atardeceres de cine, cuando la sonrisa de Libertad Lamarque inundaba la sala del cine los fines de semana.

Toda esa alegría se desvanecía el lunes. Inconforme con tantos requerimientos, indagó y descubrió la manera de eludir las prohibiciones, aunque sus calificaciones no fueran altas. Inventó en la escuela que había extraviado la libreta donde registraban las notas, como constancia para los tutores. Se apropió de una nueva, en la cual aparecían las puntuaciones verdaderas y firmaba él. Otra, con resultados muy buenos, pero no los reales que era la que llevaba para que firmaran en casa.

El problema se desató al final del curso, cuando los tutores asistieron a la ceremonia con la esperanza de que él figurara entre los mejores alumnos. Tuvo que idear en el momento una explicación válida:

—¡Ya sé lo que pasó! Como ingresé después del mes de diciembre, me faltan tres meses, y al computar lo obtenido, el total es menor que el de los demás. Por eso no puedo alcanzar los premios.

Desde el primer momento, la profesora Emiliana Danger Armiñán, inpresionó a Fidel. Corpulenta, de nariz ancha, cejas pobladas, labios carnosos y ojos pardos más bien saltones, su estampa portentosa no compaginaba con la delicadeza de su voz y la distinción de sus ademanes. El día que la conoció llevaba un vestido negro de flores malvas, y al cuello una cadenita con la medalla de la Virgen de la Caridad del Cobre. La profesora había nacido el 26 de julio del año de 1900 y aunque era joven, parecía haber perdido la esperanza de tener hijos propios, quizás por esa razón, más allá de su rigor profesional y sus virtudes pedagógicas, se compenetraba de un modo especial con los discípulos, los escuchaba con apacible interés y los alentaba en sus progresos, apuntaba ideas, sugería títulos, proponía laminarios o indagaciones en los libros y diccionarios. La educación y la cultura se desbordaban en su hablar, en su actuar y en el porte de toda ella. Su familia haitiana era de ascendencia francesa, pero los hermanos habían nacido todos en Santiago de Cuba, la ciudad del Caribe con balcones moriscos, enrejados coloniales y calles sinuosas, empinadas y a la vez, despeñadas al mar abrupto y profundo, en el límite cercano de la fosa de Bartlett.

Maestra de extraordinarias virtudes, trabajó primero en la Academia Spencer y luego, como profesora de primaria superior y de preparatoria en el Instituto de Santiago. Durante esas vacaciones, Angelita debía prepararse para el curso de ingreso y luego pasar al bachillerato, lo cual requería vencer varios exámenes, por eso no viajó a Birán, y junto a ella, permaneció su hermano.

Aquella mañana memorable, la profesora abrió sobre la mesa un libro voluminoso, de unas mil quinientas páginas, y comenzó la maravilla. El texto, como una enciclopedia ilustrada, trataba sobre todos los asuntos y temas imaginables. Emiliana Danger impartía clases a domicilio e iniciaba las sesiones correspondientes a la preparación de Angelita. Fidel quedó suspendido en el aire, absorto ante las amplias, minuciosas y deslumbrantes explicaciones de la maestra. A partir de entonces, conoció el ansia de saber, mostró interés y vocación ardorosos para el estudio. Durante las conversaciones, se sentía encandilado por aquella catarata de conocimientos, y por el encantamiento en que lo sumergía la voz pausada y sabia de la profesora, a lo cual, él respondía con esmero en el repaso de los asuntos y haciendo numerosas y sustanciales preguntas.

Impresionada, la profesora propuso al discípulo voluntario, un plan para que hiciera el ingreso y el primer año del bachillerato simultáneamente, de tal manera que cuando alcanzara la edad estipulada pudiera presentarse a los exámenes.

A los ojos de la maestra, él era un niño avispado, atento y de nobles sentimientos, de una inteligencia proverbial. A veces se incomodaba, pero enseguida iba con cariños y besos a pedir disculpas y a reconocer que se había excedido. Esas buenas acciones conquistaron a Emiliana, a la que siempre tendría presente porque fue quien por primera vez lo estimuló en los estudios, despertó su curiosidad y su interés por saber, lográndolo además, con cariño, como el orfebre con una de sus piezas preferidas a la que debe pulir no sólo los perfiles, sino también el alma.

En septiembre de 1938 comenzaron a deshojarse los árboles y la radio anunció la temporada ciclónica. A Fidel se le acentuaron las molestias de un lado del vientre. Los doctores lo examinaron y decidieron el ingreso en la Colonia Española, donde los enfermeros vestían batas blancas y abultadas sobre los pantalones largos. La intervención de apendicitis concluyó con éxito, pero la herida se infectó y el paciente permaneció hospitalizado durante tres meses.

La primera noche de convalecencia, lo atendió Riset Mazorra Vega, la joven diligente que él amaba y a quien nunca se atrevió a confesar sus sentimientos. A pesar del dolor en la herida y los malestares de la operación, se sentía complacido de sentirla tan cerca y preocupada por él.

La posibilidad de cumplir el plan de la profesora Danger se desvaneció del todo. Matriculó con doce años cumplidos el sexto grado; sin embargo, no asistió a clases hasta reponerse.

Durante esos tres meses dedicó su tiempo a visitar enfermos, contarles historias, indagar por sus dolencias, interesarse en su vida, escucharlos y asistirlos con la devoción de las monjas o los buenos médicos. Tenía el don de las relaciones humanas y de la comunicación, eso nadie podía dudarlo después de conocer su preocupación por los demás.

Ramón lo visitaba de vez en cuando. Había pasado un tiempo con Raúl en casa de «madame» Danger y en la del comerciante Mazorra, antes de matricular en el Colegio Dolores, donde a partir de entonces acompañaría a Fidel. De Birán, Lina no podía viajar a verlo porque recién había dado a luz a Agustina del Carmen, el 28 de agosto de ese propio año 1938, a las cuatro de la tarde, cuando comenzaba a nublarse el día y el viento de los pinares presagiaba temporal de verano.

Carmen Vega, la esposa del comerciante Mazorra, no previó algo así; pero el adolescente ya no soportaba tantas normas y restricciones. Después de la permanencia durante varios meses en el hospital, luego de entablar amistades y crear afectos nuevos, no se acostumbraba al castigo del encierro obligado para estudiar, a la estrechez de los veinte centavos a la semana, la misma cantaleta en relación con las notas y las amenazas de enviarlo interno al colegio.

Solo recordaba con agrado la presencia maravillosa de la maestra Danger, los encantos de Riset y por supuesto, la audición por radio de la pelea de boxeo entre Joe Louis y el alemán Max Shmelling, a quien algún tiempo después el periodista italiano Curzio Malaparte describiría:

> Max Schmelling parecía ensimismado, con la cara algo inclinada sobre el pecho, mirando a cada uno de los comensales, con una mirada a la vez tímida y firme. Tenía una estatura un poco más elevada que la normal, de formas suaves, de espaldas redondas y de modos casi elegantes. No se percibía que bajo aquel traje de franela gris, de buen corte, que seguramente procedía de alguna sastrería vienesa o neoyorquina, se hallaba oculta toda su gran fuerza. Tenía una voz grave y armoniosa y hablaba con lentitud, sonriendo, no sé si por timidez o por ese inconsciente sentido de confianza en sí mismo que poseen los atletas. La mirada de sus ojos negros era honda y serena. Su rostro se mostraba serio y amable. Estaba un poco echado hacia adelante, con los antebrazos puestos en el borde de la mesa, mirando con fijeza ante él, como si se hallara en el «ring» listo para la defensa (...)

Joe Louis era conocido como El Bombardero de Chocolate y echó por tierra con sus puños el predominio blanco en el boxeo, frente a ochenta mil espectadores en el Yankee Stadium de Nueva York, donde también se dilucidaba la supremacía de los Estados Unidos de Norteamérica o de la Alemania hitlleriana. Los angulosos hombros de Louis y su proverbial musculatura adosada al espíritu profundo y a las angustias de sus ancestros, se impusieron a

Schmelling, aquel 22 de junio de 1938, cuando logró propinarle una contundente derrota, en una pelea revancha, con un nocaut de leyenda en el primer asalto, una contienda que se esperaba como fatigosa y larga, con no menos de quince rounds. El salvaje y frenético impulso de Louis en las golpeaduras, quebraron dos vértebras al alemán, en el combate fugaz de dos minutos y treinta y cuatro segundos, un empuje que le llegaba quizás de la frustración de 1936, cuando Max lo había vencido y él era aún solo un aprendiz del cuadrilátero.

La audición de aquella pelea histórica, despertó las expectativas de todo el mundo y atrajo la atención de Fidel, que lo mismo acercaba el oído a la radio, que propinaba golpes al aire, se detenía o reanudaba sus paseos de ansiedad y exaltación de uno a otro lado de la pequeña pieza, donde todos vivían el acontecimiento singular e irrepetible, grabado para siempre en los recuerdos de una manera grata y cautivante, al punto de que por un buen tiempo, él y su hermano Ramón animarían con pasión el boxeo en la valla de gallos de Birán, durante las vacaciones subsiguientes.

Un buen día, con una serenidad pasmosa se negó de manera rotunda a cumplir lo que le ordenaban en casa de Martín Mazorra: «no voy a estudiar, no voy a hacer nada, estoy cansado, ya no resisto más», afirmó de forma tan categórica y convincente, que al día siguiente lo internaron en el Colegio Dolores y volvió a experimentar la felicidad de participar en las competencias deportivas, en las exploraciones, las pruebas de laboratorio y los desvelos en la biblioteca, con entera libertad para sus movimientos y sus sueños.

Tras la ausencia larga y la convalecencia de la enfermedad, el primer día de las vacaciones de Navidad, en

Birán pasó al vuelo. Lina despachaba en la tienda y salió apresurada a abrazarlo, contenta de su regreso a casa, después de tanto sufrir, por la forzosa separación, pues al coincidir su enfermedad con el nacimiento de Agustina, no había podido ir a verlo. La niña a quien más tarde Fidel pudo ver y cargar, era pequeña y delgada, andaba por el cuarto mes de vida y mostraba gran vivacidad. En sus hermanas Juanita y Emma no percibió cambios significativos, estaban solo un poco más espigadas. Se reencontró con su prima Clara, una adolescente robusta, de piel muy blanca, melena sobre los hombros y tamaño mediano, que quedó sorprendida con su estatura desgarbada.

Don Ángel llegó a la hora del almuerzo, después de recorrer los campos y le sugirió que no montara caballo a esas horas, sino que reposara el mediodía a la sombra del portal, donde Fidel y su padre paladearon una espléndida y larga conversación sobre todos los asuntos imaginables, supremos y triviales, olvidados o memorables. Entró Alejandro, uno de los hermanos de Lina, y la charla tomó el rumbo del pasado. Por el año 1931 había enamorado a una adolescente huérfana de madre y padre, que lo cautivó con efluvios de monte en la piel. Alguien denunció a la Guardia Rural sus amores, a causa del embarazo y solo don Ángel pudo sacarlo del atolladero:

—¿Quién ha visto condenar a un hombre que se quiere casar? Lo que se debe hacer es liberarlo para celebrar el matrimonio.

Alejandro temió que la muchacha muriera, pues ella vivía con un hermano y eran muy pobres. Provisionalmente, la joven permaneció con doña Dominga y don Pancho, pero si a él lo condenaban no se sabía qué iría a pasar después. La desgracia no ocurrió gracias al cuñado, quien intercedió a su favor y prestó ayuda de nuevo «cuando el paritorio de la muchacha», en una «cuestión de honor» como afirmaba categórico don Pancho.

Ahora vivían por la vuelta del Treinta y uno, camino al Perico, como quien iba a la casa de don Manuel Argiz, primo de don Ángel. Alejandro había visitado a don Pancho y doña Dominga en la mañana y en la tarde, traía a Lina noticias de los viejos y los sobrinos Ana Rosa, María Antonia y Luis. Pidió permiso y se adentró en las habitaciones hasta la cocina, donde sorbió apresurado el café y conversó con su hermana sin apuros.

Al caer la tarde, quizá por primera vez, Fidel se percató del esfuerzo de sus padres por aprender. Nunca les escuchó decir que hubieran ido a la escuela, pero ambos lo habían hecho en instituciones precarias y de educación elemental. Don Ángel había recibido instrucción en la aldea y en el ejército, que la establecía como obligatoria para los reclutas del Servicio Militar, y Lina, en la escuelita rural de Las Catalinas, donde comenzó cuando tenía al menos seis años de edad, y en la de Hatuey, por donde pasaron en su peregrinar de Camagüey a Oriente.

Don Ángel leía los periódicos, después de aprender por sí mismo el significado de las palabras. Lo hacía con lentitud pero comprendía bien las interioridades de los asuntos comerciales desplegados en las páginas, los vaivenes políticos y los acontecimientos de la guerra en Europa; apreciaba los hechos trascendentes en la vida de un país; se reconocía aficionado a la geografía y hablaba con admiración de los personajes históricos.

Lina reclinó su figura sobre los libros y las cuartillas en la mesa. Repasaba las líneas con mucha dificultad y mientras practicaba, casi deletreaba a la luz de la bombilla de gas. Si necesitaba escribir manejaba con torpeza el lápiz y la letra temblaba, vacilante. Solo cuando la oscuridad fue demasiado densa y agotadora, desistió de sus estudios, recogió las publicaciones, libros y cuadernos y subió al mirador, donde su esposo continuaba la lectura hasta bien avanzada la noche.

Fidel pensó en la hidalguía de gallo fino de sus padres que no se dejaban vencer. Él había visto las peleas los domingos durante la temporada de zafra, la única oportunidad en que los haitianos y el resto de los trabajadores disponían de algún dinero para gastar aunque luego se murieran de hambre o desconsuelo. La valla, diseñada por don Ángel, permanecía arrendada por alguien. El taquillero, Epifanio Gómez, cobraba cincuenta centavos por la entrada.

Las lidias eran emocionantes. La atmósfera tensa radicaba en las apuestas. Se reunían entre ochenta y cien hombres, gente de varios kilómetros a la redonda. Llegaban con el gallo en una bolsa blanca o azul: gallo fino lo era en todo. Los campesinos críaban sus ejemplares con sacrificio. Había que darles alimentación y entrenamiento especiales y entre otras cosas no los dejaban tener gallinas, para evitar que se debilitaran en las «lides amorosas». Todo eso estimulaba su espíritu guerrero: morían en combate con valentía.

Las apuestas eran de cinco pesos casi siempre, a lo más diez y rara vez quince pesos. Y no se apostaba a uno solo, existía una lista. Fidel jugaba cincuenta centavos a un gallo, a otro un peso, al de más allá dos...

Unos se arriesgaban por el canelo, otros por el giro, el pinto, el indio o el bolo. Este último no tenía plumas tan altas atrás. Al gallo gallina le faltaba la prestancia de los machos... Había de todos los colores y razas y se distinguían en la pelea.

Para él no sólo eran importantes las apuestas. En realidad valía más la simpatía por el gallo, si era un ejemplar conocido, o prevalecía la amistad con el dueño. También observaba a quienes apostaban en medio de la pelea, al que iba ganando; cinco a uno, cinco a dos; o al revés.

Las mujeres no aprobaban las lidias. Sus razones valían. Con la victoria, los hombres bebían toda su buena fortuna. Si eran derrotados perdían el dinero de la familia. Ganar o perder, no importaba, de cualquier modo aumentaba la pobreza de los hombres del batey.

Al muchacho le causaba pena aquella circunstancia infeliz, pero entendía que se trataba de la única distracción de los trabajadores para olvidar sus desgracias. No existía feria, ni acordeoneros, ni iglesia, ni gitanas adivinas. En todo caso, algún circo de mala muerte, con unos pocos artistas de trajes deslucidos, llegaba de vez en cuando. Las funciones eran aburridas. Para ver uno de verdad había que ir hasta Marcané y coincidir con sus visitas fugaces.

Ramón, Angelita y Fidel fueron una vez, hacía ya algún tiempo, a casa de Pablo a averiguar lo del baile donde los haitianos tocaban tambores y bebían tafei con unas mujeres recién llegadas de lejos, para vivir la alquimia rara de los sudores y espasmos del amor fingido, después de probar el dulzor del liqué, una bebida suave preparada con almíbar, ron y esencia de fresa. Sin embargo, y a pesar de desearlo con vehemencia, el día tan esperado no les permitieron asistir a los festejos.

—Es un baile indecente –advirtió Lina a su hija Angelita, una muchacha alta, parecida al padre en lo de dar. Iba siempre a casa de Piadosa, la campesina cargada de hijos, que no sabía qué hacer con el esposo lejos. Él, era desmochador de palmiche y andaba todas las palmas de la región para ganar unos pocos centavos. La hija mayor del propietario le llevaba provisiones de la tienda: ropa y víveres. También sus hermanos obsequiaban a la pobre mujer, con la misma afectuosa atención que demostraban por doña Alberta, la madre de Carlos Falcón, que vivía en los Altos de Birán. En una ocasión, todos invitaron a Lina a almorzar en el rancho de Piadosa, sin que supiera que ella misma era la suministradora principal del almuerzo.

A los varones no les decían nada sobre las fiestas haitianas de Birán 7, en La Trocha; debían escapar para mirar entre las rendijas el voluptuoso frotar de los cuerpos cuando los hombres llevaban horas en el ambiente de las bebidas y el resonar de las tumbas, junto a aquellas mujeres de comentarios mordaces, gestos artificiosos y efímeras estancias.

Las fiestas en Birán 7 eran muy esporádicas y por eso, la valla de gallos resultaba el único entretenimiento, todo un acontecimiento cada domingo. La lidia empezaba a las ocho de la mañana y ya habían transcurrido las seis de la tarde cuando terminaba.

El escándalo de la gente dando contra las tablas, atravesaba los ciento cincuenta metros que los separaban de la casona. En la valla de madera y techo de zinc, con los asientos escalonados alrededor del ruedo de diez metros de diámetro cubierto de aserrín, se agolpaban los dueños de los gallos o quienes los dirigían en la pelea. Fidel los veía azuzarlos, chuparles la sangre de las heridas, echarles agua o rociarlos con alcohol. Por momentos se detenía el combate y los que apostaban daban aliento a uno u otro gallo o todo terminaba cuando otro ejemplar ciego, se escapaba hacia los bordes dando tumbos y picotazos al aire.

El adolescente recordaba casos inusuales. Un gallo perdido que de pronto aleteó, saltó y liquidó de un solo golpe al oponente. ¡Escándalo! De lejos todos sabían lo acontecido en la valla. En ocasiones, los dueños los dejaban morir en la pelea; en otras, los recogían ya ciegos para pie de cría.

Ramón y Raúl tenían varios ejemplares, Fidel uno solo. Pensaba que el suyo era el mejor, el más valiente. No lo entrenaba porque no sabía hacerlo; siempre encontraba galleros dispuestos a cuidárselo. Permanecía allí dos semanas en fin de año, por Nochebuena y contadas eran las veces que asistía al espectáculo, tomaba cerveza bien fría y comía de las empanaditas y dulces que los haitianos vendían en las tarimas y las vendutas frente a la valla.

Cuando aún no estaba interno en el colegio, Ramón peleaba el gallo. Siempre que ganaba le giraba el dinero y la noticia de la victoria; en cambio, nunca le extendía la cuenta si el gallo perdía.

El ómnibus sorteó las calles angostas e inclinadas de El Cobre, dejó atrás la iglesia, recortada en el paisaje de palmas en las laderas, y se detuvo muy cerca de un abrupto desfiladero.

Más cultos, con mayor vocación y disciplina que los franceses de los Hermanos La Salle, los miembros de la compañía de Jesús –orden religiosa de la Iglesia Católica fundada en 1540– conjugaban las tradiciones jesuitas inspiradas en Ignacio de Loyola, con la organización militar y la idiosincrasia española.

Los discípulos del Colegio Dolores iban frecuentemente de exploración, con rumbos desconocidos y apartados. Antes habían viajado a Puerto Boniato y a la zona del Caney. Con René Fernández Bárzaga y Balbino Pérez, mantenía Fidel una relación cercana, de buena amistad. Alpinista por excelencia, Fidel desafiaba los torrentes desbordados y la naturaleza tortuosa y pendiente de las montañas. Conocía que los profesores jesuitas hacían estas exploraciones para formar el carácter de sus alumnos y animaban el esfuerzo denodado, la resistencia pertinaz, el reto a los riesgos y el espíritu emprendedor.

El alumno Fidel conocía los intersticios del pensamiento de sus profesores y responsables jesuitas, y su modo de proceder. Tenía la certeza de que nunca lo reprenderían por la demora al escalar la elevación más alta de los contornos. Emprender el ascenso y llegar hasta arriba era un reto y ellos lo alentaban. Para lograrlo empeñó sus fuerzas, su arte y destreza.

El verdor restallante de los helechos y la humedad del suelo le recordaban Birán. Esa sensación le inspiraba felicidad. Con idéntica voluntad cruzó corrientes embravecidas y vadeó barrancos, empleó su temeridad perfilada por tantas pruebas, en las competencias deportivas, donde continuamente se destacaba.

El día de la exploración al Cobre, llegó al punto de partida cerca de dos horas después de la hora fijada para el regreso. De vuelta, traía la camisa rasgada y sudorosos los brazos largos, el pecho y el rostro. El pelo como acabado de lavar y los labios sin sangre, con el color pálido del desmayo. El profesor le brindó la cantimplora y lo animó a beber un sorbo de agua:

—¿Llegaste?

—Sí. Desde lo más alto, las nubes parecían un colchón de hojas a nuestros pies. Parece que va a llover, –preludió.

—Tienes razón. Al oscurecer caerá un buen aguacero. Vámonos.

De enero a junio de 1939, el explorador se sintió a sus anchas en el ambiente de la escuela. Un poco escéptico de todas aquellas verdades establecidas por la religión, le confería gran importancia a las leyendas del «Antiguo Testamento». Mostraba interés por los deportes y las ciencias naturales.

Escuchó hablar de Darwin como un señor profano de quien aún no se explicaba con claridad la teoría de la evolución de las especies. Pero ¿hasta dónde merecía el peor sitio de los infiernos? Desde el siglo XIX, José Martí, en una conversación familiar, lo había defendido de una manera suave y comprensiva para con la persona incrédula: «¡Ese inglés a quien usted se refiere se llama Carlos Darwin, y su frente es la ladera de una montaña!» Fidel se distanciaba cada vez más de la mística y la vocación de los devotos, pero al final de curso sus calificaciones eran excelentes en las asignaturas del espíritu y las doctrinas. En ese período, se modeló su carácter con las constantes pruebas y las rebeldías, subiendo montes y estudiando con ahínco por los libros.

Armado con un Winchester 44, avanzaba solitario por un sendero entre montañas, conocedor palmo a palmo de la región boscosa y despoblada. No sentía miedo de la noche próxima. Con el arma experimentaba la sensación de poder luchar contra los vivos y los muertos. Existían dos caminos para llegar a los Pinares de Mayarí, uno largo, menos inclinado y extendido entre lomas; otro breve y peligroso, que serpenteaba por las elevaciones. El joven prefería este último, por allí debía subir una montaña encumbrada donde el caballo, a punto de reventar, sudaba mucho y se agotaba. Andaba el camino de los pinares y durante el recorrido afloraban sus emociones y el deseo anhelante de llegar a los campamentos de trabajadores forestales cuando aún las fogatas estuvieran encendidas.

Luego de un gran esfuerzo llegó a la meseta, a unos setecientos metros de altura y la frialdad de musgo y la brisa intensa, le secaron en pocos minutos el sudor a la bestia. Se olvidó del terreno escarpado y de los riesgos, deseaba reunirse con Ramón que estaba en La Casimba. En el aserrío vivían un alemán y sus cuatro hijas, probablemente una de aquellas familias inmigrantes, llegadas a la Isla después de 1906.

Los había visitado por unos días. El 15 de junio se habían fotografiado con una cámara Leika de mecanismos pequeños y efectivos. En uno de los retratos aparecía sentado en un tronco de árbol, junto a su hermano Ramón y unas muchachas de la zona; en otro, montaban a caballo y las damitas sujetaban las riendas. Ramón llevaba sombrero de ala ancha y él gorra de marinero.

Las imágenes eternizaban la nitidez de un día sin nubes. Conversaba con una jovencita, recostado a los listones de madera del aserrío. Él la miraba hechizado; ella le sonreía. Disfrutaban pasear por el campo, detenerse ante los alineados pinares o sentarse algunas horas a la orilla de un cauce estrecho en una ladera alfombrada por musgos y helechos.

Por entonces, los varones no sabían de la *Venus de Milo*, sin embargo, fijaban sus ojos en las jóvenes de caderas pronunciadas y cimbreantes.

Una vez, aislado del mundo, escribió para una joven, los que fueron también sus últimos versos de amor, envuelto en la magia de las palabras, buscaba una vez y otra, las ideales para nombrar sus sentimientos.

Su expresividad no alcanzaba vuelo poético, pero aún así participaba en los concursos auspiciados por la escuela. Un atardecer mientras escribía ensimismado, el inspector lo sorprendió, esperó a que terminara, le arrebató el papel y lo retuvo durante largo rato. Sentado en el estrado leía y releía los versos, sin importarle su intromisión ni la vergüenza por la que atravesaba el joven. Tras aquella enojosa experiencia jamás volvió a poetizar.

El Padre García, un jesuita español muy activo, persistía en convertir los sueños en realidades palpables. Animaba en los estudiantes la vocación literaria y el espíritu aventurero. Convocaba concursos de poesía a través de una pequeña estación de radio de onda corta, donde los propios estudiantes de Dolores, realizaban programas. La emisora resultó un éxito, se comunicaba con las familias de los alumnos en el mismo Santiago y promovía su participación en las votaciones para determinar quién sería el ganador.

Fidel cursaba el séptimo grado con trece años. Aún no le habían perturbado la inspiración lírica. Sus versos competían junto a los de Elpidio Gómez, un muchacho de Bayamo, cuyas hermosas composiciones respondían a la tradición artística de la ciudad.

Fidel, que mantenía buena amistad con todos los alumnos les pidió que influyeran en sus casas para que los padres votaran a su favor. Al final del certamen el veredicto fue inesperado: «Las poesías de Elpidio son maravillosas, pero nuestro voto, naturalmente, es para Fidel.»

Ramón se revolvía una vez y otra entre las sábanas sin conciliar el sueño, con los pulmones saturados de aire. El pecho le silbaba en agudo. Su hermano se incorporó y avisó a la madre porque ya le sentía la respiración intermitente y desesperada. Ella obligó al enfermo a tomar efedrina y le embadurnó el pecho con aceites tibios para aliviar el ataque de asma. En aquella época el asma era muy peligrosa, porque no existían aún los inhaladores, y lo único que podía hacer quien la padecía era someterse a las vaporizaciones de eucalipto al acostarse, en una habitación cerrada a cal y canto, lejos de las corrientes de aire y la frialdad del sereno. Lina no conseguía evitar aquellas alergias inesperadas, atribuibles a las humedades del campo, los cítricos, los olores, las comidas, el polvo o el clima.

Al día siguiente, los muchachos se reunieron en la valla para boxear, influidos todavía por la mítica pelea entre Joe Louis y Max Schmelling cuyo recuerdo perduraría largo tiempo. Ramón actuaba como árbitro, porque sus ahogos reiterados no le permitían otro desempeño en el ring. Las peleas iban en serio y duraban toda la mañana. Un contrincante frente a otro. Retiraban una espiga seca del terreno y comenzaba el combate. A Fidel, a pesar de su agilidad y ligereza, casi lo noquean, en una ocasión. Los guantes de boxeo profesional cortaban, pero por suerte ellos utilizaban guantes de entrenamiento, más abultados, que atenuaban los golpes.

Gilberto Suárez Spencer, un descendiente de haitianos, empleado de la United Fruit Company, más alto que él, le propinó en la cabeza un golpe fortísimo, que lo aturdió: se sintió a punto de caer como los troncos nervudos de los pinares al golpe del hacha.

Al mediodía, aún le dolía la cabeza, pero decidió leer el borrador de una carta que su padre había escrito el 5 de diciembre de 1939, al tío Gonzalo, establecido en Buenos Aires, Argentina.

Muy querido hermano:

Recibimos oportunamente vuestra atenta de 18 de octubre ppdo. la que ha sido para todos en esta casa motivo de muy grata sorpresa y deseándoles que al recibo de ésta disfruten todos Uds. de una perfecta salud. Por acá todos bien; a Dios gracias. Me dices en la tuya que ya has cumplido 59 años y ayer precisamente he cumplido yo los 64 y que Dios nos permita a todos el cumplir algunos más hasta ver criados a todos nuestros hijos. Me preguntas que cuántos tengo y te diré que son nueve. Cuatro son varones y cinco son hembras. Y tú ¿cuantos tienes? De España recibimos carta hace poco y también las contestamos, congratulándonos de que hayan salido con bien de la guerra. Esperamos que ahora que sabemos unos de los otros no habrán de demorarse sus cartas y que nos dejarán conocer a menudo cómo andan ustedes por esa República hermana.

Saludos muy afectuosos de todos los de esta casa para Uds. y recibe tú el más atento saludo de tu hermano.

Con su letra desparramada y vacilante, don Ángel estampó su firma y con ella el deseo de que fuera alguna vez posible el reencuentro con su hermano.

Al leer la misiva, Fidel pensó en la diáspora familiar y recordó el destino de los personajes de la *Biblia*. Evocó los sufrimientos del pueblo hebreo en el camino a la tierra de la promisión e intentó figurarse cómo sería la vida en la aldea de España.

Fidel solicitó ingreso al Instituto de Segunda Enseñanza de Santiago de Cuba, el 15 de mayo de 1940. A fin de curso venció no sólo el séptimo grado, sino además las pruebas rigurosas que los profesores de los institutos aplicaban a los alumnos de las instituciones privadas, interesados en oficializar sus estudios secundarios.

Con mucha serenidad se presentó a los exámenes y logró ubicarse entre los mejores de la clase. Sus calificaciones eran consecuencia del estudio por los libros de texto; en clases apenas prestaba atención a las explicaciones de los maestros.

Su imaginación se detenía, durante horas interminables, en las grandes batallas de la historia. Sus héroes de entonces: guerreros como Alejandro, Aníbal, Napoleón y Bolívar. Admiraba a los conquistadores, y en especial a Colón por su intrepidez transoceánica, sus conocimientos de navegación, su disposición aventurera. No los enjuiciaba críticamente. Y en los recreos y las vacaciones, ubicaba bolitas de tierra, como fuerzas de ejércitos contrincantes, en los escenarios que improvisaba su imaginación.

Las lecciones amenas, relataban aventuras maravillosas e historias de proezas casi inimaginables. Aún guardaba su álbum de postales sobre la vida de Napoleón, conocía la batalla de Austerlitz, las campañas de Italia, la batalla de Bailén. Lo admiraba hasta en la adversidad del invierno ruso, cuando la nieve y el hambre hicieron estragos en sus tropas y la retirada adquirió el dramático aspecto de una humillación.

En una galería entrañable, más cercana, aparecían Simón Bolívar, Carlos Manuel de Céspedes, Máximo Gómez, Antonio Maceo y José Martí. Su memoria nunca desdibujó las dos horas de reclusión forzada para estudiar; él las empleaba en organizar ejércitos de papel sobre planos improvisados, soñados.

Otras veces pensaba en las muchachas con la misma dosis de idealismo y la misma tendencia romántica de siempre, con la precocidad propia de los muchachos que crecen en la naturaleza sana y desprejuiciada del campo. En cuanto a los deportes, antes de celebrarse los partidos de fútbol, básquet o béisbol; se preguntaba ¿quiénes integrarían el equipo contrario? ¿Cómo serían? ¿Cuántos goles anotaría frente a ellos? ¿Cuántas pelotas encestaría? ¿A cuántos bateadores poncharía? En realidad poco aprovechaba el tiempo en el aula y sus vuelos imaginativos resultaban incansables.

Recorría los caminos polvorientos de Birán durante los primeros días de vacaciones. En su caballo Careto, acudía a las casas de los campesinos, para enseñarles cómo votar y convencerlos de que lo hicieran por Pedro Emilio, que aspiraba a representante a la Cámara de Diputados por el partido de oposición, y siempre había sido amistoso con él. Lo mismo ocurría con María Lidia. Los hermanos del primer matrimonio, nunca vivieron con ellos y siempre existió por parte de algunos miembros de ambas familias una sutil y callada rivalidad, pero de un tiempo en otro visitaban la casona de Birán.

Lidia vivía en Santiago desde su casamiento con el doctor Montero, un médico con cierta posición y laboratorio privado. Su casa cómoda y amueblada sin lujos, resultaba acogedora. Cuando estudiaba en el Colegio La Salle, ella invitaba a Ramón y a Fidel a almorzar los domingos, les preparaba comidas especiales y postres exquisitos. A los niños les agradaba la charlota rusa, una exquisitez de gelatina y frutas.

Fidel admiraba a Pedro Emilio como intelectual y políglota que conocía el francés, el inglés y el italiano, conversaba con él, narraba historias, prometía regalos y escribía versos: «Italiana divina, yo te amo/por el amor de tu alma placentera,/haz que nazca en mí la primavera/haciéndome tu amo (...)»

Pedro Emilio presumía de político demócrata y antibatistiano, pero en la casona de Birán tenía fama de díscolo y botarate y le criticaban las amistades de cafetín y tertulia. Aún así, el padre lo apoyaba en sus aspiraciones políticas, y el adolescente confiaba en sus promesas electorales porque creía que le regalaría un buen caballo, si de veras salía electo.

Ocurrió lo imprevisto: los soldados de Batista bien armados no permitieron la votación de los opositores al gobierno en los colegios electorales de Birán. Por supuesto, Pedro Emilio no resultaría vencedor. Todos observaban la maniobra con indignación. Los soldados atropellaban a la gente, con un odio prepotente y sin sentido. Apuntaban indolentes con la mira de sus fusiles, o levantaban la fusta y la dejaban caer con fuerza sobre las espaldas de los campesinos y los antillanos. Fidel sintió mucha amargura con aquel maltrato visible, con aquella andanada de planazos para avasallar a la gente y no podría olvidar desde entonces lo que significaba una farsa política y unas elecciones resueltas a golpe de plan de machete.

Desde que tenía diez años veía las actitudes de fuerza del ejército y sobre todo, de la rural, vestida con los uniformes de la guardia montada de los Estados Unidos y el mismo sombrero Stetson de aquellas. Asentada en los puestos militares cerca de los centrales azucareros, la rural respondía siempre a las administraciones norteamericanas, los altos funcionarios en contra de los obreros cubanos, una situación que Fidel comenzó a entrever con más nitidez y una indignación creciente.

Ese mediodía, al regreso del recorrido, don Ángel le comentó las noticias. Su padre consideraba a Roosevelt como un gran estadista, criticaba sus «excesos liberales», pero no le parecía mal su política anticrisis. Roosevelt había propiciado la recuperación económica de los Estados Unidos, al adoptar como política económica oficial el Keynesianismo, y con ello también la de los países latinoamericanos, especialmente la de Cuba, dependiente no sólo del precio de los azúcares en el mercado mundial, sino también del que se había acordado previamente con Norteamérica.

Las presiones económicas no abrumaban al padre como antes. Aunque aún no había recuperado la propiedad de su finca continuaba explotándola, de conjunto con unas diez mil hectáreas arrendadas a los veteranos de la Guerra de Independencia. Por ello, el viejo presumía que muy pronto se encontraría en condiciones de reordenar sus asuntos, y en que la finca Manacas volviera al patrimonio familiar.

Las resonancias del tambor de la banda de música del Colegio Dolores, se debían a Fidel que vestía uniforme militar y marchaba en el desfile. Él mismo se asombraba de esa circunstancia, porque nunca antes había tocado en serio ningún instrumento musical. En la enseñanza primaria, acaso entonó algunos himnos o cánticos religiosos, y en tercer grado integró por muy poco tiempo el coro de la escuela. Cuando se percataron de que alguien desentonaba, evaluaron uno a uno a los discípulos y confirmaron su escaso oído musical y sus notas desafinadas. En cambio, ahora no lo hacía tan mal en la banda de música, quizás porque la sonoridad le recordaba los toques de tambor de los haitianos del batey, cuando danzaban por la muerte de uno de los suyos como fórmula para la salvación del sufrimiento y el ascenso a los cielos.

En septiembre de 1940 inició el bachillerato, matriculó en el Colegio Dolores y también en el Instituto de Segunda Enseñanza de Santiago de Cuba. Estaba impresionado por los acontecimientos internacionales y el prestigio del presidente Franklin D. Roosevelt, de acuerdo con la autoridad y el respeto de que eran merecedores los norteamericanos por su papel de benefactores en relación con la independencia de Cuba, según las historias oficiales que desconocían cómo había sido arrebatada la nación a los cubanos y con qué métodos, algunos sutiles y otros no tanto, fueron penetrándolo todo, como pulpos ávidos y abusivos.

Como hacía algún tiempo estudiaba el idioma inglés se decidió a escribir para saludarlo y practicar sus conocimientos, el 6 de noviembre de 1940:

> (...) Tengo doce años de edad, soy un niño y pienso mucho, (...) yo no pienso que le estoy escribiendo al Presidente de los Estados Unidos (...) Yo no sé mucho inglés, pero sé mucho español, y supongo que usted no sabe mucho español; pero sabe mucho inglés porque usted es americano, pero yo no soy americano.

El idioma inglés resultaba más sencillo que el francés de los Hermanos de La Salle, su gramática más simple y menos complicada la pronunciación.

En la *Biblia* aprendió que los idiomas eran el castigo de Dios para crear la confusión entre los hombres, por el intento de querer construir la Torre de Babel y llegar al cielo. Así se explicaba la existencia de tantas maneras diferentes para expresar lo mismo. De cualquier modo, Fidel consideraba difíciles aquellas asignaturas en las que casi siempre obtenía buenas calificaciones y las que, a pesar de todo, le agradaban.

Poco después de escribir a los Estados Unidos, le sorprendió un revuelo, un murmullo creciente en los pasillos del plantel. Se afirmaba que Roosevelt le había respondido la carta. En realidad, la respuesta venía de un departamento o una sección de la Embajada. Contestaron como norma de cortesía y el hecho se convirtió en un gran acontecimiento dentro del Colegio.

Fidel volvió a inspirarse y a escribir. En esa segunda ocasión hablaba de los minerales indispensables a la industria naviera para la guerra y de su disposición de combatir en el frente como voluntario contra el fascismo. También solicitó un billete de cinco dólares. El libro de la escuela hablaba de las monedas y los billetes y él deseaba guardarlo de recuerdo, como las viejas postales sobre la vida de Napoleón.

Las colonias de caña extendían su verdor hasta las laderas de los pinares y nadie imaginaba que existían campos limpios con más de treinta y cinco años sin fertilizantes. Don Ángel mantenía el empleo a sus obreros, aunque para ello acarrearan agua desde el río en temporada de sequía. Los hombres de don Ángel trabajaban por el doble del salario que pagaban en otros lugares. Estaban organizados en cuadrillas, con un capataz al frente.

Sin restricción azucarera, permanecían altas las cuotas para cada uno de los cultivadores. Las producciones de don Ángel Castro ascendían a unos cuatro millones de arrobas de caña. Según los contratos, si el colono era dueño de la tierra, el central le entregaba en azúcar el seis por ciento y si no lo era, se le descontaba el cinco por ciento para el propietario de los terrenos.

Con el aumento de precio por la guerra en Europa y las zafras grandes, el hacendado recibió unas dos mil setecientas toneladas de azúcar, que a unos tres centavos, significaban unos ochenta mil pesos. Debía descontar los gastos de corte, transporte y cultivo, pero aún así, los ingresos no eran bajos. También obtenía recursos del ganado, los comercios y la madera. Con seguridad la cifra total rebasaba los cien mil pesos, pero todo ese dinero se quedaba allí, se repartía en el batey, porque ni él ni Lina sabían decir que no y resolvían los apuros, no sólo de las familias de por allí, sino también de los braceros de la United Fruit Company o de la gente que atravesaba por Sao Corona en tiempo muerto, para irse a buscar trabajo en los cafetales de Mayarí Arriba.

Carlos Falcón recordaba el gesto del viejo con unos campesinos de Benítez que caminaban rumbo a la Sierra, ya casi muriéndose el día. Don Ángel los mandó a buscar:

—Miren, ya es muy tarde ¿cómo esos niños van a caminar a estas horas? Ahí hay una valla, quédense hasta la mañana.

Extrajo del saco de casimir su talonario y apuntó diez pesos. Después se dirigió a Carlos:

—Avísale a Antonio que les despache.

Antonio Castro trabajaba como administrador del almacén. Don Ángel fue un día hasta el mostrador y le indicó que no despachara los pedidos de sus hijos. El dependiente no lo aceptó:

—Si yo debo dejar de trabajar aquí, lo hago, pero no puedo estar de acuerdo. Ellos son los herederos ¿cómo les voy a negar algo? No señor.

El hacendado accedió.

—Está bien –le dijo y dejó las cosas así, sin cambiar la antigua costumbre de que Angelita, Ramón, Fidel y Raúl, se despacharan por sí mismos, pedidos para los demás.

Antonio Castro continuaba viviendo en la pequeña construcción frente a la casa grande de Birán que algunos años después ocuparía doña Dominga.

Fidel observaba el trasiego de carretas al entrar y salir y el hormigueo incesante de sus padres para distribuir las mercancías por Navidad. El viejo mandó a buscar «los machos» que iban a sacrificar a los potreros por allá por lo de Hevia. Luego, Nené Sánchez despachaba de acuerdo con sus indicaciones y ponía en cajas las importaciones: los turrones de Jijona, las uvas, las manzanas, las latas de cóctel de frutas y de chorizos en aceite, el moscatel, la sidra y el vino, para entregar según los pedidos al almacén.

Durante los quince días de vacaciones en esa temporada del año, Fidel permaneció cerca de la casa. Con el invierno no podía adentrarse en los pinares, donde las bajas temperaturas congelaban el aliento. El aparato de radio era un armatoste de madera, que sólo podían encender su padre y él: una previsión justificada para conservarlo como único medio que les permitía estar al tanto de las noticias, vivirlas al día y, una deferencia que el viejo tenía con él, a quien confiaba tareas y meditaciones. Para entonces, Fidel cursaba el bachillerato como un acontecimiento extraordinario en la familia.

Desde los doce años se iba lejos, a los campamentos forestales o a la casa del abuelo don Pancho, a unos cuatro kilómetros, y decidía por sí mismo, y en casa, desde don Ángel hasta el último de los empleados de la finca respetaban su independencia. A veces salía acompañado de los perros que Ramón y él tenían en la finca nombrados de modo sugerente: Huracán, Napoleón y Guarina.

Disparaba con armas de las que se había ido apropiando con el consentimiento silencioso de don Ángel. Nadie le decía qué hacer, iba y venía a cualquier hora, andaba libre y solo, amparado por su creciente prestigio en vísperas del año nuevo de 1941, un año de indiscutibles resonancias en el ámbito familiar.

Fidel sería inscripto por segunda vez, el 10 de mayo, en el Registro Civil de Cueto, con el Folio 129, No. 14, donde se afirmaba: «se procede a inscribir el nacimiento de un varón, ocurrido a las doce de la mañana el día 13 de Agosto de 1926 (...)», con el nombre de Fidel Alejandro Castro Ruz. Seguramente se refería a las dos de la mañana y el escribano se confundió al anotar. Lo cierto es que la memoria familiar y las primeras inscripciones en el Registro Civil registran un nacimiento madrugador para Fidel.

El 12 de agosto de 1941, don Ángel compareció ante el doctor Rafael Legra Heredia, abogado y notario público del colegio de Oriente, con residencia fija en la ciudad de Holguín, para certificar que:

> (...) confiere poder especial, amplio, cumplido y bastante, a sus abogados (...) para que con arreglo a la vigente Ley sobre el divorcio, establezcan y sigan por todos sus trámites el juicio que corresponda hasta que por los Tribunales de Justicia se dicte la resolución que proceda hasta obtener la disolución del vínculo matrimonial existente con la Señora María Luisa Argota Reyes (...)

Dicha gestión jurídica aparecía registrada a la Escritura número 152, y en su texto se confirmaba entonces que don Ángel aún ostentaba la ciudadanía española y exhibía carnet de extranjeros No. 213 797 vigente.

Unas semanas más tarde, en Mayarí, Oriente, a los 29 días del mes de septiembre de 1941, el doctor Félix Barraquizo Díaz compareció ante el Juzgado y conforme a derecho dijo que establecía la demanda de divorcio de don Ángel contra su esposa que entonces vivía en Santiago de Cuba. El letrado fundamentaba como razón esencial que:

> Mi referido poderante y su esposa la demandada, están separados hace más de veinte años, cuyo lapso de tiempo excede de seis meses que se refiere la causal número 13 del Decreto-Ley que rige la materia. Tal separación ha roto la vida conyugal y fue motivada por la voluntad de mi referido mandante, que se niega a continuar la vida en común.

Luego explicitaba otras consideraciones y concluía con una solicitud al juzgado para que: «se sirva tener por establecida demanda de divorcio con disolución del vínculo matrimonial contra Doña María Luisa Argota Reyes (...)» con lo cual el abogado ponía en marcha una larga serie de trámites jurídicos, demorados todo cuanto fue posible por María Luisa.

La mesa del comedor de la casona grande de Birán se extendía casi hasta la cocina. Manuela Dupont, una haitiana «aperfilada», de mediana estatura, educación discreta y respetuosa, se encargaba de la limpieza de la casa, mientras su madre Alicia trabajaba como lavandera.

Manolita Dupont ayudaba ese día a Lina y al cocinero a poner el mantel, las fuentes, los cubiertos y los platos y a descorchar las botellas de vino. Como todos los años en las grandes ocasiones, la familia se reunía a la hora del almuerzo con la misma disciplina y sobriedad, en torno al cocido de garbanzos con oveja. A un extremo de la mesa, el padre, al otro, Fidel, por los lados: Lina: Ramón, Raúl, las niñas de la casa, la prima Clara y la tía María Julia Ruz.

El viejo interrumpió un instante la conversación y parándose de la mesa, encaminó sus pasos a la oficina-comedor, registró en su papelería y regresó con la copia de la solicitud de ciudadanía cubana firmada el 2 de enero de 1941, y con el documento expedido por el Ministerio de Estado el 19 de septiembre del propio año.

—Ya ves. Ahora soy ciudadano cubano.

La solicitud de ciudadanía era una maravilla. Fidel y sus hermanos, conocieron por ese documento el recuento de los viajes y las estancias de don Ángel desde que saliera por segunda vez con rumbo a Cuba. Leerlo era como escuchar la voz del viejo narrando su propia historia.

A Fidel, la miopía acentuada sobre todo en el ojo derecho, lo obligaba a fijar y acercar la mirada al disparar con el fusil, leer la traducción de las películas en el cinematógrafo u observar el paisaje. Sin embargo, aún no usaba espejuelos, el problema en la vista era apenas perceptible para él. En 1943, iría por primera vez al oftalmólogo, que entonces le recetó lentes para leer los diarios, escribir detenidamente sus pensamientos o revisar documentos, fotografías o libros. A pesar de esa advertencia, no fue hasta alrededor de siete años después, que Fidel comenzó a usarlos, cuando ya le eran imprescindibles.

El padre de Fidel le demostró su consideración cuando el joven tenía quince años. Como una deferencia delicada y una prueba de amistad, le sirvió vino y después de la humeante taza de café amargo, le brindó tabacos de sus estuches olorosos de corteza de cedro, un gesto que le estrenaría en el ceremonioso hábito de las humaredas.

Belén

La brisa provocó un portazo y por el pasillo interior de la casa fluyeron los olores de la despensa y la botica con los anaqueles repletos de medicinas y el recuerdo del ronquido acompasado de José Soto, matrimoniado tres veces en su vida, la última, con Herminia Pereira una muchacha de Guaro.

Fidel pensó en qué sería de los amores de su tía María Julia y Martín Conde. Llevaban más de diez años de relaciones. «Se celebraban» los domingos en la tarde, sentados en unos taburetes de piel áspera, rozándose los dedos con la mirada paciente, a la espera de la fortuna del novio, siempre puntual y compuesto al desensillar el caballo, después de andar un buen rato los caminos, con el pensamiento puesto en los ahorros imprescindibles y el ansia de llegar al matrimonio de una buena vez.

Para el sobrino, el amor de María Julia y Martín Conde era un gran amor, sólo comparable con el que reconocía entre sus padres, una unión sublime que había traído al mundo siete hijos y parecía eterna.

Pocos días después de sus reflexiones, un gran revuelo recorrió la casa: se rumoraba el pronto casorio de la tía e iniciaban los preparativos del ajuar y la ceremonia, cuando ya todos creían que se quedaría para vestir santos. María Julia, una mujer alta de porte singular, peinaba hacia atrás el pelo oscuro y abría, sorprendida ella misma, sus profundos ojos negros. Con la esperanza de conservar la lozanía de la piel, tenía la costumbre de tomar baños de fragancias, se esmeraba en la limpieza del cutis, con cremas, y se maquillaba con cuidado, para luego sentarse a la brisa de su abanico, en el portal desde donde oteaba horizontes soñados y se sentía admirada por todos, como si fuera una diosa. Sin embargo, seguía soltera, noviando de aquella manera monótona que todos consideraban sin fin, en un largo y persistente tedio que no le proporcionaba sentido suficiente a cada una de sus mañanas y la hacía detenerse en detalles mínimos e instrascendentes o interferir con tan desproporcionado denuedo como poco éxito, en los asuntos de otros. Pero más allá de esos afanes pueriles, se la reconocía como una verdadera prueba de que aún existían almas románticas, lo suficiente tenaces, sufridas, ecuánimes e idealistas como para esperar años y hasta siglos, al gran amor de su vida.

La noticia del matrimonio circuló por todo el batey. La felicitaron Pedro Pascual, el dependiente de la tienda; Santa Martínez y Marina, que lavaban las sábanas, las fundas de hilo y los manteles bordados; el carnicero Previsto Peña; Hipólito López, *Polo*, primero ordeñador y entonces, a cargo de la lechería y la fábrica de quesos; los hermanos Marcos, Tino y Carlos Cortiña; el agricultor Ponciano Rodríguez; Cándido Martínez, el carpintero; Epifanio Gómez, capataz de la United; Siso Segura y Luis Álvarez Gallo, boticario y dentista, respectivamente; los haitianos del barracón; el numeroso grupo de españoles de las partidas nocturnas de dominó con don Ángel; y por último, Benito Rizo, a quien Lina acogió en la casa desde niño, cuando le vio el rostro enjuto y el cuerpo escuálido de quienes se quedan sin crecer y se les muere la sonrisa, envejecida en plena adolescencia.

—Viejito, ten cuidado con Raulito, –le advertía ella, cuando él se llevaba hasta la charca del Jobo, al niño, montado en el caballo Revolisco, al que todos llamaban Revolico.

Benito vivió allí desde pequeño. A los veinticuatro años se enamoró de la hermana de Ubaldo Martínez, Regina, que se le metió por los ojos como una obsesión ineludible y lo decidió a fundar su propio hogar. Raúl lo recordaría siempre con mucho cariño, como un muchacho mayor que él, que lo protegía.

Clara Soto se contentó como nadie con la boda de la tía. A partir de entonces tendría mucha mayor libertad, sin los constantes sermones de María Julia, y sus caprichos y veleidades dominadoras.

La muchacha había cumplido los dieciséis años y desde hacía tres, noviaba con Santiago Estévez, un joven de Sao Corona que le vendía a Castro posturas de injerto para su naranjal y trabajaba en unas plantaciones más allá de lo de Hevia, por la vuelta del rancho del primo de don Ángel, don Manuel Argiz, cultivador de hortalizas que sufría el hábito de la soledad y vivía casi como un ermitaño. Solamente de Pascuas a San Juan, tomaba el pariente el rumbo hacia la casona para animarse un poco, beber algunas copas de buen vino y olvidar con las conversaciones durante el dominó, la incurable morriña del desarraigo.

En un principio, los primos de don Ángel, Manuel y Ramón se instalaron cerca del batey, hasta el día en que Ramón salió a probar suerte en Santiago de Cuba, y decidió fundar un establecimiento comercial. Manuel se sintió aún más solo y siempre que el tema afloraba en las tertulias repetía su mayor deseo, con aires de escepticismo: «regresar al terruño, eso es lo único que quiero hacer cumplidamente antes de morirme». Con suficiente dinero como para pagar el viaje, años después, al sentirse viejo y enfermo, emprendió la vuelta definitiva. Ramón Argiz se le reunió en el retorno, los dos murieron allá, sin olvidar los sofocantes calores de la Isla y la calidez de su gente.

Santiago Estévez quería permanecer cerca de Clara, la muchacha alegre y responsable, siempre amorosa y atenta a las niñas pequeñas de la casa grande.

El día de la boda de María Julia y Martín Conde, Fidel no apartaba los ojos de Georgina Estévez, la hermana de Santiago, cuya piel rezumaba los mismos olores del rosal que cultivaban sus padres, con el esmero de los campesinos fieles a la tradición familiar en el arte de los injertos y la cosecha de los pétalos.

Decidido a estudiar los años finales del bachillerato en el Colegio de Belén de los jesuitas en La Habana, Fidel conversó con los viejos, los que consintieron tras escuchar las ventajas de estudiar en la capital. Más adelante lograría persuadirlos para que también Angelita estudiara en La Habana y se matriculara en el Colegio de las Ursulinas.

Por ahora, se disponía a comprar en Santiago de Cuba lo necesario para el viaje a La Habana: maletas, alguna ropa, zapatos, toallas y sábanas. Lo más notable de su compra era el traje color rojizo, largo y de doble botonadura, adquirido por recomendación del hijo de Mazorra, el comerciante español amigo de don Ángel, en cuya casa –nunca lo olvidaría– conociera a la maestra Danger, se enamorara de Riset y escuchara por radio la pelea de los boxeadores Joe Louis y Max Shmelling.

Durante aquella breve estancia en la capital de Oriente, el doctor Francisco López Rosa, de la Clínica Los Ángeles, lo había examinado con detenimiento por un malestar repentino que Fidel auguraba pasajero. El doctor López Rosa escribió en la historia clínica: «11 de agosto de 1942. Muy mejorado. No hay dolor. No ha tenido que tomar calmantes. Se va para el campo. Volver si hay dolor o fiebre». Fidel había asistido setenta y dos horas antes porque tenía dolor en el oído izquierdo desde hacía unos días. El médico anotó «parece que el dolor se presentó después de bañarse en el río (...)» Pero el joven determinó que aquella indisposición no podría retrasar sus planes.

Deseaba pasar en familia el día de su aniversario dieciséis, así que esa misma tarde tomó el tren a Miranda y luego el motor de línea hasta el chucho donde pesaban y embarcaban con destino al central, las cañas de las plantaciones de Birán. Los últimos días de las vacaciones pasaron vertiginosos para todos, pero para él, ansioso, entusiasmado y expectante, las horas transcurrían con demora. Anhelaba conocer cuanto antes, la capital y el nuevo colegio.

El día de la partida, la madre, su hermano Ramón y Carlos Cortiña lo acompañaron hasta el ferrocarril de Alto Cedro, en un recorrido a caballo, porque el chofer Arsenio Navarro aseguraba que el pisicorre de la finca no podía andar sin el peligro de atascarse por aquellas veredas fangosas, convertidas en ríos de lodo, debido a los temporales del verano.

Las lluvias colorearon de verde intenso la vegetación y aplacaron la polvareda infernal de la sequía. El joven llenó con aire del campo sus pulmones y la vista del paisaje propio y cercano, como para que lo acompañaran en su exploración de un mundo nuevo. En la tienda de Alto Cedro completó su equipaje y se despidió con naturalidad en el andén. A la una de la tarde, tomó el tren bajo el sol reverberante del mediodía lo que le recordó a Lina el viaje de unos treinta años atrás, cuando junto a toda su familia había dejado lejos en la memoria su natal Pinar del Río. En el vagón, se había desvelado todo el recorrido: desde Guane hasta Camagüey, mientras sus hermanos se perdían la maravilla de mirar las novedades a lo largo de la línea.

El trayecto que debía cubrir Fidel abarcaba unos ochocientos kilómetros por entre bateyes y pueblos olvidados, estaciones descoloridas, andenes breves y salones que sacudían su modorra cuando los pitazos de la locomotora anunciaban la proximidad del arribo y unos pocos vendedores ambulantes se congregaban a pregonar el dulce de leche, las panetelas, las raspaduras y el coco rallado con miel. Almorzó a la carta por primera vez en su vida, en medio de la solemnidad traqueteante de un coche *pullman*, acontecimiento inolvidable que se convirtió en suceso rutinario a la hora de la comida.

Al amanecer, cuando los vagones se deslizaban sobre los elevados de Tallapiedra, despertó en un sobresalto, se acomodó y dispuso sus sentidos al deslumbramiento. Ante la gran estación, el apuro bullicioso de las personas y la indiferencia de un empleado que escuchaba absorto a Lily Marlem, con el oído pegado a la bocina de un viejo radio destartalado, sin molestarse en responder las preguntas de los provincianos, pensó que todas las cosas tenían su insólito encanto o tedio abismal. La Estación Central de Ferrocarriles sobresalía por los vitrales de la arcada, el reloj en la torrecilla y el barullo de los pasajeros que se agolpaban a la salida y a la entrada, en idéntico frenesí de premuras.

En la sala espaciosa lo aguardaba don Fidel Pino Santos, el padrino que nunca llegó a serlo, vestido con traje blanco de dril cien y apariencia de potentado magnánimo e industrioso. El maletero acomodó el equipaje en el baúl y ellos abordaron el automóvil. El auto avanzó rumbo al Malecón habanero por la calle de Montserrate, entre edificios de cuatro y cinco plantas, a una velocidad nunca antes imaginada por Fidel.

En el exclusivo reparto Miramar, al lado oeste de la ciudad, frente por frente al aristocrático Club Cubaneleco, tenía su mansión de dos pisos y altas columnas, don Fidel Pino Santos, que seguía siendo un prestamista despiadado y un amante volcánico de la doctora en Farmacia Ana Rosa Sánchez, un politiquero de mil espuelas y un viejo amigo del gallego don Ángel Castro Argiz. El nuevo discípulo del Colegio de Belén hizo una breve estancia allí, donde reposó un buen rato del largo viaje y de la pesadez que las innumerables paradas del tren ocasionaban en el ánimo. Poco después lo condujeron, otra vez, por entre las amplias avenidas, a una velocidad cosmopolita, hasta el Colegio de Belén, de impresionante frontón neoclásico, altos muros, vestíbulo de paredes de mármol y suelo de mosaicos encerados.

En el umbral del colegio se sintió feliz. Aquella institución era la mejor del país, por sus magníficas instalaciones y el prestigio del claustro profesoral, y él se encontraba allí con la euforia de quien consigue realizar un sueño. La primera noche en La Habana, descansó allí, y como aún faltaban dos días para el inicio del curso, a la mañana siguiente preguntó qué tranvía lo llevaba al centro y salió a explorar, sólo que esta vez no se trataba de la loma de La Yaya o La Mensura, en las cercanías de Birán, sino de las calles desconocidas y pobladas de la vieja Habana.

El tranvía demoró cuarenta o cincuenta minutos hasta el Parque Central, la plaza circundada de palmas en torno al Monumento a José Martí. Atrás la afamada Acera del Louvre y el Hotel Inglaterra donde una vez el Maestro fijó públicamente su posición separatista, en el banquete que el Partido Liberal ofreciera a don Adolfo Márquez Sterling, quien confiara al joven elocuente, apasionado y sincero, el discurso de agradecimiento. El hotel difundía con orgullo sus glorias. El General Antonio Maceo también se había hospedado allí, durante su fugaz estancia en La Habana, en el período de entreguerras que siguió a la frustración de 1878.

Fidel recorrió a pie toda la zona. Dejó la mirada suspendida de asombro, en los ángeles del Centro Gallego y del Teatro Tacón, paseó por los jardines del Capitolio, se reclinó en los bancos de mármol blanco en la plazoleta de la Fuente de la India, anduvo bajo los laureles copudos, pasó por la calle Reina, siguió por la calle Monte hasta el final, muy cerca del Convento de las Ursulinas, y enrumbó sus pasos hacia la calle Muralla, donde se encontraban los grandes almacenes y las ventas al por mayor. Necesitaba aún hacer algunas compras. Los almacenes Ultra, en la calle Reina frente a Galiano, reconocidos como *La Casa de Belén*, habían puesto en oferta el uniforme del escolar que, según el anuncio publicitario, tenía «el rango de un traje de vestir y era por tanto inexcusable en él la línea moderna, la confección de primera, el color firme, la tela inarrugable», pero aún quedaban pendientes en su lista algunos libros y materiales de escritorio que deseaba conseguir. Deambuló por los callejones y las alamedas hasta el oscurecer, cuando decidió regresar a la escuela, cargado de paquetes y experiencias.

Recién llegado del provinciano Colegio de Dolores, unos días después del inicio del curso, quizás por ingenuidad o tal vez por no reparar en asunto tan poco grato como la moda en el vestir, se presentó con aquel traje de color indefinible adquirido en la tienda del comerciante Mazorra. A la vista de los alumnos belemitas –hijos de las familias acaudaladas de La Habana y otras ciudades del país, algunos demasiado soberbios o presumidos–, aquel atuendo era un desastre. Unos disimularon una sonrisa de burla y otros pronunciaron sus mordaces e hirientes comentarios en voz alta, con el propósito de ruborizarlo y humillarlo. Fidel no dio importancia a las sonrisas, pero prestó atención al criterio de que aquel traje, sugerido por el hijo del comerciante Martín Mazorra, era una calamidad y nunca más volvió a usarlo.

Cada vez que uno de los jugadores del equipo de Belén se alzaba y colaba una canasta, la bancada vivía la animación del partido de una manera desbordada y vocinglera. Fidel Castro fue la revelación como efectivo *guard* en los equipos de menores de dieciséis y dieciocho años, tal como se reseñaba en la sección de Deportes de la Revista *Ecos de Belén*, donde aparecieron las fotografías de los equipos de baloncesto. Se le veía erguido, enfundado en la camiseta y el short distintivos de Belén y se le reconocía una «impetuosidad indomable». Todavía entonces, nadie adelantaba que llegaría a ser el jugador en el que descansaría toda la esperanza de triunfo del colegio.

Al final del tercer año de bachillerato figuraba como miembro del equipo de fútbol, participaba en competencias de *track*, establecía récord de 5,8 pies en salto alto, y sobre todo, era excelencia de su año con premios en las asignaturas de Español, Inglés e Historia.

Acostumbraba a estudiar duro en períodos de exámenes porque consideraba una cuestión de honor alcanzar buenas calificaciones, lo que no siempre dependía de su esfuerzo. El profesor Belaúnde San Pedro escribía por encargo los libros de texto de las asignaturas de Filosofía, Lógica, Economía Política, Psicología y Cívica, y lo hacía profusamente quizás con el interés de cobrar comisiones según el número de páginas.

En el examen de Cívica, del primer parcial evaluativo, el estudiante consideró bueno su trabajo, sin embargo la nota no rebasó los sesenta puntos. Llegado el momento de la segunda evaluación decidió aprenderse de memoria el tomo de unas trescientas o cuatrocientas páginas para responder al pie de la letra las exigencias del profesor. Repetía la lectura unas cuatro o cinco veces y en la última, molesto, arrancaba una a una, las insulsas y abstractas páginas del volumen de respuestas.

Otros estudiantes, sin detalles de lo sucedido, convirtieron la historia en leyenda, para demostrar la memoria privilegiada de Fidel Castro Ruz. Él seguía un programa, confiaba en su sistema. Llevaba el ritmo de lectura, unas veinte o treinta cuartillas por hora, y luego sacaba sus cálculos: treinta cuartillas, diez horas; tres lecturas, tres días.

Poseía una buena retentiva, no tanto una memoria fotográfica como la capacidad de recordar durante mucho tiempo un dato o un tema de interés. Si alguien le informaba en el formidable observatorio del colegio, equipado para las contemplaciones cósmicas y las predicciones meteorológicas, por ejemplo, nunca se le olvidarían las distancias de la Luna al Sol y del Sol a la Tierra, como tampoco la velocidad de la luz, las geografías naturales del planeta, los países del mundo, sus capitales y los sistemas políticos de sus sociedades desde la antigüedad. Recordaría las lecciones del observatorio donde conoció la utilidad de la meteorología en la Guerra Mundial de 1914-1918, durante la cual el General en Jefe de los Ejércitos de Italia escribió:

> En la preparación de las batallas y maniobras de guerra, el conocimiento de las futuras condiciones de la atmósfera puede constituir un elemento especial. Los medios de guerra, la visibilidad a gran distancia, la rapidez y la posibilidad de ciertos movimientos, hasta el estado mismo de las tropas tienen valor distinto, según sean las condiciones atmosféricas de borrasca o calma transparente o nebuloso, sereno o de lluvia. Un ataque calculado y preparado con mucho cuidado, pero echado a perder por un mal tiempo puede resultar comprometido y hasta imposible.

El clima podía influir en todo, el lento o rápido avance de una fuerza o la desviación de los proyectiles, y esa circunstancia de conexión directa entre dos aspectos en apariencia separados, era algo como para registrarse definitivamente en la memoria. Y todo, porque se trataba de conceptos, realidades tangibles o temas de interés.

Al estudiante Fidel, no le resultaría difícil recordar de inicio a fin el poema de Lope de Vega, que la página literaria de la revista *Ecos de Belén*, dirigida por el Padre Francisco Barbeíto, publicara en el número correspondiente a los meses de septiembre a diciembre de 1942. Conmovían los versos de aquella «Canción de cuna de la Virgen madre», porque era hermoso imaginar la estampa de una mujer que le pedía silencio al viento mientras arrullaba a su hijo: «Palmas de Belén que mueven airados/los furiosos vientos que suenan tanto,/no le hagáis ruido,/corred más paso;/Que se duerme mi niño/tened los ramos.»

En la segunda prueba aplicada por el catedrático Belaúnde San Pedro, Fidel utilizó los giros rebuscados y las palabras vacías del profesor, como si redactara las respuestas con el libro delante. Sin embargo, la nota volvió a ser baja, porque el profesor concedía las calificaciones según sus conclusiones anticipadas y ni siquiera revisaba los manuscritos.

Fidel no se consideraba un modelo de estudiante. Su imaginación solía escaparse de clases hacia todos los mundos y aventuras posibles y además, dedicaba una gran parte del tiempo a la preparación deportiva. Aún así, asistía con puntualidad y disciplina a las sesiones docentes y cuando se acercaba el fin de curso estudiaba a toda hora y en cualquier lugar: en el dormitorio, en las aulas, los corredores, bajo los árboles y sobre todo, en el salón principal de estudio, donde a las diez de la noche, debía apagar las luces y cerrar las ventanas y los portones, como encargado designado para esas labores.

A pesar de que no era lo habitual, se retiraba tres o cuatro horas más tarde de lo establecido por los horarios para irse a descansar, pero nadie le llamaba la atención. Desentrañar por los libros los misterios de la física, la geografía, las matemáticas, la botánica y la química, e intentar la creatividad y la imaginación para expresarse, se convirtieron en ejercicios imprescindibles del pensamiento, si deseaba vencer con buenas calificaciones los exámenes.

Su fantasía era un duende inquieto que recorría los caminos casi siempre distantes del aula y solía desaprovechar el tiempo, en medio de aquellas lecciones aburridas parecidas a un sermón. En Inglés se mantenía atento, como el único modo de conocer el significado de los vocablos, las estructuras gramaticales y sobre todo, la pronunciación.

Desde la antigua Ermita de Monserrate se apreciaba el verdor del Valle del Yumurí, con el río serpenteante que fertiliza la región, y las elevaciones, de un azul brumoso cuando cae la tarde.

Habían acampado en la hondonada durante dos días, para luego ascender hasta la Ermita de Monserrate. El grupo de exploradores del Colegio de Belén, descansó por el suelo, entre las esculturas, a la entrada de la capilla, después de acarrear leña suficiente para mantener la luz de la fogata durante doce horas continuas, y montar por los alrededores casas de campaña, construidas con lo que pudieron conseguir en las inmediaciones, algunas más sólidas y otras tan endebles que de respirar en su interior se derrumbaban o deshacían. Los exploradores comieron a las once de la noche debajo de un cobertizo improvisado, al abrigo del cual, también tendieron las camas de tablas en apenas diez minutos de constante trajín y esfuerzo. Aún no era invierno, pero en la cumbre se sentía la frialdad húmeda del monte y batían fuerte los soplos de brisa que venían de la bahía.

Un joven de Matanzas, estudiante del colegio, comentó que desde 1530, la entrada marítima era bien conocida entre los marinos españoles y que el cartógrafo italiano Benzoni aumentó su celebridad al incluirla en 1541, como uno de los principales puertos de la Isla, en el primer mapa de Cuba. El muchacho hablaba despacio y narraba la historia con la cálida pasión del que ama su lugar de origen.

Fidel escuchaba abstraído y evocó las epístolas maravillosas del hermano del Padre Amado Llorente, misionero en Alaska. Sus cartas llegaban a la escuela, bajo el título de «En el país de los hielos» y describían la vida de los esquimales, la naturaleza de la región, los inviernos larguísimos, los veranos frágiles de las estepas, el deslizamiento fugaz de los trineos, el aullido confundido de los perros y los lobos y el eco perdurable de los disparos en aquella inmensidad de horizontes.

Las misivas de Segundo Llorente, el Padre misionero en Alaska, se publicaban bajo el epígrafe *Narraciones de Tierras Lejanas*, por El Siglo de las Misiones, una editorial de Bilbao, cuyo logotipo era una carabela en un mar y un cielo intensamente azules. La imaginación podía recorrer los paisajes en las maravillosas descripciones:

> Aquí en Alaska el tiempo no vale nada. Cualquier vaporcillo, cualquier trineo, cualquier aeroplano, cualquier cosa le hace a usted esperar una semana más de lo convenido. Aquí todos los compromisos son condicionales, como son condicionales todas las respuestas.
>
> No creo que haya nada tan extraño para un europeo como viajar hora tras hora sobre lagos helados, sentado en las barras de un trineo, y dominando una llanura sin fin. Sin una vocación más fuerte que un puente romano, y sin un temperamento muy sui géneris, esto sería insoportable. La soledad de la campiña gravita sobre el alma de modo abrumador. Una brisa persistente de 20 grados centígrados bajo cero lo envuelve a uno (...) El aliento cálido se pega a las cerdas de la capucha que envuelve el rostro, y cada cerda es un carámbano, formando todo el conjunto un bloque de hielo que azota el rostro e impresiona mucho la primera vez. (...) Hay que refregar continuamente con un pañuelo los pómulos y la nariz. Si se hielan, se los resucita restregándolos bien con nieve hasta que queden en carne viva o despellejados.

Entro en un bosquezuelo y sentado sobre un tronco, escucho el silencio más absoluto que se puede dar en el punto más solitario del globo. (...) Sigue de nuevo un vacío perfecto. El témpano, en vez de descansar, se inquieta y al poco rato el silencio es rumoroso y un zumbido persistente le quiere dar a uno la impresión de que hay vida alrededor y la tierra se mueve y no está uno en la tumba. Es el silencio de la pampa alaskana o de la tundra (...)

Ni espejos, ni sillas, ni dentífricos, ni duchas, ni libros, ni nada. Una red, un rifle, una docena de perros (...) y ahí se terminó el ajuar doméstico (...) Es decir, que a fuerza de escarmientos y experiencias, se ha ido extendiendo por Alaska una tradición muy conservadora y muy en armonía con las necesidades locales. El que crea que sabe más que los demás y se lance por su cuenta y riesgo, sin parar mientes en los dictados de la tradición, ese tal sencillamente juega con la vida y la puede perder lo mismo en una selva enmarañada que en una llanura nevada de horizontes infinitos; porque es un hecho que el que pierde el rastro camina en círculos, hasta que ya no puede caminar más y adiós (...)

Los jesuitas para ordenar a un sacerdote exigían años de estudios, distintas pruebas y el cumplimiento de una misión como profesores de las escuelas religiosas, durante tres o cuatro años. El Padre Llorente ocupaba el cargo de Segundo Inspector, encargado de la disciplina en el Colegio de Belén, animaba, entusiasta, las exploraciones y compartía las lecturas de Alaska. Simpatizaba con Fidel, a quien designó general de exploradores después de una excursión a las montañas de Pinar del Río. El discípulo cruzó el río Taco-Taco crecido, para asegurar del otro lado una soga y lograr que el resto de los muchachos pasara sin ser arrastrados por la corriente.

Al caer la tarde, organizaron los equipos de guardia. Fidel vigilaba mientras el campamento dormía. De aquella expedición a Monserrate se leería después en las crónicas de *Ecos de Belén*:

> (...) se organizó la terrible «lucha» en la que Elmo y Fidel mostraron habilidades que con el tiempo han de dar que hablar y (...) Hay que hacer resaltar la conducta de los jefes de guardia Fidel y Trueba que tan alto dejaron su espíritu de vigías y de todos los demás que de dos en dos horas fueron vigilando el sueño del campamento y atizando las hogueras bienhechoras (...)

Fidel aún no imaginaba que él mismo organizaría en cuarto año la escalada al Pan de Guajaibón.

En lo alto, Antolín Reyes le ofreció agua fresca de bejucos de parra y curujeyes de la manigua. La subida dejaba sin aliento a los escaladores, como si agotadas las fuerzas resultara imposible reponerlas; sin embargo, allá arriba, no hacía falta más que levantar la mirada y observar el paisaje para recuperar el ánimo, el color de los labios y la disposición de continuar las caminatas.

Los excursionistas habían dejado atrás el campamento de exploradores de Belén, y se adentraron en la sierra, con el ansia de alcanzar la cima. Siguieron camino por Inclán, Sumidero y Mameyal hasta el batey de Manacas.

Manacas era un nombre recurrente. Al llegar, Fidel intentó ayudar a un campesino en la recogida de arroz, pero aún las vainas estaban muy verdes. Después de almuerzo arrimó un taburete a la pared del bohío y conversó con Antolín. Tarde, sin dejar de mirar al cielo, contó de los viejos y de la finca en Birán. Si se nublaba temprano, al otro día no alcanzarían a ver el horizonte ni podrían fotografiar las cercanías. Por suerte, cuando cayó la noche, las estrellas fulguraban.

—El cielo es una cobija repleta de cocuyos –comentó el guajiro Antolín, en el tono más natural del mundo, sin imaginar la poética de aquella frase, que acababa de pronunciar mientras lo miraba.

Después de la escalada, decidieron el regreso, para aliviar el sobresalto. Tenían que avisar desde la estación telefónica del batey de Manacas al colegio, porque nadie sabía sobre su paradero, desde hacía varios días.

Sólo la excursión a la Sierra Maestra y el ascenso al Pico Turquino podían superar aquella experiencia juvenil, pero no pudo ser. El Padre Llorente lo tenía todo previsto, se encontraban ya en Santiago, listos para embarcarse en una goleta de travesía regular, cuando la embarcación se averió y debieron suspender el viaje. El profesor, sin palabras, lamentaba la decepción de sus alumnos, y su rostro apesadumbrado era la prueba fehaciente de su contrariedad.

A la sombra de la casa, don Ángel Castro revisaba los diarios. El sillón se mecía al ritmo lento y acompasado que él seguía con los dedos, mientras sostenía el tabaco aún sin encender, le daba vueltas, lo amasaba, lo olía, lo distanciaba para observarlo, hasta que lo prendía, sin apartar la vista de los titulares y las fotografías impresas en el papel de los diarios. Desde principios de marzo, el periódico *Información* comentaba los debates sobre la propuesta de Juan Marinello, –presidente del Partido Socialista Popular, senador de la República, profesor y miembro del Consejo Nacional de Educación y Cultura–, a favor de que desapareciera la enseñanza privada. Respaldaban esa idea, intelectuales progresistas, maestros rurales, artistas y obreros ilustrados, entre otros sectores. Se escandalizaban el clero y la derecha, y don Ángel lo consideraba un verdadero sacrilegio.

El viejo permanecía pensativo aquella tarde. Su hijo casi terminaba el bachillerato en Belén y oficializaba sus estudios en el Instituto de Segunda Enseñanza No. 2 de La Habana. Habían transcurrido tres años desde que partiera por el camino fangoso de Alto Cedro y desde entonces, sólo durante los meses de vacaciones había visitado la casa.

Durante todo ese largo tiempo, Birán y don Ángel habían vivido de un modo abrupto, la tormenta y la calma. Primero fueron las desavenencias con Pedro Emilio, que apurado en dineros, no obró bien con los de casa; luego, el proceso demorado del divorcio de don Ángel con su primera esposa María Luisa Argota, un desenlace irrevocable y contundente facilitado por la Ley de divorcio vincular de 1918, que la constituyente de 1940 asumía para brindar esa posibilidad a los ciudadanos cubanos, quizás la razón esencial por la que don Ángel, tantos años después de establecido en la Isla, decidió asumir la ciudadanía antillana y hacer dejación de la española. Apenas un año después, la felicidad nunca soñada a los sesenta y siete años: en la mañana del 26 de abril de 1943, Lina y él se presentaron ante el doctor Amador Ramírez Sigas, juez municipal y encargado del Registro Civil en Cueto, para formalizar su unión de tantos años en una ceremonia discreta y sencilla. Ella permaneció serena. Él, mientras la miraba en silencio, recordaba la primera vez que la había sentido cerca, con aquel olor a cedro de las mamparas, los armarios, los baúles y la delicadeza de las cajas de estampas floridas para guardar pañuelos de seda. Después, habían llegado los hijos de ese, su segundo matrimonio, quienes al paso de los años crecían como cedros, con la firmeza y la ternura de los troncos de árbol, los hijos fueron inscriptos ante notario de manera oficial por don Ángel en los finales de aquel propio año de 1943. La tercera inscripción de Fidel Alejandro remitía al 11 de diciembre de 1943, la mañana cuando don Ángel certificó el nacimiento de un varón ocurrido el 13 de agosto de 1926. La escritura fue registrada con el Folio 279, Tomo No. 16.

Ya se habían matrimoniado Ramón y Aurora de la Fe Castillo, a quien todos llamaban Zuly; y Angelita y Mario Fraga, que era militar de carrera. La casa iba poblándose de la alegría de los nietos. Primero fueron las niñas: Dulce María, de Ramón; y Mirtza, de Angelita.

Ramón, junto a Zuly, una joven que tenía la estampa de una adolescente, vivía entonces en El Perico, y tal como lo había dispuesto don Ángel, Ramón atendía las colonias de Hevia y Panuncia. Raúl y Juanita trabajaban en la oficina, y Emma y Agustina estudiaban. Fidel había llegado lejos, donde nunca su padre soñó y era, a todas luces y confesiones, el orgullo de la familia.

El *Diario de la Marina* publicaba en la página nueve, un comentario sobre el Debate Científico-Pedagógico «realizado en Belén, el sábado 22 de la semana pasada, en relación con los problemas de la enseñanza». Don Ángel recibió una grata sorpresa, el periodista mencionaba a su hijo, decía que había disertado –desde las conservadoras posiciones del colegio, por supuesto–, sobre las relaciones que mediaban entre la enseñanza oficial y la privada en los Estados Unidos, Francia, Inglaterra, España, Holanda, Turquía, Alemania, Rusia y Cuba.

El viejo Ángel se incorporó, apuró sus pasos al almacén con el periódico en alto y llamó a su mujer con gran revuelo. Por la noche lo comentó con sus amigos de las partidas de dominó. Sentía satisfacción y una alegría interior que le chispeaba en los ojos claros. La tertulia olvidó ese día abordar los temas que casi siempre animaban las discusiones: algunos aseguraban que Cuba saldría bien de la guerra; otros no lo consideraban así y mencionaban el hundimiento, en 1942, de los vapores cubanos *Santiago de Cuba* y *Manzanillo*, lo cual fue posible por las acciones de espionaje del alemán Heinz August Lunin, fusilado el 16 de noviembre de 1942, en el castillo habanero del Príncipe. Lunin, que había llegado a Cuba en 1941, utilizaba sus habilidades como telegrafista y radiomecánico, bajo una impecable e insípida apariencia de comerciante de origen latinoamericano para enviar mensajes e informaciones a varios agentes nazis en Latinoamérica y Europa. El día que lo detuvieron, llevaba en el bolsillo del traje un singular objeto: una pistola lapicero, fabricada en Cleveland Chic, Estados Unidos de América, con calibre 12 mm, posibilidad de un solo tiro y disparador en forma de botón, un verdadero prodigio de la inventiva a pequeña escala, muy de moda entre viajeros, jugadores profesionales, mujeres licenciosas y espías de todo el mundo.

En las conversaciones recientes, los contertulios recordaban el desastre de los años veinte, después de la Danza de los Millones y algunos preveían, con la paz en Europa, una caída en picada de los precios del azúcar.

Las promesas de los auténticos se habían esfumado en unos meses de gobierno, ¿quién podía confiar si se habían olvidado ya de la diversificación de la economía y de la industrialización del país? El Partido Comunista tenía células en Preston, Cueto y Marcané, y cada vez se inflamaban más los ánimos a medida que se aproximaba el tiempo muerto o las compañías norteamericanas intentaban desalojar a los campesinos. En Birán vivían algunos comunistas. Paco, el dependiente del almacén y casi todos sus hermanos, eran miembros del Partido. Alguien había traído a colación las semanas turbulentas, cuando la compañía Altagracia trató de expulsar a los campesinos de los cuartones de Orozco y Pontezuelo. Fue por 1923 ó 1925 y no lo consiguieron, especificó otro. Mientras los pronósticos colectivos estudiaban las probables reacciones de la población, algunos se mostraban optimistas y otros se adherían al vaticinio terminante de quien con frase lapidaria, dramática y augural aseveró: «Si las cosas siguen así, la gente va a luchar.»

Lina aleteaba como una mariposa por toda la casa, con una exaltación feliz. Andaba ocupadísima con los preparativos del viaje a La Habana porque su Fidel se graduaba y hasta traje de noche largo debía vestir en la ceremonia, según la costumbre de aquel colegio, donde cursaban estudios los hijos de la aristocracia cubana. Irradiaba contento por el primer bachiller de la familia «en cien, doscientos o hasta trescientos, sabe Dios cuántos años».

Lo que no podía soñar era que su hijo sería el estudiante más aplaudido en el escenario de gala, colmado de autoridades, profesores, familiares y estudiantes. Fue su mayor orgullo en medio del estupor de ambos, porque ninguno lo esperaba.

Durante el cuarto año del bachillerato el estudiante procedente del lejano y pequeño Birán, aquel caserío oriental que apenas figuraba en los mapas, fue designado el mejor canastero de básquet, premio de conducta y excelencia en las asignaturas de Español y Agricultura. De septiembre de 1944 a junio de 1945, «por su amor al Colegio y el entusiasmo con que defendió el Pabellón Belemita, en casi todos los deportes oficiales del Colegio» resultó proclamado como el mejor atleta del curso, destacado como *coach* del equipo de béisbol y premio en Sociología.

La ovación cerrada, tenía que ver con todos sus éxitos docentes y deportivos, pero también con la personalidad distinguida, noble, justa y valiente que se adivinaba ya en él. Tres años atrás, el adolescente provinciano recién llegado a la capital, estrenaba un saco largo, anticuado y escandaloso. Ahora sobresalía como as del deporte, estudiante, explorador, amigo, como excelencia en las asignaturas, por sus conocimientos generales, y como joven discutidor con los inspectores, si existía una razón justa que defender. Al pie de su fotografía en *Ecos de Belén* y en el expediente escolar tras su graduación, el Padre Llorente escribió:

> Fidel Castro Ruz (1942-1945) Se distinguió siempre en todas las asignaturas relacionadas con las letras. Excelencia y congregante, fue un verdadero atleta, defendiendo siempre con valor y orgullo la bandera del Colegio. Ha sabido ganarse la admiración y cariño de todos. Cursará la carrera de Derecho y no dudamos que llenará con páginas brillantes el libro de su vida. Fidel tiene madera y no faltará el artista.

Contaba con la simpatía natural y espontánea de los condiscípulos. Hasta ese día en que se iba definitivamente de Belén, no lo había percibido, pero no podía negar que aquella ovación no sólo había sido sorprendente, sino también halagadora. Sin embargo, sus compañeros más cercanos y entrañables de ese tiempo no estaban entre quienes lo aplaudían allí, en aquella solemne ceremonia de graduación.

Al final del día, al acostarse, pensó en los hermanos Manuel y Virginio Gómez Reyes, en Gildo Miguel Fleitas y en José Luis Tasende. Ellos eran sus verdaderos y más cercanos compañeros; los más leales y sinceros de entonces. Los tres primeros, trabajaban como empleados en Belén. Virginio Gómez, de carácter serio y apariencia adusta, era cocinero y su hermano Manuel, el ayudante de cocina, la jovialidad en persona.

Gildo Fleitas estudió en el Colegio La Salle, del Vedado, y luego, en la Academia de Comercio Habana Businees, que no llegó a terminar, pero le permitió el conocimiento de la taquigrafía y la mecanografía, oficios que le abrieron las puertas de la Secretaría del Colegio de Belén, donde también impartía clases de Inglés, en la Escuela de Electromecánica. A José Luis lo había conocido en un partido de béisbol contra los alumnos del Instituto Inclán, de los Hermanos Salesianos de la Víbora, equipo al que pertenecía Tasende como estudiante de Electromecánica. Con ellos, en aquella ciudad alejada de los espacios de Birán, estrechó relaciones como si fueran de la familia.

Cuando regresó a Oriente, recibió muchas felicitaciones. Lina contaba del viaje y los méritos del hijo a todas las comadres del batey y a los clientes en la tienda. El viejo no. Él demostraba sus sentimientos con respeto y confianza, aunque quizá sin disimular demasiado su admiración. Le regaló los yugos, la hebilla del cinto, el reloj y la leontina de oro, todo lo que consideraba sus pertenencias más valiosas, no por su valor en sí, sino por el valor afectivo, por su costumbre de usarlas y como anclas en el pasado. El reloj marcaba su tiempo desde hacía muchísimos años y nunca se había detenido.

Tempestad

El bachiller espigado, en el desconcierto feliz de la primera noche en casa, no había percibido el silencio de las voces familiares. El viejo, arriba, en el altillo donde revoloteaba más próximo el rumor de los tomeguines y la frialdad era mayor, leía los diarios que le alcanzara en la tarde de modo invariable Juan Socarrás, el nuevo mensajero del telégrafo que venía de Yara, recomendado por el telegrafista Pedro Botello Pérez. A Yara, apenas le alcanzaban las casas, plazas y calles, para dar cabida a tanta historia, desde que el hacendado Carlos Manuel de Céspedes levantara la República en su territorio, al inicio de los combates de la Guerra Grande y Máximo Gómez colmara de aprensiones a las tropas peninsulares con la primera carga al machete. El poblado aparecía mencionado en *Espejo de Paciencia*, y aunque muchos de sus habitantes no recordaran los versos como para repetirlos a pie juntillas, vivían de la hidalguía de una circunstancia como esa, reiterándola a los viajeros y los recién llegados con gran orgullo. Juan Socarrás era «gente de ley». Ubaldo Martínez lo afirmaba con frase rotunda y convincente «un hombre se acredita por su vergüenza» y ya no decía más, porque esa definición de ser y actuar era algo incontestable, aprendido con la solemnidad y el rigor de un rezo.

Don Ángel Castro entregaba a Ubaldo, los pagos de los trabajadores forestales: unos fajos envueltos en papel de periódico y, bolsas con «miles de pesos, reales y pesetas», que el campesino disimulaba bajo unas alforjas repletas de tasajo, harina o bacalao, y transportaba en su caballo por los senderos entre lomas, hasta los aserríos del alemán y de Cristóbal Boris en los Pinares de Mayarí. Comenzó a trabajar en el batey a los veinticuatro años, cuando decidió casarse con Jacinta Martínez. Desde entonces, se había ganado la confianza de don Ángel y le hacía otros favores: llevaba y traía recados confidenciales a los «cortejos» del viejo, siempre con una discreción de sombra. Generosa era una de ellas, la mamá de Martín –el hijo nacido entre Fidel y Raúl–, que cada vez se parecía más al padre, sobre todo en la tímida mirada de sus ojos claros.

En una ocasión, Lina invitó a Martín a cenar en Nochebuena. Servida la mesa, llamó a su esposo, quien abstraído conversaba con don Fidel Pino Santos en el portal, sin imaginar el impacto de la escena en torno a la amplia y ceremoniosa mesa del convite. Cuando don Ángel Castro vio a Martín, todo compuesto entre sus hijos se ruborizó y de inmediato, guardando un profundo silencio y asintiendo con la cabeza, acató la decisión de su mujer. Ella se limitó a decir: «Ya está reunida toda la familia, pueden pasar al comedor».

La mulata Generosa hizo honor a su nombre, jamás importunó a Lina ni aspiró a ocupar su lugar, le tuvo consideración y estima y se mantuvo siempre lejos, después de aquellos arrebatos fervientes del amante, que se esfumaron con la misma levedad del humo de los tabacos que aspiraba con aire pausado.

Ubaldo nunca había ido a la escuela, lo que era una verdadera lástima porque demostraba una retentiva asombrosa. Si le ponían a llevar las cuentas junto a las grúas llamadas chuchos donde se pesaban los alijos de caña, no hacía falta anotar en los papeles. Su cabeza almacenaba el número de carretas y el volumen de carga de cada una, como si el libro de las contadurías estuviera impreso en su memoria.

A Fidel le parecía verlo salir en su jumento hacia los pinares. El empleado enrumbaba aproximadamente a las diez y media de la mañana y a la una estaba llegando, después de vencer catorce pasos de río y esquivar la presencia probable de los bandoleros que andaban por todo aquello.

Fidel miraba en ese instante la luz de la pequeña lámpara sobre la mesita del despacho de don Ángel. El destello pestañeó por unos instantes, como si el globo de vidrio dudara entre la claridad definitiva o el vacío de la oscuridad. Esa noche, la radio dejó de trasmitir en la madrugada y él recordó la audición de los partidos disputados entre los equipos de Almendares y Marianao, en la época de las vacaciones de Navidad de sus años adolescentes. Sintió nostalgia de aquel desvelo animado por la incertidumbre. Apoyó los codos sobre el escritorio esquinado y concentró toda su atención en la lectura de la primera *Historia de la Revolución Francesa*, una edición con ilustraciones de la época y traducción fluida. Se trataba de la realizada por Adolphe Thiers, abogado, periodista y hombre de Estado, que también fue historiador, y a quien Martí había definido: «Hay hombres que son épocas: Thiers es uno».

En una de las enciclopedias de la biblioteca de Belén había descubierto anotaciones sobre los estremecimientos sociales que, como un eco de lo sucedido, Thiers narraba en extensos volúmenes: «(...) el 14 de Julio de 1789, el pueblo de París, se lanzó al asalto de la fortaleza de "La Bastilla". La noticia dejó perplejo a Luis XVI: "¡Pero esto es una rebelión!" A lo que un cortesano que veía más claro replicó: "No una rebelión, sire, sino una revolución (...)"» Fidel leía numerosos tratados y libros, escuchaba a sus maestros sobre los enciclopedistas del Siglo de las Luces, y se declaraba ferviente partidario de ellos; sin embargo, en la medida que sus ojos avanzaban con avidez y leían las páginas, crecían su entusiasmo y admiración por quienes se propusieron tomar por asalto los sueños e ideales de justicia, igualdad y libertad: Camille Desmoulins, Dantón, Robespierre y tantos otros protagonistas de la revolución contra el absolutismo monárquico, en las barricadas de las calles parisienses, que Víctor Hugo, el poeta de la revolución, le permitiría recorrer en las páginas de la novela *Los miserables*, de la que recordaría para siempre la fascinante descripción de la batalla de Waterloo, una insólita y adorable proeza literaria.

El destello de la bombilla volvió a titubear y se quedó a oscuras un buen rato. Por los amplios ventanales recubiertos de tela metálica y abiertos de par en par, penetraba la brisa de los pinares cercanos del sur. Escuchó el ronco sonido de los motores de la panadería, donde su madre por poco pierde una mano que logró salvar, de puro milagro, con abluciones de aguas de permanganato. Más adelante, ella misma le aplicaría esa fórmula a la esposa de Cantala, a quien devolvió la vida cuando los médicos del hospital, tras el «paritorio», la desahuciaron por infección.

Restaban solo tres horas para las cinco de la madrugada e imaginaba a los vaqueros que, con su andar despacioso y somnoliento, daban tumbos hacia el sótano para ordeñar a las treinta o cuarenta vacas recogidas durante la noche entre los pilotes de carolina y caguairán en los cimientos de la casa. Las imágenes de la infancia volvieron a su memoria. Vio a Ballena resoplando su furia, pero Ballena ya no estaba en el rebaño desde el día que embistió a Angelita. La muchacha escapó de casualidad, el viejo no quiso correr riesgos, temía un accidente y decidió sin titubeos: «Ubaldo, dile a José María que la sacrifique.»

El tenedor de libros César Álvarez continuaba su trabajo en la misma oficina. A pesar de sus vacaciones, Fidel trabajaba y atendía a la gente que venía a pedir crédito para la tienda, abastecida con suministros de Holguín, Santiago y hasta de la capital. El viejo repartía, prodigaba con una desmesura que luego no encontraba contrapartida en los ingresos. La gente llegaba de las plantaciones de la United Fruit, donde los administradores norteamericanos no contaban con potestades para adelantar fondos, todo allí era en efectivo, no había crédito posible, y mucho menos prestar ayuda a los trabajadores en tiempos desolados de silencios fabriles. Tampoco les interesaban las penurias y, el desamparo de la multitud no era su problema.

Sin embargo en Birán estaba don Ángel, al frente de numerosas hectáreas o arrendatario de todos los terrenos de las inmediaciones, con la posibilidad cierta de adoptar decisiones y disponer de medios y dinero para socorrer a los infelices en situación desesperada, por lo que la gente acudía a él, lo mismo para buscar empleo temporal, que un vale con que llegarse a la tienda o a la farmacia de Castellanos en Marcané.

Era un hombre accesible, a quien se respetaba mucho. Salía a cabalgar y la gente lo abordaba en el camino, iban a verlo a su oficina o al corredor que rodeaba la casa, cuando tomaba el fresco en las calurosas tardes de verano.

En el instante en que sus pensamientos retornaron a la madrugada, clareó la bombilla y Fidel volvió a leer:

> Desmoulins preparó y dirigió el ataque contra la Bastilla, combatió la dictadura de Robespierre y fue guillotinado por moderantismo en 1794. Dantón púsose a la cabeza del pueblo y fue nombrado Ministro de Justicia. Instituyó el Tribunal revolucionario. Al intentar Prusia restaurar la monarquía en Francia, mediante su intervención militar, Dantón se mostró activísimo en el reclutamiento de tropas y arengó infatigablemente al ejército, lo que le valió el sobrenombre de «salvador de Francia».

Permaneció absorto en la lectura el resto de la madrugada. Siempre que leía un buen libro comenzaba a luchar contra el sueño hasta que este desaparecía de una vez y ya no era posible sino el desvelo. Pero esta vez resultaba diferente, sentía un ímpetu de ánimo al pensar en la Revolución Francesa. De seguro había sol cuando el pueblo de París desbordó un sentimiento profundo y derribó las estatuas de los reyes de la Biblia del frontón de Notre Dame. Las gentes pensaron entonces que se trataba de una galería de reyes de Francia y echaron por tierra las esculturas, las decapitaron y enterraron no lejos de la afamada Catedral, que alzaba sus cúpulas góticas al cielo y tejía encajes de luz por el suelo con el reflejo de los vitrales.

El central Alto Cedro lo construyó la compañía West Indian Sugar Corporation y realizó su primera zafra en 1917, que se interrumpió por la violencia de los enfrentamientos entre liberales y conservadores en esa zona, cuando el alzamiento del General José Miguel Gómez contra la reelección menocalista.

El antiguo central Alto Cedro y el batey cercano se conocían con el nombre de Marcané por el abogado santiaguero Luis Fernández Marcané, quien asumió en 1907, los asuntos legales de la United Fruit Company en Cuba.

Castellanos llegó al pueblo en los años veinte, con el afán de comprar la farmacia que la compañía West Indian Sugar Corporation tenía en liquidación. Al pasar bajo el dintel de la puerta se veía el mostrador, detrás se encontraba la prebotica, donde el farmacéutico establecía las proporciones y envasaba los medicamentos. Al fondo, en el salón, preparaban las fórmulas al por mayor y destilaban los alcoholes, en la mejor tradición de los alambiques.

La construcción fue demolida casi al finalizar la Segunda Guerra Mundial, para permitir el paso del ferrocarril a una sección del central, donde debían hallarse las nuevas tolvas con la modernización e instalación de los filtros Oliver.

Para Castellanos fue levantada una farmacia nueva y al fondo, la vivienda, en el reparto de las exclusividades y los aires señoriales.

El boticario salía con toda su familia en un automóvil alquilado. Tomaban el camino de La Bomba y pasaban el río Nipe, hasta la hacienda de don Ángel.

Bilito, el hijo del farmacéutico, recordaba aquellos viajes de su adolescencia, la familia reunida en la sala, don Ángel lamentándose de Raúl «que es un bribón» y Fidel, «de acuerdo con las rebeldías si tienen algún sentido». También recordaba a Agustinita, la hija preferida, pequeña y delgada, con la delicadeza de las hojas de los árboles o las flores conservadas entre las páginas de un libro.

Bilito y Agustina se conocían del Colegio El Cristo, adonde habían sido enviados por sus padres. El responsable de esa decisión, era un pastor bautista que recorría los caminos con sus parsimoniosas y convincentes letanías.

Durante esas vacaciones Fidel y Bilito salían juntos a disparar con los Cráquer o los Winchester 44 del armario de la casa, con los que probaban su buena o mala suerte en la cacería. En el escaparate, como una pequeña armería, podían encontrarse fusiles y rifles de diversos calibres. Cuando la charla tomaba ese rumbo se mencionaba la calidad del fusil Remington, que había sido utilizado en la guerra de secesión norteamericana y cuyo modelo procedente de Estados Unidos, databa de 1871. El Winchester, de origen americano había surgido con gran revuelo como una de las primeras armas de repetición, se cargaba por una ventana lateral y tenía una capacidad máxima de doce cartuchos.

Sin embargo, el más renombrado y reconocido como adelanto tecnológico por su mayor precisión y alcance, era el fusil Máuser, empleado por el Ejército Español desde 1893, y con el cual, se habían disparado unas a otras, las fuerzas contendientes en la Primera y Segunda Guerra Mundial, esta última aún se libraba en los estériles territorios europeos e incluso, en Asia y el Pacífico. También había sido empleado, aunque con poco éxito, en la Guerra Civil Española, lucha encarnizada de escaramuzas y grandes batallas, que el cocinero García sufría en Birán, combate a combate y día tras día, mientras arrastraba una pierna en sus constantes paseos de las humaredas del fogón a la alacena.

Fidel le contaba a Bilito sobre sus expediciones a la loma de La Yaya, acompañado por el doctor Silva del hospital de Marcané y por Cándido Martínez, el carpintero hermano de Ubaldo, que en otro tiempo hacía guitarras como la de Angelita. Salían con Marquesa, una perra perdiguera encargada de rastrear el escondite a las gallinas de guinea y recuperar las piezas abatidas.

Bilito y Fidel afinaban la puntería en las palmas o los marañones más altos. Otras veces se encontraban en el terreno de pelota del pueblo, donde se enfrentaban los equipos de Marcané y Miranda. Fidel galopaba desde Birán y ocupaba el box como pitcher, mientras su amigo lo observaba desde las gradas improvisadas, disfrutaba los partidos o intercedía en las disputas. Uno de aquellos juegos de béisbol fue reseñado por el *Diario de Cuba*. El titular desplegaba la noticia del triunfo: «Marcané conquista una victoria de 7 carreras por 4». El rival de la jornada era un equipo del Distrito No. 4 de Cueto, del que se aseguraba que había sido vencido por el brazo certero de Fidel Castro.

Los dos jóvenes ingresarían pronto en la Universidad. Primero lo haría Fidel y luego Bilito. Durante las vacaciones, jugaban billar en el bar del pueblo y conversaban sobre el futuro. Ambos recordaban la deuda de ciento setenta y cinco pesos que don Ángel tenía en la farmacia por los vales y autorizos en medicinas de muchos campesinos, que envíaba a Castellanos para cargar a la cuenta de Birán.

Bilito se lamentaba: —Hay que verlo. Es un espanto. Las guajiras traen a los niños envueltos en sábanas, deshidratados por la acidosis que mata a tantos infelices. En la finca de ustedes, está tu padre, pero en otros lugares, la gente no tiene a quién recurrir y los hijos se les mueren en un abrir y cerrar de ojos.

Casi en el mismo tono, Fidel agregaba que en temporada de verano también el paludismo hacía estragos.

—He visto cómo tiemblan los hombres. –y volviendo al tema de la deuda proseguía– Vamos a hablar con el viejo, pero el dinero del cheque lo cobramos nosotros y lo llevamos para la Universidad.

Ninguno de los dos tenía sólidas ideas políticas. Bilito había participado en algunas protestas estudiantiles en el Instituto de Santiago, y aunque su perspectiva era aún muy endeble, al menos se mantenía al tanto de lo que sucedía en Marcané, donde era imposible aislarse de los acontecimientos políticos porque el sindicato era fuerte y lo controlaban hombres como Loynaz Echevarría, un comunista con gran influencia y prestigio entre los trabajadores. Fidel, de espíritu rebelde y noble, todavía no contaba con una cultura política para explicarse los fenómenos económicos, sociales e ideológicos que estremecían los tiempos: toda su impetuosidad, pasión y energía se había volcado en la actividad deportiva y en las exploraciones. Pertenecía a la legión de almas que según José Martí «tienen sed de lo natural y quieren agua de cascada y techo de hojas».

Aquel día Fidel y Bilito hablaron mucho sobre sus vivencias más recientes y sus estudios futuros en la Universidad. El primero recordó las emociones de fin de curso en Belén, y el segundo los años en el Colegio El Cristo y sus responsabilidades como presidente de la Asociación de Jóvenes Cristianos. Fidel escuchaba interesado los comentarios sobre la exposición de 1939 en Nueva York, adonde Bilito había viajado con su familia, y de los recorridos por la Florida, Nueva Orleans, Laredo, Ciudad México, Veracruz y Mérida, tal como si se tratara de una peregrinación a Tierra Santa.

Mientras las aspas del ventilador de techo, en el billar del pueblo giraban despacio y reciclaban el aire caliente de la habitación, Fidel pensaba cuán diferentes eran las circunstancias, cuando alguien emprendía un viaje sin boleto de regreso. Cavilaba en las travesías trasatlánticas de los inmigrantes españoles o en los días de mar de los antillanos, en la perdida ilusión del retorno, que ya no era posible porque había pasado el tiempo y pertenecían a otro lugar.

Después de las últimas vacaciones, cuando se detenía en aquel espacio breve del Patio de los Laureles para respirar bajo los árboles de hojas rumorosas, pensaba en Birán, en el verdor del monte y la frialdad de sombra de los pinares. El 27 de septiembre de 1945, Fidel matriculó en la Universidad de La Habana como aspirante al título de Doctor en Derecho y Contador Público, con el expediente No. 1308. Vivía en la Calle Quinta No. 8, entre 2 y 4, en el reparto La Sierra, de murmurantes arboledas, espaciosas aceras, amplias avenidas y silencios, a pesar del continuo transitar de los automóviles en la capital. En agosto había cumplido los diecinueve años y sentía la sensación de que se abría un mundo nuevo para él.

En noviembre, el Comité Ejecutivo de la Unión Atlética de Amateurs de Cuba aprobó su solicitud para competir y representar a los clubes Casino Español de La Habana y Caribes de la Universidad. Tenía la intención de continuar la práctica deportiva y su participación en competencias, pero pronto se percató de que ello era incompatible con la dedicación y esfuerzos imprescindibles a la vida política de la Universidad, y por supuesto, prevaleció su adhesión a la causa estudiantil.

El 3 de enero de 1946, cuando el director del Instituto de Segunda Enseñanza No. 2 del Vedado, doctor

Ambrosio Aguilar Hernández certificó el traslado del alumno Fidel Castro Ruz, ya habían transcurrido los primeros meses en la Universidad, un período breve pero muy intenso que fue despertándole las preocupaciones por el estudiantado y los problemas políticos que estremecían al país, en un momento en que ya el gobierno de Grau, decepcionaba la esperanza que la mayoría del pueblo depositara en su presidencia.

Fidel, sentado en el borde de la silla, escuchaba ensimismado las lecturas en voz alta del profesor, quien ocupaba la poltrona grande de la sala. El investigador, detallaba uno a uno los apuntes de sus estudios, informes y publicaciones sobre la materia, datos que luego dictaba en las conferencias magistrales en la Universidad.

Fidel admiraba al profesor René Herrera Fritot, por su erudición y meditaba sobre la capacidad del hombre para recordar, imaginar, fantasear o figurar, y luego escribir el resultado de sus conclusiones más o menos lúcidas.

Para él, el doctor Fritot poseía la virtud de la constancia, y no se equivocaba pues no dejaba de hacer sus resúmenes y observaciones en el diario, con la minuciosidad propia de quien lleva una vida metódica, pausada, sin importarle las largas horas de trabajo, aunque estuviese enfermo.

El patronato del Grupo Guamá, contaba con el apoyo de Fidel desde el 4 de febrero de 1946. Se trataba de una institución dedicada a la arqueología, uno de cuyos miembros más activos era precisamente el profesor doctor René Herrera Fritot, quien impartía cursos de Antropología Jurídica en la escuela de Derecho. Las clases se desarrollaban en el laboratorio Arístides Mesare, del edificio Felipe Poey, situado en la Plaza Cadena. El catedrático distinguía al joven no sólo como alumno, sino también por sus cualidades humanas.

De la estrecha relación entre el profesor y su alumno quedaría constancia en el diario del doctor Fritot.

1946
10 de enero:
Se recibió una caja con magníficas naranjas que me envió desde Oriente el alumno Fidel Castro (...)

18 de enero:
T: Castro y José Cubeñas, alumnos derecho.

4 de febrero:
N: (Antes de comida): Castro con tres alumnos de Antrop. Juríd. y la mamá de una de ellas, a visitar el M. del Grupo Guamá: la Srta. Caignet (hija de la Sra.) abonó el primer recibo de $1.00, los demás abonarán en la Universidad.

12 de febrero:
N. (Antes de comida): Castro y Carlos Callejas (Ayudante del Presidente y alumno mío en Antrop. Juríd) Tiene la habilidad de escribir, pintar o realizar operaciones aritméticas dobles, simultáneamente con ambas manos y gran rapidez: nos hizo varias demostraciones. Vio detalladamente el M. Etnol. del Grupo Guamá.

13 de febrero:
T: Recibí caja con naranjas de Mayarí, regalo del alumno F. Castro.

18 de febrero:
M. (8 a.m.) a la U.: Di clase práctica de A. 2da a 11 alumnos. Me ayudó F. Castro (Delegado del curso) (...)

21 de febrero:
M.V.: Vi a Castro y a Callejas: éste abonó 1 peso por su inscripción al Patronato Pro Museo Guamá.

6 de junio:
Almorcé en «La Zaragozana», con Morales Coello y Fidel Castro, invitados por este último.

10 de julio:
M.V.: Llevé actas y notas de las que entregué varias; Fidel Castro; G. Robiou y Mestre.

Con vistas a las elecciones de la Asociación de Estudiantes de Derecho, que tendrían lugar en marzo o abril y siguiendo la tradición de Mella, se constituyo a principios de ese año 1946 un grupo de Manicatos. Fidel fue candidato a Delegado por la asignatura Antropología Jurídica. Una de sus primeras y conmovedoras experiencias como estudiante de Derecho fue la visita, con los integrantes de este grupo, al Presidio Modelo de Isla de Pinos, para estudiar los tipos delictivos y el régimen penal vigente. Allí se enfrentó a los guardias de seguridad del penal, quienes impedían a los reclusos vender objetos fabricados por ellos.

Las fuerzas progresistas de la Universidad tenían entonces algunas reservas con el joven impetuoso, egresado del colegio de los Jesuitas de Belén, donde estudiaba la flor y nata de la alta sociedad cubana y donde los programas de estudio eran muy conservadores y retrógados en asuntos de sociedad, política y moral, en su modo de ver la vida.

Fidel impresionaba por la ética de sus acciones, por su espíritu de rebeldía y justicia, que se manifestaba en sus encendidos alegatos, pronunciados desde los bancos de mármol y granito de la Plaza Cadena o desde las escalinatas de los edificios universitarios. Defendía la decencia de la Universidad y los derechos estudiantiles. Su estatura de seis pies, la complexión vigorosa de su cuerpo de ciento sesenta y una libras, y la fuerza con que miraban sus pequeños ojos pardos, compaginaban con la altura de esas ideas.

En todo ello, tenían mucho que ver los estudios anteriores, su conocimientos de la obra martiana, la admiración por Carlos Manuel de Céspedes, Máximo Gómez, Antonio Maceo y, además, la lectura de aquellas vibrantes páginas, escritas por Thiers sobre la Revolución Francesa. Su cabeza era un verdadero hervidero. Afluían a su pensamiento todas las lecturas y vehemencias justicieras, todos los recuentos épicos, todas las leyendas de la historia. Pensaba y actuaba con integridad. Su diáfana conducta y el ímpetu auténtico de hacer bien, constituían entonces sus más contundentes cartas de presentación. En la Universidad sobresalía como destacado líder estudiantil y político. Despertaba admiración y entre las jóvenes, una especie de fascinación.Tenía muchas amistades. En asuntos de amor siempre consideró que enamorarse era el fruto sublime de la inagotable sensibilidad humana.

Fidel alcanzó el éxito y fue electo como Delegado por la asignatura de Antropología Jurídica, a pesar de que era la primera vez en su vida que realizaba una campaña política para ganar apoyo personal. Su contrincante, era un adulto, con ascendencia en el estudiantado por sus luchas contra el dictador Gerardo Machado. Ocurrió lo inesperado en la polémica escuela de Derecho: ciento ochenta y un votos fueron para Fidel y sólo treinta y tres para el otro candidato. El ochenta por ciento de los votos obtenidos por Fidel, tuvo mucho que ver con el empeño, la constancia y la energía desplegadas para conseguir la representación estudiantil. Su objetivo era muy simple, pero poco a poco, iba inquietándose con la situación nacional, las cuestiones cívicas y políticas. Concluyó el curso con calificaciones de aprobado en las asignaturas de Teoría General del Estado, Derecho Romano e Introducción a la Carrera de Derecho, y de sobresaliente en Derecho Administrativo y Antropología Jurídica.

Cuando comenzó el curso 1946-1947 vivía en la calle 21, No. 104 apto 7, en el Vedado, el barrio más moderno de la capital. Desde los años difíciles de la dictadura machadista el asesinato del estudiante revolucionario Rafael Trejo el 30 de septiembre, era un recuerdo lacerante y convocador en la vida universitaria. Fidel estuvo entre los que avivaron la memoria solidaria, el homenaje y las demandas de los estudiantes en favor del campesinado y de la reafirmación de la revolución.

El diario *El Mundo* anunció el sábado 16 de noviembre: «Hablará el Delegado Fidel Castro el Día Internacional del Estudiante» y especificaba que tendrían lugar múltiples actividades de recordación en la pequeña plaza contigua a la Facultad de Derecho. «Apertura de la Exposición 17 de noviembre, en los Salones de la Asociación de Estudiantes de Derecho, palabras por el Delegado Fidel Castro.»

Una semana más tarde, Fidel pronunció un discurso en el acto por el Aniversario 75 del Fusilamiento de los ocho estudiantes de Medicina. Sus palabras –las primeras que la prensa publicó y aparecieron en las páginas del periódico *Avance Criollo,* desplegadas en la columna cinco, en la primera plana– evocaban ideas y fundamentos martianos con la convicción de que los héroes jamás serían olvidados «porque fueron los que establecieron con su sacrificio una conciencia nacional» y finalmente, afirmaba que no se podía hablar de los mártires, sin referirse al denigrante espectáculo que se estaba presenciando. Su verbo fustigó con energía: «este gobierno ha sido peor que los anteriores que ha matado la fe de todo el pueblo».

Envuelto en la vorágine de los tiempos tumultuosos que vivían la Universidad, el país y hasta el continente, Fidel era una presencia pertinaz en las protestas y luchas estudiantiles como miembro de la Comisión de Dirigentes Universitarios contra la posibilidad de reelección de Grau, como Presidente del Comité Pro Democracia Dominicana en la Universidad de La Habana y como activista Pro Independencia de Puerto Rico.

Fidel compartía sus opiniones, coincidía y se identificaba con el grupo de Humberto Ruiz Leiro, que lo apoyaba en su candidatura como Delegado de curso en el segundo año.

En marzo de 1947 tuvieron lugar las elecciones para seleccionar los Delegados de asignatura en la escuela de Derecho Civil, donde se enfrentaban diversas tendencias. Fidel representaba a quienes defendían que los dirigentes lucharan por mantener el principio moral dentro del alumnado y los profesores, y entre quienes se oponían a la discriminación racial. Por eso, su voz alertó contra la probabilidad de que despidieran a la profesora Ana Etchegoyen, mujer digna, honrada conocedora y capaz, única profesora negra de la Facultad. El 24 de ese mismo mes, resultó electo Vicepresidente de la Asociación de Estudiantes de Derecho, bajo el liderazgo efímero de Federico Marín, a quien los dirigentes estudiantiles le retiraron la confianza apenas un mes después, el 23 de abril. Entre los argumentos contra Marín se contaban: incumplir con los deberes del cargo que le fue confiado por el Ejecutivo de la Asociación, vincularse a intereses ajenos a los inspirados en el Alma Mater, incapacidad para dirigir al estudiantado y el rumor de que estaba utilizando la presidencia para ocupar posiciones gubernamentales.

De ese doloroso y aleccionador proceso, resultó que la Asociación le ratificó su confianza al dirigente Fidel Castro, quien ocuparía la Presidencia de la Asociación de Estudiantes de Derecho por sustitución reglamentaria. El 25 de abril, apenas cuarenta y ocho horas después de aquella decisión, Fidel fue detenido junto a otros dirigentes en San José y Mazón, a la una de la tarde y poco después, cuando el resto de sus compañeros fue puesto en libertad, a él se le retuvo, excluido de fianza, con el pretexto de que portaba armas.

Los sucesos tenían un origen oscuro, siniestro, fueron una intromisión de la Policía Secreta, en especial del jefe del Servicio de Investigaciones Internacionales y Extraordinarias, Mario Salabarría, quien intimidaba y vejaba a quienes no se plegaban a la corrupción y la politiquería predominantes en el gobierno de Grau, un gobierno que había sido una promisoria ilusión entre quienes recordaban a Ramón Grau como el dirigente principal del gobierno revolucionario instaurado tras el derrocamiento de Machado y que sólo duró tres meses, para dar paso en la historia al período infausto de once años, cuando podía ocupar la Presidencia cualquiera, pero quien mandaba en la sombra y bajo la tutela yanqui, era Fulgencio Batista, a golpe de represión y muerte entre los campesinos, los obreros, los intelectuales, los estudiantes.

Grau había sido la esperanza de que todo ello tuviera un final, ilusión frustrada, cuando la Universidad se había convertido en baluarte en manos del gobierno: el rectorado, los organismos nacionales de la policía y la propia policía de la Universidad eran controlados por el gobierno ante cuyo descrédito se manifestaba y alzaba lo más valioso del movimiento estudiantil. Fidel, sin una organización o partido que lo apoyara, pero con el respaldo de los alumnos de Derecho y de otras facultades se enfrentaba, en una lucha abierta, frontal que lo ponía en peligro y bajo constante presión.

Fue entonces que Mario Salabarría, amenazante, le dio un ultimátum a Fidel quien debía deponer su oposición política o abandonar la Universidad.

Ante la intimidación, Fidel no solo se fue a una playa a meditar sino que incluso lloró con sus veinte años, porque iba a volver de cualquier modo y lo haría armado con una Browning de quince tiros, para enfrentar en lucha armada insólita, a toda una pandilla que tenía de su parte a las autoridades, y la policía. Pensó que tenía que sacrificarse de todas formas, porque tras las luchas de todo ese tiempo en la Universidad con el apoyo de los estudiantes de la escuela de Derecho, y de otros centros, no iba a aceptar aquella prohibición de entrar a la Universidad. Tomó entonces la decisión de volver aunque fuera solo y vender cara su vida. No titubeó nunca, ni un segundo, en regresar.

La intervención de un grupo de compañeros impidió que Fidel no muriera solo, en una batalla desigual y fiera. Un estudiante le reclamó: «no te puedes sacrificar así» y, por iniciativa propia, organizó a siete u ocho muchachos decididos a apoyarlo. Fidel los veía por primera vez y supo apreciar en ellos la temeridad de su resolución. Entonces ya no estaba solo para desafiar a la banda de mafiosos que lo amenazaba.

Se reunieron en los escalones contiguos a la gran escalinata de la Universidad. Los mafiosos se habían ubicado en los alrededores de la Facultad de Derecho y no resistieron el embate de aquellos jóvenes que los enfrentaron sin temor, aquel desafío los dejó perplejos, quedaron anonadados y estremecidos por sus propios miedos. A partir de entonces, Fidel volvió a la Universidad, unas veces armado y otras no.

Entonces tenía arma, pero surgió otro problema. Los mafiosos tenían a la policía y las autoridades de su parte, y también contaban con la complicidad de los tribunales, donde muy bien podían encausarlo por portar armas y por ese sucio rejuego, sacarlo de la política universitaria, razón por la cual, tuvo que asumir el riesgo, la mayoría de las veces desarmado. En una ocasión sólo lo protegió de la muerte, el apoyo de los estudiantes, que lo rodearon durante el trayecto, desde la Universidad hasta su casa. Fueron tiempos difíciles, de aparente calma y repentinos estremecimientos. Estaba siempre bajo los palos y los tiros, como un Quijote de la Universidad.

En la barbería de potes policromados y olor a esencias, con las que el barbero Adolfo Torres refrescaba el rostro de los clientes después del afeitado, Fidel le hablaba con la vista en la luna del espejo. Mientras Adolfito lo atendía, hacía girar el sillón y, daba los cortes requeridos al cabello, comentaba las noticias de las últimas horas, las turbulencias de la Universidad y la psicología con que debía tratar a la clientela. Ambos coincidieron: «Hay que ser un artista, pero no de las tijeras o la navaja, sino de las tertulias».

El local estrecho, con paredes de espejos, anuncio lumínico a la entrada y animación discreta, se encontraba en el barrio de Cayo Hueso.

Con el final de la guerra en 1898 y el inicio del siglo, un numeroso grupo de cubanos torcedores de tabaco, emigrados a los Estados Unidos, regresaron en los vapores que hacían la ruta hacia la Isla con la fortuna de las brisas favorables. Cayo Hueso, una derivación del Key West en inglés, llamaron al barrio donde se establecieron en La Habana, de calles delineadas y edificios de inquilinato para los estudiantes universitarios, a quienes no quedaba muy lejos la Colina del Alma Máter. Los tabaqueros tenían allí su Palacio de Torcedores donde celebraban veladas y reuniones, un verdadero torbellino de ideas sociales, donde era posible conocer anarquistas, socialistas, utópicos, sindicalistas o simplemente obreros ilustrados.

Una buena parte de las amistades de Fidel vivía allí, en las casas de huéspedes de balcones a las avenidas y tortuosos pasillos interiores. La agudeza en su mirada a los asuntos políticos del país, se perfilaba al ritmo vertiginoso y triste de la decadencia nacional y el desconcierto generalizado que el presidente Ramón Grau San Martín provocaba entre la gente.

Fidel era un decidido opositor del gobierno y un simpatizante entusiasta del Partido del Pueblo Cubano Ortodoxo que dirigía Eduardo René Chibás Ribas, quien defraudado por la corrupción política y administrativa imperantes en el gobierno de Grau, lo había fundado el 15 de mayo de ese mismo año de 1947. Eddy Chibás se había postulado como Presidente de la República y a pesar de no contar con un aparato político bien organizado había obtenido cuatrocientos mil votos. Para entonces, ya su lema «vergüenza contra dinero» tenía amplia repercusión en todo el país, difundido en su espacio dominical en la emisora de radio CMQ y en sus artículos periodísticos en *Bohemia*.

Después de estudiar la economía política capitalista, el joven Fidel Castro había llegado a la conclusión de que el sistema era un absurdo. Construía castillos en el aire y meditaba, poco a poco, comenzaba a recibir información sobre las ideas marxistas.

Influyeron en su visión, *Las legislaciones obreras*, un texto publicado por Aureliano Sánchez Arango, un profesor de formación marxista, aunque su postura política ya nada recordara el altruismo de sus años juveniles; aún así los libros de su autoría hablaban de las escuelas políticas y eran una valiosa referencia.

La Historia de las doctrinas sociales constituía otra referencia importante, un título escrito por Raúl Roa, aquel hombre-urgente, creedor de utopías, amigo y compañero de presidio en tiempos de la dictadura de Machado, de Pablo de la Torriente Brau, el periodista revolucionario que cayó en combate el 18 de diciembre de 1936, en Majadahonda, durante la heroica defensa de Madrid, quien meses antes escribiera:

> He tenido una idea maravillosa, me voy a España, a la revolución española. Allá en Cuba se dice, por el canto popular jubiloso: no te mueras sin ir antes a «España», y yo me voy a España ahora, en donde

palpitan hoy las angustias del mundo entero de los oprimidos. La idea hizo explosión en mi cerebro, y desde entonces está incendiado el gran bosque de mi imaginación (...) me voy a España a ser arrastrado por el gran río de la revolución. A ver un pueblo en lucha. A conocer héroes. A oir el trueno del cañón y sentir el viento de la metralla. A contemplar incendios y fusilamientos. A estar junto al gran remolino silencioso de la muerte (...) Voy simplemente a aprender para lo nuestro algún día. Si algo más sale al paso, es porque así son las cosas de la revolución.

Raúl Roa, el autor del libro que estudiaba el joven Fidel Castro, sufrió todas las angustias de soñar el triunfo de una revolución verdadera y verla eclipsarse, perderse como un papalote acuchillado.

Roa hizo un análisis clasista de la historia en aquellas cuartillas, algo que le permitió a Fidel familiarizarse con la visión marxista antes de que cayera en sus manos el *Manifiesto Comunista*, cuando cursaba el segundo o tercer año de la carrera. La lectura lo impresionó por la sencillez, elocuencia y lógica con que expresaba verdades irrebatibles. Sintió que comprendía la conceptualización de Marx, por sus apetitos desaforados en la infancia, durante sus días en casa de los Feliú en Santiago, la arrogancia y los maltratos de los soldados de Fulgencio Batista y la nítida división de clases en el batey. La propia experiencia le enseñaba lo que significaba pertenecer a una familia de terratenientes, ser obrero o campesino.

Los trabajos en la oficina de la casa grande en Birán; las largas conversaciones con su padre; la amistad con los trabajadores, los haitianitos del batey y los campesinos sin tierra; los desvelos de Ramón por las colonias de caña; la vecindad de las compañías norteamericanas como la United Fruit Company; la observación minuciosa de los políticos, los terratenientes de las inmediaciones, los inspectores del gobierno, alguaciles, soldados, viajantes, clérigos, fotógrafos, vaqueros, galleros, jamaicanos, recibidoras y maestros... las historias de bandoleros despiadados o altruistas; en fin, las exploraciones al paisaje humano, geográfico, político y económico de toda aquella región cercana y familiar, convirtieron a Birán y sus gentes, en una recurrencia ineludible en la vida del revolucionario Fidel Castro Ruz.

El descubrimiento del *Manifiesto Comunista* le desencadenó, lo que habría definido el poeta romántico Víctor Hugo, como «una tempestad bajo el cráneo». Su clarividencia le debía mucho al conocimiento de la historia de Cuba y al pensamiento, la obra y la vida de José Martí. La conciencia política de Fidel comenzaba su palpitar de modo vertiginoso, apasionado y radical. Después, en la biblioteca del Partido Socialista Popular –y fiado, porque no tenía con qué pagar– fue adquiriendo libros, que leía con una ansiedad y una fiebre de conocimiento enorme y persistente, y una fidelidad segura, indisputable, firme.

Cursaba el segundo año de la carrera universitaria, tenía veinte años y aspiraba a los títulos de Derecho Civil y Ciencias Sociales. Participaba en la vida del Partido Ortodoxo con Conchita Fernández, Luis Orlando Rodríguez y el profesor Manuel Bisbé. Asistía los domingos al horario que frente a los micrófonos de la CMQ ocupaba el líder ortodoxo Eddy Chibás.

Coincidía con él en la casa de huéspedes de Filomena. También visitaba a Nicolasa Fraga, Ángel García, Armando Valle y Raúl de Aguiar, todos activos partidarios ortodoxos. Frente al Palacio de Torcedores vivía su novia Myrta Díaz Balart, estudiante de Filosofía que lo ayudaba a poner sellos en los interminables sobres de la correspondencia de las campañas políticas. Se habían conocido en los corredores y los patios de la Universidad, y desde el principio aleteaba entre ellos un colibrí.

La humedad de la brisa anunció temporal para la tarde. Don Ángel dispuso que se aseguraran los portones y las ventanas, se acopiaran leña y agua suficientes para varios días, se recogieran los animales y se trasladaran los niños para la casa asentada sobre la tierra, donde habría menor peligro. Todavía era un hombre fuerte, montaba a caballo y recorría la finca de uno a otro extremo sin importarle para nada sus setenta y dos años.

Esa mañana se veía cansado, con el rostro fruncido, como si intuyera peligros. Todavía no le había comentado a Lina las noticias de los diarios sobre Fidel. Prefería no hacerlo por ahora. Ella andaba muy ocupada, disponiendo en el almacén para que no fueran a mojarse las mercancías y garantizando, a pesar de que no era lo habitual, el aseguramiento de ventanas y portones en la casona.

Información, *Prensa Libre* y el *Diario de la Marina* publicaron algunas semanas antes la detención de su hijo, su conducción al Servicio de Investigaciones Extraordinarias Especiales de la Policía, así como la posterior liberación. Se afirmaba que Unión Insurreccional Revolucionaria, dirigida y orientada por Emilio Tró, apoyaba al grupo de Humberto Ruiz Leiro en sus luchas por la decencia universitaria y los derechos estudiantiles.

La propuesta de solicitar esa ayuda había sido iniciativa de su hijo, como una manera de enfrentar los atropellos y bravuconadas intimidatorias de los grupos de pistoleros del policía Mario Salabarría, que querían hacer su voluntad en la Universidad y reprimía las manifestaciones de los movimientos revolucionarios estudiantiles. Fidel pensaba que había que enfrentarlos sin caer en la tentación de pedir protección a Genovevo Pérez Dámera, jefe del ejército, comprometido con el gobierno de Grau. Todo eso aseguraban los diarios.

Don Ángel sabía que su hijo portaba un arma y por ello sentía un desasosiego inevitable. Conocía que el teniente Quesada, de la policía universitaria y cómplice de aquellos grupos que atemorizaban a los estudiantes o reprimían las posiciones radicales, había intentado de desarmar a Fidel y solo consiguió una respuesta desafiante y serena: «No, esta pistola no te la entrego y si la quieres coger, la agarras por el cañón.»

El viejo desconfiaba de la calma. La detención repentina, en la esquina de Mazón y San José, confirmaba sus aprensiones. En las declaraciones a la prensa, su hijo refería los hechos: «fueron encañonados a la una de la tarde, por ametralladoras y pistolas que apuntaban desde tres autos».

Fidel andaba en problemas, iba al frente en las manifestaciones estudiantiles, se solidarizaba con las demandas agrarias de la Federación Campesina de Cuba, luchaba contra la permanencia de Grau en el poder, contra la dictadura de Trujillo en Dominicana y por la independencia de Puerto Rico.

El hacendado percibía que el verdadero temporal no era el que descendía de los pinares. Temía y desesperaba en silencio. Era una sensación ambivalente, porque ese hijo suyo era un hombre de respeto, alguien para admirar. Aún así deseaba apartarlo de los riesgos. Quizás un viaje al exterior cambiaría el rumbo a sus pasos.

Ese mismo día, mientras diluviaba, la pareja conversó, sentada en los sillones de mimbre, forzada al descanso a esas horas tempranas por la ventolera del sur. Ella se inquietó, pero no exteriorizó su angustia. Para disimular su nerviosismo apuró el café que unos instantes antes sorbía despacio.

Aunque don Ángel aún era un hombre robusto, ya no era el mismo. Su corpulencia se acentuaba en algunas libras, y los párpados caían agotados sobre sus ojos, sin los destellos de antes ni siquiera para las vehemencias del amor. Llevaba la cabeza rapada como en su juventud, una camiseta abotonada en el cuello y unos pantalones muy anchos, con tirantes. Ella no deseaba verlo apesadumbrado. Lo consentía en sus caprichos y callaba los temores, haciéndole creer que ignoraba las noticias. Sin confiar en el éxito de aquella diligencia, lo alentó en la idea de escribir al Ministerio de Estado.

El 4 de julio, don Ángel solicitó el pasaporte y el siete de ese mismo mes de 1947, firmó la autorización de viaje.

> Que viene a autorizar expresa y especialmente a su hijo Fidel Alejandro Castro Ruz, natural de Cueto, provincia de Oriente, de 20 años de edad, estudiante y vecino de la calle 21 No. 104 Vedado, La Habana, para que pueda trasladarse a los Estados Unidos de Norteamérica, o cualesquiera otro país que estime conveniente.

Don Ángel intentó proteger a su hijo, pero no consiguió apartarlo de la idea de luchar contra la dictadura deTrujillo. Fidel no había participado en la organización del Movimiento, pero sintió que su deber era enrolarse como soldado. Conocía a un grupo de emigrados dominicanos, entre ellos al escritor y luchador Juan Emilio Bosh Gaviño, a quien solo podía expresar su solidaridad de esa manera.

La preparación y financiamiento de todo aquello, estaba en manos del ministro de educación José Manuel Alemán, un hombre corrupto que, junto a los grupos que se autodenominaban revolucionarios y no lo eran de forma cabal, utilizó la noble causa dominicana como bandera y con propósitos politiqueros, que confundieron también a muchos hombres valiosos y sinceros.

Luego de algunas semanas de entrenamiento en los campamentos habilitados para la preparación de la expedición, designaron a Fidel como jefe de compañía de uno de los batallones de revolucionarios, entre quienes se encontraban algunos de sus enemigos, que lo respetaron al ver su decisión de cumplir con el deber a pesar de todo.

El intento no resultó, el gobierno cubano retiró su apoyo oficial debido a la intervención de Genovevo Pérez Dámera, cuya gestión había sido comprada por Trujillo. Hubo deserciones, división y pugnas entre los expedicionarios, hasta el extremo mismo de la muerte..., el contigente estaba integrado por hombres de diversas tendencias y facciones y ello contribuyó al caos y la confusión; pero el impetuoso joven Fidel Castro persistía: «hay que ir», y soñaba con la lucha guerrillera en las montañas de Santo Domingo.

Cuando el *Aurora*, interceptado por la fragata *José Martí* que le impidió continuar su travesía hacia Dominicana y obligó a rendirse a un contingente de ochocientos hombres, se aproximó al Puerto de Antilla, al atardecer del 29 de septiembre de ese año de 1947, Fidel con otros amigos se lanzó a la Bahía de Nipe y llegó a nado a Cayo Saetía, una zona de pastizales y montes explotada por la United

Fruit Company. Conocía el lugar desde niño, cuando toda la familia paseaba en el pisicorre, lo mismo para llegarse a las playas de Juan Vicente que a las de aquel lugar desolado y agreste, para despertar todos sus afanes de explorador solitario.

Allí vivía Rafael Guzmán, el farero del cayo, compadre de don Ángel. Lo recordaba con su camisa clara y los pantalones recogidos a la rodilla, cuando tiraban la caña brava a las olas para pescar, o subían las escaleras de caracol del faro, con su juego de luces y espejismos apagados durante el día.

Al escapar por mar, llegó extenuado a casa del viejo amigo. Le explicó que consideraba una cuestión de honor que no lo arrestaran. Llevaba el uniforme empapado de agua salobre, después de andar los manglares y el diente de perro, como un náufrago.

—Necesito ayuda, –le dijo ya exhausto al pescador.

Lalo Guzmán lo mandó a pasar sin evasiones. El joven se calentó con la taza de café humeante preparado por doña Librada. De allí, los dos hombres salieron hacia un lugar más seguro. Siguieron por el camino viejo rumbo al pueblo de pescadores, por el canal que conducía a Cuatro Caminos, un poblado sin coordenadas en los mapas ni lugar en las geografías, un asentamiento de cañeros del central Preston y obreros de la Nicaro Nickel Company.

Allí cambió sus ropas y esperó a José González Zaldívar que llegó en un ruidoso Ford de 1928. Hablaron y se fueron juntos a Mayarí. Fidel se hospedó en un pequeño hotel del pueblo y envió un aviso a Angelita, que vivía frente al cuartel militar, en una de sus intermitentes estancias, porque su esposo, Mario Fraga, era oficial del ejército, y lo destacaban lo mismo en la cabecera del término municipal que en puestos militares remotos.

Fidel acababa de regresar de aquel intento combativo y revolucionario. Se refugió en casa de los viejos, en Birán, donde todos lo sabían y permanecían en solidario silencio, con una discreción de confesionario.

En casa, Lina se llevó las manos a la cabeza al verlo. El padre después del abrazo, reiteró sus temores y el deseo de que volviera a los estudios. La casa era un imán, un ir y volver siempre. Birán, batey de brazos abiertos, era una referencia inobjetable, una entrañable cercanía en sentimientos.

Su sombra se reflejaba al fondo, junto al tanque elevado y el sótano de caguairanes. Los horcones parecían columnas a sus espaldas. Se veía más robusto, ya no era el adolescente espigado en busca de aventuras, con sombrero de colono, rifle en guardia y cuchillo de cacería a la cintura. La barba rala le sombreaba la barbilla, llevaba el pelo más largo que de costumbre y la piel bronceada.

El fotógrafo era Ramón. Encuadró la estampa de su hermano al mirar por la ventanilla del lente y pulsó el obturador desde un ángulo entre sombras y luces que opacaron el retrato.

Cuando Fidel meditaba sobre los últimos años vividos, los percibía como una experiencia agitada y noble, donde se había mejorado a sí mismo, desde los días en que rindieron homenaje al estudiante Rafael Trejo, cuya última mirada había estremecido a Pablo de la Torriente Brau; desde que inauguraron la Plaza Lídice para rendir tributo a las víctimas del nazismo en Checoslovaquia, o anduvieron San Lázaro abajo hasta el Monumento a los Estudiantes de Medicina, en el aniversario setenta y cinco del crimen, donde él alzara su voz contra el gobierno.

Con la Convención Constituyente Estudiantil en la Universidad de La Habana sobrevinieron más dificultades. Su discurso reclamaba unidad y transparencia en la política universitaria y los hechos se encargaron de frustrar esas aspiraciones. El 21 de julio de 1947, firmó, junto a otros dirigentes estudiantiles, un manifiesto que repudiaba las elecciones y acusaba de fraude, fulanismo y violación absoluta de los principios ideológicos a los integrantes de la mesa ejecutiva.

El manifiesto hizo constar que algunos firmantes retiraron toda aspiración de cargos electivos por considerar viciada la elección desde un principio. El diario *El Mundo*, lo reconocía con datos ilustrativos: «de 891 sólo quedaron 182, que fueron los votantes».

Con el final de esas jornadas de julio, se sumó a la expedición de Cayo Confites, algo así como una confluencia temeraria de esfuerzos internacionales y gestiones para comprar barcos y armas y reclutar hombres, que había sido traicionada. La amarga frustración no le disminuyó las ansias revolucionarias, sabía que la historia se hacía a golpes y sueños y él no pensaba desistir al primer embate del viento.

Iba a volver a la Universidad. Matricularía por la libre para aprobar las asignaturas pendientes de segundo año y parte de las de tercero, aunque eso significara no tener derechos políticos en momentos en los que contaba con una gran ascendencia entre los estudiantes, lo prefería a repetir el año y perder el tiempo.

Al hablar con su padre, el viejo se sintió satisfecho. En lo más íntimo aspiraba a que desde aquel momento todo fuera diferente. Sin embargo, su hijo seguiría el combate en las calles de La Habana con la vehemencia de siempre. Fidel condenaría el asesinato del joven Carlos Martínez Junco, el ultraje a la Campana de La Demajagua, la corrupción del ministro de educación José Manuel Alemán y sus cómplices: Mario Salabarría, Manolo Castro y Rolando

Masferrer. En carta abierta de los dirigentes de la FEU a la opinión pública, reclamarían la destitución del presidente Ramón Grau San Martín.

Fidel no se alejó del vórtice de las convulsiones sociales. Propuso a los dirigentes de la FEU, la celebración de un Congreso Latinoamericano de Estudiantes que coincidiera con la Conferencia de la Organización de Estados Americanos en Bogotá, donde los gobiernos de la región se proponían adoptar una serie de acuerdos reaccionarios.

En visita a su amigo Juan Bosh le confió sus sospechas. Los grupos revolucionarios estaban degenerando en gangsterismo y resultaba algo triste, algo realmente penoso. Era tiempo de conocer la situación política de América Latina, integrarse a la lucha continental.

La vida de Fidel sería una avalancha de rebeldías y agitaciones, pero en el ambiente de reposo de la casa, pensaba cuánto lo había conmovido Lina con sus cuarenta y cuatro años y su fuerza indómita de ola en rompiente. Ella era su cómplice desde que logró que lo enviaran a estudiar, y todavía mostraba una ansiedad casi desmedida porque sus hijos se prepararan. Del viejo había recibido la vida, la posibilidad, entre tantos niños pobres en aquel lugar, de tener una educación, una instrucción que poco a poco le despejaba nebulosas en la mente y le abría un universo nuevo. Aunque preocupados, los viejos no reprobaban su combatividad, tenían confianza en él y respetaban sus decisiones; por supuesto, no dejaban a un lado la ilusión de aquietar en él las inquietudes políticas.

Raúl ya era un joven de dieciséis años y a Ramón le iba bien en sus colonias de Hevia y Panuncia; además, vivía más cerca de la casa porque por El Perico asolaba el bandido Baguá y cualquier cosa podía ocurrir con ese demonio de bandolero. Angelita había concluido sus estudios de mecanografía, taquigrafía y contabilidad y tenía dos niñas: Mirtza y Tania. Pronto daría a luz al tercer hijo. Su vida transcurría de uno a otro sitio, pero siempre regresaba de vuelta a Birán en largas temporadas, como si el batey fuera el mástil de un barco. Juanita deseaba quedarse allí y trabajaba en la oficina con César Álvarez, el tenedor de libros. Emma y Agustina aún estudiaban.

La prima Clara, que tanto se había alegrado con la boda de la tía María Julia, se había casado con Santiago Miguel Estevez Bou, la mañana del 27 de diciembre de 1947, y vivía en Sao Corona, cerca de los abuelos doña Dominga y don Pancho, y del padre de Clara, José Soto Vilariño, el asturiano de Valladolid que al desembarcar en Santiago se encontrara a don Ángel mientras este esperaba en el muelle las ventas de gallos jerezanos acabados de transportar desde la península.

Los asuntos económicos de la finca marchaban bien, sin los aires de holgura exagerada que otros le conferían. Don Ángel invertía sus dineros en todo. No podía decirse que poseyera grandes sumas depositadas en los bancos, porque los ingresos y egresos se desequilibraban con la asistencia a los campesinos y a los trabajadores del batey, en una balanza cada vez más frágil. Las ganancias de las plantaciones, se quedaban allí mismo, en el Birán de Castro.

El viejo se mostraba entonces optimista en relación con la próxima zafra. «Será una de las grandes», afirmaba. La expansión de la industria no tenía tanto que ver con el establecimiento de nuevas fábricas como con el empleo de equipos de un alto rendimiento, y por otro lado, esta vez, los precios no sufrirían las oscilaciones desproporcionadas y abruptas de los años veinte, según sus favorables predicciones.

En la casona, los hábitos se mantenían inalterables. Lina y don Ángel continuaban profesándose el mismo amor sublime de siempre. Se cumplían los horarios de los almuerzos y las comidas. Las partidas de dominó animaban la conversación por las noches, cuando la ausencia de García, el cocinero, se hacía aún más notable, porque ya se encontraba muy enfermo. Poco después expiraría asistido por Agustinita, que aún no despegaba muchas cuartas del suelo. La niña de diez años rezó por García. Lina, que se había portado con él como una hija, pidió a los santos por la salvación de su alma. Él no sabía hacerlo por su eterna obstinación de republicano anticlerical, nunca había abandonado su hábito de blasfemar y rezongar en voz alta. Cuando Fidel conoció que García había muerto, recordó todas las horas que habían pasado juntos mientras seguían por los diarios, la Guerra Civil Española y los acontecimientos políticos que convulsionaban al mundo; la invasión de los italianos a Abisinia, la Guerra Chino-Japonesa y la batalla de Teruel. Evocaba cómo García repetía en voz baja: «Puente de los franceses, puente de los franceses, puente de los franceses, mamita mía nadie te pasa, nadie te pasa/ porque los madrileños, porque los madrileños, porque los madrileños, mamita mía, que bien te guardan.» Los recitaba con un leve movimiento de los labios y un entusiasmo que primero crecería, con la llegada a España de las brigadas internacionales, y luego se iría apagando con el avance nacionalista y franquista en la guerra.

Vargas, el cartero, enlazó la bestia a uno de los postes de la entrada del correo y se encaminó al portal de la casona. Lina lo vio venir y salió apresurada a recibir la correspondencia que el hombre le entregó con una sonrisa y la frase: «¡Noticias de Fidel!», Luego preguntó por la salud de don Ángel y ella le habló de los achaques y decaimientos, pero le dijo: «¡No se preocupe hombre, usted le trae el mejor remedio!»

Cuando Lina puso la carta sobre las piernas de su esposo y le susurró al oído: «Viejo, carta de Bogotá», él abrió los ojos e inclinó el cuerpo hacia adelante, olvidado de la pereza del mediodía. La alegría le tembló en las manos, mientras rasgaba el sobre, y desdoblaba las cuartillas. Observó la letra del hijo y adivinó el cuidado al escribir para que se entendieran bien los recuerdos y experiencias del viaje. En la firma del muchacho descubrió su propia manera de enlazar la O con la tilde de la T en el apellido y le resultó imposible disimular su orgullo.

Bogotá, 3 de abril de 1948

Querido Papá:

Ya en Bogotá donde pienso permanecer algunos días, puedo sentarme tranquilamente a escribirles. En Caracas nos pasamos cuatro días. La ciudad está unos cuarenta kilómetros del aeropuerto, la carretera que conduce del aeropuerto a Caracas es verdaderamente fabulosa pues tiene que atravesar una cordillera de montañas de más de mil metros de altura. Venezuela es un país muy rico, gracias principalmente a su gran producción de petróleo. Allí se hacen grandes negocios pero la vida es bastante cara. En cuanto a lo político actualmente el país marcha admirablemente bien. Rómulo Betancourt dejó la Presidencia con deudas personales y la administración Pública es muy honrada. El pueblo está muy satisfecho de su actual gobierno que está realizando una serie de medidas que tienden a beneficiar el país.

De Venezuela nos trasladamos a Panamá. El aeropuerto está en la zona del canal, el cual pudimos apreciar desde el avión a poca altura. La ciudad de Panamá está bastante cerca del canal y permiten visitarlo lo que no pude hacer debido a nuestra breve estancia en ese país, pues teníamos necesidad de estar en Bogotá el día 31 del pasado. Ese día temprano salimos de Panamá y volando sobre la costa del Pacífico nos dirigimos a Colombia. Hicimos escala en la ciudad de Medellín que es una de las más ricas e industriales de Colombia que está en el Departamento de Antioquia (aquí en vez de Provincias hay Departamentos). Después continuamos el viaje hacia Colombia o mejor dicho hacia la Capital. Para llegar a Bogotá el clípper de cuatro motores en que viajamos se remonta a una enorme altura. Los ríos como el Magdalena y el Cauca, muy caudalosos, lucen como rayas blancas en la superficie de la tierra. La ciudad de Bogotá está a 2 500 metros sobre la superficie del mar que a esa altura semeja un Valle rodeado de pequeñas colinas. El panorama de la naturaleza muy hermoso y la vegetación completamente distinta a la de Cuba. A pesar de estar tan cerca a la línea del Ecuador debido a su altura la temperatura es muy fría, apenas sube 15 grados y frecuentemente baja de 10, por lo que hay que estar constantemente abrigado.

La ciudad de Bogotá es muy moderna y casi tan grande como La Habana. Hay mucha actividad y constantemente hay un enjambre de personas en la calle como nunca he visto en ningún lado. Una ciudad muy culta y civilizada. Un gran porcentaje de los colombianos tiene sangre india y se caracterizan por la calma.

La riqueza principal de Colombia es el café, pero no sucede como en Cuba cuya única riqueza importante es el azúcar, haciendo depender el bienestar del país en un producto expuesto a desastrosas bajas en el mercado mundial, sino que también tienen una gran riqueza en las minas de plata y también oro. Las esmeraldas se producen en grandes cantidades y son las mejores del mundo. También tienen mucho ganado y producen además, en cuanto a alimentos, todo lo que consumen. La vida es barata. El compañero mío y yo vivimos en el Hotel Claridge que es bastante bueno, cobran $9.50 diario por cada uno (pesos colombianos, en dólares, equivalentes a $4.00 aproximadamente) y la comida es magnífica.

Bueno papá, no te voy a seguir contando si no nada tendré que decirte en otras cartas. En Bogotá no sé seguro que tiempo habré de estar. En este viaje que realizo estoy organizando un Congreso Latinoamericano de Estudiantes que deberá celebrarse aquí en Bogotá, contamos con la adhesión de casi todos los estudiantes de América. Tuve éxito completo entre los estudiantes de Venezuela y Panamá, la prensa nos está respaldando y en Panamá hablé durante media hora en una de las estaciones más oídas del país. En

Bogotá llevo ya casi tres días, pero apenas he desplegado actividad alguna pues me estoy orientando.

La ciudad está llena de banderas por la Conferencia. Cuando estemos reunidos los representantes de todas las Universidades pensamos tener entrevistas con los principales representantes de cada nación.

Yo llevaba cartas para varios altos funcionarios venezolanos, los que no pude ver porque era semana santa y para esa fecha hay una inactividad absoluta en estos países y estaban todos por el interior. A Rómulo Betancourt que también tenía yo una carta para él, de un buen amigo suyo, lo pienso ver acá en Bogotá. Estuvimos en la casa del Presidente actual de Venezuela y la familia nos trató muy amablemente. La hermana del presidente se comunicó con él que estaba de veraneo en el interior para comunicarle nuestro interés en verlo y le contestó que el lunes estaría de regreso a Caracas y nos podría recibir, pero era viernes y nosotros teníamos que salir al día siguiente para Panamá. ¡Qué distinta democracia a la cubana, donde las puertas de las casas de los gobernantes están vedadas al ciudadano!

Desde luego que estas gestiones yo las hago como dirigente estudiantil cubano y al objeto de obtener respaldo y ayuda a nuestro movimiento. Los argentinos han dado el mayor aporte hasta ahora pero pienso que también el gobierno colombiano nos ayude. De Bogotá no sé qué marcha seguiré. Hoy llega a Bogotá procedente de la Habana, a reunirse con nosotros, uno de los argentinos que más está cooperando.

Puede ser que siga con él hasta la Argentina y me pase allá tres meses becado, por el Gobierno o regrese a Cuba. Si continúo para la Argentina realizaré en el mes de Septiembre mis exámenes en la Universidad de la Habana para entrar en cuarto año de Derecho, pues tengo mucho interés en terminar mi carrera. Estos viajes le aportan a uno un gran número de conocimientos y experiencias al mismo tiempo que le abren grandes horizontes y perspectivas.

Te envío con la carta una fotografía del compañero mío y yo aquí en Bogotá, al lado de la estatua del General Santander lo que no se distingue.

Por separado te envío unas vistas de la famosa Cartagena de Indias, hoy una de las principales ciudades de Colombia.

Mi dirección está arriba a la izquierda. Espero recibir noticias de ustedes pronto. A la carta deben ponerle sello aéreo.

Besos para todos y tú recibe un fuerte abrazo de tu hijo que te quiere, Fidel

Máuser

El hombre del capote militar y la gorra sin visera, recostó el viejo máuser a la pared y detuvo el ritmo vertiginoso de sus pensamientos en la vigilia de la madrugada. Era el único cubano en la estación y su estructura corpulenta destacaba por encima de los reunidos en silencio, en aquel lugar.

El ejército atacaría de un momento a otro y nadie hacía allí nada por evitarlo o adelantarse con previsiones oportunas. Intentó persuadir al jefe de aquella fuerza impávida, sobre la inutilidad de una postura defensiva. Lo aconsejable era salir en dos columnas a la calle y no esperar el desastre o la muerte entre aquellas paredes. Sin embargo, el jefe de la guarnición lo escuchó paciente e incrédulo, sin prestar atención a sus consejos.

El joven regresó a su puesto, reflexionó sobre los acontecimientos del día, en medio de la incertidumbre de un probable ataque, notó crispados los nervios de quienes lo rodeaban y vio cómo las postas disparaban a unos tanques que pasaban de largo.

Pensó en Cuba, en su familia allá en Birán, tan ajenos a cuanto ocurría a su alrededor. «¿Qué dirían sus padres? ¿Habrían recibido su carta?» En realidad, al pensar en ellos, se preguntaba si era correcto permanecer allí. Dudó un instante. Se encontraba solo. Las ideas lo unían a Colombia y a los estudiantes de la Universidad, en su mayoría miembros del Partido Liberal dirigido por Jorge Eliécer Gaytán. Todos los jóvenes estudiantes que participaban en los preparativos del Congreso estudiantil, un reclamo diverso y radical a nombre de los pueblos, que tendría lugar como un desafío a las puertas de la IX Conferencia Panamericana, auspiciada por la Organización de Estados Americanos (OEA) donde se reunían los gobiernos de la región en complaciente actitud hacia George Marshall, secretario de Estado de los Estados Unidos, y al amparo de la hospitalidad del presidente colombiano Mariano Ospina Pérez.

La cita estudiantil ya no podría efectuarse, el encuentro habría sido una bandera por la independencia de Puerto Rico, la desaparición de las colonias en América Latina, la devolución de las Islas Malvinas, la soberanía del Canal de Panamá y contra la dictadura trujillista en la República Dominicana. Sin embargo, el sueño, casi tangible, se había esfumado con el repentino Bogotazo, aquel bramido de dolor, desesperación y rabia.

A la una de la mañana se había quedado solo en la colina fortificada con catorce balas y una batalla perdida. Aún así decidió quedarse porque el pueblo era el mismo en cualquier parte.

Unos días antes, al llegar a Bogotá, los estudiantes colombianos habían manifestado la posibilidad de que Gaytán inaugurara el congreso en la Plaza de Cundinamarca. Creían que era una voz de trueno, fiera y leal. Aquel hombre invocaba una frase de un ministro de Francia: «Si la cosa es difícil ya está hecha, si es imposible se hará.» Gaytán enfrentaba a la oligarquía liberal y conservadora y defendía a las masas liberales perseguidas, a los desprovistos, los desnudos y los pobres de todas las ascendencias y posiciones políticas. En mayo de 1946, Gaytán había reiniciado la lucha por la conquista del poder político y todos sabían que iba a ser presidente. Aquel día de la primavera de 1946 pregonó una convención de la multitud y definió un acento profundo para su lucha destinada «a la defensa de un pueblo oprimido y puesto al margen, de inmensas multitudes abandonadas y escarnecidas y burladas en todos sus intereses, a las cuales se les halaga pero no se les cumple (...)»

Por esa razón, los cubanos visitaron al líder político en su despacho, el 7 de abril de 1948, quien les expresó sus simpatías y les obsequió folletos con sus discursos, entre ellos la «Oración de la Paz» una formidable y conmovedora pieza oratoria que pronunciara Gaytán ante la gente que había llegado de todas partes para congregarse en manifestación con el brazo en alto y la expresión firme, determinado a la revolución: «Señor Presidente, no somos cobardes. Somos descendientes de los bravos que aniquilaron las tiranías en este suelo sagrado. Somos capaces de sacrificar nuestras vidas para salvar la paz y la libertad de Colombia.»

Para Fidel, Gaytán representaba una fuerza progresista con muchas probabilidades de éxito. Las leyes y reformas propuestas en su programa conferían una profunda ascendencia popular a su liderazgo. Recordó la fecha fijada para la siguiente cita, sería el nueve de ese mes, a las dos o dos y cuarto de la tarde. Aquel día, apenas una hora antes, caminaba por la ciudad, dando tiempo para la hora prevista de la entrevista, cuando de súbito comenzó a pasar por su lado la muchedumbre, en tumultuoso torrente, gritaban los hombres y las mujeres: «¡Mataron a Gaytán!» «Ha sido en la calle, de tres balazos.» La multitud desbordada se amotinó primero frente a la Droguería Real, donde se había refugiado Juan Roa Sierra, a quien señalaron como asesino, y lo arrastraron en el preámbulo del desenfreno y la rebelión. El pueblo desfiló por las calles bogotanas, de balcones abarrotados y paredes estremecidas. Destruyeron las farolas eléctricas y las vitrinas, incendiaron comercios, oficinas, cines y edificios de inquilinato. El lujoso Hotel Regina quedó reducido a escombros, llevaron pianos y armarios en andas, destruyeron pasquines y vociferaron su frustración con pólvora, fuego y muerte, desde campanarios, burdeles y terrazas floridas. Un tranvía languidecía entre las llamas frente al Capitolio Nacional y la Gobernación en Cundinamarca. Un hombre la emprendía contra una máquina de escribir, mientras él, el joven que esperaba entrevistarse con Gaytán esa misma tarde, para ahorrarle el esfuerzo descomunal e insólito, la hacía volar por los aires.

Hasta entonces, la idea que tenía el cubano de las insurrecciones populares, era la de su imaginación al leer sobre la toma de la Bastilla o las barricadas de la Revolución Francesa. Una multitudinaria procesión pasó por su lado y se sumó como uno más al estallido, al rugido tremendo de los indóciles desarrapados y los liberales de traje.

Luego de dieciséis horas de movimientos, operaciones, y visiones alucinantes, todo terminó. El día once la radio anunció el cese del fuego tras la masacre del pueblo frente a la Presidencia. El cubano dirigió sus pasos al hotel donde se hospedaba antes del Bogotazo. Los compatriotas dispersos se reunieron y casi por milagro llegaron a la sede de la Embajada de Cuba, a pesar del toque de queda, gracias a la inmunidad diplomática del auto de un delegado argentino, alarmado por los infundios que circulaban por la ciudad sobre la culpabilidad de los cubanos comunistas.

Fidel Castro, Rafael del Pino Siero, Enrique Ovares y Alfredo Guevara, salieron del país en un avión de carga. El viaje demoró cinco horas hasta La Habana.

Después de los sucesos de Colombia, Fidel retomó la idea de continuar sus estudios universitarios y matriculó el 4 de mayo en la Enseñanza privada y lo hizo para vencer las asignaturas de Economía Política, primero y segundo curso, Derecho Constitucional Comparado, Derecho Fiscal, Derecho Romano, segundo curso, Política Criminal, Historia del Derecho, Derecho Penal primer curso y Derecho Civil que incluía Propiedad y derechos reales, obligaciones, y Familia.

Quizás entonces el hijo se apartara de los asuntos políticos, las protestas callejeras, los mítines, y consiguiera librarse de las amenazas de atentado de los grupos gangsteriles como el de Masferrer.

Don Ángel depositó su esperanza en el próximo matrimonio y en el intenso plan de estudios para concluir tres carreras, optar por la beca Bustamante que daba la oportunidad del financiamiento y de ese modo, cursar Economía Política en los Estados Unidos o Francia.

El 24 de mayo de 1948, poco antes de las elecciones de junio en las que triunfó el anticomunista Carlos Prío Socarrás, cuyo gobierno fue más del nocivo y falaz «autenticismo», don Ángel había escuchado por la radio a su hijo. Fidel discursó en un mitin ortodoxo en Santiago de Cuba, donde casi emplazó al mismísimo Eddy Chibás para que fuera leal al pueblo si resultaba vencedor. Aseguró que si trataban de arrebatar la victoria al pueblo, las fuerzas revolucionarias tomarían los fusiles para conquistar el poder. El padre consideró incendiarias sus palabras, y escandalizado, no tuvo otra opción que reconocer la valentía del muchacho.

Aún así lo prefería apartado de los desórdenes. Mientras estudiara, él estaba dispuesto a ayudarlo en sus gastos, a servir en lo que hiciera falta: agilizar gestiones o interceder en algún asunto.

—Ojalá pase este vendaval, –comentó a Lina, la mañana en que ella se preparaba para el viaje y se componía con toda delicadeza. Él no podría asistir a la ceremonia, sus malestares y el trabajo de la finca no se lo permitían. Debía conformarse con imaginar a su hijo en el altar de la Iglesia de Nuestra Señora de la Caridad, en Banes, el pueblo de su amigo don Fidel Pino Santos.

Observó a Lina con detenimiento. Aún la reconocía como una mujer hermosa. Su figura, más robusta que antes, no había perdido del todo la cimbreante esbeltez de su juventud y mucho menos la fuerza del carácter alegre, dispuesto y enérgico.

La elegante compostura destacaba los aires de belleza natural. Llevaba el pelo ondulado y por entre los rizos asomaban unos pendientes pequeños.

Estaba de moda acentuar el tono de las cejas y los labios y sombrear el rostro con discreción. Lina no acostumbraba a arreglarse sino en contadas ocasiones. Cuando lo hacía, la apariencia lozana de sus cuarenta y cinco años asomaba a su rostro, y sólo la rudeza de sus manos delataba el largo tiempo de vida tesonera en la finca de Birán. No había otra mujer más dispuesta por aquellos contornos.

Si era necesario se iba a Marcané a descargar las mercancías y a contabilizar las entregas para el almacén al pie del ferrocarril. Bajo la lluvia, no la amilanaban ni el relampaguear en los cielos, ni los ríos crecidos, ni las ventoleras.

—¡Válgame Dios que estás junto a mí!, –dijo don Ángel al despedirla. Sintió la soledad, acompañada por la vejez de los espejos que una vez le desveló el alma, en la casa entrañable, de armarios, camas y baúles descomunales con el olor a cedro suscitándole recuerdos.

Plantaba cedros con la discreta e íntima ansiedad de convertir en perdurables las cortezas finas y los aromas benditos para el amor, y para que una estirpe noble y digna creciera en casa.

Myrta Francisca de la Caridad Díaz Balart y Gutiérrez estudiaba Filosofía y Letras en la Universidad de La Habana. Toda su familia era de Santiago de Cuba, pero los abuelos paternos se habían establecido en Banes cuando el pueblo comenzaba a florecer y se respiraban los aires de prosperidad de la empresa Dumois primero, y de la Compañía norteamericana después. Nació en la Avenida de Cárdenas, en la casa señalada con el número treinta y seis, a las diez y cuarenta minutos de la mañana, el día 30 de septiembre de 1928, en la temporada del año en que se atenuaban las temperaturas sofocantes del verano.

Para entonces, su padre, el doctor Rafael José Díaz Balart, tenía bufete y ejercía como notario en la ciudad. La madre, doña América, poseía el título de maestra normalista, algo muy poco común, en aquellos tiempos en que ser ama de casa era la ocupación ancestral de las muchachas casamenteras.

Cuando Myrta estudiaba en la Universidad, su madre era una ausencia dolorosa en el mundo, y el padre se había casado en segundas nupcias con Angélica Franco. En la residencia de ambos, en Banes, tuvo lugar la boda civil de Myrta con Fidel Alejandro de veintidós años, el 11 de octubre de 1948, un día antes de la ceremonia religiosa.

Entre los bancos de respaldar alto y la mirada de los asistentes, avanzaban por la senda el padrino don Rafael José y la madrina Lina Ruz González.

Fidel no tenía prejuicios, asumió el matrimonio civil y religioso como algo social que complacía a la familia, lo mismo de un lado que del otro.

Pocos invitados conocían su pensamiento más íntimo, pero al joven que contraía matrimonio aquella mañana lo aburría la liturgia pomposa y lo impacientaban la melopea y los oficios del Padre Monseñor Madariaga quien era director del Seminario del Cobre.

Después del matrimonio dedicó la mayor parte del tiempo a los estudios, sin abandonar sus luchas dentro de la Universidad contra la corrupción política y administrativa, las injusticias y el gangsterismo alentados por el gobierno.

La lectura del *Manifiesto Comunista* significó la autoconversión al marxismo. Buscaba con avidez la literatura de los clásicos y estrechaba relaciones con jóvenes comunistas, antimperialistas y progresistas como Walterio Carbonell, Lionel Soto, Núñez Jiménez, Alfredo Guevara, Justo Fuentes Clavel, Raúl Valdés Vivó, Francisco Benavides y por supuesto, Baudilio Castellanos, entre otros.

La única ventana del pequeño cuarto se asomaba al bullicio de los transeúntes y los automóviles que pasaban por la calle 82 de Nueva York, cerca del Parque Central. La casa de huéspedes ostentaba el número 155 en la fachada. Era un edificio de ladrillos color ocre y tejado con chimeneas. Las habitaciones baratas de vetustos aparatos de calefacción, estaban situadas en el sótano o en las buhardillas pegadas al cielo, donde se hospedaban estudiantes, familias de clase media o mujeres solas, decididos a desafiar la humedad y el frío de esos ámbitos con tal de ahorrar algunos centavos de los pagos de alquiler.

La propietaria alemana cobraba las mensualidades con puntualidad y exigía a los inquilinos: silencio, moderación en las costumbres, y limpieza en los inmuebles.

Fidel y Myrta llegaron a los Estados Unidos unas semanas antes. El viaje fue posible gracias a los fondos que don Ángel entregó a su hijo después del matrimonio, unos dos o tres mil dólares que les permitieron viajar a Miami, continuar en tren a Nueva York y permanecer allí algún tiempo.

En la ciudad del sur transcurrieron los primeros días y como no era temporada alta del turismo, los precios eran bajos.

Después de recorrer los museos, monumentos, teatros y restaurantes de Nueva York, Fidel percibió las calles entre rascacielos como desfiladeros intramontanos, le causaron la impresión de una vida dura, solitaria a pesar de la multitud en el metro, a la entrada de las industrias, en los drugstores, parques, plazas y clubs de la urbe iluminada y cosmopolita. Lo asombró la posibilidad de poder comprar libros de Marx, en una librería de la ciudad, donde abundaban el espíritu anticomunista y los excesos enfermizos de la guerra fría. Allí compró una edición de *El Capital* en inglés.

Fidel practicaba su precario conocimiento de la lengua inglesa en los mercados y luego, cocinaba en casa recetas de cocina que ideaba de acuerdo con sus preferencias. Cuando ya no contaba con muchas reservas, hizo sus cuentas, decidió comprar un auto de uso y llegarse a Harvard en busca de los programas de estudio, con la idea de vencer las cincuenta y tantas asignaturas de las carreras de Derecho y Ciencias Sociales, durante el cuarto y el quinto año, en La Habana, y después cursar Economía Política, quizás en esa u otra institución prestigiosa de los Estados Unidos o Europa.

El 2 de noviembre de 1948, escuchó por la radio en inglés, los resultados de las elecciones presidenciales. Harry Truman ante la sorpresa de muchos, había derrotado a Thomas Dewey. Al día siguiente, el *Chicago Daily Tribune* publicó a ocho columnas «Dewey derrota a Truman», un titular que quedó para la historia como ejemplo de que los medios de comunicación podían equivocarse al ofrecer resultados electorales. Las encuestas previas señalaban que Truman, un presidente muy impopular entre los intelectuales y los periodistas, sería derrotado por el refinado e inteligente Dewey, un político avezado en el arte de la seducción, tanto que los deseos de que ganara la presidencia nublaron la vista y obstruyeron el tradicional olfato periodístico, que habría evitado el desastre de publicar en primera plana una información incierta, y que ponía sobre la mesa su parcialidad.

La joven pareja regresó a Miami por carretera. Guiados por un mapa, hicieron el trayecto a todo lo largo de la costa atlántica: vías desconocidas y ríos caudalosos sin puentes para cruzarlos se interponían en la ruta y los obligaban a dar vueltas o encontrar soluciones imprevistas. En una sección del recorrido, una embarcación los transportó de una a otra orilla de un río, lo cual les permitió no tener que retornar a la autopista de Miami, de la que, entre tantas bifurcaciones, se habían desviado durante la noche.

Al descender del ferry en La Habana, Myrta y Fidel apenas tenían dinero. La bonanza había llegado a su fin y debían ahorrar hasta el último centavo. Vendieron el auto, alquilaron un apartamento en un edificio semiconstruido en el oeste de la ciudad y comenzaron una vida corriente y exaltada al mismo tiempo. Fidel se dispuso a estudiar con ahínco.

Alternaba la dedicación a los estudios con las actividades políticas de oposición al gobierno de Carlos Prío. Militaba en la Juventud Ortodoxa, pero no ocupaba ningún cargo oficial. Para las elecciones siguientes tenía cifradas sus esperanzas en la honradez de Eduardo Chibás y en su amor al pueblo. Consideraba que si triunfaba se radicalizaría y desempeñaría un rol histórico en la vida del país.

Para entonces había hecho una valoración crítica del Partido ortodoxo porque no se proponía programas sociales y además, sus dirigentes asumían posturas y declaraciones anticomunistas.

Auguraba pocas posibilidades al Partido Socialista Popular que se desenvolvía en condiciones adversas; su influencia era importante entre los obreros, pero no abarcaba las amplias capas de la población, lastradas por el maccarthismo de la postguerra.

Cuando se aproximaban los exámenes, se levantaba a las seis de la mañana, estudiaba hasta las doce, almorzaba sin dejar de leer, seguía hasta las tres; comía, y luego continuaba sus esfuerzos durante ocho o doce horas más, según la complejidad de las asignaturas y las exigencias de los profesores.

Permanecía horas y horas absorto en los libros y los resúmenes con una perseverancia de ola desvanecida en el litoral y vuelta a levantar espumosa y ondulante. El estudio intenso no lo agotaba, sino que despertaba en él un estado de euforia y curiosidad que lo mantenían desvelado.

El matrimonio estabilizó la vida de Fidel. Era más bien hogareño, estudiaba con mucho ahínco y cuando tenía oportunidad le gustaba cocinar. Su esposa se encargaba de las ocupaciones de la casa, de acuerdo con la costumbre y la tradición familiar, y ello le permitía a Fidel concentrarse en los estudios y las actividades políticas. Cuando supo de la llegada del hijo, toda su sensibilidad afloró en pequeños detalles, quizás porque intuía que sería efímero ese tiempo de aparente calma, y desde entonces vislumbraba una revolución.

La indignante afrenta al Monumento de José Martí por marines yanquis, el 11 de marzo de 1949, el asesinato del joven dirigente de la FEU, Justo Fuentes Clavel y del líder comunista de los trabajadores azucareros Jesús Menéndez, junto al aumento del pasaje, fueron como estremecimientos para desterrar la indiferencia. Quien tuviera conciencia debía batallar y resistirse a la represión, algo muy arriesgado con el coronel Caramés como jefe de la policía nacional. A principios del propio año 1949, las fuerzas policiales dispararon contra el recinto universitario. La agresión tenía antecedentes en el año anterior. Según la revista *Carteles* y el diario *El País*, en febrero habían tenido lugar disturbios estudiantiles, tal como la prensa denominó a la manifestación revolucionaria que denunció el intento de José Manuel Caramés de penetrar en el recinto universitario. Los jóvenes llevaban una bandera cubana y un cartel gigantesco: «Cubanos, protestamos por la violación de la Autonomía Universitaria, por Caramés, esbirro del grausato. FEU.»

Fidel continuaba siendo un estudiante rebelde. Ahora vivía en la calle 3ra. esquina a 2, en el Vedado, frente al Hotel Riviera y al Cuerpo de Ingenieros, donde se hospedaba Pedro Sarría Tartabull, un joven militar que llegó a La Habana en visitas esporádicas para vencer exámenes en la Universidad. Se habían conocido en la Colina, en diálogos fortuitos y breves. Nadie podía imaginar entonces que aquel oficial de Academia, por una afortunada coincidencia, evitaría su asesinato algunos años después.

Fidel matriculó el curso académico 1948-1949, como aspirante al título de Derecho, en la Universidad de La Habana, el 9 de abril de 1949. No había transcurrido un mes cuando desafió el pistolerismo y el gangsterismo de los grupos proclives al gobierno, cómplices de todas las villanías represivas y los escandalosos desfalcos. Fidel publicó un artículo «Contestando a Masferrer», donde desmintió sus pretensiones de involucrarlo en las disputas y venganzas propias de los mafiosos. En aquel texto de palabras veraces, Fidel calificaba a Masferrer como digno miembro de un Congreso, refugio natural de muchos delincuentes que tenían cuentas pendientes con la sociedad y la República, sosteniendo Fidel: «ni Masferrer, ni "el Colorado", ni los asesinos de todos los colores que integran toda esa fauna de pistoleros, podrán prevalecer sobre los que ostentan ideales sanos y desinteresados».

El 3 de agosto de 1949, en una de sus visitas a Birán, durante las vacaciones, acudió a la consulta del doctor Ceferino Ramírez Rodríguez, en Holguín. En la Historia Clínica No. 5258 el oftalmólogo anotó los datos personales del paciente, indicó espejuelos y describió la siguiente sintomatología: «(...) que hace como siete años, el Dr. (...) le recetó espejuelos porque dice que no veía bien y le dijo que tenía miopía del o.d. y no usó los espejuelos, y ahora nota que para ver en la pantalla del cine tiene que acercarse.»

El 1 de septiembre de 1949, Fidel, ajeno a que los grupos gangsteriles lo esperaban en la Universidad para ultimarlo a balazos, acompañó a su esposa, que sentía dolores de parto. El nacimiento de su hijo Fidel Ángel ese día fue una verdadera bendición y una afortunada coincidencia, no sólo por su llegada aguardada con ansiedad, sino porque además salvó la vida del padre. A partir de entonces, Fidel en cada momento decisivo de su vida, pensaría en su hijo y sentiría su falta o añoraría abrazarlo, actuaría con la convicción definitiva de honrarlo.

Amanecida

Cándido realizaba su faena temprano, pero ese día, la dueña de la casa, Lina Ruz, le pidió silencio para que no despertara al matrimonio visitante. El carpintero, se acomodó en uno de los escalones de ocuje y júcaro, en la escalera a la planta alta de la casa que don Ángel hizo construir con la idea, antes soñada y casi perdida en la memoria, de que su hijo universitario viviera allí y representara los intereses de la familia después de graduado. El empleado escuchaba los chasquidos y goteos de la manigua al despuntar el alba cuando el sol como una caricia se alzaba tenue en el horizonte. Cándido sintió a sus espaldas los pasos retumbantes del joven:
—¿Qué hace usted?, ¿por qué no me llamó?
—No quise despertarlo.
—No, señor. A mí me agrada levantarme temprano. Estaba estudiando la Constitución y comparándola. No tenga pena. Cuando esto suceda, llámeme.
Fidel descendió la escalera, se sentó junto a Cándido y allí permaneció un buen rato recordando los días de su infancia y su adolescencia, en los tiempos que lo visitaba en la casa de sus padres allá por El Naranjo y conversaba durante horas con ellos. Le preguntó por su hermano Ubaldo y si conservaba intacta la memoria eficaz y contun-

dente de años atrás. Pasado un tiempo se incorporó y palmeó la espalda al hombre antes de marcharse rumbo a la casona sobre pilotes de caguairán, donde Flora colaba el café del desayuno.

Durante la estancia en Birán, Fidel, Myrta y su pequeño hijo, dormían en una habitación, a medio construir, habilitada por Cándido, aromada con el olor de las resinas untuosas y la madera aserrada aún sin barnizar. La presencia de la joven familia en Birán fue recibida con alborozo por todos los parientes y vecinos del batey. Al llegar, don Ángel, desde su parsimoniosa autoridad, inclinó el cuerpo, apoyándolo en el bastón en que afirmaba sus pasos, para observar bien de cerca al nieto. Lina revoloteaba, atenta al almuerzo, disponiendo la vajilla reservada para las ocasiones especiales, cuidando que las sábanas de hilo bordadas dispuestas en la habitación estuviesen olorosas y bien extendidas, que no faltaran la leche y las frutas frescas para alimentar al nieto, o al tanto de la llegada de los diarios. Arrullaba a Fidelito con la ternura de sus brazos de abuela, y hacía todo lo que estuviera a su alcance para que su hijo se sintiera cómodo y feliz.

La planta baja de la casa nueva estuvo lista algún tiempo después. Juan Socarrás, jefe de la oficina de correos, trazó en la fachada con letras grandes, el anuncio del bar La Paloma, establecimiento que según los pobladores aparecía a nombre de Raúl, quien ya era un joven de mediana estatura y complexión fuerte, con la misma estampa de la madre en los achinados ojos negros, la vivacidad, la energía y el desbordante entusiasmo que identificaba su alegría como una cascada de buenos augurios.

Después de estudiar en Dolores y cursar un año en Belén, Raúl trabajaba con Álvarez, el tenedor de libros, en la oficina, entre papeles y resúmenes contables. Explicaba de manera diáfana las causas de su regreso a Birán. Había matriculado en Belén el mismo año en que Fidel se había graduado de Bachiller. Después de pasar por los Colegios La Salle y Dolores, en Santiago de Cuba, estaba extenuado de los rigores dogmáticos, las obligatoriedades estrictas: ir a misa tempranito, rezar Avemarías, asistir a clases, rezar la letanía en latín durante la noche, comulgar sin falta, confesarse..., y del hábito pertinaz del padre espiritual de insinuar pecados o descubrirlos en cualquier pensamiento natural para un varón de su edad. Se alegraba de que en lugar de un elogio, le hubiesen pronosticado que nada bueno saldría de él, porque ello le había permitido regresar a la finca de sus padres. Allí se vivía una vida excitante y feliz, con toda la libertad que su carácter insumiso, jovial, sagaz, y sobre todo desprejuiciado, necesitaba. No faltaba a ningún bembé de los haitianos y mucho menos a los velorios, que consideraba sobre todo, como motivos de reunión, donde los pobladores conversaban de las alegrías y tristezas de sus vidas, y los jóvenes enamoraban a las muchachas.

Mas al contrario de lo que pudiera pensar o decir Raúl, Fidel consideraba que en Birán, su hermano menor sólo perdía el tiempo.

El viejo, con el afán de aleccionar y forjar al hijo más joven, lo destinó primero a trabajar en la cosecha papas, después lo ubicó de carretillero en la trastienda del almacén, luego como dependiente y finalmente con César Álvarez, en la oficina, donde por primera vez y tras sus protestas y rebeldías, su padre comenzó a pagarle sesenta pesos de salario, lo que era una verdadera fortuna. Lina, a su vez, decidió que una maestra de inglés le impartiera clases.

Ya en ese momento no había remedio. Raúl razonaba: «por el norte, la United Fruit Company; por el sur, la

Miranda Sugar Co; por Marcané, la Altagracia Sugar Co; y por la montaña, la Nickel Company (...) y en medio, un gallego; ¡pero qué carajo tenemos los cubanos aquí!» Compartía sus lúcidas conclusiones con los trabajadores y don Ángel, por supuesto, temeroso de las convulsiones sociales, los sindicatos, las huelgas y las insubordinaciones, ponía el grito en el cielo o expresaba su preocupación a los viejos amigos con quienes jugaba dominó todas las noches. Fidel recordaba la incredulidad con que su padre una vez levantó un brazo y le dijo: «ahí tienes; la dictadura del proletariado!», como alguien que se refiere a una idea descabellada.

Al filo de la madrugada, antes de retirarse a dormir, pasaba por la habitación de Raúl y allí, comprobaba su presencia con una ojeada a vuelo de pájaro, lo cual cumplió sin falta hasta aquél día, en que creía a su hijo en cama y en realidad, estaba en una fiesta. Desde entonces usaba el bastón para tocarle los pies, y comprobar que era Raúl y no un almohadón lo que veían sus ojos. Raúl debía esperar a pasar por la prueba del viejo para escabullirse.

Don Ángel poseía una verdadera colección de bastones y su presencia ya no la marcaban los pasos, sino el toc, toc, toc del implemento sobre el entablado del piso, tanto, que cuando había barullo en las habitaciones o en alguna sección de la casa, Raúl tomaba alguno, lo hacía sonar y, al instante, por la presunción de la autoridad de su padre, se hacía silencio.

Fidel, con veinticuatro años, aún estudiaba Derecho y en una de sus visitas a la casa, convenció a Raúl para viajar a la capital, vencer un programa de asignaturas, realizar tres años del Instituto en sólo dos, e ingresar en la Universidad en la carrera de Derecho Administrativo.

Sin proponérselo intentaba hacer por su hermano Raúl, lo que Madame Danger había hecho por él.

Raúl accedió a la propuesta de Fidel, motivado por sus palabras, la posibilidad del viaje y la estancia en la capital. Del tiempo que sobrevino en La Habana, Raúl nunca olvidaría el 14 de julio de 1951, cuando se casó Bilito Castellanos con Doris Simons, una muchacha de Marcané, hija de un funcionario norteamericano retirado que, aunque asistió al matrimonio de su hija, no firmó ningún papel, porque según las referencias de la embajada su yerno y casi todos los invitados eran comunistas. Simons, hombre apreciado en el pueblo, se estableció en la Isla y se casó con una cubana, aclimatándose no sólo a los veranos reverberantes sino también a la calidez de la gente del país.

A los funcionarios de la embajada no les faltaba razón, allí se encontraba reunida una parte importante de los miembros de los Comités 30 de Septiembre, el Universitario contra la Discriminación Racial; el Partido Socialista Popular; y la Juventud Ortodoxa, gente fichada por el Servicio de Inteligencia Militar como la izquierda más radical de la alta casa de estudios. En ese tiempo, ya Fidel había puesto en manos de Raúl, muchos libros valiosos. El primero que le dio a leer fue *El origen de la familia, la propiedad privada y el Estado*, de Engels, y después otros y otros, en lo que significó una trascendente influencia en el joven, cuyo pensamiento se radicalizó casi a la velocidad de la luz.

Bilito recordó la ocasión en que Fidel le mostró el carnet de asignaturas repleto, pues estudiaba y examinaba con una constancia a toda prueba, y en brevísimo período de tiempo. Sin embargo, cuando le faltaba apenas un suspiro para acceder a la beca Bustamante e irse al exterior a estudiar Economía Política, cambió de criterio y decidió no salir del país.

Fidel presentía acontecimientos políticos decisivos en la vida nacional, predicciones que compartía en charlas interminables con Bilito, el amigo de Marcané, mientras detallaban la situación del país e intentaban mirarla a través de varios lentes y descubrirle oscilaciones y estremecimientos.

Cuando Fidel asistió a la Asamblea Nacional del Partido, el 28 de enero de 1950, la línea de independencia política ratificada por la Ortodoxia, le descifró el signo revolucionario de los tiempos y se convenció de la posibilidad real de arrastrar la multitud a la revolución, al cambio radical y decisivo de toda la geografía entrañable y doliente del país.

Los días, las semanas y los meses transcurrieron rápidos. Había matriculado de nuevo la Universidad para vencer sólo tres asignaturas y doctorarse así en Filosofía y Letras y en Ciencias Sociales. Desafiaba las pretensions de expulsar a los líderes comunistas de la Universidad. Para entonces ya se había presentado al Tribunal docente y discutido el tema «La letra de Cambio en el Derecho Privado y la Legislación Laboral», que le valió una calificación de Sobresaliente y le permitió obtener después su título de Abogado, el 13 de octubre de ese propio año.

> (...) acabo de concluir mis estudios en la Universidad donde he obtenido los títulos de Doctor en Derecho, Licenciado en Derecho Diplomático y Licenciado en Derecho Administrativo en cinco años académicos, sin haber perdido un solo curso, sin haber tenido jamás un suspenso; con un expediente de estudio que puedo exhibir orgulloso en defensa del

concepto a que soy acreedor. Pueden dar sobre ello, cabal testimonio ilustres profesores, en los cuales no cabe sospecha de veleidad y de quienes he recibido más de una vez felicitaciones por mis exámenes (...) No me arrepentiré jamás de los nobles empeños de mi lucha universitaria sin recibir más pago que lágrimas para mis familiares, peligros para mi vida y heridas para mi honra (...).

Respondía así a las infamias publicadas en la prensa. Apasionado, escribía su verdad mientras su espíritu se debatía entre la indignación y la amargura y resumía toda una etapa de su vida.

Instantáneas de entonces, reproducían la imagen de un joven maduro, un poco más grueso, vestido con un traje holgado. El pelo hirsuto y el nudo de la corbata a veces ladeado, daban la impresión de un hombre apresurado al tanto de aprovechar su tiempo, cada minuto, cada hora, cada día, cada noche y sobre todo, cada madrugada que culminaba en amanecida.

Fidel imantaba. Los reporteros de los diarios captaron la imagen desde atrás, sorprendidos del duelo que presenciaban. De un lado, el General Quirino Uría López, designado Jefe de la Policía Nacional tras la renuncia del Coronel José M. Caramés, luego del asesinato del estudiante Gustavo Adolfo Mejía, administrador del Balneario Universitario, cuyo duelo despidió el profesor Raúl Roa con palabras atronantes. Del otro, en plena manifestación contra el decreto que se proponía silenciar las constantes denuncias de Chibás y otros líderes ortodoxos, el joven Fidel Castro Ruz, desafiante, sereno, con las manos en la cintura, el saco abierto y los pies plantados en el asfalto.

En torno a las polémicas políticas y las ideas de cómo cambiar al país, fue creado el Primer Comité Pro Fidel Castro Representante, en un pequeño y acogedor café en la esquina de las calles Campanario y San Rafael. Entonces, la mayoría de los comerciantes le abrieron crédito, porque suponían al final de la campaña política, una retribución generosa. Años después, escribió que buscaba «como Arquímedes un puntico de apoyo donde mover mi mundo».

Apenas transcurrida una semana, recién egresado de la Universidad, Fidel se incorporó al Colegio de Abogados de La Habana, el 10 de noviembre de 1950, en Lamparilla No. 114 y Cuba, en La Habana Vieja de tejados descoloridos y profusión de oficinas, almacenes y vetustas iglesias.

Concluía 1950 y Fidel Castro Ruz dejaba su impronta, como líder político, más allá de los viejos muros de la Universidad de La Habana, en el Club sindical de los Trabajadores de la Textilera Ariguanabo y en las luchas estudiantiles en la ciudad del sur. En un juicio por «agitación y desorden público en Cienfuegos», asumió su autodefensa, ante el Tribunal de Urgencia de Santa Clara. Aquella vez salió absuelto después de denunciar al gobierno priísta con la misma pasión de los discursos martianos y la prosa del novelista Emile Zolá en «Yo acuso». La proclama de Fidel tenía igual espíritu ardoroso, febril sostén, certidumbre y testimonios auténticos. Apenas se había referido a los cargos que le imputaban, su oportunidad de hablar la había dedicado a una apasionada denuncia de los atropellos del régimen de Carlos Prío. «No importa la suerte que corramos. Estas verdades había que decirlas.» Finalmente fue absuelto de la causa 543, donde los asistentes jubilosos lo felicitaron por su patriótica actitud.

Con el año despedía también su tiempo de Quijote como estudiante en la colina del Alma Máter. Vivía en torbellino y nadie podría discernir entre sus volcánicos anhelos justicieros y sus inagotables ansias de saber. Sentía como un deber el riesgo de las manifestaciones y en la vigilia a que lo obligaban las páginas de extensos y fascinantes volúmenes, estudiados con devoción en cafetines vacíos o en casa, donde su hijo crecía vigoroso y él se ocupaba de los trascendentes y pequeños detalles cotidianos, prodigando la ternura de su alma sensible. Era feliz aunque su vida peligrara pendiente de un disparo.

Siempre que don Ángel y Lina viajaban a la capital de Oriente, se hospedaban en el Hotel Venus, en la calle Hartmann de Santiago de Cuba. Sus columnas estilizadas, la persianería francesa y los amplios ventanales daban a la acera por donde pasaba el vocerío de la gente.

Lina se apasionó con las mamparas de madera y los vitrales que aislaban el vestíbulo del restaurante, ubicado en el patio interior, entre arecas y geranios en tiestos húmedos, bajo la claraboya de cristales fulgurantes. Los pequeños balcones del frontón también daban a la calle y al paisaje de las montañas; en una presunción de miradores con aires eclécticos de altura. Para cualquier diligencia en la ciudad, don Ángel y Lina preferían el lugar céntrico de esmeradas atenciones.

Al día siguiente, el matrimonio desayunó temprano. El viejo revisó los diarios matutinos con la avidez habitual y casi a las ocho y media de la mañana, salieron rumbo a la cita en el bufete del abogado y notario público, colegiado y con residencia en esa ciudad, doctor Mario Norma Hechavarría. Había llegado el momento de recuperar y poner a su nombre la propiedad de la finca, cuyo valor superaba el de la deuda con don Fidel Pino Santos.

El potentado y viejo amigo de don Ángel andaba mal de salud, se decía que sus malestares tenían que ver con el hígado o el páncreas. Sus recaídas eran cada vez más frecuentes.

Ya no eran posibles aquellas visitas prolongadas a Birán, cuando don Fidel Pino Santos pasaba horas sentado en la mecedora del corredor, conversando con la doctora Ana Rosa Sánchez, a quien amó con locura en aquellos años de viudez. Se decía que le había comprado una farmacia, no sólo para hacer realidad sus sueños, sino también, para garantizarle el futuro cuando ya él no se encontrara en el mundo de los vivos.

Don Ángel conocía el riesgo y la situación era delicada. Si aquel hombre –ingresado en el hospital– moría de repente, estaba perdido. La finca se encontraba a su nombre sin ninguna otra garantía. No era una hipoteca, todo aquel negocio se basaba en una relación de amistad de muchos años.

Don Ángel llamó a su hijo y le encargó la solución del problema. Fidel tenía autoridad y prestigio como abogado para representar los intereses del padre, pero en realidad se trataba de hilar fino, con suma delicadeza, para persuadir al potentado de la necesidad de traspasar la finca otra vez, a nombre de su legítimo dueño.

Fidel visitó al enfermo en el hospital y la doctora Ana Rosa le permitió pasar sin dilación. El abogado se preocupó por las dolencias del amigo de la familia, conversó con él un buen rato y luego, le planteó el encargo de don Ángel Castro Argiz, la necesidad de resolver aquella situación que había perdurado por casi veinte años, desde la mañana de julio de 1933, en que su padre acudió al despacho del abogado y notario público doctor Vinent y Julia para firmar la escritura de «cesión en pago» de la finca a favor de su acreedor. No resultó difícil convencerlo. Don Fidel Pino Santos comprendió sus razones y de inmediato impartió instrucciones para solucionar el problema.

El traspaso de la propiedad requería realizar numerosas gestiones. Fidel tuvo que ocuparse del pago de la deuda. Solicitó el dinero a la Compañía Azucarera Central Miranda antes, luego Miranda Sugar States, de quien el viejo había sido siempre un importante suministrador.

Como el central molía caña de tierras propias y de colonos como don Ángel Castro y tenía interés en mantener los abastecimientos de materia prima, concedió sin demoras el préstamo, sobre todo porque en las inmediaciones existían otras compañías norteamericanas pendientes de la posibilidad de acaparar proveedores. Incluso, la cifra solicitada excedía la deuda que don Ángel debía pagar.

El joven abogado se encargó de los trámites en una operación que supuso el otorgamiento de poderes y la disposición de muchas personas, no sólo de don Fidel Pino Santos, sino también de sus hijos Mario, Fidel Teofredo, Delia Vicenta, María Luisa, Esther Zenayda, Sara Alicia, Georgina Fidelina y Raúl Fabio.

Cuando los esposos Castro Ruz se presentaron en el bufete, con el nerviosismo contenido de las grandes ocasiones, el 20 de julio de 1951, los abogados y las escrituras habían recorrido un prolongado, fatigoso y complicado camino para llegar a ese punto de la negociación, en que el apoderado Raúl Pino, les vendía la propiedad: «Una finca rústica: formada por la agrupación y refundición de otras cinco, (...) con una cabida de sesenta y cinco caballerías y seiscientas sesenta y cuatro milésimas de otra, equivalentes a ochocientas ochenta y una hectáreas, veinte y tres áreas y cuarenta y siete centiáreas (...)», la misma que correspondía a la surgida el 1 de julio de 1922.

Una mezcla de euforia y calma coincidían en el ánimo sobresaltado de don Ángel. Sus temores se disipaban de una vez. Volteaba el sombrero entre las manos o se aferraba al brazo de su esposa, mientras el notario leía la extensa papelería del convenio que después firmó aquella calurosa mañana, y que aparecería registrada con el No. 668 en los protocolos notariales del abogado santiaguero.

Los olores de la cocina se confundían con la brisa salitrosa del Malecón en el restaurante Frenmar, un local de espacios reducidos, ambiente modesto y pequeñas exquisiteces que Fidel prefería a los platos tradicionales de la comida criolla. No tenía dinero, pero como el dueño era amigo suyo, le concedía crédito. Vivía en el edificio de la calle 3ra casi esquina a 2, justo frente al restaurante. Su situación económica sólo le permitía salvar las deudas y mantener el apartamento reuniendo sus fondos con lo que enviaban desde Birán para Raúl que vivía con ellos.

Recién graduado, ganaba poco con el trabajo de abogado en el bufete Aspiazo-Castro-Rasende, establecido en Tejadillo No. 57, para atender asuntos civiles, criminales y sociales. Casi siempre defendían a gente pobre, sin dinero para pagar y ellos no cobraban sus servicios. El local, ubicado en la Habana Vieja donde coincidían oficinas comerciales, inmobiliarias, almacenes y despachos de abogados, era un pequeño apartamento, amueblado con un buró y una silla, facilitados por el propietario del edificio. Necesitaban además, una máquina de escribir de uso, que compraron a plazos y que tal vez habría tenido poco que envidiar a la inventada por el periodista Christoppher Latham Sholes, cuando trabajaba en el taller del alemán C.F. Kleinsteuber, en Wisconsin, Estados Unidos, más de ochenta años atrás. Todo porque los mecanismos de la del bufete, no tecleaban a la velocidad de las más modernas del momento: las Underwood.

Mientras sorbía su desvelo con café, en el Frenmar, pensó en el abultado número de cuentas por pagar. No concebía que sus inquietudes apremiantes se atenuaran por un tiempo y esto lo preocupaba porque tenía una familia que sostener. Fue entonces que don Ángel lo llamó para resolver el asunto de la finca de Birán.

Don Ángel lo autorizó para que negociara una póliza de seguros a su nombre; pero la cantidad fundamental de dinero que cambió el curso de sus vicisitudes, al menos por algún tiempo, la recibió después del éxito en la gestión de la finca. El viejo premió su interés y premura en el asunto, pletórico de alegría y orgullo, y aunque el joven había realizado las gestiones sin pensar en pagos ni pedir nada, le dio la oportunidad de disponer de unos dos o tres mil pesos.

Fidel también recuperó otras dos sumas de dinero: una relacionada con los propietarios de las diez mil hectáreas de tierra arrendadas por su padre, pues existía una solicitud de dos mil pesos en garantía inicial por un contrato de explotación de madera, que aún no se había liquidado a pesar de que el negocio estaba cerrado y Fidel consiguió recuperar una parte.

La otra suma provenía de una reclamación a la Compañía Miranda por parte de la familia Hevia. En un viaje en el vagoncito de la familia, desde la grúa del 31 hasta el central Miranda, se percató de las intermitencias en las colonias de caña, primero una colonia de Hevia, luego otra de Miranda, y así, varias veces en el trayecto. La lógica indicaba que las fronteras de las propiedades de ningún modo podían ser tan irregulares.

En la casa consultó los mapas y descubrió que la compañía yanqui sembraba caña en terrenos de Hevia, heredero del veterano de la Guerra de Independencia avecindado en La Habana desde principios del siglo, y propietario de una considerable cantidad de hectáreas en las inmediaciones de Birán.

El joven calculó toda la caña cortada en quince años para saber a cuánto ascendía la deuda de la transnacional norteamericana con el terrateniente. Según los aproximados, eran unos diecisiete mil pesos, que pagó la compañía sin mediar pleito alguno. Del monto le entregaron unos dos mil pesos como retribución por sus gestiones.

Entre una cosa y otra, acumuló alrededor de seis mil pesos en unas semanas. Después de saldar las deudas domésticas, se trasladó a un apartamento más amplio en la calle 23, No. 1511, en el Vedado, y compró a plazos un Chevrolet nuevo de color beige y línea modesta del que pagó el seguro y una cantidad mensual por tres años. No podía invertir todo el capital, pues debía guardar una cantidad para sobrellevar los bajos ingresos de un ejercicio profesional por el que no cobraba los honorarios que exigían los otros letrados a los carpinteros endeudados con las empresas madereras y a los campesinos amenazados por el desalojo o a los usuarios de la Compañía Telefónica a quienes la empresa exigía tarifas excesivas.

El gobierno intentó desahuciar sin contemplaciones a los vecinos del barrio La Pelusa, con el pago de solo veinticinco pesos por terrenos de altísimo valor; pero él llegó a tiempo, antes de que los infelices aceptaran aquellos abusivos términos.

—No firme nadie ahí, vamos a ver.

Así comenzó la batalla campal y su posición irreductible era:

—No nos oponemos a las construcciones en este lugar, pero hay que resolver una vivienda para cada familia. –Y lo consiguió.

No libraba los pleitos de manera tradicional, alguna que otra vez defendía juicios en los tribunales, pero cuando se trataba de problemas sociales y políticos, denunciaba, movilizaba, buscaba apoyo hasta que lograba acuerdos con justicia.

Ya disponía de una hora de radio en la estación La Voz del Aire y sus encendidas alocuciones llegaban a más de setenta mil obreros y campesinos con quienes se comunicaba por cartas. Al principio pagaba unos doscientos pesos mensuales por el espacio radial; pero muy pronto la emisora se interesó en preservar la audiencia y prescindió de sus contribuciones.

Los gastos en sobres y papel resentían los ahorros del dinero que le facilitaba don Ángel para apoyarlo en los primeros pasos como graduado y en sus esfuerzos políticos en el barrio de Cayo Hueso, donde desarrollaba su actividad con el propósito de realizar una estrategia revolucionaria, concebida desde la muerte de Chibás.

En reiteradas oportunidades había concurrido al estudio para escuchar sus palabras, como firme partidario de sus luchas. En una fotografía publicada en los diarios, se veía atento al líder del Partido del Pueblo Cubano (Ortodoxo), escuchándolo, observándolo. En el retrato, Fidel se encontraba detrás, concentrado en lo que Chibás decía frente al micrófono del estudio, en lo que afirmaba, mientras algunos de los presentes, en un instante de repentina displicencia, observaban directo al lente de la cámara.

Aquel día tremendo se encontraba allí, absorto y expectante. Chibás había dado su palabra de presentar en su programa *Vergüenza contra dinero*, documentos probatorios de malversación y corrupción que impugnaban a Aureliano Sánchez Arango, el ministro de educación del gobierno priísta, y a última hora, en el instante decisivo no consiguió disponer de ellos a tiempo. Prometió su último aldabonazo, y en el estudio, frente a los micrófonos de CMQ, resonó el disparo. Murió diez días después, el 15 de agosto de 1951, tras una lenta y terrible agonía.

A partir de ese momento, Batista no tenía obstáculos. Se despejaban las incógnitas: Chibás lo era, pero no Agramonte, Pardo Llada, Millo Ochoa y los otros timoratos dirigentes de la «ortodoxia». Fidel sabía muy bien que no harían nada, no sólo por incapacidad sino también por desinterés. Se convenció: la única estrategia posible era tomar revolucionariamente el poder.

Pensó presentar desde el parlamento un programa que harían suyo los ortodoxos más radicales y decididos, un programa revolucionario que convertiría en plataforma de las fuerzas sociales y políticas y de acción armada.

Su propuesta incluía una ley de reforma agraria, otra de rebaja de alquileres y de tarifas telefónicas y eléctricas, una legislación a favor de los pequeños propietarios, de los pequeños comerciantes, y un conjunto de medidas que beneficiarían a los maestros, a los médicos, y a todo el pueblo. También tendría en cuenta al ejército, a la tropa explotada en las fincas de los altos oficiales y politiqueros.

No podía repetirse la vieja historia de crear un partido nuevo, otra «ortodoxia», había que barrer con todo y tomar el poder, no constitucional, sino revolucionariamente con la propia gente, como un guerrillero en la ciudad. Era la primera vez en su vida que empezaba a soñar una revolución, después de haber ilustrado sus convicciones éticas y martianas, con el pensamiento más radical y progresista, tras haber vivido las jornadas quijotescas de la Universidad, la experiencia de Cayo Confites y por supuesto, la alucinante insurrección de los bogotanos. La revolución era el destino irrevocable, el único camino justo que vislumbraba como un atalaya que oteara el horizonte sobre un mar fragoso y agitado.

Por el altoparlante se escuchaba la canción *Estrellita del Sur*, mientras Luis Álvarez Gallo, el dentista que vivía junto al camino de Marcané, vendía los boletos a la entrada del cine de Juanita. Era una casona grande de tablones de madera de los pinares y bancos alargados y estrechos entre los que saltaban y jugaban los hijos mayores de Angelita.

Con la temporada de lluvia surgió la idea del edificio para el cine. Primero Juanita recorría las colonias de caña en un Buick viejo. Con una camarita de treinta y cinco milímetros y una sábana como pantalla, proyectaba las películas a la caída de la tarde.

En ese tiempo Angelita contaba veintiocho años y vivía por temporadas en la casa grande de Birán. Era la hermana mayor y no resulta difícil notarlo a primera vista porque era muy alta, casi como sus hermanos Ramón y Fidel. Se parecía a don Ángel en lo desprendida y generosa, los haitianos la llamaban Chicha con mucho cariño y la reconocían como un ángel de la guarda.

Emma y Agustinita aún estudiaban. Se parecían en su fina delicadeza, aunque a veces discutían sobre las enseñanzas de Cristo, de acuerdo con la visión católica de una y la protestante de la otra.

Los dieciséis años de Emma anunciaban en ella la misma esbelta delgadez de su mamá. Era desenvuelta y audaz. Agustinita no, tímida, aún conservaba la silueta adolescente de sus trece años. Don Ángel la distinguía por ser la menor, la veía menuda, frágil, con vocación para el sufrimiento silencioso.

La personalidad de Juanita, en cambio, suponía un carácter fuerte y un espíritu emprendedor. Había heredado de sus padres la disposición para los negocios. Pasaba todo el tiempo ideando las maneras de conseguir por sí misma la prosperidad ansiada, pendiente de las economías y el trabajo.

Ramón vivía en Marcané, atendía con esmero las colonias de caña de la finca y se proponía fundar otros negocios, pero sobre todo, tenía sus aspiraciones filantrópicas como aquella de construir una iglesia en el pueblo, para lo cual contaba con la buena voluntad y la fervorosa devoción de la esposa del farmacéutico, de Lina y de algunas otras señoras del pueblo.

En esa época iban hasta Mayarí en automóvil, en busca del cura italiano Gerónimo Perufo, un hombre viejo y calvo, que arrastraba los hábitos con paciencia ancestral. Llegaba, abría su maleta, sacaba el tapete de encaje y lo ponía sobre la mesa, antes de oficiar la misa improvisada, en la sala de cualquier casa de aquellos feligreses perdidos sin templo de Dios, ni privilegio de asistencia a los moribundos.

Raúl vivía en La Habana con Fidel y visitaban con frecuencia a Lidia, la hermana mayor del primer matrimonio de su padre. Recién graduado Fidel de bachillerato, enviudó Lidia. Al esposo le habían diagnosticado el mal de Hopkins, y ella se mantuvo a su lado todo el amargo tiempo de la enfermedad. Cuando él murió ella heredó una pequeña pensión y alguna propiedad familiar en Santiago de Cuba. Entonces decidió mudarse para la capital. Alquiló una casa para que su hermano «habanero» viviera con ella. No sólo él, también Raúl, Emma y Agustinita lo hicieron por temporadas.

Lina no se acostumbraba a la ausencia de Raúl, sentía nostalgia de su familiaridad, de su apego cariñoso y sus constantes travesuras.

Don Ángel hablaba con frecuencia de Fidel y de Raúl, y a Lina le daba la impresión de que lo hacía para sentirlos más próximos. Al mismo tiempo se obstinaba y de ninguna manera accedía para que Angelita se pudiera llevar de Birán a sus hijos varones.

—Líbreme Dios de permitirlo. Tony y Mayito se quedan. –profería contumaz.

Angelita viajaba mucho y con ella, casi siempre las niñas: Mirtza, Tania e Ileana que era la más pequeña. En la tozudez de su padre descubría la ternura y la nostalgia. Deseaba la cercanía de los nietos quizá para compensar las distancias que una vez lo separaron de sus hijos.

En los últimos tiempos, Lina percibía en su esposo una disimulada inquietud. Sin confesárselo la compartía también. Los noticieros de radio y televisión hablaban de los artículos de Fidel que *Alerta* había publicado sobre las fincas de Prío, los negocios oscuros del gobierno y las cantidades de dinero entregadas a los pandilleros en el mismísimo Palacio Presidencial.

Nadie sabía cómo iba a terminar todo. Don Ángel y Lina no se interesaban en los asuntos políticos, pero se preocupaban por sus hijos, sobre todo, por el que andaba metido en mil problemas, llevaba como abogado el caso del asesinato del joven Carlos Rodríguez y había logrado que el juez dispusiera el encarcelamiento del comandante Rafael Casals y del teniente Rafael Salas Cañizares.

Las pruebas contra Carlos Prío las había conseguido gracias a la colaboración de varios amigos, viejos y nuevos compañeros de combate como Gildo Fleitas, José Luis Tasende, Pedro Trigo, René Rodríguez... Sobrevolaba las tres fincas del presidente Prío en una avioneta pequeñísima, cuyo piloto la alquilaba a cinco pesos la vuelta. Con una cámara fotográfica y una de cine, captaba las imágenes comprometedoras.

Don Ángel no perdía una sola de las alocuciones de su hijo en la radio. Sabía que retaba a mucha gente influyente, a Batista sobre todo, a quien nadie más osaba denunciar en público.

Al atardecer, cuando faltaba poco para que empezaran las noticias, don Ángel arrimaba su sillón de mimbre al televisor marca Crosley, fabricado en Cincinatti, Ohio, Estados Unidos, en 1940, y acercaba la mirada a la pantalla para conocer el rumbo de los acontecimientos. Recordaba a su hijo Fidel discutidor, por momentos hasta impertinente, durante las visitas de don Fidel Pino Santos a la casa. Ellos conversaban y Fidel, contenida su irritación, hacía preguntas desde un punto de vista muy diferente. El viejo se percataba de que el joven no se proponía discutir con ellos, tenía sentido común y respetaba. Por eso, luego de la fugaz interrogante, permanecía en silencio.

Don Ángel lo conocía como a la palma de su mano, por eso descubría en Fidel su contrariedad cuando debía callar lo que pensaba. Su hijo, demostraba respeto con una delicadeza irreprochable como de polvo de alas.

Despedida

Los romerilllos amarillos y blancos iluminaban el paisaje del batey y la anacahuita anchurosa extendía cada vez más su sombra, al borde del Camino Real a Cuba, entre el almacén de víveres, donde Lina despachaba y administraba diligente, y el correo-telégrafo, que don Ángel logró establecer allí porque en otro tiempo sólo existía un banco de pruebas.

Si se rompía la línea telegráfica, de Mayarí a Santiago de Cuba, era muy difícil localizar la avería. Birán se encontraba justo en el centro norte de la región oriental y fue allí, en La Sabanilla, donde se estableció la estación para operar los interruptores. Si la transmisión llegaba al municipio o a la capital de provincia, se sabía en qué tramo buscar las roturas.

Las gestiones de don Ángel, en 1925, permitieron que la oficina abriera sus puertas y el telegrafista Varelo iniciara su trabajo de clasificación de correspondencia, envío y recibo de mensajes.

Con el contrato de molienda de cañas entre Castro y la Compañía Warner Sugar Corporation en 1924, se instaló también un teléfono de magneto, para la comunicación con el central Miranda y su administrador. Los niños de la casa miraban deslumbrados, como magia verdadera, aquel aparato mediante el cual se hablaba a la distancia después de dar vueltas a una manigueta.

Desde entonces la anacahuita había esparcido con profusión sus ramas por el aire y algunas niñas se divertían danzando flores de Carolina como bailarinas, sobre la piel ruda de los taburetes y otras, ensartaban maravillas para hacerse coronas de princesa o collares de hawayanas.

Fidel andaba despacio los contornos del batey. La casa gravitaba como un árbol frondoso, de hojas acariciantes, tronco firme, sombra y aires venerables, en la vida del lugar.

Sintió nostalgia de las palabras resabiosas de García y los tiempos en que se iba a ver a su abuelo Pancho Ruz allá a Sao Corona, vadeando riachuelos y desafiando bandoleros. El abuelo murió en Birán a los ochenta y tres años, mientras hacía su oficio de los caminos, el 3 de febrero de 1951, un día de lluvias torrenciales y ventoleras que Tania, la segunda hija de Angelita, nunca olvidaría al ver la gente pasar como una procesión de encapuchados bajo las aguas desbordadas del cielo.

La abuela doña Dominga tenía sin él la prestancia de los relojes antiguos, perdidos el reflejo radiante de sus cristales y la premura de los avisos, sin detener el paso del tiempo de su mirada a la vida, ni la costumbre religiosa de las plegarias, las flores y las medallas colocadas como reliquias en la blusa repleta de alfileres. Había vivido junto a la escuela y ahora lo hacía en una edificación pequeña, casi frente a la casa grande de Birán, donde estuvo antes el hogar de Antonio Castro el dependiente del almacén. Por la costumbre de vivir bajo su propio techo, nadie lograba convencerla de irse a la casa de alguno de los hijos.

Mientras caminaba los senderos, Fidel pensó cuánto habían crecido el número de casas e instalaciones en el batey durante todos esos años. La gente iba avecindándose allí como quien permanece en un oasis.

Por el rumbo de las caballerizas, la lechería, el palomar y la fonda nueva, el taller de Ramón era un verdadero hervidero de gente laboriosa, en una nave amplísima donde se reparaban los tractores, arados y carretas imprescindibles para la zafra. De allá salía un sendero, bordeaba la escuela, la casa de la maestra, pasaba por delante del cine de Juanita y los barracones viejos de los haitianitos y se perfilaba en la distancia con rumbo a los Pinares de Mayarí.

Palmo a palmo, ocupaban un lugar en el batey, la planta eléctrica, la panadería, el bar La Paloma y un barracón alargado y dividido por tabiques, donde vivían los pocos haitianos matrimoniados y con familia.

Todo continuaba igual. En el Camino Real, de un lado: el correo, la casilla de la carne y la valla de gallos; del otro: el comercio y varias casas: la del dentista Luis Álvarez, que perteneció al boticario Siso Segura, la del mayoral principal donde vivió el mecánico Antonio Gómez, a quien en tiempos de la dictadura machadista habían apresado por comunista y recibió en la cárcel la visita de su esposa y de Fidel cuando era niño, la de Previsto Peña, el carnicero que comenzó a trabajar en el batey cuando ya no lo hacía el jamaicano Charles, y la de Juan Marchego, el papá de Esmérida, la campesinita que sufrió junto a los hijos de don Ángel los rigores en la casa de las hermanas Feliú, en Santiago de Cuba.

Por una franja de terreno paralela al Camino Real a Cuba, más allá, se ubicaban el hotelito de dos plantas, la fonda vieja, y un poco lejos, cerca del arroyo Manacas: la casa de Ramón, el matadero de reses y los naranjales.

Sin embargo, no era la prosperidad aparente de la propiedad lo que más importaba, sino el alma de la gente, su manera de mirar y sus vidas.

Transcurría el mes de abril del año 1953. Fidel observaba con atención el espacio entrañable de su infancia. Desconocía si alguna vez volvería. Aquella era una despedida íntima, callada.

Con el golpe del 10 de marzo todo cambió. Hubo quien silenció sus temores e inconformidad y otros siguieron siendo indóciles. Fidel no vislumbraba otro camino que la rebelión. Como un verdadero vaticinio dijo tras la muerte de Chibás: «la orden de combate está dada y estamos seguros de que la cumpliremos».

Llevaba meses en el peregrinar incesante y sigiloso de los conspiradores. Anduvo cladestino, desde el primer día de la asonada militar, primero entre los ángeles y los laureles del camposanto, luego de un lugar a otro, en casas de familiares, amigos y compañeros de lucha.

Fidel no sabía qué represalias podría tomar contra él, el teniente Salas Cañizares. Fidel en su condición de abogado, le seguía una causa criminal por el asesinato del joven Carlos Rodríguez y le solicitaba, por esa razón, treinta años de cárcel. El juez había dispuesto la detención de Salas Cañizares, cuando de la noche a la mañana, precisamente el acusado resultaba nombrado por Batista, jefe de la policía. De ese hombre se podía esperar todo, sin embargo, no ocurrió nada, fue una rara circunstancia, pero nunca atentó contra Fidel, a pesar de su odio tremendo por el joven abogado. Cuarenta y ocho horas después de la asonada, Salas Cañizares declaró que no tomaría venganza contra Fidel Castro. Cuando ambos volvieron a estar uno frente al otro, se retaron las miradas en un duelo silencioso. Cañizares lo trató con respeto, tal vez porque tenía algún cargo de conciencia o algún remordimiento o porque al saberse policía «se quiso hacer pasar por un caballero», al menos esa era la única explicación que Fidel hallaba a aquella actitud, en un hombre de pasado tenebroso y odio tremendo hacia él. Aquello confirmaba su convicción de que no había para el peligro otra alternativa que no fuera actuar como los domadores en el circo: a la ferocidad de los leones, el látigo ruidoso que los mantiene distantes, amilanados, inmóviles.

El mismo día 10 salió del apartamento que ocupaba junto a Myrta, su pequeño hijo y su hermano Raúl, en la calle 23 No. 1511, en el céntrico Vedado, con rumbo a casa de su hermana Lidia a unas pocas cuadras de allí, en un recorrido por la ciudad abrumada, entre el ruidoso ulular de sirenas o la tensa atmósfera de la quietud aparente.

Al caer la noche partió de allí rumbo al Hotel Andino, a la Casa de Huéspedes de San Lázaro No. 1218 esquina a M, donde pasó la primera noche de aquellas jornadas que preludiaban otras, terribles, convulsas, sangrientas, de semblantes y devastación ciegas.

Como no se había cansado de denunciar al gobierno, y lo había hecho tambalearse ante tanta desmoralización en evidencia, los auténticos lo culparon del golpe del 10 de marzo.

Cualquiera con ojos avezados, se daba cuenta que el golpe de Estado de Batista conjuraba la posible victoria de los ortodoxos, y que ese había sido el propósito final. Los periodistas, los abogados, los políticos lo murmuraban en las tertulias, los cafés y las reuniones informales: el golpe no miraba al pasado, sino al futuro, no al autenticismo fatal de los últimos años, sino a la ortodoxia de lo porvenir que se proclamaría vencedora en las elecciones anunciadas para junio de ese mismo año.

Algo que además lo posibilitó fue el hecho mismo de que no se investigara lo suficiente una sospecha expresada por Fidel. Había dado a conocer a la dirección del Partido Ortodoxo, indicios sobre una conspiración de Batista con un pequeño grupo de oficiales. Vasconcelos, no lo publicó en *Alerta* y tampoco lo hizo, temeroso, José Pardo Llada, en la hora radial del Partido, que era de carácter nacional. Fidel confería trascendencia a la denuncia y había intentado gritarla a voces sin resultado. Mucho tiempo después discerniría: «todo habría cambiado. Batista se hubiera acobardado sin atreverse a tanto y la Revolución no habría tenido que hacerse contra el ejército». En aquel momento crucial, apenas dos o tres semanas antes del golpe, basándose en informaciones de los profesores de las academias militares, lo convencieron de que no había motivos para recelar o suponer algo así y confirmaron: «no hay nada, absolutamente nada que lo indique», y agregaron: «hemos hablado con importantes contactos que tenemos en el ejército y nada».

Lo que sucedió después del 10 de marzo fue decepcionante. El Partido del Pueblo Cubano (Ortodoxo) con Roberto Agramonte al frente sólo concibió la tímida idea de una resistencia cívica, en una ridícula exhortación a la ciudadanía.

Cuando René Rodríguez puso a Fidel al tanto de la reacción pusilánime de la dirigencia ortodoxa, este se indignó; pensaba que había que luchar por el retorno a la constitucionalidad y esto únicamente sería posible a partir de la unidad de las fuerzas de la oposición. El transcurso de los meses lo convencerían de que no existía otro camino que liderar la insurrección y batirse en las montañas. Él era entonces como un Quijote y René, su escudero.

Del Hotel Andino, con andar subrepticio salieron el 11 de marzo hacia la casa de Eva Jiménez, una militante ortodoxa decidida a refugiarlos en su hogar, un apartamento interior, en la calle 42 No. 1507, entre 15 y 17, donde, sobre una mesa ubicada en una pieza sencilla y acogedora, el joven abogado revolucionario escribió en letra precipitada y palabra enérgica la definición dramática y real del golpe: «Revolución No, Zarpazo», que pocos días después circularía, en hojas impresas en mimeógrafos ocultos, gracias a las voluntades de su hermano Raúl Castro, el flaco Ñico López que ponía ya, también, su aliento a la lucha y la propia Eva Jiménez, desafiante al terror.

Los volantes pasaron de mano en mano, el domingo 16 de marzo, entre los reunidos en el Cementerio, frente a la tumba de Eduardo Chibás, poco antes de que irrumpieran los patrulleros y un numeroso grupo de viejos ortodoxos rodearan a Fidel para protegerlo. Esa mañana, con el énfasis y la determinación con que expresaba sus ideas en los mítines o las emisoras radiales, auguró: «Si Batista subió al poder por la fuerza, por la fuerza hay que derrocarlo». Apenas una semana después, el 24 de marzo, presentó ante el Tribunal de Urgencia de La Habana, una denuncia contra el golpe, una verdadera impugnación a la tiranía establecida a punta de fusiles por Fulgencio Batista:

> Si frente a esa serie de delitos flagrantes y confesos de traición y sedición no se le juzga y castiga ¿cómo podrá después ese tribunal juzgar a un ciudadano cualquiera por sedición o rebeldía contra ese régimen ilegal producto de la traición impune? (...) Si es así, dígase cuanto antes, cuélguese la toga, renúnciese al cargo; que administren justicia los mismos que la legislan, los mismos que la ejecutan, que se siente de una vez un cabo con una bayoneta en la sala augusta de los magistrados. (...) No cometo

falta alguna al exponerlo así con la mayor sinceridad y respeto; malo es callarlo, resignarse a una realidad trágica, absurda, sin lógica, sin normas, sin sentido, sin gloria ni decoro, sin justicia.

Esa convicción lo animaba cuando se reunió en el local de Prado 109 con José Suárez Blanco, dirigente de la Juventud Ortodoxa en Pinar del Río. Fue una conversación intensa y fructífera, a partir de la cual, Pepe Suárez comenzó a organizar una extensa red en toda la provincia occidental. Los primeros en incorporarse fueron Ramiro Valdés y su amigo Pepe Ponce. Para junio de 1952, Raúl había adoptado previsiones, convencido de su adhesión a la lucha y de que su destino personal era incierto y peligroso, dio poderes a sus padres en relación con la propiedad de Birán, quienes por alguna circunstancia la habían puesto a su nombre.

De aquellos tiempos en que Fidel tuvo que peregrinar con su familia de un lugar a otro, hasta que se comprobó que el peligro era relativo y que podía desenvolverse en el espacio de una precaria legalidad, conmovía su entereza y ética: en reiteradas oportunidades tuvo en los bolsillos, el dinero de la revolución y fue incapaz de utilizarlo aún en las más duras adversidades.

Durante las semanas que siguieron al golpe, todavía confiaba en que el Partido Ortodoxo desempeñara un rol fundamental en la lucha, pero sus ilusiones fueron deshojándose como un árbol que entra de súbito en el invierno. Por eso, ya el 16 de agosto de 1952 publicó en uno de aquellos periódicos realizados secretamente:

> (...) el momento es revolucionario y no político. La política es la consagración (se refiere a la política

tradicional) del oportunismo, de los que tienen medios y recursos. La revolución abre paso al verdadero mérito, a los que tienen valor e ideal sinceros, a los que ponen el pecho descubierto y toman en la mano el estandarte. A un partido revolucionario debe corresponder una dirigencia revolucionaria, joven y de origen popular que salve a Cuba.

A Jesús Montané y Abel Santamaría los conoció casi al unísono. Primero se topó con Montané, que trabajaba en la Compañía General Motors y fue quien le presentó a Abel que era contador de la Agencia de Autos Pontiac y amigo de Boris Luis Santa Coloma. Fidel empezó a organizar a la gente, sumó a jóvenes valiosos como Raúl de Aguiar, su compañero de barrio cuando aspirara a delegado del Partido Ortodoxo por Cayo Hueso, Ñico López de la Juventud Socialista, y Tasende, los hermanos Gómez y Gildo Fleitas de los viejos tiempos de Belén.

En pleno apogeo de la conspiración, matriculó el 4 de noviembre de 1952, en la Escuela de Derecho, las asignaturas correspondientes para aspirar al Título de Doctor en Ciencias Sociales y Filosofía y Letras; lo hizo con el objetivo táctico de despistar al Gobierno, confundirlo, desorientarlo, en un momento en que todos sus sentidos estaban concentrados en la lucha, dedicados a la revolución, y por supuesto no tenía interés en el latín, el griego o el estudio de las letras, profundizaba en el conocimiento de las filosofías, las doctrinas y las revoluciones, y llevaba los libros de José Martí, Carlos Marx, Engels y Lenin de un lado a otro llenándolos de acotaciones, preguntas y referencias.

El matrimonio y su hijo, vivían en una habitación pequeña y poco ventilada en el Hotel Andino, frente a la Universidad desde que los desahuciaron del apartamento de la calle 23, después de que les cortaran la luz, el teléfono, y los acreedores se llevaran todos los muebles. Por eso, apenas sobrevivían a la situación, en el ánimo pesaban los calores y el maloliente queso Rockefort conseguido con unos comerciantes de la Habana Vieja, suministradores del almacén de don Ángel en Birán. Era una etapa dura, en que la precaria economía del joven abogado tocaba fondo. En las cercanías de Prado 109, el local del Partido Ortodoxo, donde se reunían para conspirar y hacer contactos para organizar el Movimiento, se le unieron todas las desgracias de una sola vez.

El Chevrolet de color beige con la chapa 50315, desapareció de la calle Consulado donde lo había parqueado por la mañana, como debía varias letras, lo habían trasladado a sus dependencias sin previo aviso.

Regresó entonces a Prado 109. En el cafetín de al lado le negaron un café y un tabaco. Esa misma tarde encaminó sus pasos hacia el Parque Central, al pasar cerca del Palacio Presidencial, ante su majestuosidad, recibió la impresión imborrable, la noción exacta de la magnitud de la tarea por delante. Sin embargo, las dificultades ponían a prueba su voluntad y lo obligaban a sobreponerse, aún le faltaba ser expulsado de un estanquillo por un adolescente, que lo sorprendió leyendo titulares sin comprar el periódico: «circula, circula», le dijo el vendedor sin contemplaciones.

Ascendió la Colina por la calle Neptuno, entre el bullicio de los transeúntes y la estampida de los automóviles, sin dejar de pensar y pensar en la revolución. Cuando contó lo sucedido a Abel y Montané, inseparables compañeros de lucha, se encargaron de sacar el auto, conseguir un pequeño apartamento y brindarle, de sus modestos salarios, algún dinero. El día que visitó por primera el apartamento de 25 y O donde vivían Abel y su hermana Haydée en el Vedado, ella se preguntaba quién era aquel muchacho que caminaba incesante de un lado a otro y echaba cenizas en el suelo, mientras soñaba acciones, impartía instrucciones o recordaba pensamientos de José Martí.

Fidel, Abel, Montané, Haydée, Melba y un numeroso y valioso grupo de jóvenes trabajaban, con una euforia y una confianza proverbiales y paso a paso, fueron ideando y confirmando no sólo el derrocamiento de Batista, sino la revolución verdadera, necesaria e ineludible. Fidel vivía un constante ir y venir, reuniéndose con los jóvenes revolucionarios, buscando plantas de radio, estudiando, acopiando dinero, escribiendo para periódicos como *La Calle*, y preparando los únicos tres números que vieron la luz de *El Acusador*, organizaba entrenamientos y planificaba todo con una exactitud y una discreción absolutas.

Catorce meses después, conformaban un destacamento de unos mil doscientos miembros, secretamente bien entrenados en el Salón de los Mártires de la Universidad de La Habana, en el manejo de los Springfield y los M-1. Las prácticas se realizaron bajo las instrucciones de Pedrito Miret y con suficiente sigilo para mantener la discreción. La pujanza de aquellos jóvenes combatientes quedó demostrada en el río de iluminaciones de la Marcha de las Antorchas por el Centenario del natalicio de José Martí.

En marzo de 1953, al año del golpe, ya no confiaba en la dirección del Partido Ortodoxo ni en los demás líderes políticos. Reunió a los compañeros que consideraba la vanguardia de aquellos jóvenes y les propuso elaborar un plan y asumir la responsabilidad de hacer la revolución. La idea de Fidel era atacar el Moncada, sublevar la ciudad de Santiago de Cuba, vencer la resistencia, decretar la huelga general de todo el país y lanzar el programa revolucionario, siempre con la alternativa de ocupar las armas y marchar a la Sierra Maestra si resultaba imposible derrocar a Batista de una sola vez. En detalle, sus planes eran solo conocidos por un pequeño grupo de compañeros; el resto se preparaba con la disposición de quienes están decididos a todo.

En Santiago, ultimó preparativos; estudió el terreno y estableció los contactos. No podía marcharse sin pasar por Birán, sin despedirse de los viejos, los hermanos, la muchedumbre de sobrinos y primos y de los amigos inolvidables. Birán constituía su experiencia vivencial más sensible y profunda, su referencia más nítida para repetir como el poeta romántico Víctor Hugo: «hay un mundo que hacer por delante».

Lo percibió al entrar en la escuela de sus recuerdos.

En el viaje por la Carretera Central hacia La Habana, lo conversó con su íntimo amigo Abel, aquel muchacho de ojos claros y lentes con quien se identificaba por su seriedad y convicciones. Aseguraba que hablarle a Abel de la teoría marxista-leninista había sido como encender un barril de pólvora. Después escribiría sus recuerdos de Birán como quien desahoga un sentimiento triste con el ansia de aliviar, soñar y hacer algo porque se desvaneciera para siempre:

> Todo ha seguido igual desde hace más de veinte años. Mi escuelita un poco más vieja, mis pasos un poco más pesados, las caras de los niños quizás un poco más asombradas y, ¡nada más!

> Es probable que haya venido ocurriendo así desde que nació la República y continúe invariablemente

igual sin que nadie ponga seriamente sus manos sobre tal estado de cosas. De ese modo nos hacemos la ilusión de que poseemos una noción de justicia. Todo lo que se hiciera relativo a la técnica y organización de la enseñanza no valdría de nada si no se altera de manera profunda el «status quo» económico de la nación, es decir, de la masa del pueblo, que es donde está la única raíz de la tragedia. Más que ninguna teoría me ha convencido de esto, a través de los años, la palpitante realidad vivida. Aún cuando hubiese un genio enseñando en cada escuela, con material de sobra y lugar adecuado, y a los niños se les diese la comida y la ropa en la escuela, más tarde o más temprano, en una etapa o en otra de su desarrollo mental, el hijo del campesino humilde se frustraría hundiéndose en las limitaciones económicas de la familia. Más todavía, admito que el joven llegue con la ayuda del Estado a obtener una verdadera capacitación técnica, pues también se hundiría con su título como en una barca de papel en las míseras estrecheces de nuestro actual «status quo» económico y social.

Fidel pensaba en Paco, en Carlos y Flores Falcón, Dalia López, Benito Rizo, Genaro Gómez, y tantos otros amigos de la infancia. También en Ubaldo que tenía tan buena memoria y era una lástima su desconocimiento, en los tíos Enrique y Alejandro, en la niñas del lugar, crecidas sólo para el oficio de esposas y lavanderas. Sus razonamientos deslindaban lo que se daba por generosidad y lo que debía recibirse por justicia.

Birán estaba en todas partes, incluso en el programa económico-social que se proponía decretar con el triunfo:

(...) seis leyes básicas de profundo contenido revolucionario (...) poner a los pequeños colonos, arrendatarios, aparceros y precaristas en la posesión definitiva de la tierra, con indemnización del Estado a los perjudicados; consagrar el derecho de los obreros a la participación de una parte de las utilidades finales de la empresa; participación de los colonos en el 55 por ciento del rendimiento de las cañas (...)

Todo eso lo había aprendido en sus largas conversaciones con los trabajadores del batey y con don Ángel con quien intercambiaba opiniones sobre los asuntos económicos de la finca y el país. El viejo poseía propiedades, inversiones, ingresos importantes todos los años, pero no se podía decir que tuviera acumuladas grandes cantidades de dinero.

Fidel sabía que allí se protegía a la masa creciente de trabajadores que iban a refugiarse en Birán. Tanto su padre como su madre tenían sentido de la propiedad, pero al mismo tiempo ejercían con humanismo la administración general y la del comercio. Quizás al principio la riqueza creció pero llegó el momento en que la situación social equilibró los ingresos y los gastos, incluso en medio de la relativa bonanza.

Se detuvo por primera vez a detallar el paso del tiempo en el rostro y la mirada, en la estampa de sus padres. Ahora, sin que ellos lo percibieran, él los miraba con otros ojos. Lina ya no era una muchacha esbelta, tenía unas libras de más y necesitaba espejuelos.

Don Ángel conservaba el aspecto venerable de los patriarcas. Tania, una de las nietas, cumplía estricta y rigurosa las indicaciones del doctor y le daba las medicinas a su hora con una puntualidad de sol que amanecía.

Ángel Castro aún conservaba agilidad y fuerzas como para recorrer la finca a caballo y dirigir con la misma lucidez de su juventud, pero cada vez apoyaba más su anatomía en un bastón. Continuaba rapándose la cabeza como en sus años mozos, vestía pantalón con tirantes y durante los mediodías se refrescaba en los portales con una penca de junquillos o guano como abanico. Perpetuaba su costumbre de los desvelos hasta la madrugada para levantarse antes de la clareada y bajar a la cocina donde el jamaicano Simón le servía el desayuno.

Nada conmovía las costumbres: las partidas de dominó por las noches, el retumbar de los tambores haitianos a lo lejos, las fiestas de marimbas y guitarras, los bautizos numerosos para aprovechar la presencia de Pascua a San Juan de un cura errante, y el hábito de comprar a los billeteros una franja de papel para invocar la suerte, que en otro tiempo le prodigara dos veces el premio gordo.

Los Sábados de Gloria los haitianos andaban los caminos vestidos de diablos con cascabeles. Los hijos de Angelita los veían pasar a la distancia, entre los algarrobos y las mariposas, como colores contrastantes en el fondo azul o verde del paisaje.

Mientras meditaba, Fidel sonreía al recordar las travesuras de la infancia. Lina les corría detrás y él, con su civismo, se detenía en seco para salvarse de la tunda que la madre siempre prometía y casi nunca propinaba. Otras veces, ellos se encargaban de desaparecer los cintos y las fustas de su lugar en el corredor de la casa, o simplemente se refugiaban detrás del sillón donde don Ángel descansaba. Allí, a la sombra del viejo, nadie se atrevía, nadie insinuaba pegarles.

Fidel presentía en su padre una intuición, pero don Ángel no le dijo nada como quien valora inestimable y vital el silencio. Nunca intentó convencer a sus padres de sus ideas políticas, su lucha les causaría grandes sufrimientos, pero confiaba en la sensibilidad fuerte de Lina y en la capacidad de don Ángel para apreciar los hechos políticos, los acontecimientos históricos en la vida de un país. Con esa convicción se despidió de ellos sin mirar atrás y sin saber que aquel sería su último encuentro con el viejo.

Ramón recibió la llamada en Marcané. «Voy para allá». Esperó en la carretera, poco antes de llegar a Cueto, en una de esas alcantarillas previstas como aliviadero de las aguas en caso de inundaciones y crecidas de los ríos.

Fidel llevaba el mismo traje azul de siempre. Abel manejaba el Chevrolet de apariencia destartalada, vestía una guayabera e impresionaba por la claridad de la mirada y el trato afectuoso.

Primero se detuvieron en la gasolinera para llenar el tanque del auto y comer algo en el café; pero como en una mesita cercana se encontraban Ernesto y Carlos, los hijos del doctor Manuel Silva, de Marcané, Roger Ricardo, el hijo de un chofer del central y además, el hijo de uno de los guardajurados batistianos del pueblo, después de saludar, se marcharon a otro sitio.

En el camino de Cueto a Holguín, Fidel trató de disuadir a Ramón para que le negociara una letra de cambio de un arrocero de Pinar del Río, equivalente a unos dos mil quinientos pesos. No le anunciaba para qué, no confesaba el secreto y «quería convertir a su hermano en revolucionario en una hora», se quejaba después el hermano mayor. Ramón le explicó que no podía hacer esa operación porque su crédito en el banco era muy reducido, al menos no era posible sin contar con su padre y hacerlo partícipe de algo así, ya eran palabras mayores.

Ramón había pertenecido al Partido Auténtico, cuando don Ángel se lo había propuesto como un modo de beneficiar las campañas electorales y las influencias de su amigo don Fidel Pino Santos. Luego, por una sugerencia de Fidel, se inscribió en la ortodoxia. Cuando Batista dio el golpe de Estado, Ramón era concejal del Ayuntamiento. A los pocos días recibió un telegrama: «Mongo, un hombre vale más que un puesto, no jures los estatutos. Fidel». Jurar los estatutos nuevos, era una señal de acatamiento a la dictadura y Ramón había sido siempre antibatistiano. Cuando el telegrama llegó, tenía ya decidido no jurar los estatutos, lo que había acordado junto con otros miembros del Partido en una reunión en Mayarí. Incluso, poco después, lo nombraron delegado del Partido en la provincia, cuando en realidad, ya andaba preparando unos diez o doce jóvenes del ingenio y acopiando armas, según instrucciones del propio Fidel.

En Holguín, Abel y Fidel reservaron una habitación en el Hotel Victoria de la ciudad y de allí, con Ramón y Miguel Ángel Rosales, un obrero de Marcané que alquiló una máquina y por encargo de Ramón los siguió de cerca todo el viaje. Antes de despedirse, Ramón le entregó ciento cuarenta pesos y se marchó con la idea de crear una célula del movimiento revolucionario en Marcané. En espera del aviso de su hermano y en constante acopio de armas, recogió en Birán algunas escopetas, un rifle austríaco 30-30, y unos revólveres. Lo ayudaba el dependiente Nené González.

Raúl Castro Ruz a inicios de ese mismo año de 1953, había viajado a Austria, para asistir como delegado a la Conferencia Mundial por los Derechos de la Juventud, algo que don Ángel desaprobaba. Austria estaba entonces ocupada por las cuatro potencias aliadas en la Segunda Guerra Mundial. El joven cubano dormía en la parte soviética y fue invitado a visitar varios países europeos. Como parte de esa iniciativa, permaneció un mes en Rumania, donde participó en la constitución del Comité Internacional Preparatorio del IV Festival Mundial de la Juventud y los Estudiantes. De allí, pasó a Budapest y Praga y luego, a París. Desde Francia debía regresar a Cuba, cuando una huelga de navieros, los obligó a vender sus boletos y cambiar los planes, lo que lo llevó a Génova, Italia, para de allí embarcar en el Trasatlántico *Andrea Gritti*, cuya travesía tenía como destino final Mexico. En el barco entabló amistad con dos guatemaltecos y un joven soviético llamado Nikolai Leonov. El buque se detuvo el 2 de junio en Curazao, donde Raúl se fotografió en su cumpleaños veintidós. De ese viaje arribó Raúl al Puerto de La Habana, el 6 de junio de 1953. Ese mismo día, después de que ya se encontraba en la calle y había vencido los controles de las autoridades, regresó al interior del edificio de la aduana, en gesto solidario con unos guatemaltecos a quienes habían detenido porque llevaban consigo revistas, medallas, y libros de su estancia en Rumania. A Raúl lo golperon junto a los guatemaltecos Bernardo Lemus Mendoza y Ricardo Ramírez de León, que también regresaban de la cita de las juventudes progresistas. Tres días después, el 9 de junio, Raúl y Fidel enviaron, en documento firmado por los dos, a la Sala del Tribunal; una solicitud de libertad provisional para Raúl y los guatemaltecos, aunque ya estos últimos habían sido liberados por una gestión de la embajada guatemalteca en La Habana. Raúl consiguió dejar atrás la Cárcel de La Habana y ser uno de los combatientes en la acción que se gestaba y para la que faltaban solo unas semanas.

Juan Socarrás sabía más que los otros empleados y trabajadores del batey. Raúl visitó a Birán cuando Lina se encontraba en la capital. Del almacén extrajo municiones, unas cajas de balas calibre 38, y dos o tres armas. Socarrás le prometió guardar silencio sobre aquellos peligrosos trajines. Si alguien indagaba, él permanecería callado, como si todo aquel asunto se hubiera hundido en el mar. En esa misma visita Raúl conversó con Pedro Lago, el sereno de Birán, quien era un viejo amigo español de su padre, y hacía su guardia con un Winchester. Después de comprobar mientras los limpiaba cómo se desarmaban, Raúl fue hasta la casa y cogió dos, con el propósito de llevarlos a la acción armada que ya preparaban. Uno lo trasladó él mismo a La Habana. Antes de salir de viaje, le retiró la culata y lo envolvió en un pequeño paquete y lo colocó en la parte de arriba de los primeros asientos del ómnibus de la línea Santiago-Habana. Él se sentó atrás con el resto del equipaje, para observar desde allí si descubrían el arma y en ese caso eludir a los soldados. El otro Winchester lo envió a casa de una novia de entonces, por la vía expreso del servicio de bultos y paquetes postales.

En La Habana, el cuentamillas del Chevrolet de color beige marcaba cuarenta mil kilómetros antes de quedar exhausto, fundido sin remedio, dos días antes del asalto al Moncada.

El 25 de julio de 1953 Ramón andaba en los trajines de conseguirle a Fidel una ametralladora, que le había prometido un muchacho que vivía en Herrera, un pueblito entre Cueto y Antilla. Nadie imaginaba en Birán, la amanecida convulsa del día de Santa Ana.

Hombres

De Texas traían los caballos, grandes, imponentes. Todo en la «Guardia Rural Montada», establecida por los Estados Unidos en Cuba desde los inicios de la República, intimidaba a los infelices, los machetes paraguayos al cinto, las fustas, el armamento norteamericano, el uniforme impecable, el sombrero castoreño, y la costumbre de hacer la patrulla con el ánimo violento y torpe.

Casi todos sus cuarteles estaban subordinados a los centrales azucareros y respondían al administrador norteamericano del ingenio, los altos funcionarios o los hacendados de las cercanías. Por lo general, se encargaban de reprimir las huelgas, imponer «su ley» a los sindicatos y desalojar a los campesinos.

En Birán no existía ningún cuartel, solo la presencia de dos soldados que cuidaban el caballo semental del programa del gobierno para mejorar la raza equina. Campos era grueso y bajito y Piloto desgarbado.

Don Ángel era dueño de casi todo el batey y su autoridad se imponía, indisputable, allí donde también funcionaba el pequeño puesto militar. Los soldados respetaban al hacendado como la jerarquía principal, y lo miraban y le hablaban en voz baja, con una obediencia que consideraban obligada. Sin embargo, su actitud era bien distinta con los trabajadores y la gente humilde. Los hijos de la casa, a la sombra de la autoridad de don Ángel, debían refrenar los excesos de los militares.

En una ocasión Piloto quiso arrestar a un hombre viejo por comer mandarinas. Yayo, trabajaba todavía como obrero en la finca. Raúl y Juanita fueron donde el militar: «No, señor, que se lleve mandarinas que ahí hay más.»

En otra oportunidad, Yayo recogió naranjas para sus hijas, recién llegadas del central. El mismo Piloto se lo llevó a Marcané. Allá llegaron Tino Cortiña y algunos trabajadores; luego Fidel, quien le exigió al sargento: «usted me rompe todos esos papeles ahora mismo y suélteme a ese hombre».

El matrimonio Castro y sus hijos intercedían con frecuencia. Los soldados de otros lugares no conocían el ambiente familiar de Birán y se sobrepasaban. Cuando aún era muy joven Fidel defendió de los atropellos de un guardia a Serrucho, uno de los haitianos del batey. El asunto se tornó espinoso cuando el uniformado sacó el revólver y Fidel siguió enfrentándolo sin reparar en el riesgo tremendo que corría.

Tampoco Lina toleró que en su presencia se asesinara a Serapio Batista, un campesino del lugar. El guardia disparó, hiriendo al negro Serapio, y mientras todos corrían asustados, ella rápida y decidida, se plantó entre el guardia y Serapio, para que no lo matara, entonces Ramón se lo llevó urgente para el hospital de Marcané.

A pesar de todo, siempre existían militares que demostraban dignidad y consideración. Algunos le debían mucho al gallego dueño de aquellas tierras y otros simpatizaban con el hijo abogado, conocido por sus luchas como dirigente estudiantil y miembro del Partido Ortodoxo.

Los rumores frondosos de la manigua durante la noche habían cedido al silencio del rocío aquella mañana del 26 de julio, que nadie presagiaba tormentosa, cuando uno de los soldados de la Guardia Rural irrumpió en la casona de Birán diciendo que tenía que presentarse en la Jefatura Superior en Marcané, porque en Santiago de Cuba había problemas. Con voz alterada y en un recuento de frases inconexas aseveró que el Cuartel Moncada había sido atacado. El soldado se marchó con la misma prontitud con que llegó, pero tras él quedó flotando en los espacios de la casa una sensación de inquietud y sobresalto.

Angelita sabía de qué se trataba y sin decir nada, recorría las habitaciones para aliviar su intranquilidad. Acababa de llegar de La Habana y recordaba muy bien las reuniones subrepticias de Fidel con Abel y otros jóvenes, durante horas, en uno de los cuartos del apartamento, allá, por el reparto Nicanor del Campo, donde entonces vivía su hermano. Myrta y ella se preguntaban qué sería lo que tramaban en susurrantes concilios de conspiradores. La certeza de que Fidel y Raúl estaban involucrados pesaba como una nube densa entre el techo alto de la casa y los hombros de la familia.

El viejo lloraba con desolación frente a la imagen del Sagrado Corazón, imploraba una y otra vez por la salvación de sus hijos. Lina soportaba el dolor sin dejarse arrastrar. Debía mantenerse lo más serena posible porque su esposo ya era un anciano y no podían ser dos las piedras que rodaran hacia el profundo abismo de la desesperación. Ella contenía sus lágrimas y lo consolaba, asegurando que sus hijos saldrían con vida, mientras su interior se conmovía y vibraba exaltado por la duda. Las imágenes pasaban por su mente con una persistencia de goteo incesante desde que las noticias del asalto al Cuartel Moncada habían llegado a la finca y Lina, para calmar a don Ángel, le repetía una y otra vez: «Son hombres, viejo, son hombres.»

En aquella afirmación ponía toda su certeza de que los tiempos que evocaba eran una ineludible ausencia. Los hijos acunados con amor en su regazo habían crecido. No olvidaba las experiencias vividas cuando Ramón, era aún pequeño. Si la brisa traía olor a hierba mojada y humedad de sombra, el niño parecía que se ahogaba, cambiaba de color y respiraba entrecortadamente, con unos silbidos roncos que sólo se apagaban después de las inhalaciones de mentol y el aceite tibio de bacalao con el que ella le frotaba el pecho en las noches despabiladas de presentimientos angustiosos. Desde entonces, Lina no había vuelto a experimentar un desasosiego tal. Ahora sentía otra vez la aflicción quemante de un presagio de su alma. No sabía explicar aquella ansiedad encabritada y la rara mezcla entre el orgullo más alto y el dolor perenne.

Los hijos habían crecido y comenzaban a andar su propia vida, sin que ella pudiera hacer otra cosa que apoyarlos en sus determinaciones como lo había hecho desde siempre, con una afirmada resignación o quizás mejor, con una resuelta aceptación de su valentía y sus riesgos. Para convencer al esposo apelaba a los recuerdos, mencionaba la expedición a Cayo Confites, el viaje a Bogotá, y los innumerables peligros que Fidel logró vencer durante todos sus años universitarios.

Don Ángel daba pena. Tania lo miraba asombrada porque era la primera vez que veía así a su abuelo. Su natural distinción y prestancia disminuían con tal recogimiento, parecía mucho más viejo y a sus ojos se encontraba desvalido. Desmadejado, permanecía en el sillón sin moverse, mientras sollozaba con unos quebrantos llenos de tristeza. Atento a las noticias, no se separaba de la radio. Fumaba con fruición el tabaco al que daba vueltas y apretaba entre los dedos. Levantaba los ojos con la mirada, la imaginación y las preocupaciones como perdidas en las volutas de humo que se desvanecían en el aire.

Al mediodía, todos se miraban sin que nadie se atreviera a confesar sus temores ni mencionar palabra. Las alas de una mariposa levitaban a contraluz en un parpadeo tenue, efímero, luego descendían para volver a alzarse en un susurrante revoloteo de silencios y luminosidades coloridas por todo el corredor de la casa grande. Lina seguía con la mirada el fulgor de la mariposa: más cerca, más lejos, lánguido, vertiginoso; inmóvil unos instantes; fotografiado en pleno mediodía de polvaredas y reverberaciones. Por instantes permanecía absorta en las idas y venidas del insecto que se adentraba por el portón del frente y se posaba sobre las flores de papel en el búcaro de porcelana, sobre la pequeña mesita de la sala. Lina no conseguía tranquilizarse y andaba de un lugar a otro con un aire abstraído, mientras rezaba con fervor sus oraciones y hacía que todos los niños de la casa y sus hijas Angelita y Juanita, se hincaran de rodillas frente a la imagen de la Virgen Milagrosa. También doña Dominga rezaba, con la misma devoción con que lo hacía a principios del siglo, durante la ventolera del ciclón de los cinco días con sus cinco noches, en Pinar del Río, donde la crecida de las aguas arrasó los sembrados de tabaco, los bohíos, y los árboles centenarios.

De siempre, los hijos de don Ángel lo habían visto leer con avidez los periódicos llegados de La Habana y prestar atención a los asuntos políticos y a los acontecimientos relevantes que estremecían al mundo, pero lo que el viejo no había imaginado nunca era que la historia iba a crecer en su propio hogar, en el mismo Birán, y que sus muchachos serían protagonistas de un tiempo, de una Revolución.

«Mariposita de primavera/alma sublime que errante vas/ por los jardines de mis quimeras (...)», el aparato de radio junto al fonógrafo RCA Víctor había arrebujado en el viento la melodía que Lina recordaba con el vuelo incesante de aquella mariposa, cuyo aletear fue quizás lo único que atenuó un poco sus nervios hasta el momento feliz en que se desvaneció la zozobra de más de cuarenta y ocho horas.

Ramón recibió la noticia en Holguín. Alguien llegó a la casa donde estaba y habló de los enfrentamientos en Santiago de Cuba y Bayamo. Pensó en el encargo de Fidel de buscar armas y preparar hombres y lo comprendió todo en un instante.

Sin meditarlo salió de la ciudad rumbo a Cueto, por una carretera estremecida, militarizada. Las tropas del ejército pasaban en zafarrancho de combate. Se respiraba una atmósfera de guerra y tensiones, como preludio de una represión más atroz. La máquina de alquiler lo dejó en el cafetín Pintado, junto a la gasolinera donde se había encontrado con su hermano y con Abel, unas semanas antes. En uno de los almacenes de abastecimiento compró suficientes mercancías y las trasladó en el motor de línea hasta Marcané, donde utilizó la carga para camuflar el armamento escondido en su casa del ingenio. Algunas armas las dejó en casa de Alcides Corredera. Las mejores, el rifle austríaco 30-30, la escopeta automática, los revólveres y las escopetas de cacería, se las llevó consigo para Birán y las entregó a Carlitos Cortiña con el propósito de esconderlas en Caladraga, donde vivían algunos de los compañeros de la célula, entre quienes recordaba a Ángel Rodríguez y a Bermúdez.

Por el camino a Canapú, conversó con Joaquín Fernández, el comunista compadre de don Ángel que una vez avisara al guajiro Almeida, para que llevara hasta allí unos caballos y Lina y los hijos llegaran sin contratiempos a Birán, después de un viaje largo desde la capital de provincia.

—Ramón, ¿tú sabes quién asaltó el Moncada? –preguntó Joaquín a sabiendas de la respuesta.

—No me lo digas, Fidel –respondió convencido Ramón.

Llegaron juntos a la grúa del 31, allí descargaron la mercancía en una carreta y entregaron las armas a Carlitos, quien las trasladó hasta El Perico y decidió lanzarlas a un pozo, porque ya la situación se había tornado muy insegura por esa vuelta.

Al entrar a la casona sintió un enorme vacío, sólo se escuchaba el radio junto al que permanecía don Ángel atento a las noticias. Fumaba impaciente, con el semblante apesadumbrado y una apariencia general de cansancio y preocupación. Le reprochaba a Fidel que se hubiera llevado a Raúl, al Becerrito, como él lo llamaba; al varón más chiquito de la casa, para estudiar, y ahora estuviera corriendo sus mismos riesgos al atacar el Moncada.

Dos de sus hijos se encontraban en peligro y la familia esperaba impaciente el curso de los acontecimientos. Lina lo animaba, le daba palmadas en el hombro, atendiendo presurosa los reclamos y pendiente de sus reacciones.

Alejandro, el hermano de Lina, conoció la noticia por Carlos Falcón:

—¿Tú no sabes que Fidel atacó Santiago anoche y hay una barbaridad de muertos...?

Cuando Alejandro entró en la casa de su hermana se sorprendió al ver llorar a don Ángel mientras se lamentaba:

—Me los matan a los dos, me los matan.

Ese mismo día alguien le sugirió a Juan Socarrás que borrara el nombre de Raúl del anuncio del bar La Paloma. Todos presentían que hasta el nombre de los muchachos inspiraría rencor en los militares.

Ramón regresó a Marcané, a averiguar entre los compañeros del pueblo las informaciones que llegaban con el tren de Santiago. Tampoco allí había novedades. La calma aparente se tornó insoportable. Zuly, su esposa, le notaba el desasosiego y hasta los niños: Dulce, Ángel Ramón y Omar, lo miraban con los ojos grandes, como si adivinaran la mezcla incierta de tristeza, orgullo e impotencia que palpitaba en su padre.

El 27 por la mañana, el jefe de viviendas del batey le avisó que tres de los asaltantes se ocultaban en la estación ferroviaria. Eran Raúl de Aguiar, Armando del Valle y Andrés Valdés, a quienes ocultó en la finca. A Raúl de Aguiar lo conocía de sus visitas anteriores a Birán. En una ocasión el muchacho acompañó a Fidel durante las vacaciones de la Universidad, e incluso, habían hecho una excursión a los Pinares de Mayarí. Ramón fue al bar La Paloma en busca de Carlos Cortiña y le pidió ayuda para esconder a los jóvenes. Los refugiaron en un campo de caña, adonde llevaron agua, comida, ropa y dinero y les orientaron esperar la noche para salir con menos riesgos.

Lo tenían todo planeado, cuando llegó un aviso para Carlos Cortiña. Los habían denunciado y la Guardia Rural andaba siguiéndoles los pasos. Del puesto de Marcané enviaron a un cabo y ocho soldados y los apostaron en el camino hacia los pinares. El mensaje venía de los militares y lo trajo Chichito, otro trabajador del batey. A los muchachos se les aconsejó no impacientarse y esperar, pero se fueron por su propia cuenta, con una precipitación ingenua y temeraria, y los ultimaron el día 28, en el camino a Palma junto al río Cauto. El teniente jefe del Puesto de Alto Cedro, el sargento Montes de Oca y el cabo Maceo enterraron a sus víctimas en un pozo situado a la orilla del cauce, cerca de un lugar conocido por Bananea. Lo hicieron con la misma fría crueldad que demostraron los esbirros al torturar y fusilar a los prisioneros en Santiago.

Al otro día Carmenate, el cabo de Marcané, ordenó buscar a Carlos Cortiña y envió con él un mensaje a don Ángel Castro, donde le decía que no se preocupara y le aseguraba que si los muchachos iban por allí no morirían. Le advirtió también que podían escuchar ruidos nocturnos muy cerca, porque tenía órdenes de rodear la casa.

Carlos fue donde el viejo enseguida, porque la noticia, aunque debía ser asumida con cautela, indicaba que los muchachos estaban con vida. «Me trajiste un calmante, quizás ahora logre descansar un rato», le agradeció don Ángel, y Carlos sintió la satisfacción de haberle llevado un poco de sosiego, algún reposo a su espíritu, porque nunca había tenido la oportunidad de retribuir todo el respeto y la generosidad que este hombre le demostrara a lo largo de los años.

A pesar de la noticia, don Ángel no consiguió dormir y sentía a su lado la inquietud de Lina, su respiración agitada y con ella, la fragilidad de sus palabras de consuelo. Los párpados le pesaban tanto como el resto del cuerpo, pero la duda lo mantenía en vela.

El 28 por la mañana llegó a Birán la doctora Ana Rosa Sánchez con la noticia de que un policía conocía dónde se ocultaba Raúl y pedía diez mil pesos por no delatarlo.

Don Ángel se llevó las manos a la cabeza consternado:

—¡Ay, madre mía, pero si no tengo aquí, en este momento, diez mil pesos!

Ya estaba pensando, en su desesperación, firmar un cheque para el Banco de Cueto. Cuando Lina, previsora, le dijo que sí, que lo preparara, que ella misma lo llevaría. Al darle a don Ángel tan inesperada respuesta, percibió que la doctora Ana Rosa dudaba y vacilaba. Entonces Lina comenzó a sospechar.

Angelita intentó tranquilizar a don Ángel, pero sus esfuerzos resultaron infructuosos. Alterado, con una angustia insondable, el padre le preguntó:

—¿Te atreves a ir a Santiago?

—Sí.

Su padre la despidió con la esperanza de recibir buenas noticias. Angelita no llevó equipaje, solo una cartera de mano en la que guardaba algún dinero y un pañuelito muy delicado, de seda bordado, con aroma de agua de rosas. Salió en el jeep del Sindicato de Marcané que la trasladó directo a la Carretera Central para no pasar por Cueto, donde podían detenerla. Abordó un ómnibus de la ruta Santiago-Habana en el recorrido de ida y vuelta a Mayarí. Por fortuna, conocía a los choferes de la ruta, por sus continuos viajes a la capital.

En Bayamo se sintió a punto de desfallecer cuando los soldados obligaron a bajar a todo el mundo. Registraron, preguntaron y cedieron el paso. Al llegar a la ciudad, los choferes insistieron en que tuviera cuidado y le sugirieron que en cualquier caso, no dudara en llamarlos. En un gesto hermoso y decidido le dijeron: «Sabes bien en qué hotel paramos, somos testigos de que viniste hoy con nosotros.»

Alquiló un auto y se fue a ver a una familia que consideraba como una buena amistad. La mujer le recriminó su presencia y ella se marchó pronto y decepcionada, por las calles patrulladas por militares. Antes de salir, otra pariente de la casa, apenada por aquella actitud, le entregó una oración del Justo Juez para que la rezara y apartara a los enemigos de su camino.

Angelita fue hacia la parada del ómnibus con la plegaria pegada al pecho, musitando las oraciones una y otra vez, con la voz quebrada e inaudible. Sus manos temblorosas mostraban la zozobra de no saber cuál habría sido el destino de sus hermanos Fidel y Raúl. Los disparos conmovían la ciudad, la gente susurraba el horror y el miedo, se contaban historias alucinantes y estremecedoras y se calculaban los muertos.

La esposa de Piloto, una mujer escuálida de hábitos demasiado remilgados, la recibió porque Piloto aún no había regresado de las operaciones. Mostraba el mismo asombro temeroso, pero más ecuánime y familiar:

—¡Angelita, por tu madre, tú aquí...! pero, ¿de dónde vienes?

—De Birán. Papá está desesperado y quiere que le pregunte a su marido si sabe algo, si sus hijos están vivos todavía.

—Espera que llegue Juan José –respondió la mujer impaciente porque tampoco había regresado su sobrino. El muchacho, un joven de dieciocho o veinte años, alistado en el ejército, volvió con la camisa empapada de sudor de la caminata más allá de Siboney, por donde las tropas seguían el rastro a un grupo de revolucionarios, pero no sabía nada. Piloto llegó después, dijo que Fidel y Raúl vivían y que aún los perseguían.

—Además, –agregó– Raúl se escondió en casa de la doctora Ana Rosa Sánchez. Allá fuimos y le viramos todo al revés y no encontramos nada, pero tengo la seguridad de que él estuvo allí.

Lo que intuía Piloto era cierto, Raúl, después de dominar el Palacio de Justicia y observar desde la azotea, la retirada de los combatientes revolucionarios que habían atacado el Moncada, desarmando efectivos batistianos, logró retirarse y llegar a la farmacia de la doctora Ana Rosa Sánchez, que ya viuda de don Fidel Pinos Santos tenía un nuevo compañero, policía en tiempos del gobierno de Prío y que se apellidaba Quesada. Tomasín, el hijo de la doctora Ana Rosa, lo llevó para la casa de unos parientes de Quesada y de allí para otro lugar, donde también le brindaron refugio, una anciana y un hombre mudo. Tomasín se comportó entonces como un buen amigo. Estando Raúl en ese sitio, llegó la noticia de la detención del policía y decidió irse de allí. El mudo le facilitó una camisa y él, emprendió el camino hacia un lugar cercano a Birán. Sin embargo, no le fue posible escapar, en el trayecto del poblado de Dos Caminos a San Luis, lo detienen y finalmente lo identifican. Lo envían para el Moncada, después, del Moncada lo envían al Vivac y de allí, a Boniato.

Angelita confió en lo que Piloto decía, porque una y otra versión coincidían. Habló despacio en nombre de su papá:

—Mire, mi papá le manda a decir que si usted se enfrenta a sus hijos, por favor, considere la amistad que los une.

—Si no me tiran, no tiro.

—Nadie está diciendo que se deje matar –le ripostó Angelita como una ráfaga de viento.

Piloto encargó a su sobrino que la acompañara hasta el hotel, porque se acercaban las seis de la tarde y no se podía andar por las calles a esas horas.

La propietaria del Hotel Rex se asombró:

—¡Mira dónde te has venido a meter! –le dijo. Como algunos muchachos se hospedaron aquí antes del ataque, ahora registran las habitaciones por las noches.

Luego, meditó un instante y la consoló:

—Pero no te preocupes, porque nosotros vamos con ellos puerta por puerta y cualquier situación la explicamos.

Angelita le encargó al carpetero que alquilara un auto y la despertara a las cinco de la madrugada.

Pendiente de los ruidos, los disparos y las voces no descansó. Sintió un gran alivio al levantarse y alejarse de aquel lugar. Cuando los choferes la vieron, aliviados por ella, le comentaron:

—Desde que nos separamos, no hemos hecho más que pensar en ti.

Angelita apreció aquel gesto. Era bueno saber que se inquietaban por ella. En Cueto descendió del ómnibus y tomó el tren a Marcané, donde un jeep del ejército la condujo a casa de Ramón. La gente alarmada, consideraba probable la detención, pero no fue así... El teniente Rivas no comulgaba con el gobierno y lo demostraba con sutiles delicadezas y respeto por la familia, por el viejo don Ángel Castro.

Ajena aún a la ferocidad criminal que había desafiado sin percatarse, Angelita, con una sonrisa tranquilizó a sus padres al confirmarles que Fidel y Raúl aún vivían. Entonces, en Birán ya conocían que la amenaza de delatar a Raúl era una farsa para exigir dinero. Lina se dejó caer suavemente en la silla, como quien descansa el espíritu exhausto después de tantos días de conmociones disimuladas y entereza al borde del barranco. El viejo reclinó la espalda en el sillón. Por primera vez reparó en la mariposa multicolor que aleteaba en los ojos de

Lina y se perdía entre los azahares de los naranjos, al fondo de la casa grande en Birán, al tiempo que cerró los ojos y exclamó:

—¡Aún podemos confiar en la providencia!

La carta, escrita en las hojas de una libreta rayada, con fecha 5 de septiembre de 1953, era todo un acontecimiento feliz para Ramón. Al fin recibía noticias de su hermano, a pesar de la censura. Las palabras denotaban el espíritu equilibrado y rebelde de Fidel; a veces, transpiraban una amarga ironía, para luego alzarse como las sinfonías de Beethoven con un canto a la luz. Además, afirmaba:

> (...) no sufro ningún género de arrepentimiento, en la más completa convicción de que me sacrifico por mi patria y cumplo con mi deber, eso indiscutiblemente es un gran estímulo. Más que mis penas personales, me entristece el recuerdo de mis buenos compañeros que cayeron en la lucha. Pero los pueblos sólo han avanzado así, a base del sacrificio de sus mejores hijos. Es una ley histórica y hay que aceptarla.

En la misiva le respondía a Ramón sobre la idea de asumir su propia defensa. «Me parece acertado, y así lo he estado pensando desde el primer momento. El juicio lo han transferido ahora para el día 21.»

Escribía en la mesita de la celda de paredes mugrientas, iluminada ininterrumpidamente, lo mismo a la claridad del día que a la oscuridad de la noche, por unos reflectores de luz enceguecedora. Fidel permanecía vigilado por la posta cosaca de la azotea. Desde el pasillo, una ametralladora calibre 30 apuntaba siempre hacia él. A prueba de intentos homicidas, luchaba sin descanso, preparaba su alegato «La historia me absolverá» y soñaba con cambiar algún día, el color amarillo del uniforme de las fuerzas armadas, por el intenso verde de los árboles y los helechos. El Ejército Rebelde llevaría el monte en la piel.

Fidel y Raúl habían vuelto a verse, y aunque no les permitieron acercarse ni conversar, la certeza de que uno y otro vivían, fue suficiente para una impresión memorable. Raúl recordaría siempre la estampa de Fidel a la entrada de la prisión de Boniato, donde lo habían sentado con el propósito de humillarlo, y sin embargo, allí estaba él, con una dignidad y una estampa de firmeza e hidalguía tremendas. Raúl avanzaba ayudando a Reynaldo Benítez que estaba herido en una pierna y no lo habían curado. Fidel, cuando lo vio, confirmó con la intensa mirada, la alegría de ver vivo a su hermano.

Fidel tenía fresco en la memoria todo lo acontecido desde el día veintiséis, los detalles que hicieron volar por los cielos el factor sorpresa y en los que meditaría después:

> Los pusilámines dirán que no teníamos razón considerando *juris de juris* el argumento rastrero del éxito o el fracaso. Este se debió a crueles detalles de última hora, tan simples que enloquece pensar en ellos. Las posibilidades de triunfo estaban en la medida de nuestros medios; de haber contado con ellos no me queda ninguna duda de haber luchado con un noventa por ciento de posibilidades.

Recordaba también la orden de retirada y su presencia hasta el final en el combate, cuando montaba en el último auto, para bajarse unos instantes después y ceder su lugar a Abelardo Crespo que estaba herido. Se quedó solo en medio de la calle por la que comenzó a retirarse sin dejar de disparar, hasta que otro automóvil se dirigió allí y lo recogió. Más tarde sobrevino la reagrupación en Siboney, la hora difícil de sobreponerse a la adversidad y emprender el camino de las montañas para reorganizar la lucha en la Sierra Maestra.

El primero de agosto, el teniente Pedro Sarría, aquel joven que durante los exámenes universitarios se hospedaba en el Edificio del Cuerpo de Ingenieros, frente a la casa donde vivía Fidel en el Vedado, los sorprendió dormidos, lo reconoció y le salvó la vida cuando ya algunos miembros de su patrulla militar se disponían a ultimar a los detenidos: «¡No hagan eso, las ideas no se matan!»

Al llegar al Vivac de Santiago y a la Prisión Provincial de Oriente, sobrevino lo peor, no por estar detenido o porque su vida allí no valiera un céntimo, sino porque comenzó a conocer la verdad de la barbarie batistiana de los últimos días. Todo Oriente, espantado, murmuraba en voz baja las noticias. Entre los moncadistas: noventa muertos y cinco heridos, reportaban los partes, una desproporción imposible en una guerra: los heridos habían sido arrancados de los hospitales y rematados, inyectados con aire y alcanfor en las venas, ahorcados, torturados. A Haydée Santamaría, al anochecer, un sargento apodado El Tigre, con las manos ensangrentadas, le mostró un ojo de su hermano Abel y más tarde le dijeron que habían matado a su novio, a Boris Luis, y ella, respondió: «Él no está muerto, morir por la patria es vivir.» En ese instante, pasaban por su mente, como en una secuencia fotográfica, los rostros de Abel, Mario, Renato, Chenard, José Luis, Juan Manuel, Raúl Gómez, y tantos otros, y elevaba el más puro recuerdo a los bravos que habían muerto por la Patria. Sentía que el momento más feliz de toda su vida había sido aquél en que volaba hacia el combate, como también el más duro, cuando había tenido que afrontar la tremenda adversidad de la derrota, y sin embargo, todo su ser se agitaba por el ansia de luchar.

En la carta que Fidel escribía a Ramón callaba todo el sufrimiento, el dolor y la rabia de esos días, y expresaba solo una parte de sus sentimientos. Le preocupaban los viejos y el niño. Myrta había estado en Birán y él se imaginaba a Fidelito corriendo por el batey con la ingenuidad feliz de la infancia. A Ramón le pidió sólo algunos tabacos, un poco de dinero y el consuelo para los viejos:

> Es necesario que les hagas ver a mis padres que la cárcel no es la idea horrible y vergonzosa que ellos nos enseñaron. Tal es solamente cuando el hombre va a ella por hechos que deshonran: jamás cuando los motivos son elevados y grandes; entonces la cárcel es un lugar muy honroso.

Poco después de aquella carta recibió el telegrama del viejo y sintió el apoyo y la comprensión que esperaba de ellos. Les respondió brevemente porque no tenía posibilidad para más: «Tenemos ropa estamos perfectamente bien cariños. Fidel»

En realidad esa comunicación no despejaba el desvelo, su afán de atenuarles angustias y penas. El 17 de septiembre indagó por medio de Ramón: «¿Están tranquilos? ¿Comprenden que estoy preso por cumplir con mi deber? Ignoro cuál será mi destino definitivo cuando termine el juicio, pero pienso que de todos modos podremos vernos después (...)»

Lo que aún no concebía Fidel era la presencia tierna y firme de Lina en las vistas del juicio. El 21 de septiembre, lo conducían entre bayonetas y ella se interpuso, lo abrazó con toda el alma deseando retenerlo allí, cerca de su pecho, a su abrigo, como cuando era un niño. En su abrazo fuerte y delicado, también estaba el del viejo. En aquella primera sesión del juicio, recordaría después, fue sometido a interrogatorio durante dos horas. Pudo probar con cifras exactas y datos irrebatibles las cantidades de dinero invertidas, y las armas que lograron reunir. No tenían nada que ocultar porque en realidad todo había sido logrado con sacrificios sin precedentes. Habló de los propósitos que inspiraban la lucha de aquellos jóvenes indómitos, de su altruismo y humanidad en el combate.

Concluida esta exposición comenzó la misión que consideraba importante en el juicio:

> (...) destruir totalmente las cobardes cuanto alevosas y miserables, cuanto impúdicas calumnias que se lanzaron contra nuestros combatientes, y poner en evidencia irrebatible los crímenes espantosos y repugnantes que se habían cometido con los prisioneros (...)

Durante la segunda sesión, el martes 22 de septiembre, con la declaración de apenas diez personas, ya había logrado esclarecer los asesinatos cometidos en Manzanillo. Aún faltaban por declarar trescientas personas y por ser interrogados, los militares responsables de la masacre, algo que el régimen no podía permitirse ante los reporteros de prensa, los magistrados, el numeroso público, y los líderes de la oposición que había contemplado inerme la instauración de la dictadura y habían sido estúpidamente acusados de autores intelectuales.

El 23 de septiembre, Lina cumpliría cincuenta años. En esa fecha especial Fidel, sin sospechar el curso de los acontecimientos que sobrevendrían el día 25 por la noche, iluminado con luz tenue, escribió a sus padres una carta:

Prisión de Oriente
Septiembre 23 de 1953

Sr. Ángel Castro
y Sra. Lina Ruz.
Birán

Mis queridos padres:
Espero me perdonen la tardanza en escribirles, no piensen que es por olvido o falta de cariño; he pensado mucho en ustedes y sólo me preocupa que estén bien y que no sufran sin razón por nosotros.

El juicio comenzó hace dos días; va muy bien y estoy satisfecho de su desarrollo. Desde luego es inevitable que nos sancionen, pero yo debo ser cívico y sacar libre a todas las personas inocentes; en definitiva no son los jueces los que juzgan a los hombres, sino la Historia y el fallo de ésta será sin duda favorable a nosotros.

He asumido como abogado mi propia defensa y pienso desenvolverla con toda dignidad.

Quiero por encima de todo que no se hagan la idea de que la prisión es un lugar feo para nosotros, no lo es nunca cuando se está en ella por defender una causa justa e interpretar el legítimo sentimiento de la nación. Todos los grandes cubanos han padecido lo mismo que estamos padeciendo nosotros ahora.

Quien sufre por ella y cumple con su deber, encuentra siempre en el espíritu fuerza sobrada para contemplar con serenidad y calma las batidas adversas del destino; éste no se expresa en un sólo día y cuando nos trae en el presente horas de amargura, es porque nos reserva para el futuro sus mejores dones.

Tengo la más completa seguridad de que sabrán comprenderme y tendrán presente siempre que en la tranquilidad y conformidad de ustedes está siempre también nuestro mejor consuelo.

No se molesten por nosotros, no hagan gastos ni derrochen energías. Se nos trata bien, no necesitamos nada...

En lo adelante les escribiré con frecuencia para que sepan de nosotros y no sufran.
Los quiere y les recuerda mucho:
su hijo
Fidel.

Desde la prisión de Boniato en Oriente, dedicó unas líneas a su ahijado Mondy, Ángel Ramón, uno de los tres hijos de Ramón, a quien recomendaba portarse bien y estudiar mucho, y de quien se despedía: «Te quiere, tu tío, Fidel»

Incomunicado y acosado, pudiera pensarse que un hombre en esas circunstancias deja a un lado la sensibilidad y la ternura, sin embargo, él se inspiró en sus sentimientos más nobles, y redactó a su hermana Agustinita, una carta sin el menor asomo de las angustias de la cárcel, con una delicadeza de pétalo.

Prisión de Oriente
Septiembre 25 DE 1953

Srta. Agustina Castro.
Cristo

Querida hermanita:
Recibí tu carta y no te había contestado porque estaba muy ocupado con el juicio.

Estoy muy contento porque veo que adelantas mucho, escribes bien, tienes bonita letra... y sobre todo, no te olvidas de tu hermano.

La prisión no es tan mala. Agustinita, desde lejos luce más fea de lo que realmente es: aquí se vive, se piensa, se siente y se quiere; no importa que nos falten muchas cosas materiales y que nuestro mundo se reduzca a unos cuantos metros cuadrados de cemento, si tenemos buenos libros que nos permitan olvidar nuestras penas físicas, instruirnos y mejorarnos. No hay tiempo perdido si de él sacamos algún provecho útil. Muchos de los que están en la calle lo pierden y malgastan su libertad que de nada les sirve.

Háblame de tus estudios, de lo que más te gusta y del lugar que ocupas en la clase. Me han dicho que eres estudiosa ¿Es cierto? ¿Haces todo lo que puedes? El deber de todo estudiante es aspirar al primer lugar: lo obtendrá sin duda el que posea más voluntad y constancia; pero no debe conformarse solamente con ser el primero en los estudios; sino también en el comportamiento, en el ejemplo, en el compañerismo, la amistad y la comprensión para los demás. A los profesores, respetarlos, a los compañeros, entenderlos. Muchas veces pensamos mal de los que realmente no sabemos comprender ¡Cuántas veces hacemos infelices a los demás por esa razón!

Los años del Colegio son los más felices: esto nos lo repetían siempre los mayores, pero nunca lo comprendíamos. No hay felicidad mayor que una lección bien aprendida. Cuando somos grandes y nos enfrentamos a la vida nos damos cuenta de la inmensa utilidad de los estudios y siempre nos queda un pequeño remordimiento por el tiempo que podamos haber perdido. La juventud es la edad preciosa del aprendizaje: todo nos impresiona y todo lo retiene nuestra mente, es la edad de las ilusiones que serán realidades si sabemos forjarla con nuestro esfuerzo.

Tu Colegio es magnífico, yo sé que tú lo quieres mucho y lo querrás más a medida que pase el tiempo. Sus métodos tradicionales de enseñanza por su sentido práctico y por su perenne preocupación por el desarrollo pleno de la personalidad del alumno hacen de él una verdadera fragua de caracteres. Tú me dirás ¿y cómo sabes eso? Sencillamente porque en la educación hay distintos sistemas de enseñanza, distintos puntos cardinales por decirlo así. Si conocemos el rumbo no hace falta estar en la nave para conocer su meta. Además yo lo recuerdo desde que era estudiante: los alumnos del Cristo gozaban de muy buena fama y los muchos que conocí justificaban plenamente esta buena opinión.

Agustinita, no estés nunca triste porque tus hermanos estén presos. Piensa en la Historia de nuestra patria que tú has estudiado y comprenderás el sentido de nuestro sacrificio.

Hoy no te escribo más; espero me contestes pronto. Recibe un abrazo cariñoso de tu hermano que te quiere.
Fidel

La noche de ese mismo día, víspera de la tercera sesión del juicio, se presentaron en su celda dos médicos del penal. El propósito de aquella inesperada visita lo denunciaría unas semanas después en lo que sería su alegato de defensa.

(...) «Venimos a hacerte un reconocimiento», me dijeron. «Y quién se preocupa tanto por mi salud», les pregunté. Realmente, desde que los vi había comprendido el propósito. Ellos no pudieron ser más caballerosos y me explicaron la verdad: esa misma tarde había estado en la prisión el Coronel Chaviano y les dijo que yo «le estaba haciendo en el juicio un daño terrible al gobierno», que tenían que firmar un certificado donde se hiciera constar que estaba enfermo y no podía por tanto seguir asistiendo a las sesiones. Me expresaron además los médicos, que ellos, por su parte, estaban dipuestos a renunciar a sus cargos y exponerse a las persecuciones, que ponían el asunto en mis manos para que yo decidiera. Para mí era duro pedirle a aquellos hombres que se inmolaran sin consideraciones, pero tampoco podía consentir, por ningún concepto, que se llevaran a cabo tales propósitos. Para dejarlo a sus propias conciencias, me limité a contestarles: «Ustedes sabrán cuál es su deber: yo sé bien cuál es el mío».

Ellos después que se retiraron, firmaron el certificado; sé que lo hicieron porque creían de buena fe que era el único modo de salvarme la vida, que veían en sumo peligro. No me comprometí a guardar silencio sobre este diálogo; sólo estoy comprometido con la verdad, y si decirla en este caso pudiera lesionar el interés material de estos buenos profesionales, dejo limpio de toda duda su honor, que vale mucho más. Aquella misma noche redacté una carta para este tribunal (...)

Al Tribunal de Urgencia
Fidel Castro Ruz. Abogado, personado en su propia defensa en la causa No. 37 del presente año, ante esa Sala expone respetuosamente lo siguiente:

1º Que se trata de impedir a toda costa mi presencia en el estado actual del juicio con el fin de que no se destruyan las fantásticas falsedades que se han tejido alrededor de los hechos del día 26 de Julio y de que no se conozcan los horribles crímenes que se cometieran ese día en las personas de los prisioneros, escenificándose la más espantosa matanza que conoce la historia de Cuba.

Con tal motivo en el día de hoy se me ha comunicado que no concurriré al juicio por estar enfermo, siendo la verdad que me encuentro perfectamente bien de salud sin dolencia física de ninguna índole, pretendiéndose de ese modo burlar de la manera más inaudita a ese Tribunal.

2º Que a pesar de las reiteradas comunicaciones del poder judicial y de la última que remitiera esa Sala a las autoridades de la prisión demandando el cese de nuestra incomunicación por ser ilegal y delictiva, sigo totalmente incomunicado sin que en los 57 días que llevo en esta prisión se me haya permitido tomar el sol, hablar con nadie, ni ver a mi familia.

3º Que he podido conocer con toda certeza que se trama mi eliminación física bajo pretexto de fuga o cualquier cosa parecida, y que a tal efecto se han estado elaborando una serie de planes y coartadas que faciliten la consumación de los hechos. Reiteradamente lo he denunciado. Los motivos son los mismos que expuse en el No. 1 de este escrito. Igual peligro corren las vidas de otros presos, entre ellos, los de las muchachas que son testigos excepcionales de la masacre del día 26.

4º Solicito de esa Sala que proceda ordenar inmediatamente mi reconocimiento por un médico prestigioso y competente como pudiera ser el Decano del Colegio.

(...) Esa fue la carta que, como sabe el tribunal, presentó la doctora Melba Hernández en la sesión tercera del juicio oral el 26 de Septiembre. Pude hacerla llegar a ella, a pesar de la implacable vigilancia que sobre mí pesaba. Con motivo de dicha carta, por supuesto, se tomaron inmediatas represalias: incomunicaron a la doctora Hernández, y a mí, como ya lo estaba, me confinaron al más apartado lugar de la cárcel. A partir de entonces, todos los acusados eran registrados minuciosamente, de pies a cabeza antes de salir para el juicio.

Vinieron los médicos forenses el día 27 y certificaron que, en efecto, estaba perfectamente bien de salud. Sin embargo, pese a las reiteradas órdenes del tribunal, no se me volvió a traer a ninguna sesión del juicio. Agréguese a esto que todos los días eran distribuidos, por personas desconocidas, cientos de panfletos apócrifos donde se hablaba de rescatarme de la prisión, coartada estúpida para eliminarme físicamente con pretextos de evasión. Fracasados estos propósitos por la denuncia oportuna de amigos alertas y descubierta la falsedad del certificado médico, no les quedó otro recurso, para impedir mi asistencia al juicio, que el desacato abierto y descarado (...)

Caso insólito que se estaba produciendo señores magistrados: un régimen que tenía miedo presentar a un acusado ante los tribunales; un régimen de terror y de sangre que se espantaba ante la convicción moral de un hombre indefenso, desarmado, incomunicado y calumniado. Así, después de haberme privado de todo, me privaban por último del juicio donde era el principal acusado. Téngase en cuenta que esto se hacía estando en plena vigencia la suspención de garantías y funcionando con todo vigor la Ley de Orden Público y la Censura de Radio y Prensa. ¿Qué crímenes tan horrendos habrá cometido este régimen que tanto temía la voz de un acusado?

Finalmente el juicio se celebró el 16 de octubre en el Salón de Actos de Enfermeras del Hospital General Saturnino Lora.

Tiempo

La ficha del Reclusorio Nacional para Hombres en Isla de Pinos, a nombre de Fidel Castro Ruz, con fecha 17 de octubre de 1953, sólo describía en apariencia al joven que acababa de llegar, sancionado a quince años de prisión como máximo dirigente y organizador del Movimiento Insurreccional que asaltó el Cuartel Moncada, la madrugada del 26 de Julio. Decía:

> Filiación del penado: Blanco. Fidel Castro Ruz/ Hijo de: Ángel y de: Lina/ Natural de: Birán/ Provincia de: Oriente/ Vecino de: Calle 17 No. 336. Nicanor del Campo. Marianao./ Estado: Casado/ Años de edad: 26/ Oficio: abogado/ Inscripción. Tiene pelo: castaño, Cejas: castañas, Ojos: pardos oscuros, Nariz: recta, Cara: angulosa, Boca: chica, Barba: escasa, Color: blanco, Estatura: 1.80 cm. Señas particulares: Lunares diseminados por la espalda. Una cicatriz extensa en la región inguinal, al lado derecho. Al parecer de operación apendicular. Una cicatriz en el tercio superior de la pierna izquierda. Dirección: Ramón Castro. Central Marcané. Oriente.

Sin embargo, aquel informe minucioso era superficial. La enumeración abrupta y exhaustiva, como el pulsar de los dedos sobre una Underwood de oficina policial, no conseguía perfilar su personalidad.

Lo trasladaron a las nueve de la mañana. Hacía muchas horas que no dormía porque los días previos a la sesión final del juicio, trabajó intensamente preparando el alegato donde denunció las torturas, los crímenes y la despiadada orden de matar a diez prisioneros por cada soldado muerto. Dibujó el cuadro dantesco de la República y presentó un programa social revolucionario. Su vehemente intervención se extendió por dos horas, a cuyo término expresó:

> Los hechos están recientes todavía; pero cuando los años pasen y el cielo de la Patria se despeje, cuando los ánimos exaltados se aquieten y el miedo no turbe los espíritus, se empezará a ver en toda su espantosa realidad la magnitud de la masacre, y las generaciones venideras volverán aterrorizadas los ojos hacia este acto de barbarie sin precedentes en nuestra Historia. Pero no quiero que la ira me ciegue, porque necesito toda la claridad de mi mente y la serenidad del corazón destrozado para exponer los hechos tal como ocurrieron, con toda sencillez, antes que exagerar el dramatismo, porque siento vergüenza como cubano que unos hombres sin entrañas, con sus crímenes incalificables, hayan deshonrado, nuestra Patria ante el Mundo.

Luego el Tribunal de Urgencia de la Audiencia de Santiago de Cuba lo sancionó a quince años de cárcel.

Los días más rudos sólo habían pasado en apariencia. Fidel tenía esa sensación cuando el avión militar alzó el vuelo y se distanció del lugar donde su vida valía tan poco, donde como únicos alivios para el alma, recibía las visitas de Angelita, Myrta, el niño, y Ramón; la conversación fugaz con Raúl y la comunicación subrepticia con Melba.

Aquel 17 de octubre, poco antes de marcharse, pasó un telegrama a don Ángel: «Salgo hoy Isla de Pinos. Estoy bien cariños. Fidel»

Luego de aquel tiempo inabarcable, reunidos de nuevo junto a los Moncadistas, enviaron un telegrama a Birán como mensaje de alivio:

Nueva Gerona
Octubre 18 1953 las 9, a.m.
Lina Ruz. Birán.

Estamos bien.

Fidel y Raúl.

Ese mismo mes, el día 27, Fidel escribió:

Queridos padres:

Recientemente recibimos carta de esa. Tanto Raúl como yo estamos perfectamente bien de salud y deseamos que no se preocupen por nosotros. El pasado día 23, Myrta, Emmita y Lidia estuvieron en ésta a vernos, también trajeron a Fidelito que está crecido y fuerte. Se ha señalado el tercer viernes de cada mes como día de visita para nosotros desde las 12 m. hasta las 3 p.m. El próximo caerá por lo tanto el 20 de noviembre.

En esta prisión prácticamente no necesitamos dinero pues no se gasta absolutamente nada, está un poquito mejor organizada que la de Boniato. En cuanto a cuestiones de ropa Myrta se ha encargado de enviarnos lo necesario. Invertimos nuestro tiempo en estudiar y enseñar a los demás. Todo el mundo nos envía libros y estamos organizando una Academia. Según noticias es unánime el criterio en la calle de que nuestra prisión será breve.

Esperando tengan mucha conformidad, se despide de ustedes con besos y abrazos su hijo

Fidel.

Fidel y Raúl sabían que su padre era un hombre mayor y procuraban callar todo lo que pudiera desvelarlo o hacerlo sufrir, por eso disminuían el rigor de la prisión y atenuaban los peligros que los amenazaban. Deseaban que en su cumpleaños setenta y ocho, sintiera la cercanía y el amor de los hijos a pesar de la distancia y los sinsabores de aquellos días. Raúl escribió con su letra redondeada y pequeña:

Querido papá:

Espero que al recibo de esta te encuentres bien en unión de todos, nosotros bien.

Hoy día 4, lo primero que hacemos al levantarnos, son estas líneas para que veas que te recordamos con todo el cariño que te mereces, ganado como buen padre que siempre has sido. Este mes como caso especial, nos han cedido dos días de visita que serán el domingo 13 y el viernes 25 y según Mongo nos dijo, Mami piensa venir a vernos este mes, aunque nosotros tenemos muchos deseos de verla, creemos que es mejor que no venga hasta el próximo mes de Enero, pues en primer lugar: si ella viene a vernos ahora, Ud. y las muchachitas se quedarán solos en estos días de Pascuas, que tanta falta hacen las madres en los hogares. Así estos días pasándolas Uds., unidos estaremos mejor nosotros. En segundo lugar: hace solo unos días, el 20 del pasado mes, recibimos una amplia visita y además seguramente que Myrta y Emma o Lidia nos vendrán a ver en esta oportunidad.

Si es posible nos hacen algunas letras para saber de ustedes, ya que son pocas las noticias que recibimos de esa. Díganos sobre todo el estado de su salud, puesto que últimamente ha estado enfermo.

Bueno, padre, sin más por el momento; déle muchos cariños a todos, un fuerte abrazo a Alfonso de nuestra parte y usted reciba todo el cariño y felicitaciones de sus hijos que le piden la bendición:

Raúl y Fidel

Unos meses después, mientras llovía a cántaros. Fidel, que raras veces salía al patio, miraba las fotografías de Fidelito. Le descubría expresiones de hombre y lo encontraba más grande y más fuerte. Se sobrecogía por el paso del tiempo y confesaba: «Fidelito ya escribe su nombre. ¿Quieres algo más conmovedor para su orgulloso papá?»

El incendio comenzó por el altillo. Don Ángel olvidó uno de sus tabacos en la mesita de noche, junto a la lámpara. El tapete bajo la campana de cristal fue lo primero en incendiarse con unas llamaradas intensas, extendidas en un segundo al entablado del piso y las paredes de la casa de pino. Pocos muebles pudieron salvarse de las llamas. Ardieron las cartas y las fotografías de la familia, las estampas religiosas de Lina, la colección de estuches de tabaco de cedro, que don Ángel guardaba, los horcones de caguairán, los tablones de la escalera del mirador, donde anidaban los pájaros, y el fuego que se reflejaba en colores vivos, quebró la luna de los espejos.

Era el 3 de septiembre de 1954. Una de las lavanderas de la zona, se persignó:

—¡Ave María, si un espejo roto son siete años de mala suerte!

El presagio comenzó a susurrarse como la pólvora por todo el batey.

Los hombres no sabían qué hacer, corrían de un lugar a otro impotentes. La gente se reunió alrededor del incendio, pero no había remedio, no existía manera de poderlo apagar para evitar el desastre total.

«Siempre se puede volver a empezar», pensó Lina en su desconcierto.

Don Ángel recorría con la mirada las ruinas humeantes y sin confesarlo a nadie dijo para sí «Es el principio del fin» y no sabía cómo ni por qué pero todo aquello le recordaba los tiempos de la guerra, durante su primera estancia en Cuba.

Con la ausencia de la casa grande, Birán entró en otro tiempo. Quizás se trataba de todo lo contrario, quizás él era quien marcaba el inicio de la decadencia y los agotamientos. No deseaba pensar, pero continuaba meditabundo, mientras anhelaba que no se le agotaran las fuerzas.

Don Ángel no olvidaría nunca la mirada de Santa Martínez, la mujer de Paco, allá en la tienda de Hevia, donde Santiago Silva trabajaba como dependiente. Él pidió que le dejaran ver los titulares de un diario recién llegado de la capital y al ver la noticia sobre la incomunicación de Fidel por más de treinta días, afirmó con orgullo que era un hombre. Ese día, Santa lo había observado con brillo en los ojos al ver la satisfacción y el orgullo del padre ante la entereza del hijo.

Cuando se incendió la casa, don Ángel y Lina vieron derrumbarse los pilotes y desaparecer las habitaciones de tantos recuerdos, pero la vida los había colocado en circunstancias mucho más dolorosas y asumieron la desgracia con resignación.

Por fortuna, para entonces Angelita vivía en lo que antes fuera el hotelito del batey y allí conservó, con su ancestral desvelo por las pequeñas cosas, las estampas fotografiadas por los artistas ambulantes en los años 1920 y 1930, las memorias más antiguas de la casa y la familia.

Cándido Martínez, que todavía ejercía el oficio de la ebanistería y fabricaba guitarras y laúdes, demoró tres días haciendo divisiones en la casa de los altos del bar La Paloma. Acondicionó las habitaciones provisionales, y luego hizo grandes armarios y cómodas para guardar la lencería que habrían de adquirir, camas amplias de caoba, mesas de noche y portarretratos.

Ramón dirigió la remodelación de La Paloma. Los trabajadores construyeron una meseta de azulejos, en la cocina; sobre el piso de ocuje y júcaro, colocaron mosaicos, y abrieron algunas ventanas. Juan Socarrás lo pintó todo de azul.

Apenas faltaban unas semanas para el año de prisión. Desde el primer momento, Fidel concentró sus esfuerzos en definir los perfiles del Movimiento, para que continuara la lucha sin olvidar a los caídos ni dejar de hacer por la revolución verdadera. Con zumo de limón escribió las cartas que darían a conocer «La historia me absolverá» más allá de las paredes de la cárcel.

Un principio era inviolable: «No puede hacerse ningún acuerdo sin la aceptación de nuestro programa, no porque sea nuestro, sino porque él significa la única revolución posible.» Y esclarecía: «Si queremos que los hombres nos sigan hay que enseñarles un camino y una meta dignos de cualquier sacrificio. Lo que fue sedimentado con sangre debe ser edificado con ideas.»

Cuando Batista visitó el penal, Fidel junto a los otros compañeros, demostró su rebeldía incluso detrás de las rejas y entonó bien alto el *Himno del 26 de Julio*. En represalia, las autoridades carcelarias le confinaron a una celda aparte y además, clausuraron la Academia Abel Santamaría. Fue entonces que los diarios publicaron la noticia de su incomunicación y don Ángel se llenó de orgullo por él, ante Santa Martínez y el resto de los vecinos reunidos en el portal de la tienda de Hevia.

Las angustias de la cárcel no se reducían a los intentos de asesinato, la censura de la correspondencia, o el tedio acechante y tortuoso del encierro. Vivía las experiencias más insólitas y absurdas. Llegó un momento en que solo tuvo compañía cuando en la pequeña funeraria, delante de su celda, y detrás de una mampara, tendían en capilla ardiente algún cadáver. «Me volveré mudo», presagiaba Fidel.

Miraba los tomeguines asomados a las altas ventanas. Se sobreponía a la humillación de las sombras durante cuarenta noches, «con una lucecita de aceite pálida y temblorosa».

Atento al desvanecimiento de la luz al oscurecer se fabricaba sus propias, parpadeantes y pálidas lámparas de aceite para despedir a las sombras y la soledad, sumergido en las páginas de algún autor famoso, sobre la historia de un pueblo, las doctrinas de algún pensador, las teorías de un economista o las prédicas de los apóstoles o de un reformador social. Deseaba conocer todas las obras, repasaba las listas bibliográficas con la misma ansiedad con que acariciaba la esperanza de leer los libros consignados y ambicionaba cabalgar el tiempo que le faltaba, que no alcanzaba para más, incluso allí, donde podría alguien imaginar que fuera apacible y sempiterno. Para él, enamorado de Cuba y del sueño de la Revolución, encender la llama significaba ganarle la partida, detenerlo, prolongarlo o conferirle una intensidad perpetua. Sin embargo, las lecturas de la *Feria de vanidades* de William Thackerey, *Nido de hidalgos* de Iván Turgenev, *El caballero de la esperanza* por Jorge Amado, *El secreto de la fortaleza soviética* por Dean de Canterbury, *Fugitivos del amor*, por Eric Knight, y de *Así se templó el acero*, de Nikolai Ostrovski, le recordaban la premura fugaz de las horas, pasaban al instante, como un soplo de sal marinera o un rumor de hojas anunciadoras de aguaceros en el monte. Atraparlas, guardarlas en una cajita de cedro como las que el viejo coleccionaba y dejarlas transcurrir o volar, era algo más allá de lo concebible o probable.

Uno de esos días en que espantaba la oscuridad de su celda escribió:

> Me había dormido acabando de leer la *Estética trascendental del espacio y el tiempo*. Por supuesto, que espacio y tiempo desaparecieron un buen rato de mi mente. Kant me hizo recordar a Einstein, su teoría de la relatividad del espacio y tiempo, y su fórmula famosa de la Energía: $E=mc^2$ (masa por el cuadrado de la velocidad de la luz); la relación que pudiera haber entre los conceptos de uno y otro, quizás en oposición; la convicción de aquel de haber encontrado criterios definitivos que salvaban a la filosofía del derrumbe, vapuleada por las ciencias experimentales y los imponentes resultados de los descubrimientos de este: ¿Le habría ocurrido a Kant lo mismo que a Descartes cuya filosofía no pudo resistir la prueba de los hechos, porque contradecía las leyes probadas de Copérnico y Galileo? Pero Kant no trata de explicar la naturaleza de las cosas, sino los conocimientos mediante los cuales llegábamos a ella; si es posible conocer o no conocer y según ello, cuándo son aquellos acertados o erróneos; una filosofía del conocimiento, no de los objetos del conocimiento. Según esto, no debe haber contradicción entre él y Einstein. Sin embargo, ahí están sus conceptos de espacio y tiempo, puntos básicos para elaborar su sistema filosófico. Y cabría la contradicción? Claro que no será difícil cerciorarse, pero mientras me hacía esa pregunta, igual que otras muchas que continuamente nos

asedian, pensaba en lo limitado de nuestros conocimientos y en la vastedad inmensa del campo que el hombre ha labrado con su inteligencia y su esfuerzo a través de los siglos. Y aún la misma relatividad de esos convencimientos entristece (...) Y en medio de todo esto, no dejaba de pensar si valdría la pena invertir mi tiempo estudiando muchas de esas cosas y su posible utilidad con vista a resolver los males presentes (...)

En aquel encierro imaginaba el tiempo en breves segundos, le descubría olores de temporal, lo denso en la impaciencia, la humedad en los helechos, lo frágil en la muerte, el cuerpo en la luz y lo efímero en el aire.

Soportó la soledad noventa días y enfrentó los sufrimientos causados por las diferencias ideológicas que lo distanciaban de la familia de su esposa y que terminaron por destruir su hogar. Rafael Díaz Balart, el cuñado, que había ascendido a las altas esferas del gobierno en la dictadura batistiana, lo subordinó todo a sus ambiciones, y en cuanto a Fidel, dijo que si no había vomitado sangre, la iba a vomitar ahora de verdad. A Fidel, le dolía la injusticia y la impotencia al oir todas esas cosas en prisión, donde nada podía hacer, y reafirmaba: «lo poco que he hecho con suma infinita de sacrificios y noble ilusión no lo podrán destruir, destruyendo mi nombre (...) después de llorar y sudar sangre, ¿qué le queda a uno por aprender en la escuela del dolor?»

Durante el tiempo de aquella prisión fecunda, recibía los tabacos que le mandaba Mongo desde Marcané y la alegría de las visitas de la casa, al principio de Myrta, Fidelito, Emma, Lidia y después, de su madre. Escribía más tarde cartas de amores platónicos en la distancia y de sublimes sentimientos de amistad, con referencias literarias y convicciones firmes: «Estoy lleno de fe en el porvenir», «En Cuba hacen falta muchos Robespierres» o «no desanimarse por nada ni por nadie». Allí probó su fuerza de voluntad, y terminó de forjar su visión del mundo y el sentido de su vida.

Su alma encontró alivio en la lectura de las obras de José Martí, Víctor Hugo, Stefan Zweig, Roman Rolland, Dostoievsky, Kant, Carlos Marx, Anatole France, José Miró Argenter, y Le Riverend, entre otros.

Para quien fuera a verlo, su camastro rodeado de libros semejaba una isla en medio de la habitación. A pesar de aquella aparente insularidad, después de conocer las tristes noticias de Birán, expresó:

> Termino estas líneas, que ya van siendo largas; al escribirlas, muchas penas me agobian: mi casa en Oriente, donde nací y crecí, acaba de ser destruida por un incendio (...) Sin embargo, aunque mil penas me crucifiquen, no desmayo ni me desaliento, ni se aparta un minuto de mi pensamiento la idea del deber.

Aún restaban por vivir etapas duras y situaciones conmovedoras como la desorientación del Movimiento afuera, el reecuentro con Raúl y la carta del padre de Renato Guitart. A los combatientes del Movimiento 26 de Julio no los volvería a ver en dieciséis meses.

El hombre espantó los mosquitos, el calor y la pereza del silencio, para sumergirse bajo la gasa que recubría el viejo camastro y escribir sin la premura de otras veces, como para no dejarse arrastrar por la ansiedad durante los últimos días en la prisión. En la habitación solo quedaban entre el silencio y el recuerdo de la humareda algunos libros: *Guía política*, *Instantaneas psicológicas*, *Autobiografía* de Ramón y Cajal, y seis o siete más de otros autores. El resto de la pequeña biblioteca fue empacada según la clasificación: historia, economía, literatura, cuestiones sociales y políticas.

Allí, disponía sobre su futuro de manera singular. A Lidia, su hermana, apoyo esencial durante sus días más arduos y desventurados, le escribiría una carta que perfilaba sentimientos y ética:

> Valdré menos cada vez que me vaya acostumbrando a necesitar más cosas para vivir, cuando olvide que es posible estar privado de todo sin sentirse infeliz. Así he aprendido a vivir y eso me hace tanto más temible como apasionado defensor de un ideal que se ha reafirmado y fortalecido en el sacrificio. Podré predicar con el ejemplo que es la mayor elocuencia. Más independiente seré, más útil, cuanto menos me aten las exigencias de la vida material ¿Por qué hacer sacrificios para comprarme guayabera, pantalón y demás cosas? De aquí voy a salir con mi traje gris de lana, desgastado por el uso, aunque estemos en pleno verano. ¿No devolví acaso el otro traje que no pedí ni necesité nunca? No vayas a pensar que soy un excéntrico, o que me haya vuelto tal, es que el hábito hace al monje, y yo soy pobre, no tengo nada, no he robado nunca un centavo, no le he mendigado a nadie, mi carrera la he entregado a una causa. (...) Si nada gano en estos instantes, lo que tenga me lo tendrán que dar, y yo no puedo, ni debo, aceptar, ser

el menor gravamen de nadie. Mi mayor lucha ha sido desde que estoy aquí insistir y no cansarme nunca de insistir, que no necesito absolutamente nada; libros sólo he necesitado y los libros los tengo considerados como bienes espirituales.

También Raúl había encontrado refugio para sus angustias en la costumbre de escribir «cartas reglamentarias», el 22 de abril expresa su preocupación por el viejo, que se había recuperado como por arte de magia con la noticia de que la amnistía podía convertirse en realidad. Por eso en una exclamación esperanzada dice «Ojalá podamos llegar a tiempo».

A punto de volver a la lucha fuera de la prisión, Fidel repasaba entre párrafo y párrafo, entre una idea y otra, el pasado reciente y remoto y no se permitía debilidades, porque si las hubiese tenido, por pequeñas que fuesen, pensaba que no podría esperarse nada de él.

Diez días después, Fidel le escribió a Zenaida, la madre de Jesús Montané, y sin proponérselo explicaría el significado sensible y profundo que tenían en su vida, la gente y los espacios de la casa:

Querida Zenaida:

Vea cómo usted se acordó de nosotros y nosotros nos acordamos de usted el día de las madres. Yo le enviaba un abrazo en la carta al viejo por la mañana, y por la tarde llegaba la suya con un «sentido abrazo para nosotros». No sé lo que habrán pensado ustedes de que yo les haya escrito tan pocas veces. He vivido en la creencia de que no era necesario hacerlo con frecuencia para que tuvieran ustedes la seguridad de mis sentimientos; como otras veces les he dicho, para con mi propia familia ¿Por qué escribo tan pocas veces? Es tal vez el modo que tiene uno de aislarse contra los recuerdos del mundo que está más allá de la raya divisoria. Siempre que he estado sumergido en un libro me ha costado mucho trabajo dejarlo para escribir una carta. Leyendo la mente se evade de la prisión que queda olvidada durante horas enteras; al escribir una carta, en cambio, todo nos la recuerda y la recuerdan sobre todo, aquellos a quienes las dirigimos y que por nosotros sufren. Hay en esta actitud nuestra un poco de egoísmo, pero hay también algo de generosidad, deseamos no sufrir, pero deseamos también y bastante, que otros ni sufran ni se molesten por nosotros (...)

Recuerdo perfectamente cuando estaba en los primeros grados, a esa edad en que todo hiere vivamente la imaginación, la vez primera que oí narrar la parábola del hijo pródigo. Lo que más me conmovió de la parábola fue el pasaje aquel en que el padre iba todas las tardes a un alto para esperar el regreso de su hijo; sabía que algún día tendría que volver. La recordaba leyendo su carta con parecidos sentimientos de emoción. Solo que esta vez el hijo no fue a derrochar fortuna; sino dignidad y honra (...)

Ausencia

Alfonso, el hermano de Gildo Fleitas, uno de los combatientes que atacó el Moncada junto a Fidel, llevaba tiempo trabajando en las oficinas de Birán. Había decidido marcharse y todo indicaba que no habría forma de persuadirlo. Don Ángel lo lamentaba porque en los últimos años, nunca había funcionado mejor la administración de la propiedad y obligado por su ausencia, tendría que revisar él mismo los papeles de la finca.

Envuelto en la vorágine casi ininteligible de las contadurías, el bastón apoyado en la silla de trabajo, con el sombrero sobre la mesa y el tabaco entre los labios, don Ángel atendía las informaciones del noticiario cuando de pronto escuchó que Fidel se encontraba enfermo, muy delicado de salud. Una punzada leve le hincó el pecho, se impresionó y comenzó a pasear la habitación con demora. Una aflicción de témpano en pleno deshielo se reflejaba en su rostro, sudaba mucho y miraba a su esposa buscando refugio. Sobre los hombros de Lina pesaba la preocupación por todos.

Primero Raúl y luego Fidel marcharon a México, casi de inmediato, tras la amnistía, a mediados de 1955. A la alegría inmensa de tener al menor de los varones en la casa, le siguió la certeza de que su vida corría peligro. Cuando Raúl volvió a Birán, conversó largamente con su padre, porque no lograba convencerlo; el viejo no quería que sus hijos se fueran tan lejos y solo cambió de opinión esa misma tarde al escuchar el noticiero, donde aseveraban que existía una denuncia contra su hijo menor por poner una bomba en el cine Tosca, en la Víbora, un lugar desconocido para Raúl. Aquel encuentro fue la despedida definitiva, aunque ninguno de los dos tenía esa certeza, probablemente el viejo lo intuía. En la pequeña habitación que era utilizada por don Ángel como oficina-comedor y salita privada, Raúl se dirigió al viejo y le dijo: «ya ve papá, no nos queda otro camino» y el viejo asintió, resignado y triste, seguro de que era inevitable aquel sacrificio. Después, Raúl se asiló en la embajada de México y partió hacia el país azteca.

Unas semanas más tarde viajó Fidel, el 7 de julio, cuando ya no era posible soportar el ambiente asfixiante de probables atentados, censura radial y televisiva y persecución constante. Para entonces había sido designado como máximo dirigente del Movimiento 26 de Julio.

Al salir de Cuba, dejaban integradas además, la dirección nacional y la de Oriente. Ramón fue a verlo a La Habana y le aconsejó guarecerse en una embajada, pero Fidel aseguró con su acostumbrada intrepidez política que se iba por el aeropuerto. Los hermanos se fotografiaron en la escalinata, frente al Alma Máter de la Universidad de La Habana, y se despidieron por un prolongado e irrecuperable período de tiempo.

Resultaba demasiado arriesgado pasar por Birán antes de marcharse. Raúl estuvo allá, pero a Fidel no le quedaba otra alternativa que privarse de esa felicidad largamente ansiada. Después de todo lo vivido, anhelaba el abrazo de su padre, el beso de Lina, la cálida y absoluta sensación de amparo que experimentaba a la sombra de los cedros de Birán, la cercanía de los familiares y amigos eternos.

Su presencia podría complicar aún más la situación, colocar a sus padres como blanco de odios y represalias. Estaba obligado a resguardarlos de la guerra desatada y confió a Raúl el instante intenso y tierno de volver a verlos.

Tenía la absoluta seguridad de que don Ángel los apoyaba. Sabía que estaba preocupado, intranquilo, pensando que las dificultades eran muy grandes y que tal vez ellos morirían, pero aún así estaba de acuerdo con su lucha.

Lina y don Ángel leyeron las declaraciones de Fidel a la prensa:

> Ya estoy haciendo la maleta para marcharme de Cuba, aunque hasta el dinero del pasaporte he tenido que pedirlo prestado, porque no se va ningún millonario, sino un cubano que todo lo ha dado y lo dará por Cuba. Las puertas adecuadas a la lucha civil me las han cerrado todas. Como martiano, pienso que ha llegado la hora de tomar los derechos y no pedirlos, de arrancarlos en vez de mendigarlos. La paciencia cubana tiene límites.
>
> Residiré en un lugar del Caribe. De viajes como éste no se regresa, y si se regresa es con la tiranía decapitada a mis pies.

Poco después, el 9 de septiembre de 1955, Raúl escribiría desde México:

> Ya somos cuatro combatientes aquí. Fidel no te escribirá hoy porque lleva dos días sin dormir, escribiendo y mandando instrucciones para Cuba, que dicho sea de paso, todo lo relacionado con nuestro movimiento está marchando a las mil maravillas y

cada día que pasa nos encontramos más optimistas, llenos de fe, aunque nunca la hemos perdido, ni en los peores momentos (...)

Lina enfrentaba sus dolencias y las de su esposo, con hidalguía. Se sometía a un nuevo tratamiento con inyecciones que la mejoraba, pero don Ángel no lograba recuperarse del todo: primero fueron las fiebres de un constipado, luego la hidropesía. Lina quería llevarlo a la Colonia Española en Santiago o a La Habana, pero él sólo estaba de acuerdo con ver al cardiólogo Suárez Pupo, de Holguín. El día del viaje, los sorprendió un temporal en el camino y debieron pasar la noche relampagueante en casa de Ramón, en Marcané.

Durante la sobremesa, don Ángel hablaba de los muchachos. Estaba preocupado porque no sabía si les había llegado el giro de cien pesos que les había enviado. Al escucharlo, Lina se preguntaba si el frío sería tan fuerte en México como lo era en La Mensura, la meseta de los pinares, donde el rocío quemaba al desprenderse del follaje.

La noticia de la enfermedad de Fidel los sobrecogió. El padre llamó a Lidia a La Habana, consternado y ansioso por recibir noticias de su hijo. Ella acababa de comunicarse con Raúl y logró tranquilizarlo, convenciéndolo de que no existían motivos para tanto desvelo. Fidel se restablecería pronto, su enfermedad era todo el invierno que no le cabía en el cuerpo, la secuela de la vida solitaria y húmeda de la prisión, los insomnios, la excesiva actividad y el arduo trabajo.

En la distancia, a Fidel le daba pena con los viejos, aunque sabía que no estaban solos, porque allá, en la proximidad del batey y la familia, permanecían Ramón y su familia en Marcané, Angelita, los niños y Juanita.

Fidel sabía que sus padres se inquietaban por ellos. La preocupación les nublaba la tranquilidad y les quitaba el sueño. Los viejos tenían la niebla del mar en el pensamiento y su ánimo sólo cambiaría con el regreso de los hijos. Por eso, Fidel valoraba aún más el apoyo de sus padres, su cariño incondicional, su entereza y respeto.

Emma y Agustinita vivían con Lidia en La Habana. Emma concluía el tercer año de Pedagogía y finalizaba sus estudios de piano. Agustinita, cursaba el Secretariado en inglés y español.

—¡Cualquier día ese animal te da un susto, ya no estás para esos largos recorridos por la finca! –protestaba Lina ante el empecinamiento de don Ángel en su rutina. De modo habitual, él llenaba las alforjas de tabaco y se iba en el caballo blanco a repartir provisiones entre los trabajadores, sin hacer caso de los reparos de su esposa.

Según su opinión, la bestia era mansa y la montura negra, de primera, con la pieza superior repujada, en decoraciones florales como una copia del paisaje montuoso de Birán. Tenía felpa en la hondura para amortiguar los golpes. Las cinchas, arneses, estribos, «guarderas», y el «hogador», eran metálicos; adornados con cintas coloridas.

Otras veces, don Ángel andaba cuadrilla por cuadrilla, para distribuirle desayuno a la gente, con la delicadeza de solicitar el consentimiento del capataz como condición primera e ineludible. Hacía el recorrido en uno de aquellos vehículos de dos diferenciales, similares a un camión ligero, muy utilizados en el campo que Lina manejaba con destreza. Era una mujer «de armas tomar». La gente ponía de ejemplo la ocasión en que le ordenó al chofer del camión en que iban a Marcané, atravesar de todas maneras el río crecido. La corriente volteó el carro y los que en él viajaban se libraron de la muerte de pura casualidad.

En esa obstinación temeraria, Fidel se le parecía. Cuando alguien titubeaba, él intentaba demostrar lo contrario, y muchas veces arriesgaba la vida, sobre todo cuando no daban paso los bravos los afluentes del Nipe.

Esa tarde don Ángel regresó temprano de sus habituales rondas y dictó una carta para Raúl que después firmó de puño y letra:

Birán 3 de..............
Sr. Raúl Castro

Estimado Hijo:

He recibido tu carta por la cual veo que estás bien de salud, y Fidel sabía por la radio que estaba en New York. Yo de mis males me encuentro un poco mejor, Lina estuvo en la Colonia en Santiago unos cuantos días porque se le infectó una inyección, ya esta aquí, y se encuentra mejor.

Supongo que en estos días te habrán girado algo de la Habana, y anteriormente lo habrán recibido también, todo se hace como se pueda, ya que la situación mía no es muy ventajosa. Por lo demás todos estamos bien.

Ruego a Dios por la salud y tranquilidad de Uds., y reciban la bendición de sus padres que siempre les recuerdan con todo el afecto y cariño.
A. Castro

D. Reciban saludos míos, escribiré
Alfonso

Al principio, Fidel vivía en un pequeño cuarto contiguo a la casa de María Antonia donde la seguridad era precaria, por lo que decidió trasladarse a un lugar no muy cercano. Entonces aún no transcurría el invierno y el tiempo pasaba volando, en aquellos días a mediados de 1955, cuando había tanto por hacer: establecer los contactos, escribir y agrupar a los hombres en el exilio, preparar la expedición.

La escasez de fondos, el rigor de los entrenamientos, las dificultades para comprar y ocultar las armas, mantener el vínculo natural del grupo en México con la Isla, y conseguir un medio de transporte para realizar el viaje, caracterizaban el exilio que se aproximaba al final.

Los muchachos habían perfilado su puntería en el campo de tiro Los Gamitos, donde comprobaban la graduación exacta de los fusiles al disparar. El Coreano, uno de los entrenadores mexicanos a quien llamaban así porque era veterano de la guerra en ese país, propuso un día tirar a la altura de sus rodillas separadas; pero Fidel nunca consintió que se hiciera algo así, debido al riesgo arbitrario y desmedido.

Transcurrido poco más de un año de su arribo al país, conseguía eludir con eficacia los servicios de inteligencia del régimen batistiano. Tenía indicios que lo hacían desconfiar de Evaristo Venereo, un hombre del que no tuvieron más noticias después de las detenciones del verano. A principios de 1956, Fidel recibía informes sobre los planes de atentado a su persona. Con su encarcelación y la de otros compañeros, el peligro de no poder realizar la expedición en el año prometido, se convirtió en realidad. Para él, cumplir la palabra empeñada tenía un valor inestimable, pues la promesa expresada en el *Palm Garden* de Nueva York se proponía levantar la moral de la gente descreída y frustrada.

En el cuarto de La Paloma, se mantuvo la misma disposición de las camas que en la casa grande, quizás para sentir la habitación con la misma familiaridad cálida del mirador, donde don Ángel y Lina iniciaron sus amores y criaron durante muchos años a los hijos. Allí, en el lugar más íntimo de Birán, el viejo guardaba la foto de Fidel que Lidia le envió desde La Habana.

El 31 de diciembre de 1955, las dolencias de don Ángel empeoraron y fue necesario llamar al médico con urgencia. Se sobrepuso a la crisis porque, a pesar de sus ochenta años, continuaba siendo, un hombre fuerte a quien el corazón fallaba sólo en intermitencias fugaces.

Ramón y Juanita trabajaban juntos en la administración de la finca, aunque don Ángel seguía siendo la máxima autoridad y decidía en los asuntos esenciales. En realidad, hacía falta empeñarse duro para volver a sacar a flote aquella tierra, como si la decadencia del dueño condicionara con ella, la suerte de la finca. Solo los cedros conservaban su esplendor imperturbable.

A los intensos trabajos de la zafra, sobrevino un tiempo de inercia. El viejo apenas velaba por sus colonias de caña, cifraba sus esperanzas en la vega y los sembrados de maíz, y algunos lo consideraban un esfuerzo inútil, algo así como la última prueba de sus ánimos emprendedores. Juanita mostraba expectativas discretas en relación con los ingresos que tendrían. Según ella, los capataces no laboraban ni exigían lo suficiente y el trabajo con los subcolonos resultaba engorroso.

Ramón se ocupaba de los sembradíos. Vivía pendiente del clima, los métodos de cultivo, la limpia de los campos, y la reparación y mantenimiento de los equipos. Supervisaba y emprendía, con la misma disposición con que Lina administraba el comercio donde vendían bisuterías, ropas, víveres, bebidas y artículos de ferretería. También mantenía la contabilidad rigurosa de los suministros disponibles en el depósito, detrás de la tienda. Allí había laborado por muchos años Antonio Castro. Ahora trabajaban en el almacén: Pedro Pascual Rodríguez, a quien todos llamaban Paco, y Jesús Fusté, el muchacho enamorado de Ramonita, una de las hijas de la tía Belita quien vivía en Camagüey y visitaba Birán todos los años durante las vacaciones.

Lina regresó de la capital con su esposo, después de haber sido atendida por el doctor Milanés, director de una clínica en Boyeros. El médico la ingresó, para curarle la úlcera en la pierna, don Ángel no quiso marcharse y se quedaron juntos durante los tres meses del tratamiento. Ella empeoró y lo que al principio era una pequeña llaga, se convirtió en un verdadero cráter. Don Ángel sufría con el dolor de su mujer. Deseaba operarse una hernia, pero después de los análisis clínicos, los especialistas no aconsejaron la intervención, debido a los cansancios del corazón que el viejo sufría sin dolor. Los esposos Castro determinaron volver. La larga permanencia en la clínica había sido un verdadero derroche de tiempo y dinero.

A Lina, un médico de Cueto le recetó unas almohadillas medicamentosas, que obraron el milagro de cicatrizarle la ulceración en poco más de una semana. Convaleciente, guardaba cama debido a las complicaciones que los problemas de circulación le causaban.

Con sarcasmo unas veces y escepticismo otras, los diarios y publicaciones de la capital, mostraban incredulidad en relación con las palabras de Fidel Castro: «Puedo informarles con toda responsabilidad que en el año 1956 seremos libres o seremos mártires.»

—Confío en esa premonición –respondía don Ángel cuando le preguntaban.

En la casa no existía duda de que Fidel regresaría a Cuba ese año. Lo conocían demasiado bien. El viejo pasaba el tiempo pendiente de la noticia, del regreso, como en la historia de la *Biblia*, en que el padre iba todas las tardes a un alto y aguardaba ansioso el retorno del hijo pródigo, aquella parábola poética del «Antiguo Testamento», que tanto había impresionado a Fidel de niño.

Desde el Moncada, don Ángel vivía orgulloso de los muchachos y seguía sus pasos, atento a los detalles, las sutilezas o las noticias. Lina experimentaba una sensación distinta, ella era la madre y como tal, rezaba fervorosa, por la vida de sus hijos, deseando con toda el alma verlos de vuelta en la casa, sanos y salvos.

Los perros aullaban afuera y la brisa húmeda de los pinares empapaba las hojas de tabaco y los mosaicos del piso. Don Ángel resbaló a la una de la madrugada. Aún faltaban horas para las primeras luces. Angelita se encontraba en La Habana y Ramón en Marcané. Emma, Lidia y Agustina, ya estaban exiliadas en México. Juanita permanecía en la casa. Nadie presintió la urgencia. Al mediodía llegó Ramón. Trasladaron al enfermo al Hospital de la United Fruit Company, en el poblado de Marcané, donde trabajaba el doctor Jaime de la Guardia Silva. Enviaron un aviso al doctor Fajardo, de Mayarí y esperaron por el cardiólogo Suárez Pupo que, como debía viajar desde Mayarí, no pudo atender a don Ángel, hasta el atardecer.

Según los especialistas, se trataba de una hernia estrangulada. A las cinco de la tarde lo trasladaron al quirófano. Un momento antes, el cura entró en la habitación y don Ángel se confesó y comulgó.

Ramón pasó la noche a su lado, escuchando sus disposiciones para cuando se marchara definitivamente. Hablaba de Fidel y Raúl, y no olvidó mencionar el anillo del brillante que debía heredar Fidel, porque lo había prometido al primer bachiller de la familia. Ramón eludía la conversación. No quería que el viejo pensara en el final, no podía ser que se acabara su tiempo antes del regreso de «sus muchachos», pero al anciano se le apagaron las fuerzas, el 21 de octubre de 1956. Restaban sólo cuarenta y dos días para el desembarco de la expedición revolucionaria.

Ramón no sabía cómo avisar a Fidel, así que llamó a la CMQ y la emisora radial transmitió la noticia. A Fidel le dieron la noticia sus hermanas, que presenciaron su conmoción callada. Fidel telefoneó desde México. El ejército rodeó la casa de Ramón en Marcané. Alguna gente, atemorizada, no asistió al velorio. Dos compañeros del Movimiento 26 de Julio llevaron unas azucenas blancas y entregaron a la familia una nota breve: «Muchos no vienen porque tienen miedo.»

Para el entierro, como una larga y lenta ola, llegaron los trabajadores del batey. Conmovía sobre todo, ver a los haitianos más ancianos hacer el recorrido a pie, apoyados en sus bastoncillos de guayabo, a lo largo de los ocho kilómetros hasta el cementerio desolado, demasiado distante de los cedrales y alejado del canto de los mayitos que copaban las ramas de los júcaros en el Birán de Ángel Castro.

Habían transcurrido sólo tres días desde que Fidel llamara de México, y ya el Servicio de Inteligencia Militar de Holguín, buscaba a Ramón para interrogarlo sobre la conversación sostenida con su hermano. En Birán, presagiaban tormenta y la misma lavandera que se persignara, frente al incendio de la casa grande, aseguraba que todos aquellos infortunios se debían a la mala suerte de los espejos rotos...

Fidel recordaba lo que su padre, anciano y enfermo, decía con frecuencia: que iba a morir sin ver de nuevo a sus hijos. Podía comprenderlo bien porque ahora, antes de marchar a Cuba, él vivía una situación muy similar, tras encuentros y desencuentros obligados, se despedía otra vez de su hijo Fidel Ángel, sin saber si algún día volvería a verlo. Había recibido de él una pequeña nota, escrita en 1955. Con la caligrafía de sus seis años y un «Querido papá», encabezaba las palabras en las que le confesaba cuánto lo extrañaba, le deseaba que estuviera bien, le decía que al terminar esa carta iba a jugar pelota y le pedía que se cuidara. «Juego a los soldaditos todos los días» y finalmente se despedía con «un millón de besos de tu hijo que te adora. F. Ángel». El 18 de noviembre de ese año, el niño redactó una composición sobre sus padres: «(...) yo amo a mi papá porque él es muy bueno conmigo (...)» y expresaba que lo quería ver porque hacía mucho tiempo que no lo veía.

Meditaba cuánto había quedado por preguntar al viejo, por saber de su vida. Habría sido maravilloso conversar con él sobre esas mínimas cosas que, sólo cuando alguien no está, se definen como una nebulosa densa e impenetrable.

Fidel debía crecerse ante la amargura de la pérdida, razonaba y soportaba, pero ninguna de esas actitudes mitigaba su pena. Para él la fortaleza no consistía en la insensibilidad. Necesitaba ser fuerte y lo sería. Solo quien es capaz de ser sensible, debe sobreponerse, aunque nunca consiga olvidar. Permanecía en silencio y abstraído, perdido en los recuerdos. Colocó los tabacos al lado del agua. Tenía quince años cuando el viejo le brindó por primera vez habanos y vino como una forma de distinguirlo sin palabras ni elogios, porque respetaba su presencia y autoridad con una discreta admiración inconfesada.

Con el clima seco de México la capa suave de los tabacos se debilitaba y se partía. Tomó uno de los que se conservaban intactos y comenzó a absorber el humo con la misma fruición con que su padre lo hacía el día que ellos asaltaron el Cuartel Moncada. Años después, en los días difíciles de la Sierra, se acostumbraría a reservar uno en la mochila para los momentos más reconfortantes y para los más difíciles. Así conseguía soportar la escasez, hasta que llegaban buenas o malas noticias. Si se trataba de un acontecimiento feliz, lo disfrutaba sentado en un horcón caído. Si llegaba una noticia dolorosa, sobre un compañero muerto o un problema grave, entonces se apartaba y fumaba pensativo su tabaco.

Raúl impresionado y triste escribió entonces a su hermana Juanita:

> Con la muerte de nuestro padre, sé los sufrimientos que estás pasando. El tiempo y el ánimo no me permitieron hacerte unas líneas. A última hora es ya imposible, pero te envío esta foto y con ella todo el cariño que por ti he sentido, reiterándotelo una vez más. Llénate de fortaleza y valor ya que los tiempos que se avecinan así lo requieren. ¡Ojalá los pueda ver pronto a todos!
>
> Te quiere siempre
> tu Raúl.
>
> Nov. 24 de 1956.

Raúl se había fotografiado en el estudio Nuevo Hollywood, del Distrito Federal. El último día del exilio, antes de enrolarse en la expedición del yate *Granma*, envió el retrato a Lina como una cercanía tangible.

¡Madre Querida!

En estos momentos ¿qué puedo decirte?
Sólo que tengo inmensos deseos de verte y que te quiero más que nunca. Pase lo que pase, siempre en el recuerdo tendrás un hijo que te adora eternamente.

Tu Raúl

Nov. 24 de 1956

Con una exactitud de relojero o de afinador de pianos, Fidel había preparado la expedición a Cuba, una minuciosidad solo comparable con la otra de Fernando Magallanes al pensar en el avituallamiento de sus barcos para la búsqueda de un paso del Atlántico al Pacífico.

El navegante portugués no olvidó ni las lámparas de aceite, ni la sal, ni los libros de navegación, ni las brújulas, ni los tratados sobre las estrellas y los vientos, ni las reses, ni los mapas, ni las sogas, ni las mantas, ni los anzuelos, ni los arcabuces, ni las dagas, ni los desvelos.

El jefe de la expedición a Cuba, posiblemente conoció los ímpetus del portugués por las lecturas del austríaco Stefan Zweig. No olvidó embarcar lo imprescindible en el yate *Granma*: las geografías del Caribe y de las corrientes del Golfo de México, las armas, las galletas y el agua, las historias de gaviotas, delfines y huracanes, las mochilas y las cantimploras, las cajas de balas, las linternas, los libros, la radio, el ansia revolucionaria de cada uno de los ochenta y dos hombres y aquella definitiva resolución de desembarcar con un fusil al hombro, en una costa cualquiera de Cuba.

Las imágenes se superponían unas a otras. El río Pantepec permanecía en calma aquella noche de noviembre de 1956, pero mar afuera la situación era otra. Los relojes y los sueños sincronizaban su tiempo. El oleaje estremecía la estructura del barco. Cuando iniciaron la travesía sobre aquel mar violento, los hombres, doblados sobre sí mismos como ovillos de lana, soportaban a duras penas el mareo y las náuseas. El argentino, Ernesto Guevara, aún no conocía la sonrisa de Camilo Cienfuegos. En el yate, el argentino buscaba anhelante las ampolletas de adrenalina mientras sus pulmones se ahogaban de tanto retener la brisa. Se le hundían los ojos en un abismo insondable y opaco, con una palidez ascética y una sensación aletargada por la adrenalina que le inyectó Faustino. No soportaba las crepitaciones de los huesos y la piel en ese inhalar y exhalar desesperado como el jadeo de un perro viejo, agotado. Esbozó una sonrisa. Permanecía desvelado mientras los otros dormían en un confuso ambiente de alientos y sudores. Olía a sal, aceite, pintura y vómito. El ayuno y los hedores mareaban la vista, ensordecían los oídos en agudos timbres y revolvían el estómago hasta los espasmos. El yate apenas avanzaba. Las vigas de madera parecían quebrarse a cada bofetada de las olas. El argentino volvió a sonreír en un gesto sutil, elegante y sin apuros. La sonrisa era su talismán, como una rebelión contra la inflamación de los bronquios, la timidez de sus pulmones. En los entrenamientos de Rancho Santa Rosa, donde disparó unos seiscientos cincuenta cartuchos y caminó los siete andares, realizó como castigo planchas disciplinarias por «pequeños errores al interpretar órdenes y leves sonrisas (...)» El viaje era una pesadilla, pero Ernesto prefería burlar los malestares y cansancios con esa distensión de los labios y el espíritu que nada podía evitar y que era su mejor carta de triunfo. Fue en el Hotel Soda Palace, en San José de Costa Rica, donde tomó en serio al flaco Ñico López, asaltante al Moncada. Luego de conocerse, él partió a Guatemala, a vivir la democracia revolucionaria de Jacobo Arbenz. Cuando Estados Unidos derrocó aquella experiencia social por el «pecado» de expropiar un cuarto de millón de acres a la United Fruit Company, viajó a México y volvió a reunirse con Ñico y los demás. Por unos centavos vendía las fotografías, que sacaba a los transeúntes y turistas en el Distrito Federal. Conoció la capital recorriendo las calles con los zapatos gastados y la única camisa, convenciendo a las familias sobre lo bien que lucía en la foto el niño de la casa. En aquellos días trabajó en los IV Juegos Panamericanos para una supuesta Agencia Latina, con amigos como Vero, de los tiempos de Costa Rica, y Roberto Cáceres, *el Patojo*, de Guatemala. Montaron un cuarto oscuro donde revelar los rollos y ampliar los negativos; todo terminó mal. Quienes los contrataron desaparecieron sin decir adiós... y sin pagar. Los mediodías hacía guantes con Vero, alternando con su oficio de aliviar enfermos en el Hospital General y dictar clases en la Facultad de Medicina de la Universidad Nacional Autónoma. Entonces se le antojaban demasiado pesimistas los versos de Boudelaire, el poeta francés de *Las flores del mal*, «al albatros que sus grandes alas blancas arrastra tristemente como dos remos rotos sobre la embarcación» y no entendía por qué asociación de la mente, recordaba a sus viejos. En cuanto pudiera escribiría a casa. «Queridos viejos. Estoy perfectamente. Gasté sólo dos y me quedan cinco. Sigo trabajando en lo mismo. Las noticias son esporádicas y lo seguirán siendo pero confíen en que Dios sea argentino. Un gran abrazo a todos. Teté». Aún le dolía Guatemala. Lo único que podía compensar su frustración, era la «aventura del siglo». Evocaba la fría noche en que había conocido a Fidel en casa de María Antonia. Desde el principio, sintió que lo ligaba a él un lazo de romántica simpatía, la idea de que valía la pena morir en una playa extranjera por un ideal tan puro. Después, en las prácticas de tiro y la preparación guerrillera, aprendió las tácticas de la guerra con Alberto Bayo, un veterano de la Guerra Civil Española, y tuvo la impresión de que era posible el triunfo. Su puntería empezaba a perfilarse como la de un cazador profesional, cuando lo detuvieron en el rancho y lo trasladaron a la cárcel de inmigración. Entonces surgieron sus temores, porque de extraditarlo para Argentina, la distancia entre sus afanes y Cuba sería inmensa, casi insalvable y él no podría vivir como un rifle guardado en el escaparate de una armería, mientras la revolución americana estallaba afuera. Fidel no lo abandonó, porque no conocía esa palabra, y no aceptó ser liberado si con él no liberaban también al joven Guevara. Fidel agradecería siempre al general Lázaro Cárdenas por interceder a su favor para que lo pusieran en libertad. Poco tiempo después, la deserción de un hombre en el campamento de Abasolo, convirtió en una cuestión vital salir de Tuxpan en el momento programado: la noche del 24 al 25 de noviembre.

Navegaban rumbo a los riesgos. A esas alturas Fidel ya conocía que la velocidad era mucho menor que la calculada en las apacibles aguas del río. Se molestó consigo mismo y maldijo su ingenuidad poco previsora. Cuando el mar estuvo en calma, graduó la mirilla de las armas belgas, suecas y norteamericanas. Su entrenamiento había sido tan eficaz que al disparar con fusiles de mira telescópica, con uno de cada tres disparos, a seiscientos metros, lograba abatir un plato de perfil. El 27 de noviembre, día de sol en el Golfo, recordó que esa era la fecha señalada para poner el telegrama en México y aunque nunca estuvo muy de acuerdo con avisar, pues significaba correr un gran peligro, finalmente accedió. De esa forma Frank y Celia estarían al tanto de la expedición y podrían cumplir lo acordado. Dio órdenes de confirmar el desembarco antes de iniciar las acciones; pero le preocupaba que en Cuba esperaban que eso ocurriera en la fecha calculada y no dos días después. Cerca del destino final, Roque cayó al mar y la profunda oscuridad demoró el rescate. Casi al amanecer, en un último esfuerzo, cuando ya no quedaba combustible, se acercaron a la costa con la esperanza de no haber ido a parar a un cayo perdido en el azul.

El primero en lanzarse al agua fue René Rodríguez. En ese momento el Che le preguntó a Raúl el nombre de la embarcación para anotarlo en su diario y ambos bordearon el costillar del barco, como si se tratara de un enjuto Rocinante. Con el agua al pecho llegaron hasta la popa, donde estaba la inscripción. Al principio pensaron que decía *Gamma*, como la letra del alfabeto griego; luego leyeron *Granma*. Pero la leyenda no era la del amasijo de maderas que no llegó a quebrarse en medio de la travesía, sino la de los hombres que aquella vez, sedientos y exhaustos, rompieron las espinas y el manglar.

Años después, alguien escribiría basándose en un testimonio del Che:

> (...) y llamarle a eso una expedición de desembarco era como para seguir vomitando pero de pura tristeza. En fin, cualquier cosa con tal de dejar atrás la lancha, cualquier cosa aunque fuera lo que nos esperaba en tierra –pero sabíamos qué nos estaba esperando y por eso no importaba tanto– el tiempo que se compone justamente en el peor momento y zas, la avioneta de reconocimiento, nada que hacerle, a vadear la ciénaga o lo que fuera con el agua hasta las costillas buscando el abrigo de los sucios pastizales, de los mangles, y yo como un idiota con mi pulverizador de adrenalina para poder seguir adelante, con Roberto, que me llevaba el Springfield para ayudarme a vadear mejor la ciénaga (si era una ciénaga, porque a muchos ya se nos había ocurrido que a lo mejor habíamos errado el rumbo y que en vez de tierra firme habíamos hecho la estupidez de largarnos en algún cayo fangoso dentro del mar, a veinte millas de la isla y todo así, mal pensado y peor dicho, en una continua confusión de actos y nociones, una mezcla inexplicable de alegría y de rabia contra la maldita vida que nos estaban dando los aviones y lo que nos esperaba del lado de la carretera si llegábamos alguna vez, si estábamos en una ciénaga de la costa y no dando vueltas como alelados en un circo de barro (...)

Hubo duda ante la laguna interpuesta en el primer claro, no se sabía si había o no tierra firme, y un vuelco en el corazón cuando Luis Crespo se bajó del árbol donde subió para mirar lejos y dijo que sí, que había potreros y palmas más allá de las enredaderas. Renovaron fuerzas para llegar, llegar, llegar, una palabra que se gastó en el deseo. Cuando por fin alcanzaron el claro fueron a beberse por poca cosa, toda el agua del pozo del patio de la casa del guajiro Ángel Pérez, plantada en su pobreza la mañana tibia de aquel domingo de diciembre, les brindó descanso bajo el techo de guano y los convidó a comer. No alcanzó el tiempo porque era impostergable adentrarse en el terreno. El bombardeo empezó de nuevo por la playa y les seguía los pasos.

En el cañaveral de Alegría de Pío, el cerco militar sorprendió a los jóvenes expedicionarios durante un alto para descansar. Fidel en medio del intenso tiroteo logró avanzar por entre las cañas bajas, acompañado de Universo y Faustino, que insistía en refugiarse en el marabú. Fidel quería continuar bordeando el bosque y casi suicida se disponía a hacer lo que Faustino decía cuando en ese mismo instante, los aviones en cuadrilla arrasaron el marabuzal. Fidel, Universo y Faustino a intervalos avanzaban de un montón de cañas viejas a otro; y al final de cada vuelo rasante y de cada bombardeo; se preguntaban unos a otros si seguían con vida, hasta que se enseñoreó de los contrarios un silencio rotundo y de Fidel, un sueño ineludible que le hizo recordar aquella vez, cuando tras el ataque al Moncada, Sarría lo sorprendió dormido; pero ahora, no permitiría que volvieran a sorprenderlo, así que, tomó su fusil de mirilla telescópica y poniéndose la culata entre las piernas y el cañón en la barbilla, aflojó el gatillo principal y durmió de una sola vez, tres o cuatro horas; con la boca del arma dispuesta al tiro. Despertó abrazado al fusil y aún no había pasado nada. Universo y Faustino vivían y emprendieron encabezados por

Fidel, el camino que los llevaría a romper el cerco y llegar a Cinco Palmas.

Humberto Lamothe, Oscar Rodríguez e Israel Cabrera, quedaron allí con el fusil entre las manos. Pocos lograron burlar el sitio. Ese 5 de diciembre de 1956, Raúl anotaría en su diario: «las 4 y 30 hora de la hecatombe». Juan Manuel Márquez, el segundo jefe de la expedición, se perdió, vagó solitario, hasta que la piel quedó adherida a su camisa, lo delataron y le apagaron a tiros la mirada. Ñico, Cándido, José Smith, Cabañas y David Royo fueron asesinados en Boca del Toro. Otros fueron hechos prisioneros, entre ellos Montané. Raúl anotó en su libreta:

> Detienen el pequeño bombardeo, y yo sigo escribiendo y mientras esté con vida, que tal vez se acabe hoy o mañana, seguiré reportando en mi diario, en el instante, si no estoy corriendo, las cosas que vayan ocurriendo. En estos momentos estamos los seis compañeros tirados boca abajo y pegados a un árbol con unos pocos metros de separación (...) Bueno esto es ¡emocionante, peligroso y triste! voy a descansar un rato y a fumarme un cigarrillo mientras sigue la fiesta; ¡confío en que la naturaleza nos proteja, hasta que podamos salir de este cerco! Ignoramos la suerte del resto del destacamento. Ojalá se salven ellos por lo menos, y puedan seguir la lucha hasta el fin de nuestra causa. Son las doce y cinco.

Unos pocos andaban desperdigados, caminando por las noches, echando maldiciones y malas palabras, comiendo cangrejos crudos y humedeciendo sus labios con las gotas de rocío de las hojas de los árboles, luego de masticar un trozo de caña, taponeando la sangre de las heridas purulentas y moradas, hasta salirse del cerco por los trillos que indicaba la gente buena de por allí, quienes los recibían con el «¡Alabado sea Dios...!» al verlos con vida; a salvo del peligro. Eran la gente de Celia Esther, que brindaban abrigo y comida, y les contaban los horrores de la represión del ejército, prestándose para guiar a la partida de sombras más allá de la carretera, donde se reunirían después los sobrevivientes. El 13 de diciembre, un fuerte aguacero penetró el tupido follaje del bosque donde se habían refugiado de la muerte un grupo de expedicionarios. Raúl, que los encabezaba, se cobijó bajo un árbol que conocía muy bien en su esplendor y bondad, desde los tiempos de Birán. En su diario anota:

> Con Ciro me acomodé debajo de un cedro abandonado y con la ayuda de un saco de henequén de esos de envasar azúcar, pasamos la noche tiritando de frío y calados hasta los huesos. Por la mañana descubrí que los malditos cangrejos, que de noche abundan por miles y de todos los tamaños, habían comido la manga derecha de mi camisa.

De la cabalgada sobre el mar para ser libres o mártires, poco había quedado. Consiguieron reagruparse en Cinco Palmas, ese 18 de diciembre, un reducido grupo de hombres y siete fusiles para enfrentar a un ejército de ochenta mil soldados, una fuerza descomunal que era apoyada en suministros, aviones y bombas por el gobierno de Estados Unidos, una fuerza que veinticinco meses más tarde perdió todos los combates, todas las batallas: Maffo, Guisa, Baire, Contramaestre, Jiguaní, El Cobre, Palma Soriano, Santiago y Santa Clara.

Regreso

Aquella mañana seguramente Pedro Botello Pérez, telegrafista de Birán, encendió el radio bien temprano, intentando sintonizar alguna emisora nacional o internacional. Era un hombre mayor, con una delgadez acentuada por el paso de los años y el hábito de inclinarse a ratos hacia delante, después de pulsar durante mucho tiempo las intermitencias sonoras del telégrafo o mecanografiar las palabras de los mensajes, un trabajo interesante que le causaba estragos irreparables en la espalda.

Hacía frío y la fina llovizna de los primeros días de diciembre había convertido la entrada pedregosa en un verdadero lodazal. Después de desayunar en la casa de su mamá, Ramón se encaminó al correo, retiró el fango de sus botas y escuchó las noticias: Carlos Prío, solicitó una declaración en vivo y aseguró que Fidel Castro era un mártir porque había cumplido su compromiso. Las declaraciones se basaban en una información publicada por el diario *Prensa Libre* que desplegó el siguiente titular en su primera plana: «Muerto Fidel Castro, afirma la United Press.»

Según el noticiario de la emisora radial, el corresponsal de esa agencia de prensa, Francis L. Mac Carthy, reportaba que Fidel Castro, su hermano Raúl y otros treinta y ocho expedicionarios, habían sido interceptados y muertos en el Golfo de Guacanayabo por fuerzas de la aviación y de la marina, el domingo, a las cinco de la tarde.

Ramón se quedó pálido, sin atreverse a regresar a la casa para ver a Lina, le faltaba valor en ese instante áspero y tremendo, para creer en esas pérdidas irreparables. Era algo que consideraba un imposible, confiaba en que Fidel y Raúl se encontraran vivos.

Impaciente, regresó al ingenio. Llegó casi por inercia, sin prestar atención a las veredas en las que el caballo andaba como desorientado en un gris laberinto.

Zelmira, la hija de Adolfo, un obrero del ingenio, lo reconfortó y animó con palabras solidarias. Al salir de su estupor estaba convencido de que sus hermanos vivían.

Un campesino pasó vendiendo un pavo, y lo compró, lo mandó a preparar y guardar en el congelador Crowel de la casa. Cuando Fidel regresara festejarían juntos con una cena memorable. Sin embargo, ese sueño no se cumpliría hasta casi veinticinco meses después, cuando por fin se desvaneció la perplejidad de Zuly ante las premoniciones de su esposo.

Ese mismo día, el doctor Fajardo, el cirujano que operó a don Ángel, recriminó a Ramón:

—¿Cómo puedes felicitarme por el Día del Médico, si tus hermanos están muertos?

—No señor. Ellos están vivos –y lo mandó al carajo. El hombre lo miró desconcertado y pensó que existía un desamparo increíble en aquella ilusión.

Lina sintonizó la emisora para escuchar las noticias del mediodía, según una costumbre cotidiana y ancestral, desde los tiempos en que don Ángel contaba con un aparato receptor, un gran armatoste que preservaba bajo la estricta disposición de que sólo él y Fidel podían conectarlo, en los horarios en que funcionaba la pequeña planta eléctrica. Entre las primeras noticias difundidas por el locutor José Pardo Llada, se mencionaba la muerte de Fidel. El vaso de agua que Lina sostenía entre las manos se rompió al estrellarse contra la pared y llenó de cristales pequeños el espacio reducido donde ella quedó inmóvil. Unos instantes después lloraba con unos quejidos roncos que desbordaban su alma oprimida y desesperada.

Angelita, Cortina, Enrique, el nuevo cocinero y Matilde, la señora que limpiaba la casa, la rodearon para esperanzarla y convencerla de que no debía creer aquella noticia sin fundamentos. Intentaban animarla, pero solo consiguieron calmarla unos instantes.

Ella se perdió en su habitación y arrodillándose ante la Virgen Milagrosa suplicó sin descanso, como enloquecida: «¡Sálvalos, Dios mío, sálvalos!». De repente, regresó cambiada con un revuelo de zorzal:

—Alguien me sopló a la espalda.

Para Lina, aquel airecillo sobre los hombros, aquella exhalación de lo desconocido, era una señal inequívoca de que sus hijos se encontraban vivos. Había sentido un aliento del más allá y una conformidad efímera invadió su mirada. Poco después volvieron sus miedos y, con determinación, salió para Marcané con Angelita.

Ramón intentó disuadirla de sus temores y ella le preguntó insistente e incrédula:

—¿Estás seguro de que viven?

—Sí, no sé por qué, pero lo siento.

A Lina ninguna explicación la satisfacía. Acordaron pasar la noche allí y viajar al amanecer hasta Manzanillo, pero nunca llegaron a ir porque esa misma noche, Batista desmintió por la radio, la información de la mañana.

Lina vivía pendiente del telégrafo, esperando los paquetes de periódicos y la correspondencia con el sello oficial. En Birán no sabían nada nuevo. El batey entero se desvelaba, al tanto de la suerte de los muchachos de don Ángel y Lina. Nadie saludaba o se acomodaba en los taburetes sin preguntar antes por ellos. Lo hacían siempre con la misma persistencia: Ubaldo, Cándido, Carlos Falcón, Juan Socarrás, Polo, Paco, Dionisio, Santa, Dalia, Benito, Matilde, los viejos Cortiña, los Vargas, los Gómez, los Fernández y tantos otros. A la sombra del portal se hacían mil conjeturas con la eterna esperanza de una buena noticia y la confianza depositada en Fidel y Raúl, para que las cosas cambiaran de forma radical en el país. Prácticamente no habían recibido instrucción, pero la mayoría de los trabajadores, gente humilde y honrada, poseían suficiente decoro y luces como para saber que los jóvenes Castro eran gente de ley, y que todo cuanto hacían era también por ellos.

La situación a mediados del mes era un mar revuelto de informaciones contradictorias, falsas expectativas, leyendas y, sobre todo, aprensiones justificadas, porque los crímenes del Moncada persistían en la memoria reciente de todos. Desde el día cinco, Lina había apelado enviando telegramas a Batista y al Cardenal Arteaga, pero sus palabras, como era de esperar, no fueron atendidas...

> Como madre sufrida y enferma del Dr. Fidel Castro y Raúl Castro le pido en nombre de todas las madres, de las madres de los soldados y las de los revo-

lucionarios que combaten en la Sierra Maestra en Oriente, que tengan una tregua para que no se siga derramando tanta sangre entre cubanos. Que Dios ilumine su inteligencia y actúe con cordura y piedad con prisioneros de guerra.

Muy respetuosamente de usted,
Lina Ruz, viuda de Castro.

El mismo día en que Fidel atravesaba los cafetales y salía al fondo de la casa amiga del campesino Mongo Pérez, mientras Raúl acampaba temprano en la zona de La Manteca para más tarde llegar al borde de la carretera de Pilón, ese 16 de diciembre de 1956, los partes de guerra informaban treinta muertos y quince detenidos. La gente hablaba cada vez más de los asesinatos. Lina convenció a Ramón para viajar a Santiago de Cuba e ir a ver a Montané, detenido en una de las celdas del Moncada.

Se hospedaron en el Hotel Venus de la calle Hartmann. Los ojos de Lina traslucían las horas angustiosas de las últimas semanas. Vestía de luto y por momentos, elevaba su mirada como si pidiera en silencio un milagro. Al verla, nadie imaginaba, en aquella mujer adusta, la sonrisa y la elocuencia, su carácter simpático, ocurrente y conversador.

Ramón llevaba todo el peso en medio del temporal, contenía sus emociones, erguido y en apariencia, imperturbable.

Cuando los entrevistaron a su llegada al hotel, Ramón respondió:

«No hemos logrado saber nada. No hay nada concreto que demuestre que lo hayan matado o esté vivo. El mismo gobierno tiene confusión sobre su existencia, por las dificultades que ofrece el terreno donde ocurrió el desembarco. Todos los expedicionarios aseguran que vino en el *Granma* y estuvo con ellos hasta el primer encuentro con la fuerza pública, tres días después del desembarco (...)»

Una síntesis de las palabras fue transmitida por radio. Raúl la escuchó el mismo día 18 de diciembre y apuntó en su diario: «Oí por radio unas declaraciones muy buenas de mi hermano Ramón.» Faltaba muy poco para que el menor de los Castro Ruz abrazara a Fidel, en un encuentro del que escribiría después: «Alex se alegró mucho de que tuviéramos las armas.»

En el calabozo donde permanecía arrestado, Montané le aseguró a Ramón: «Yo no vi a Fidel después de la dispersión», y en voz alta y delante del capitán que condujo al visitante, Montané, rebelde, maldijo una y otra vez su encarcelamiento porque no le permitía luchar contra «estos hijos de puta del demonio».

El periodista Nicolás de la Peña Rubio visitó, bien entrada la noche, la casa de Ramón en Marcané. Hacía sólo unos días había entrevistado a Lina, y ahora buscaba unas fotografías para ilustrar la conversación. Las declaraciones publicadas eran muy valientes: «Sufro como sufren las madres de los soldados y los revolucionarios, pero si ellos, Fidel y Raúl, deben morir, quisiera que lo hicieran dignamente.»

Ella no podía imaginar entonces que un recorte de periódico llegaría a manos de Raúl y que, en la espesura de un campamento rebelde improvisado, sus palabras servirían para confortarlo y enorgullecerlo.

El periodista confirmó antes de marcharse de regreso a Holguín, que en la dirección del periódico *Norte* existía la convicción de que vivían, conclusión a la que habían llegado tras conocer una cadena de hechos y apreciaciones coincidentes. Nicolás sabía que de un momento a otro publicarían la noticia, y prefirió anticiparle a Lina aquella certidumbre del diario. Pidió a Ramón que controlara a su madre y que guardaran silencio. Según el periodista, el Coronel Cowley había confirmado al director del diario la veracidad de la información.

Eran las doce de la noche cuando Ramón salió de Marcané hacia Birán. En la casa, se sorprendieron al despuntar el día, porque la neblina espesa de los pinares se había disipado y restallaba de verde el follaje sin la sombra de las nubes.

Las geografías no traían nombres ni datos. En casa de María Antonia Figueroa, en Santiago de Cuba, los miembros de la dirección del Movimiento 26 de Julio en Oriente buscaban en el mapa el lugar, por donde el primer correo rebelde de la Sierra Maestra, Mongo Pérez, testimoniaba la ubicación de Fidel, al oeste del Pico Turquino. Se inclinaron sobre el mapa sin conseguir localizar el lugar con exactitud. Con una exaltación silenciosa, discreta, celebraron la noticia. Un gran júbilo invadió a todos, especialmente a Bilito Castellanos. La dirección del Movimiento decidió, aquel mismo día, que él viajara a Marcané, pues como allí vivían sus padres nadie desconfiaría de su visita.

Bilito la vio acercarse por el sendero carretero de una de las colonias de caña. Lina andaba a caballo y él en un automóvil.

—¿Cómo está? –la saludó con el cariño de siempre, sin adelantar aún el motivo que lo había llevado hasta Birán.

—¿Cómo estás Bilito?

—Necesito hablar con usted.

—Ah, bien mi hijo, vamos –respondió, intuyendo al verlo, algo trascendente, porque Bilito era un hermano para sus hijos y compartía sus ideales.

El joven no habló nada más hasta llegar a la casa.

—Vengo comisionado por Frank País, y la dirección del Movimiento en Oriente para decirle a usted que, según un emisario que llegó de la Sierra, Fidel y Raúl viven y están muy bien. Nosotros queríamos comunicárselo para que estuviera tranquila.

—¡Gracias Dios mío, gracias!, –exclamó la desesperada mujer con la manos juntas en el pecho y la expresión del rostro transformada por la inmensa alegría.

No sabía cómo atender a Bilito y daba paseítos de uno a otro extremo de la casa, donde no cabía del contento, pues renacían el aliento y las esperanzas.

El 2 de enero de 1957, en el campamento guerrillero, Raúl recordaba: «Creo que hoy es el cumpleaños de mi hermana Emma. Si por donde vive mi mamá el día amaneció igual que por aquí, probablemente pasaría el día más triste de su vida pensando en nosotros, a la intemperie (...)» Tres días después anotó en su diario: «Anoche soñé mucho, dos veces con mi amigo, compañero y hermano Ñico (...)» A la mañana siguiente, como para protegerlo de la frialdad del monte, le llega «el mejor regalo de Reyes que podía esperar, un grueso abrigo militar que por medio de María Antonia Figueroa en Santiago de Cuba y después por medio del compañero Pessant, me había mandado mi mamá (...)»

Las Pascuas Sangrientas estremecieron la región norte de Oriente. En las cercanías de Birán, la mayoría de los trabajadores industriales y agrícolas del ingenio Marcané se referían, consternados, al asesinato de Loynaz Hechavarría, viejo y destacado líder obrero del central y dirigente socialista de la zona.

Después de esa noche, el padre de Bilito ideó ocultar a su hijo en el falso techo de la casa por si llegaban a registrarla, pero nada ocurrió.

Loynaz frecuentaba la colonia de Hevia y se reunía con los hermanos Rodríguez, comunistas desde la década del cuarenta. También asistían otros trabajadores del batey de Castro. Casi todos se habían iniciado como militantes en el Partido y el Sindicato del Central Miranda y sus colonias. Cuando la administración impuso un sindicato patronal, comenzaron las luchas y protestas, y conocieron a Loynaz, un hombre muy enérgico, preocupado por el desalojo de campesinos en la zona de Sao Corona.

Paco y Joaquín Fernández, compadres de don Ángel de toda la vida, eran viejos comunistas, que leían con avidez el periódico *Hoy*, recibido desde la capital por ferrocarril.

Después de las Pascuas Sangrientas, los Rodríguez se marcharon. Paco y su señora, Santa Martínez, viajaron a Cueto, donde los militares no contaban con referencias de su filiación comunista. Eugenio, uno de los hermanos de Paco, había amanecido poco antes ahorcado en una guásima, con la boca llena de hormigas, como amenazaban siempre los soldados. Su cuerpo expuesto a la fría brisa de los cruentos días, sobrecogía a la altura de la mirada, por sus zapatos gastados y la hinchazón de los tobillos, y sólo con mucha entereza, la gente se atrevió a mirar más arriba y descolgarlo del árbol.

A Loynaz lo mataron en el camino a Cueto, la misma noche que asesinaron a otros dieciocho cubanos. El coronel Cowley, jefe del regimiento Calixto García, en Holguín, dirigió las acciones aquella madrugada sin luna ni sereno.

El alto oficial del ejército llegó al amanecer y Lina, con su inalterable sangre fría y su valor a toda prueba, lo invitó a desayunar. En cambio Angelita no pudo contenerse y cuando la mandaron a sentarse al lado del oficial, respondió bruscamente y salió rápido del comedor. Lina sabía que Cowley se proponía intimidarla y además, ejercía de esta forma, una presión mezquina y brutal sobre Fidel y Raúl, como advirtiéndoles que ella, su madre, desprotegida y al alcance del ejército batistiano, podía sufrir una venganza policial.

El teniente Padrón lo buscó en su casa de Marcané, pero Ramón estaba en Birán y por una casualidad no fue detenido. Alguien le avisó, le entregó treinta y seis pesos y una pistola para que se fuera lejos, porque de regresar al central lo iban a asesinar. Ramón se mantuvo cuatro días oculto en un cañaveral, en la colonia de Blanco, cerca del ingenio.

Por el camino fangoso, al pasar el puente La Cachaza, la avanzada de cuatro camiones del ejército, se topó de frente el jeep en que viajaban Lina y su hermano Alejandro. Les ordenaron detenerse, preguntaron el rumbo que llevaban e insolentes registraron el vehículo. Lina indagó con el jefe hacia dónde se dirigían.

—Para Birán, –le respondió el hombre sin percatarse de la identidad de la persona a quien respondía.

—Tengan cuidado –advirtió ella–. Allí hay más de mil hombres y han puesto una bomba de dinamita en la guardarraya, por lo que nosotros hemos dado una vuelta como de una legua para poder pasar y lo hemos logrado con una escolta rebelde.

El oficial ordenó la retirada, sin persistir en el propósito de llegar a Birán y obligó a Lina a encabezar la flotilla frustrada.

—¡Mira que tienes pantalones!, –repetía Alejandro a su hermana durante el largo y demorado trayecto, mientras ella sonreía, convencida de su lucidez y de su derecho a defender al batey de una manera tan inofensiva y con un poder de persuasión tan rotundo.

En el verano, Lina recibió carta de Raúl, a través de Celia, a quién le había escrito antes:

Madrina:

En vista de que «estoy tan gravemente herido,» Fidel me encargó le hiciera unas líneas a mi mamá. Si te es posible mandársela personalmente y aprovecha al mismo tiempo para precisar a Ramón a que «afloje». Con el próximo correo dime los resultados de esa misión.

La misión había sido asignada poco antes, el 22 de junio de 1957, cuando Raúl le escribió a Celia: «Querida Madrinita: (...) ahí te mando una nota para mi hermano Ramón para que le envíes dos mil pesos en bonos de distintas denominaciones. Debes de mandárselos y ponerle un tiempo límite, breve para que haga la entrega (...)»

La prensa publicó que habían asesinado a la madre y al hermano de Fidel, en represalia por el atentado al coronel Fermín Cowley, el 23 de noviembre de 1957. La noticia referida a Lina y Ramón trascendió, se recibieron llamadas desde México y los Estados Unidos, y una ola de rechazo y denuncia recorrió la región y toda Cuba. Batista tuvo que desmentir la información y enviar a los oficiales Pérez Coujil y Lavastida para ofrecer garantías de que no se adoptarían represalias en la casa de Birán.

Ramón pudo volver a la legalidad, pero ya la situación era muy complicada. Aún así, vendía bonos, preparaba sabotajes, gestionaba medicinas y uniformes y andaba por aquellas carreteras del infierno, en franco desafío a las amenazas y los peligros.

Abrieron el refugio por si bombardeaban. Raúl le envió a Ramón indicaciones para sacar a Lina de Birán poco antes de la huelga general de abril. Se marcharon a La Habana, donde vivían en un edificio de apartamentos, cuyo ascensor quedó detenido por falta de fluido eléctrico al estallar una bomba que retumbó muy cerca. Después, Lina insistió y regresaron a Birán.

Polo trabajaba para Castro desde el año 1936, primero como ordeñador, y luego en la pequeña fábrica de quesos. Tenía la piel muy blanca y los ojos claros, vivaces. Hablaba fluidamente con una dicción castiza. Se preciaba de sus buenas relaciones con todo el mundo y de su honradez. Cuando los viejos viajaban a Santiago de Cuba, le encomendaban la casa y él cumplía con exactitud las recomendaciones. Agradecía un mundo a don Ángel y a Lina y sentía afecto por los hijos de aquel hombre que tuvo propiedades y hábitos de mando, pero trabajó y fue humano hasta la esplendidez. Muchas veces practicaba «el borrón y cuenta nueva», cuando los adeudos de algún campesino eran demasiado elevados en el almacén;

en otras, regalaba a los recién casados suficientes provisiones y un hacha para abrirse camino en la vida.

Los muchachos del Movimiento 26 de Julio hicieron un alto en la casa de Polo, recorrieron el sendero hacia los pinares para adentrarse en el monte y sumarse a las tropas rebeldes del Segundo Frente. Eran seis muchachos muy jóvenes y demostraban la arriesgada temeridad de su corta edad. Polo fue hasta el guayabalito, mató un macho y mandó a Reina Luisa, su mujer, a prepararar comida para el grupo.

—Polo, venimos aquí por la confianza que le tenemos. Esto nadie puede saberlo.

Él asintió sin hacer preguntas indiscretas. A los pocos días arribó otro grupo y volvió a repetirse la historia. Dos rebeldes necesitaban bestias para subirlas a la Comandancia de Raúl, y el campesino entregó una yunta de bueyes y un caballo de buen porte, que le había comprado a don Alejandro, el hermano de Lina.

En otra ocasión solicitaron de nuevo su ayuda para empinar jeeps por la loma de Sojo, hacia el Segundo Frente, mientras una avioneta del ejército sobrevolaba La Mensura, en pases inquietantes.

En la familia de Polo se contaban las historias de su hermano Enrique López, en el Ejército Rebelde. En marzo de 1958 dirigió una capitanía. La colaboración de su gente fue muy importante para que, Raúl cruzara en camiones la Carretera Central y lograra sin novedad pasar el llano, para poder llegar a las montañas de la región norte oriental con su columna de combatientes. Raúl así lo reconocía en su carta al Che del 7 de marzo de 1958:

> Después de seis días de marcha, a esta hora, hemos llegado al punto donde debo separarme de Almeida, al que tal vez le dé dos días de ventaja para que

se mueva hacia su objetivo; depende esto de los informes que me traiga hoy Enrique López. Este ciudadano tiene por aquí una columna de escopeteros que sobrepasa a los doscientos, al parecer, bastante buenos muchachos. Por todas las zonas que hemos pasado noté que los quieren bastante. Se ha subordinado completamente a Almeida y al parecer le será muy útil, por lo que no me lo llevaré por ahora; no obstante me prestará tres o cuatro hombres que utilizaré de guías. Todas estas zonas de por acá, aunque con muy poco monte, presentan muy buenas perspectivas bélicas (...) Mi nombre por estas zonas es Luár aunque mucha gente me identifica.

Vale

El 9 de ese mismo mes, escribe a Fidel:

Fidel:
Esta noche parto con todo listo. Dentro de un momento me retiro de este campamento de Enrique para tomar el equipo motorizado. Le he dado dos días de ventaja a Almeida. Aprovecho que Enrique te enviará 200 fulminantes, mechas y algunos obuses de mortero que tienen guardados, no sé cantidad exacta. Yo me llevo algunos cartuchos de dinamita, 100 fulminantes y algunos cocteles molotov más (...)

La gente del batey decía que había pasado por Sao Corona, donde antes vivieron los abuelos, cerca del lugar donde Maceo en la Guerra del 95 instaló la imprenta para editar el periódico *El Cubano Libre*. Raúl atravesó entre las grúas del 31 y el 32, chuchos montados en Birán hacia 1924, cuando don Ángel firmó los contratos con la Warner Sugar Corporation del central Miranda.

El peligro grande de la ofensiva de verano quedó atrás. Lina viajó a la Comandancia de Las Calabazas a fines de septiembre. Sentó a Raúl en sus piernas como si fuera un niño. Habló con él, con la misma ternura del rocío o las sombras cálidas del cedro al dejar pasar la luz. Raúl confesaría después que casi muere ese día de tantas emociones. Atrás habían quedado algunos instantes cruciales, como la detención de los ciudadanos norteamericanos, acción con la cual protestaban y evitaban los continuos bombardeos a los campesinos. Atrás había quedado también, el embate más fuerte del Ejército batistiano y los presagios de una ofensiva en la zona norte, aquel tiempo en que Raúl lo mismo comunicaba a Fidel que podían oírlo todos los días por radio, que solicitaba refuerzos, ciento cincuenta Sprinfield y M-2; los tiempos en que llamaba con el pensamiento a Vilma, enlace esencial entre la Sierra y el llano por medio de quien el Segundo Frente recibía lo imprescindible para su defensa y las acciones. Vilma, a quien primero admiró y después amó. Vilma, guerrillera de la ciudad que tuvo que irse a las montañas cuando la muerte cerraba el cerco cada vez más. En junio de 1958, Raúl confesó a alguien cercano:

> (...) recibí tu nota de protesta y tal vez tengas razón. Pero cuando pienso que por Frank hacer lo mismo, ya no lo tenemos luchando a nuestro lado, insisto cada vez más en que la «rabi-larga» venga para acá. Si la agarran la van a descuartizar, tú te morirás de remordimiento y el movimiento habrá perdido a dos grandes compañeras (...)

En ese tiempo, ya Ramón mandaba a los escopeteros de Birán: Juan Vargas, el cartero de Birán y segundo jefe de la Milicia Revolucionaria en la Insurrección; Carlos Cortiña, Chichito, Manolito Fernández, y Martín, el medio hermano de los Castro, hijo de Generosa, casi todos los primos de la familia y tantos otros jóvenes del lugar.

El Movimiento contaba con la adhesión de todo el batey y el poblado de Marcané. Por la noche, todos conocían el intenso trasiego de pertrechos, uniformes, vehículos motorizados, teléfonos de magneto, equipos médicos y medicinas. De la farmacia de Castellanos salían cargamentos en silencio, disimulados o a la vista de los viejos y las mujeres, porque toda la juventud de la zona se alzaba bajo las órdenes del joven guerrillero Abelardo Colomé, *Furry*, que operaba más allá de las lomas, detrás de Birán y era quien primero recibía las mercancías enviadas por Ramón al Ejército Rebelde.

Ramón permanecía en Marcané porque tenía muy buenas relaciones comerciales con la gente pudiente. Sus gestiones de avituallamiento, resultaban indispensables al Segundo Frente. Tras un viaje a España, subió definitivamente a la guerrilla al final de agosto, cuando su situación en el llano resultó insostenible. Primero debía pertrechar la fuerza aérea, pero después lo trasladaron a la Intendencia General. Debió conseguir combustible, arroz para los hospitales, un gabinete dental, una planta eléctrica, una imprenta, entre tantas otras cosas. Integraron su frente de milicia, más de mil doscientos voluntarios dedicados a la búsqueda de suministros.

El hombre narraba sus recuerdos, como correo de la tropa rebelde, después de tomar un poco de café y descansar del camino largo hasta allí. Lina lo escuchaba sin dejar de preguntarse cómo aquel ser escuálido podía soportar las caminatas interminables por el lomerío. Oyéndolo, regresaba al pasado en intermitencias fugaces e inclinaba el cuerpo hacia delante, como sentada al borde de la butaca de mimbre. El hombre llevaba los zapatos sin cordones y no se ponía medias. Era el dinamismo en persona, gesticulaba exageradamente, narraba las historias del Hombrón con la frondosidad propia de los montunos y se le notaba bajo la piel el alma buena:

«Yo lo veía alambicado al mirar por la ranurita del escopetón viejo y ruidoso: El Hombrón afincaba sus doscientas libras en el arma, miraba, medía, calibraba la distancia, luego se ajustaba los lentes de montura de carey para aminorar la miopía y arrimaba los cristales a la mirada limpia, amanecida, sin ahumaderas ni nubarrones.

»Disparaba y con el disparo se alzaba la espantada de pájaros, alas de mariposas y polvo de hojas, chirriaban los grillos, se escondían los lagartijos y rodaban de una sola escapada todos los goterones de rocío. El tiro se moría rápido, languidecido en un tronco de marañón alabeado, con ese vicio que tienen los palos de combarse en el lomerío.

»Yo llevaba y traía papelitos garabateados que no entendía, pero eso sí, me aventuraba por los caminos con entendimiento de trillos y atajos, a sabiendas andaba por la palma de mi mano, y a mis modos, sin muchos rebuscamientos, comprendía bien, afabricaba los aconteceres de sólo echar una ojeada.

»Esta vez había emprendido la marcha en lo oscuro y después la mañana levantó, anubarrada, como olvidada del azulado, y yo sentía entumidos los huesos, pero seguía subiendo las angosturas resbaladizas del fanguizal empinado.

»En la Comandancia, la escalada era más fácil por los peldaños de madera y las barandas de mar pacífico que Celia mandó plantar para que los soldados rebeldes no rodaran al bajío en lo tupido de la noche, cuando el humo no delataba las posiciones y estaba preparada la comida, arriba en la cocina, situada junto al brocal donde el arroyo era todavía un caudal estrecho recién nacido en la altura.

»Así como estaba yo, pormenorizaba al Comandante y él permanecía quietecito en aquello de marcarle el rumbo a los tiros del arma. Contaría unos treinta y un años y ya no tenía la barba rala de las primeras semanas en campaña. A pesar de su robustez, sus manos eran huesudas: las llevaba de los espejuelos al disparador una y otra vez. Se tapaba de la frialdad con dos camisas, una sobre la otra; fumaba y mascaba tabaco, y a mi figura'o, tenía en la cintura una Browling, la cantimplora y una canana de balas que ponía más peso y torpeza a sus zancadas si se movía de lugar para alcanzarse el fusil de mira telescópica. Fijaba el ojo a la hendija y consultaba con cierta impaciencia los dos relojes en la muñeca izquierda. Poco antes de un combate se le descompuso el suyo y resultó a ver que no sabía la hora y había indicado tirar parejo y esperar por él para la iniciada en el momento justo que no lograba adivinar en el silencio del aire.

»Desde entonces usaba dos relojes para no quedar a la deriva del tiempo detenido, solo una vez recordaba una sensación igual, cuando en México, no calculó que el mar no era el río Pantepec, y el *Granma* se demoró más de lo calculado.

»Desde los días abrileños finales se notaba el revuelo de la aparición de unos diez mil soldados de la tiranía batistiana por todos los contornos de la Maestra, y demasiado movimiento sigiloso de nosotros, éramos unos trescientos hombres y, muchas defensas aparecidas y desaparecidas un día aquí y otro allá, y yo figurándome que el hombrón ya lo pensó todo con anticipo para evitar encontronazos con el enemigo, y juntar a nuestra gente de nuevo a la vuelta de la Columna Uno, menos Raúl, situado muy lejos. En ese ensimismamiento de lo imaginado estaba cuando se me acercó, saludó cumplido y mandó a pasar a la cabaña. Celia trajinaba al fondo y colaba café en un espacio estrecho de celosías de madera, como balcón a la barranca, en la caída de la montaña hasta el arroyo y, por un costado, una escalerita de sube y baja por si se quiere aislar la casa, asentada en troncos de carolina secos reverdecidos bajo tierra; la casa de cobija de guano sin puertas, con paredes como alas de cedro, levantadas o no desde dentro. En la salita, los libros, papeles y mapas atiborraban los anaqueles, y el hijo pequeño sonreía desde las fotografías en la pared. De un lado, la mesa larga y los bancos de cuaba, y del otro, un refrigerador de kerosene con una herida calibre cincuenta en un flanco. Más allá la habitación casi desierta, porque dicen que el Comandante se está brevemente en la comandancia, y acostumbra salir de operaciones y regresa mucho después con el uniforme verde olivo pegado a la espalda y un olor a ungüento amargo de mil demonios.

»Celia había llegado ese día la primerita desde Las Vegas. Ella era para todos como el horcón del medio, también para él. Lo acompañaba en sus recorridos y era a su lado, como un ángel de la guarda. No se estaba quieta nunca y en un abaniqueo constante volaba sin acusar cansancio ni detenerse. Junto al Che, el médico argentino, hacía de lugarteniente del Comandante, mandaba sin titubeos y trabajaba incansable en el suministro a la guerrilla. Ella apadrinaba los casorios campesinos, ahijaba los vejigos que nacían en las lomas y cuidaba de nosotros con un cariño especial de flor y sombra.

»Sin demorar enseguidamente, pasé a cumplimentar mi encargo y saqué de la carterita de nailon el recado que traía para Fidel. El repasó el mensaje con la vista, se haló la chiva en un gesto de hábito y me pidió esperar la contesta; pero primeramente reinició sus paseos crujientes sobre el entablado del piso y se volvió a los oficiales para terminar la idea poco antes suspendida como una rama de copal: "(...) no importa cuántos sean ellos, lo importante es la cantidad de gente que necesitamos para hacer invulnerable una posición (...) y lo otro, lo acostumbrado: atacar, retirarse, emboscar (...)"

»Yo lo escuchaba y me sentía en familia, sin remilgos me estaba allí y recordaba lo que dicen del Hombrón, que vislumbra y conjetura derechamente todas las verdades astuciadas y sueños de justicia. Él descubre quién es quién de sólo mirarlo fijo y augura siempre cosas buenas aunque tenga alucinaciones tristes. Por eso recibí sin azoramiento la seguridad del triunfo de la revolución, en sus palabras de la conversación de ese día, en torno al café humeante de Celia Esther de los Desamparados, que nunca conocí persona mejor nombrada que ella. Cuando principié el regreso, yo iba seguro de que íbamos a capear el temporal de este verano, preludiado con tiempo para prepararnos y vencer. Así que no se preocupe Lina que vamos a vencer.»

Los años y los sufrimientos no habían logrado apagar la vivacidad de sus ojos a pesar de que ya no era la misma. Ante los otros tenía una hidalguía de mastil pero se derrumbaba apenas se quedaba a solas, entonces se sorprendía de su tristeza, ante los más mínimos detalles de la vida que en otro momento su espíritu resistía casi sin inmutarse. Era rigurosa consigo misma al reconocerse frágil; sin percatarse de la entereza con que asumía lo difícil. Sus hijas se encontraban ausentes: Emma vivía en México, Agustinita estudiaba en Suiza; desde febrero de 1957, Angelita se encontraba en La Habana con: Mirtza, Tania, Tony, Mayito e Ileana. Juanita también se había marchado a la ciudad con la idea de viajar a los Estados Unidos. Todas participaban y colaboraban o integraban el Movimiento. Por sus hijas era feliz. Emma incluso, le escribía con entusiasmo sobre sus amores con el mexicano Víctor Lomeli, un hombre de buenos sentimientos, dedicado a trabajar como ingeniero naval.

Consideraba que su lugar estaba en el paisaje polvoriento, pedregoso y ondulado como una anunciación de los pinares. Alguien le había recomendado marcharse; sin embargo, a pesar de los reclamos persistentes para que viajara a otro lugar, donde no fueran inminentes los peligros, permanecía allí, en pleno territorio de guerra, como uno de los troncos de caguairán en el firme de lo que fuera la sombra de la casa grande de Birán. Su apariencia, casi a los cincuenta y cinco años, seguía siendo pujante y resuelta, lo que se acentuaba por la severidad del luto y las dolencias inconfesadas desde que don Ángel murió, el 21 de octubre de 1956. Mantenía la esperanza de vivir el regreso de sus hijos.

El día de la llegada del correo rebelde, apenas contenía su euforia. La oportunidad de enviar una carta era una bendición de los cielos.

7 de agosto de 1958

Querido e inolvidable hijo:

Ruego a Dios de todo corazón que al recibo de estas líneas y siempre, te encuentres gozando de una perfecta salud y que la buena suerte sea como hasta ahora tu eterna e inseparable compañera. Por aquí todos bien. G.A.D.

Te diré que tu hermano mayor fue a España, por iniciativa propia y voluntaria, yo me alegré mucho con ese viaje ya que ha trabajado mucho en estos años y en realidad necesitaba de ese descanso. Estoy muy contenta porque también Agustinita hizo un viaje muy favorable a Suiza para estudiar un año en un

Colegio de ese País, todo esto cotizado por un buen señor que te admira mucho y quiso ayudarla.

Adjunto a esta carta te mando una foto donde estamos tu hijo y yo, esto fue a principios del mes de Abril que fui a visitarlo, como podrás ver está grandísimo y muy bonito, que Dios quiera tenga tus mismos ideales y tu gran valor.

Tengo siempre muy buenas noticias de mi otro hijo pues como está más cerca se me facilita mejor que las que recibo de ti.

Todos los días y a todas horas rezo y le pido al Señor porque muy pronto podamos abrazarnos todos juntos y llenos de felicidad, rodeados de la LIBERTAD que tanto amas al igual que todos los cubanos bien nacidos y que tengan un átomo de grandeza, decoro e idealismo. Toda madre se siente orgullosa de sus hijos aunque estos no tengan más virtud que las de ser sus hijos y nada más, pero ese no es mi caso, pues tengo en Uds. más que a mis hijos a los héroes imborrables de toda una juventud y de todo un pueblo que tiene cifradas sus esperanzas y su fe en aquellos que salieron de mis entrañas y a los cuales vi crecer bajo la mirada que sólo tenemos las madres, hasta llegarse a forjar su propio camino recto y sin manchas y al mismo tiempo les indicabas a tus hermanos (los cubanos) el único sendero decoroso y firme que sin duda es el que están siguiendo en estos momentos. EL DE LA REVOLUCIÓN LIMPIA Y JUSTICIERA, por eso es que me siento doblemente orgullosa de mis hijos que son Uds.

Te pido de todo corazón que me escribas unas líneas cuando puedas, pues me alegrarán mucho y me darán mucho más valor.

Sin más por el momento me despido de ti con todo el cariño de una madre que desea verte pronto y que jamás te olvida.

Que Dios te bendiga
Lina

La carta le llegó sin contratiempos, le parecía algo sorprendente leer las palabras de su madre. Se acomodó en la ladera de la loma, guardó los lentes en el bolsillo y apoyó la cabeza en un saco de carbón, con el cielo, la exuberancia frondosa de los algarrobos y el canto de los tocororos y zorzales, como cobija del espíritu, en la Comandancia de La Plata. Unos días antes había cumplido treinta y dos años. Por esa fecha, partió de Las Vegas, en un caballo dorado grande, junto a Celia, que iba detrás en «una pequeña mula prieta». Recordó que durante el recorrido pensó en todos, especialmente en el viejo que atesoraba las fotografías de los hijos en el espacio más íntimo del hogar, justo en la mesita de noche. La intensidad de las semanas recientes no le había permitido el descanso y definían el curso de la guerra a favor del Ejército Rebelde. Concluida la contraofensiva rebelde en combates memorables, el 18 de agosto de 1958, había dado la orden para que el Comandante Camilo Cienfuegos, con una columna de noventa hombres, extendiera la contienda hasta Pinar del Río, y hacía sólo setenta y dos horas, había asignado al Comandante Ernesto Guevara, al Che, la misión de conducir una columna invasora, integrada por ciento cuarenta combatientes, hasta Las Villas, donde debía operar, según el plan estratégico insurgente: «batir incesantemente al enemigo en el territorio central de Cuba e interceptar hasta su total paralización el movimiento de tropas enemigas por tierra desde Occidente hasta Oriente».

Llovía a cántaros en la serranía, mientras ideaba el plan para sitiar Santiago de Cuba. Los goterones se precipitaban sobre la hojarasca de guasimillas, cedros, caobas y copales con la misma intensidad con que se deslizaban por los inmensos helechos arborescentes del lomerío.

Al recibir la carta de su madre sintió una emoción especial, evocaba todos los desvelos de Lina, el afán porque estudiara, sus insondables sufrimientos, el temple de su estampa enlutada y el apoyo tierno, perdurable en aquel tiempo de cicatrices, zozobras, espantos y alegrías. Cuando terminó de leer, incorporó el torso y levantó una rodilla para apoyar la pequeña libreta de apuntes.

Sierra Maestra
Agosto 24 de 1958

Sra. Lina Ruz
E.S.M.

Querida Madre:

Recibí con mucha alegría tu carta y considero una gran cosa la oportunidad de enviarte estas líneas. Seré breve porque sobre las cosas que podría hablarte habría que escribir mucho o no escribir nada. Tiempo habrá cuando concluya la guerra.

Estoy bien de salud como nunca lo había estado y Raúl lo mismo. Yo puedo comunicarme con él por radio cada vez que quiera, y todo marcha bien.

Sabía ya que Ramón estaba en España y también el viaje de Agustinita. Algún día la familia volverá a reunirse. Puedes mandarme noticias por esta vía y recibir cartas mías con frecuencia.

Muchos recuerdos a todos los buenos amigos que no menciono pero a los que siempre recuerdo y recibe tú muchos besos de tu hijo

Fidel

Quince días después Fidel volvió a recibir noticias en una carta de Ramón a la vuelta de España. Su hermano había viajado en el mes de julio, para acompañar a don Manuel Argiz en su regreso definitivo a su patria. Ese tiempo, Lina lo pasó en La Habana, de donde llegó con un nuevo tratamiento médico. Ramón le contaba además, sobre la caída en combate del hijo de la tía Belita, Roberto Estévez Ruz, de la tropa de Furry en el Segundo Frente, también le hacía llegar fotografías del viaje y una medallita que una francesa le había entregado para él, en Lourdes. Ramón se alegró de la nueva política económica del Ejército Rebelde:

> Me dicen que este año no quemarán más caña, esa noticia me pone contento, que tú cambiaras de táctica, pues supongo sabes que Birán casi toda la caña que molió fue quemada, y muchos retoños que se quemaron dos y tres meses que me cuestan la vida darles

condición, pues por los copiosos aguaceros y no tener paja les sale mucha manigua, pero en eso yo no me meto, puedes hacer lo que tú quieras, al fin tu vida vale mucho más y no tienes miedo a nada, y otras cosas más grandes que las cañas se han perdido, que son los hijos buenos de la patria, que lo han dado todo.

Espero perdones la carta y contéstame pronto, yo cada día estoy más bruto, pero noble. Zuly te manda muchos abrazos y los niños también, nuestra madre y todos.

Te quiere mucho, Ramón

A Mongo, el teléfono de magneto le recordaba el que la compañía de Miranda había instalado en Birán después de 1924, cuando se construyó la línea del ferrocarril con el esfuerzo de los braceros españoles y antillanos. Ellos tumbaban monte, abrían el terraplén a pico y pala y luego halaban los mulos y los carretones.

Por uno de aquellos aparatos clandestinos, instalados en el Segundo Frente, después de una requisa en las estaciones y puestos de ferrocarril, Lina se comunicó con él, aquel 24 de diciembre de 1958, cuando ya Birán era zona liberada: «Ramón ven para acá que aquí está Pitín.» Lina interrumpió la comunicación sin agregar nada más y él pensó que Raúl estaba en casa.

Ese mismo día, con la intuición de que la jornada sería muy agitada Enrique Herrera Cortina, el cocinero de la casa de La Paloma, donde vivían don Ángel y Lina tras el incendio de la casona en 1954, madrugó, coló café y preparó jugo de naranjas. Él trabajaba allí gracias a su amigo Juan Socarrás que lo fue a buscar a las lomas de Mayarí para que trabajara en Birán. Hicieron el viaje a pie, entre los desfiladeros de las lomas, por un camino bien conocido entre los biraneros y los trabajadores forestales de la finca. Socarrás, lo conocía desde hacía muchos años y confiaba en él, tanto como para recomendarlo a don Ángel. Al llegar, Lina preparaba el desayuno y lo saludó sin formalidades: «Ven para acá, ahora coge tú el mando».

Esa misma noche, Lina acondicionó un cuarto cerca de la cocina y lo felicitó por lo bien que había quedado la comida. Ella le permitía disponer, y nunca interfirió en sus labores; todo lo contrario, en reiteradas ocasiones le pedía que atendiera él mismo a las visitas. En esa época llegaban muchos viajantes a Birán, con mil y una propuestas de mercancías. A todos se les invitaba a comer. A veces eran treinta y tantas personas, algo que sólo cambió después, con el luto y las convulsiones de la guerra. Aunque ni así dejó de existir movimiento.

Cortina se sentía a gusto. En la casa llevaban una vida metódica, se levantaban oscuro, trabajaban la mañana; al mediodía reposaban; luego trabajaban de nuevo y a la noche, a más tardar a las nueve o las diez, iban a dormir.

Él le preparaba a Lina los sopones de pollo con bastante condimento de comino. Ella los tomaba bien calientes, en un tazón de loza florido, de una vajilla española.

Cuando don Ángel murió y llegaron las noticias sobre Fidel y Raúl, Cortina le insistía para que comiera y se esmeraba preparando platos que la complacieran.

Con su trato campechano, Lina logró que el cocinero se sintiera tan bien en Birán como si fuera un miembro más de la familia. Además, el joven ya había puesto calladamente los ojos en su sobrina Ana Rosa, la hija de su hermana Antonia, fallecida en 1929.

Ana Rosa se había distanciado de su primer esposo, Ramiro Vega, uno de los billeteros que llegaban a Birán, a quien la gente conocía como El Galleguito. La muchacha vivía con su abuela doña Dominga, en la misma pequeña y acogedora casa del batey.

Ese 24 de diciembre de 1958, avanzado ya el día, Enrique Herrera Cortina sintió el ronco sonido de los motores y los pitazos de los carros. Nunca había visto a Fidel, pero no alcanzó a decir nada cuando sintió los pasos de dos en dos, en los tablones de la escalera de acceso a la casa, en los altos. Fidel sorprendió a Lina, sin concederle un instante para el asombro o las lágrimas. Se abrazaron prolongadamente, luego de unos cuatro años de separación que por su intensidad y lo sufrido parecían mil siglos. Conversaron sobre los grandes y pequeños detalles de sus vidas como si fuera a esfumarse el futuro y no quisieran dejar nada por compartir. Fidel reparaba en el cansancio de la vieja, adusta y frágil en sus vestiduras, en su sonrisa y en su voz. Ella se preguntaba cómo era posible aquel milagro de tenerlo allí, porque aún seguían los combates y la guerra no había llegado a su fin. Su hijo estaba junto a ella, vestido de montaña, con la sonrisa de siempre y el abrazo entrañable de sombra de cedro.

Fidel llegó a Birán acompañado por Celia y otros compañeros y unos doce o catorce hombres armados de ametralladoras. Fue la única vez que Fidel, para algo personal, se alejó por unas horas del territorio donde tenían lugar los principales combates. Dejó atrás el escenario de la guerra; pero no sus deberes, pues desde allí impartió órdenes antes de la toma de Palma Soriano, atravesaron el llano en dos jeeps, hasta dejar atrás los mangos de Baraguá, para enfilar rumbo a Birán, en una operación temeraria y rápida.

Enrique vivió aquella estancia de Fidel como un revuelo tremendo. Él se fue por todas las habitaciones para abrir las puertas y ventanas, afuera aguardaban los campesinos y trabajadores del batey, los rostros familiares de la infancia y la juventud temprana. Los amigos entrañables de siempre. Fidel los abrazaba, charlaba con ellos, preguntaba por la suerte de todos sin olvidar los nombres ni las historias de cada uno.

La llegada a Birán le causaba una profunda impresión. El viejo ya no estaba, tampoco la casa grande ¿Cuántas veces habría soñado don Ángel con ese momento? Levantó la mirada y observó uno de los cedros que a su padre le gustaba plantar y ver crecer en su altura espigada y olorosa. «Lo irreal es su muerte», se dijo mientras andaba entre la alegría y la tristeza, y recordaba la ocasión en que don Ángel le reprochó el despilfarro de municiones. En la guerra siempre recordaba las palabras del viejo, como quien sigue la estela de otro barco en el mar para llegar a puerto seguro.

Su nostalgia y su alegría se confundían en un mar de sentimientos fuertes, tanto como él; le recordaban el sobrecogimiento feliz al derrotar la ofensiva de verano y los días recientes: «son cosas, sensaciones que uno tiene, ya estaba la guerra ganada (...) pero hay algo... uno siente de repente un vacío, es la primera sensación que se experimenta cuando piensas que llevas dos años de guerra y de pronto aquel escenario cambió por completo: se acabó la guerra».

Todo el sendero ancho del Camino Real a Cuba se colmó de gente: españoles de la cofradía de su padre, cubanos de buena ley y haitianos y jamaicanos viejos. Andaba de un lado a otro. Avanzaba con sus pasos de eterno caminante, recorría los espacios entrañables: el puntal alto de la escuela, el correo-telégrafo, la valla de gallos, el almacén, y la casa de la abuelita, donde abrazó a doña Dominga con la blusa llena de imperdibles y medallitas que usaría indefectible a partir de entonces, porque los santos habían escuchado sus plegarias.

Fidel les preguntó a los vecinos y a la tropa si querían comer naranjas y a Lina le disgustó la avalancha desorganizada y tumultuosa, aunque ya no había modo de detener la ola. Ella quería repartirlas, pero sin arrancarlas, cortándolas con unas tijeras, como debía ser para que las ramas volvieran a retoñar, como velaba don Ángel porque se hiciera siempre, naranjo por naranjo, sin prisas para conservar el bosque florecido de azahares con su blancura al pie de los troncos, y las fragancias interminables. Antes, don Ángel descubría allí, el agua en el viento por los confines del naranjal.

Fidel comprendió a Lina, y pensó que tenía razón, pero ya no había remedio, había promovido sin desearlo el pequeño desorden, alentado por el mismo desprendimiento y generosidad de su padre, que restó esplendores a la propiedad y prodigó ayuda a muchos. Fidel lo hizo con el mismo ánimo solidario que inspiraba sus sueños, con la vehemencia con que escribía sobre la sencillez y la elocuencia del ejemplo desde una celda solitaria en el Presidio.

Aquel 24 de diciembre, Fidel le comentó a Ramón: «La primera propiedad que va a pasar al Estado será esta.»

Para Ramón lo más importante era que su sueño se había cumplido. Todo en Fidel era cansancio pero aún así el hermano mayor logró convencerlo para ir a comerse el pavo guardado por veinticinco meses en el congelador de la casa del ingenio. En Marcané, después de la comida de Nochebuena, Fidel habló en el club; pronunció un discurso que no grabaron las cintas magnetofónicas de la época ni publicaron los diarios.

Debía regresar para ultimar los detalles del ataque a Palma y el asalto a la poderosa guarnición de Santiago de Cuba. Ramón y Fidel se separaron en Alto Cedro y volvieron a encontrarse, acompañados por Raúl, a pocos kilómetros de Santiago, el 27 ó 28 de ese mismo mes, en el Santuario de El Cobre, ya liberado, donde se retrataron junto al Padre García, quien fuera rector en Dolores y era capellán en la iglesia.

Al concluir el día, Birán, seguía en su pensamiento como un paisaje de insoslayables regresos. Tenía que seguir la marcha.

Para una de las lavanderas del batey, aquella con apariencia pálida y espumosa, que cinco años antes se persignara al ver los espejos rotos, el 1 de enero de 1959 era la fecha en que comenzaban a desvanecerse de una vez por todas los maleficios.

En los últimos días de la guerra, la Comandancia de La Plata, había quedado atrás. Había sido el lugar en lo profundo de la Sierra más familiar para la dirección del Ejército Rebelde: «el lugar más querido de los momentos decisivos de la guerra, de los primeros combates y de los últimos combates». El sentimiento de apego de Fidel a aquella vida sencilla, dura y austera, de hermandad a prueba de balas, bombardeos, riesgos constantes, y sacrificios, se anclaba entre las montañas, sin imaginar lo que sobrevendría después. Vencida la ofensiva batistiana vislumbró lo que sería su camino en carta a Celia:

> Al ver los cohetes que tiraron en casa de Mario, me he jurado que los americanos van a pagar bien caro lo que están haciendo. Cuando esta guerra se aca-

be, empezará para mí una guerra mucho más larga y grande; la guerra que voy a echar contra ellos. Me doy cuenta que ese va a ser mi destino verdadero.

La revolución se haría para vencer lo imposible y realizar los sueños de justicia e independencia con el mismo aliento de combate y relámpago de los tiempos de la Sierra.

Fidel pensó que iba a extrañar los helechos húmedos, el fango de sus botas, el insomnio obligado durante setecientos sesenta y un días, la naturalidad sorprendente de los combatientes temerarios, las escarpadas laderas de la Sierra Maestra, el aletear de los tomeguines, zunzunes y zorzales, el tiempo de dos relojes en la muñeca, del desafío, del acoso, de los faroles de aceite, de las cobijas de guano, del rostro enjuto de los campesinos que lo habían apoyado desde los primeros y más difíciles días de la guerrilla, el hábito de escribir con letra casi imperceptible o de ajustar las miras de los fusiles, la agilidad de ardilla de los mensajeros y los guías, aquella su breve biblioteca de campaña, su estruendosa maquinita de escribir, los robles, las carolinas y los copales resinosos, las noches impenetrables y el silencio del monte y de los cedros.

La revolución, amenazada desde el Norte, avanzará como una columna guerrillera de rápidas, insospechadas, fulgurantes, creativas, fascinantes y nunca previsibles acciones. Hubiera querido ser agrónomo, escritor, médico, pero ha sido más, ha sido hombre de la revolución, «hombre de la madrugada comprometido con la luz primera», como dijo el poeta. Con los brazos entrecruzados a la espalda y adelantando pasos de uno a otro sueño, ora largos y apurados, otros más lentos y meditativos, creerá que una idea se desarrolla y de leves esbozos surgirán arborescencias copudas; a veces susurrará empeños para que ningún enemigo pueda espantarlos o detenerlos, y otras los hará volar de una sola vez hasta realizarlos y convertirlos en palpable realidad. Escribirá con el deleite de la palabra exacta, una especie de obsesión, hasta que la frase quede a su gusto, fiel al sentimiento o la idea que desea expresar y en la fe de que siempre puede mejorarse, con un afán perfeccionista solo comparable a su descomunal voluntad de trabajo. Discursará largas y apasionadas conversaciones, en una plaza de multitudes palpitantes, que le seguirán cada palabra y cada inflexión de la voz para no perder una sola de las coordenadas que adelanta al futuro o los enigmas del pasado o el presente que descifra y comparte.

Preferirá en política, todo lo nuevo y en otras cosas lo viejo: el viejo reloj, el viejo uniforme, las viejas botas, los viejos espejuelos «porque si me pongo otros espejuelos y me miro al espejo no me reconozco».

Entonces no vislumbraba que llevaría indeleble, el monte y el pueblo en la piel, sin sentir nostalgia de tanto verde húmedo y cobija de hojas, porque se convertiría para siempre en guerrillero del tiempo.

Epílogo

Los guajiros de las cercanías fueron llegando al final de la madrugada, los otros, los de las distancias más largas, arribaron la noche anterior y durmieron en hamacas, bajo el cielo brumoso de mayo, entre copales olientes y helechos de un verde intenso como no los hay en ninguna otra parte del mundo, nada más que en el firme, húmedo y frío de la Maestra; tanto que Fidel confesaría una vez a Ramiro Valdés que La Plata era el lugar más familiar y querido de los momentos decisivos de la guerra y los primeros y últimos combates.

La Comandancia era un verdadero hervidero de viejos sombreros de yarey, ropas gastadas y hombres como nuevos, con la esperanza de alcanzar el sueño de poseer su pedazo de tierra. El día 17 de mayo, después de las deliberaciones y la precisión de los más mínimos detalles, la Revolución del 1 de enero promulgó la Ley de Reforma Agraria.

Ese mismo año de 1959, Fidel y Raúl y todos sus hermanos transfirieron al Instituto Nacional de Reforma Agraria (INRA), la parte que les correspondía de la antigua propiedad de sus padres, don Ángel y Lina, en el paisaje ondulante y fértil de Birán.

Antes de que pasara a manos del Estado cubano, la finca estuvo a cargo de Lina, quien se esmeró en devolverle los aires de prosperidad de los años anteriores a la declinación física y económica del viejo. Se desveló por el cuidado de los naranjales y puso un énfasis especial en continuar la costumbre de don Ángel de plantar cedros. Lo hizo con la misma dedicación hasta que sus fuerzas se agotaron el 6 de agosto de 1963, un día convulso y triste para sus hijos, quienes la tendrían por siempre en la memoria como el vendaval, el genio y la energía, con la esbeltez, la ternura y el olor a cedro que don Ángel había reconocido en ella.

En marzo de 1960, Hipólito López Toranzo, el ordeñador de las vacas de Birán, quien hacía los quesos en el batey, llamó a Lina con una sonrisa amplia y un revuelo de niño en la exaltación:

—¡Me llegó la tierra, Lina, me llegó al fin!

Agitaba en el aire los papeles de la propiedad de la parcela que trabajara por más de veinticinco años sin la ilusión de que algún día fuera propia. Las escrituras firmadas por el doctor Waldo Medina, y por el capitán Antonio Núñez Jiménez, jefe del departamento legal y director ejecutivo del Instituto Nacional de Reforma Agraria, respectivamente, contaban la historia de la expropiación a los terratenientes y la adjudicación gratuita de la tierra al beneficiario.

La feliz experiencia de Polo se repetía por aquellos días en las familias, descendientes de los cubanos veteranos de las guerras independentistas. Arruinados tras su participación en la lucha liberadora de 1895, al fin, los Martínez, los Rodríguez, los García, los López y tantos otros, alcanzaban aquel sueño largamente soñado, que como preludio de un tiempo nuevo, hizo justicia y desterró por siempre de Birán y de Cuba las efusivas humaredas para espantar el frío o la inobjetable soledad del desamparo.

Perdurará todo el cedro,
sus raíces, su tronco, ramas y hojas;
su olor, su sombra y su voz.
Perdurará todo el tiempo
de los cedros

Antonia Argiz Fernández, madre de don Ángel Castro Argiz y abuela de los hermanos Castro Ruz.

Juana Castro Argiz, a la izquierda, y la señora María a la derecha, quien habitaba la casa natal de don Ángel, en el momento en que fue captada la imagen en Láncara.

Lajas de piedra utilizadas en las construcciones gallegas.

Casa natal de Ángel María Bautista Castro Argiz en Láncara, Lugo, España.

Vista de la casa en San Pedro de Armea de Arriba, adonde fueron a vivir los hermanos Castro Argiz tras la muerte de su madre, Antonia Argiz Fernández. Foto tomada en agosto de 1958.

Otra vista de la casa ancestral de los Castro en la que la familia ha vivido por más de doscientos años. Fue la casa del abuelo paterno de los Castro Argiz, Juan Pedro de Castro Méndez y donde vivió don Ángel Castro Argiz en San Pedro de Armea de Arriba.

Página del carnet de asociado del Centro Gallego
de La Habana, perteneciente a don Ángel Castro Argiz,
documento expedido en 1909.

Casa de don Ángel Castro Argiz y Lina Ruz González, en Birán, donde nacieron todos sus hijos. Fotografía tomada a principios de 1926.

Don Ángel Castro, en Birán. La carreta, al fondo, tiene esteras acopladas a las ruedas, algo poco común en las fincas de la época.

Ángel y Lina. Al dorso aparece una dedicatoria que dice: «Con todo cariño te dedico esta foto de unos fieles amigos. Ángel Castro y Lina. Birán, 8-7-1925. Cuba.»

Esta foto aparece dedicada a su amiga Julia Álvarez Fernández, y firmada: «Lina de Castro. Birán 1-2-1929. Cuba.»

Esta foto de Lina Ruz, fue enviada por Celia Sánchez, el 17 de noviembre de 1973, a la Oficina de Asuntos Históricos del Consejo de Estado.

Fotografía de Lina Ruz. Al dorso aparece escrito: «Este recuerdo fue el que usted le dio a Juana Manzanares, mi mamá, en el año 1925. Francisco Manzanares González.»

Fotografía de Angelita Castro, con una dedicatoria que dice: «Querida amiga Julia. Con todo cariño te dedico este retrato de mi hija Angelita, que sabes te quiere. Lina de Castro (...)»

Ramón Castro. Fotografía dedicada por Ángel y Lina Ruz a sus amigos Paciano y Julia.

Fotografía de Lina. En la dedicatoria puede leerse: «Mis queridos amigos Paciano y Julia. Con todo cariño de su siempre amiga. Lina de Castro Birán. 10-4-1926.»*

* Si la fecha anotada al pie de la dedicatoria coincide con un momento cercano a aquel en que el fotógrafo captó la imagen, entonces, sólo faltan apróximadamente cuatro meses para el nacimiento de Fidel.

Fidel con un año y ocho meses de edad, abril de 1928, en Birán. La fotografía fue dedicada por sus padres a sus amigos Paciano y Julia. Años después, para confirmar su identidad, Fidel escribió su nombre, al dorso de la foto. Publicada por *Bohemia*, el 3 de julio de 1955.

Fidel a los tres años de edad, en su casa de Birán. Fotografía captada en 1929.

Fidel junto a sus hermanos Ángela y Ramón, Birán, 1929. Dedicada por su mamá a Engracita.

Vista exterior de la Escuela Rural Mixta No. 15, Birán.

Aula de la pequeña escuela rural de Birán donde estudió Fidel.

Foto de Lina. Según testimonios citados, en la Oficina de Asuntos Históricos del Consejo de Estado, ella esperaba entonces, el nacimiento de Raúl, por lo que la foto debe ser de 1930 ó 1931.

Fidel, a los siete años de edad, con su hermana Angelita cuando estudiaban en Santiago. La foto está dedicada por Angelita a sus abuelos y a su tía. El estudio fotográfico se encontraba en José Antonio Saco, altos No. 12. Santiago de Cuba.

Carro de línea propiedad de don Ángel Castro, utilizado para viajar al central Miranda y a la ciudad de Santiago de Cuba.

De izquierda a derecha, Ramón Castro, Cristóbal Boris y Fidel Castro, y sentado, Raúl Castro.
La fotografía fue captada cuando estudiaban juntos en el Colegio La Salle de Santiago de Cuba.

Fidel con diez años de edad, junto a un grupo de alumnos del Colegio La Salle, curso 1936-1937.
Es el segundo sentado de izquierda a derecha.

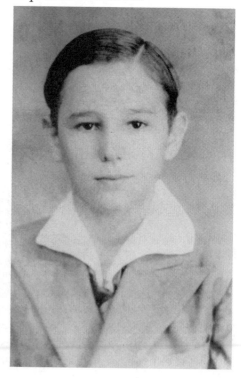

Fotografía de Fidel para el carnet del Colegio La Salle, en Santiago de Cuba. Curso 1936-1937. Fidel dedicó un retrato como este a sus familiares en España.

Emma Castro Ruz. Al dorso, la dedicatoria dice: «A mi querida tía María Julia Ruz. A la edad de un año, de su sobrina que la quiere. Emma Castro.»

Fidel con once años de edad, sentado en un tractor Carterpillar, propiedad de su padre. Vacaciones de diciembre de 1937, en Birán.

Pinares de Mayarí. Ramón Castro montado en el caballo que era de Fidel.

Fidel a los once años de edad. Foto de 1937, utilizada en el carnet del Colegio Dolores, donde ingresó en 1938.

Foto de Fidel, con trece años de edad, cuando ingresó a la Segunda Enseñanza como incorporado del Colegio Dolores. Fidel es el segundo de izquierda a derecha, en la primera fila, junto a un grupo de compañeros y el profesor Padre Benito Domínguez Soto.

Fidel, con catorce años de edad, en la casa de su hermana Lidia Castro Argota, en 1940, cuando estudiaba en el Colegio Dolores.

Lina y sus hijas, Emma y Agustina. La dedicatoria reza: «A mi querida mamá, de su hija y nietos que la quieren. Un abra* Lina».

* La foto está entintada, pero se aprecia que debió decir: «Un abrazo. Lina».

De izquierda a derecha, Fidel, Raúl y Ramón, vistiendo el uniforme de gala del Colegio Dolores. Curso 1940-1941.

Fidel, con quince años de edad. Foto de 1941 que aparece en su carnet del Colegio Dolores. Curso 1941-1942.

A la derecha don Ángel Castro Argiz, en Birán, 1941. Junto a él, José Soto Vilariño, esposo de Antonia Ruz y padre de Clara, Ana Rosa, Luis y María Antonia.

Don Ángel Castro Argiz, padre de los hermanos Castro Ruz.

Emmita Castro Ruz.
Casa de don Ángel Castro.
Birán, 25 de diciembre de 1941.

María Julia Ruz González.
Casa de don Ángel Castro.
Birán, 25 de diciembre de 1941.

Fidel con quince años de edad, al centro,
durante un partido de billar en el Colegio Dolores.
Curso 1941-1942; final del segundo año de Bachillerato.

Junio de 1942,
con quince años de edad.
Al concluir
el segundo año
de Bachillerato.
Curso 1941-1942.

Fidel,
con diecisiete años
de edad.
En el tabloncillo
del Colegio Belén
como integrante
del *team* de *basketball*.
Curso 1943-1944.

A los diecisiete años
de edad.
Foto del expediente
del Instituto No. 2
de Segunda Enseñanza
del Vedado.
La imagen
aparece
en las solicitudes
de matrícula
y de miembro
de la Liga Atlética
Amateur de *Football*.
Curso 1943-1944.

Fidel, a los diecisiete años de edad. De cacería durante las vacaciones de diciembre de 1943, en Birán.

Correo de Birán. A la derecha, Pedro Botello, telegrafista, y a la izquierda, Juan Socarrás, trabajador del correo. Años más tarde, Socarrás laboró en la tienda de víveres, como empleado de don Ángel Castro.

Foto de Fidel a los dieciocho años de edad, que aparece en la solicitud de matrícula del Instituto de Segunda Enseñanza No. 2 de La Habana, el 20 de octubre de 1944. Curso 1944-1945.

Reproducción de un grabado donde aparece Fidel en su posición de *forward* del *team* de *basketball* del Colegio de Belén, que ganó invicto el Campeonato intercolegial de 1944. Curso 1944-1945. Tenía dieciocho años de edad.
Véase: *Ecos de Belén*, La Habana, junio de 1945, p. 101.

Fidel, ganador en los 800 m en las competencias intercolegiales por Belén, ocupa el primer lugar en el podio de premiación. Curso 1944-1945. Tenía dieciocho años de edad.
Véase: *Ecos de Belén*, La Habana, junio de 1945, p. 111.

Con dieciocho años de edad, mientras hace uso de la palabra durante su participación en el debate parlamentario sobre la enseñanza, organizado en el Colegio de Belén, el 22 de marzo de 1945. Curso 1944-1945. Veáse: *Ecos de Belén*, La Habana, junio de 1945, p. 154.

Foto de Fidel, publicada por la revista *Ecos de Belén*, La Habana, junio de 1945. a. III. p. 173.

Lina, ataviada para la graduación de Fidel, como Bachiller, que tuvo lugar en junio de 1945, en el Colegio de Belén.

El diploma que acredita su condición de Bachiller en Letras, fue expedido por el Instituto de Segunda Enseñanza No. 2 de La Habana, el 29 de septiembre de 1945.

Correo de Birán. En la pequeña casa, ubicada a la izquierda del correo, vivía el cocinero Antonio García, español republicano. En ese mismo lugar, se construyó después la casa denominada La Paloma.
En la foto aparecen Pedro Botello y Juan Socarrás.

Fidel tenía veinte años de edad y cursaba el segundo año de la carrera de Derecho. Al dorso aparece la firma de Fidel y la palabra Mayarí. También aparece un cuño con fecha 12 de septiembre de 1946. Curso 1946-1947.

De acuerdo con el registro de la Oficina de Asuntos Históricos del Consejo de Estado, se trata de la primera fotografía conocida, en la que aparece Fidel mientras pronuncia un discurso en el contexto de sus luchas estudiantiles, fuera del recinto universitario. Curso 1946-1947. Estaba en segundo año de la carrera de Derecho, con veinte años de edad.

Fidel junto a un grupo de universitarios, cuando encabezaba el Movimiento Estudiantil Acción Caribe.
Era el Vicepresidente de la Escuela de Derecho y tenía veinte años de edad. Curso 1946-1947.

Al frente de una manifestación estudiantil organizada por la FEU. Esta jornada de rebeldía se llevó a cabo el día 10 de octubre de 1947, por el asesinato del estudiante Carlos Martínez Junco.*

* Carlos Martínez Junco fue asesinado de un balazo frente al Instituto de La Habana, el 9 de octubre de 1947 y el sepelio se efectuó al día siguiente.

Fidel en Birán, detrás se ve el sótano y el tanque de agua de su casa natal. Por el testimonio que ofreció Ramón Castro Ruz, en noviembre de 1990, se conoce que fue él quien tomó la foto, después de la expedición de Cayo Confites, en el mes de octubre de 1947.

Don Ángel Castro Argiz, en su oficina-comedor.

Ángel Castro Argiz y Lina Ruz González, en Birán.

Fidel hace uso de la palabra frente al Palacio Presidencial, en la manifestación de protesta estudiantil del 10 de octubre de 1947, por la muerte de Carlos Martínez Junco.

El 3 de noviembre de 1947, al arribar en el tren central a la estación terminal de La Habana, con la histórica campana de La Demajagua, prestada a la FEU por los veteranos de Manzanillo.

Fidel Castro, Vicepresidente de Derecho, encabeza una manifestación que salió de la Universidad el 6 de noviembre de 1947, en protesta por el robo de la campana de La Demajagua.

Fidel pronuncia un discurso en protesta por el robo de la campana de La Demajagua. El mitin se efectuó el 6 de noviembre de 1947.

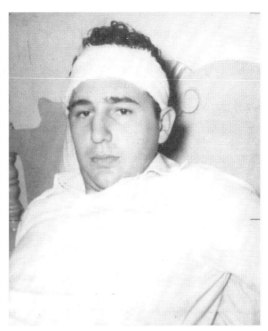

Fidel resultó herido durante la protesta por la detención de un grupo de estudiantes del Instituto de La Habana y por el intento de violación de la autonomía universitaria. Era entonces Vicepresidente de la Escuela de Derecho.

Fidel atento a la intervención del líder del Partido Ortodoxo, Eduardo Chibás Rivas, en 1948.

En primer plano, Fidel el 9 de abril de 1948, en Bogotá, Colombia. En una de las calles que fue vórtice del estallido popular que siguió al asesinato del líder liberal Jorge Eliécer Gaytán. Aparecen también en la foto, Enrique Ovares y un delegado al Congreso Estudiantil por México.

Fidel, a los veintidós años de edad.
La foto se encuentra en la solicitud de matrícula de la Universidad de La Habana.
7 de mayo de 1949.

Las hijas mayores de Angelita Castro, Mirtza y Tania Fraga, con cuatro y tres años de edad, en Birán. 10 de marzo de 1949.

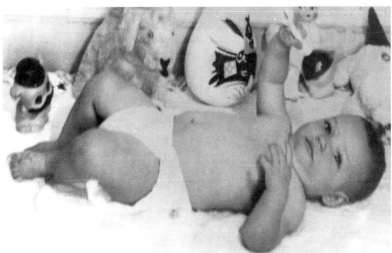

Fidel Ángel Castro Díaz Balart, nació el 1 de septiembre de 1949.

Fidel, el 1 de noviembre de 1950, mientras discute con el Jefe de la Policía, general Quirino Uría López, en la calle San Lázaro, frente a la escalinata de la Universidad de La Habana, durante las protestas estudiantiles que ocasionaron las declaraciones mal intencionadas del Ministro de Educación, Aureliano Sánchez Arango, contra los estudiantes de Matanzas.

Título expedido el 13 de octubre de 1950, por la Universidad de La Habana, que certifica la condición de Doctor en Derecho a nombre de Fidel Alejandro Castro Ruz.

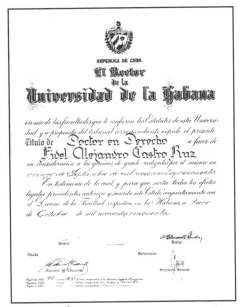

Vista de Birán desde el Camino a Cuba, nombre que le daban los pobladores al Camino Real que conducía del poblado a la ciudad de Santiago de Cuba.

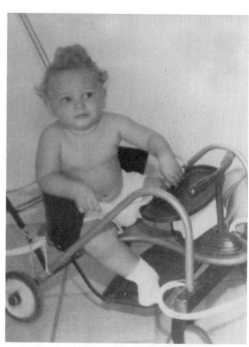

Fidel Ángel Castro Díaz Balart.

Casa de La Paloma, nombre que se le daba a la edificación, debido al bar que se encontraba en la planta baja.

Vista de Birán. De derecha a izquierda: cine de Juanita, carnicería, correo, La Paloma y tienda de ropa y víveres.

Angelita Castro Ruz a la entrada de la casa de Birán.

Vista frontal de La Paloma, lugar al que la familia Castro Ruz fue a vivir, en 1954, tras el incendio, de la casa principal.

Dulce María Castro Castillo, hija de Ramón Castro.

José Antonio y Mario Fraga Castro, hijos de Angelita.

Mirtza y Mayito.
13 de mayo de 1949.
Birán

Fidel,
hablando
en un acto
en el Aula Magna,
1950.

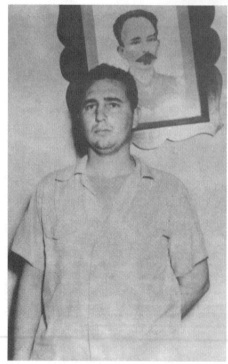

Fidel en el Vivac
de Santiago de Cuba,
el 1 de agosto de 1953,
después de su detención
en el camino
a las montañas
para continuar la lucha,
iniciada pocos días
antes, con el ataque
a los cuarteles Moncada
y Carlos Manuel
de Céspedes.

Fidel
y su hijo
Fidel Ángel.

Con Raúl y Fidel Ángel en la Biblioteca del Reclusorio, el 3 de julio de 1954, en Isla de Pinos.

De izquierda a derecha: Melba Hernández, Haydée Santamaría, Julia Núñez, Lidia, Emma y Juanita Castro, esperando que liberaran a los presos políticos.

A la salida del Presidio Modelo en Isla de Pinos, 15 de marzo de 1955.

Foto de la entrevista concedida por Fidel, al día siguiente de salir de la prisión, el 16 de mayo de 1955, al periodista Guido García Inclán.

Imagen de la tienda de ropas y víveres para la que don Ángel extendía vales de compra a los campesinos y pobladores de Birán.

Fotografía del matrimonio Castro Ruz. Con toda probabilidad, corresponde a los días difíciles en los que sus hijos estaban inmersos en la lucha revolucionaria.

Fidel mientras gradúa la mira de un fusil, en el Campo de Tiro Los Gamitos, en México, 1956. Allí adiestraba a los futuros combatientes en el tiro.

Fidel y Juan Manuel Márquez, en Nueva York, el 25 de octubre de 1955.

Ramón y Lina, después de la muerte de don Ángel Castro.

Funeral de don Ángel Castro, en octubre de 1956.

Entierro de don Ángel Castro.
Foto publicada en *Prensa Libre*, el 23 de octubre de 1956.

Lina y Ramón, ofrecen declaraciones a la prensa tras el desembarco del *Granma*, en el Hotel Venus de Santiago de Cuba, en 1956.

Lina Ruz y Ramón Castro Ruz.

Sierra Maestra, abril de 1957. Fidel conversa con una niña campesina.

Reunión de la Dirección Nacional del Movimiento 26 de Julio, en El Jíbaro, en la Sierra Maestra, el 18 de febrero de 1957. Aparecen de izquierda a derecha: Frank País, Faustino Pérez, Raúl Castro, Fidel Castro, Armando Hart y Universo Sánchez.

Rebeldes en plena Sierra Maestra, 1957.

Lidia, Emma y Agustina Castro colocando una ofrenda floral en el hemiciclo de José Martí, con motivo del acto celebrado para conmemorar el 26 de Julio. Periódico fechado en México, D.F., agosto de 1957.

El Comandante en Jefe Fidel Castro y el Comandante Ernesto *Che* Guevara, en la Sierra Maestra, el 8 de octubre de 1957.

Fidel toma puntería con un fusil. Fotografía tomada por Andrew Saint George en su primera visita a la Sierra Maestra el 24 de octubre de 1957.

Fidel leyendo *Kaputt*, de Curzio Malaparte. Sierra Maestra, La Habanita, enero de 1958.

Ramón Castro, en la motonave *Guadalupe*, antes de salir del Puerto de La Habana hacia Nueva York, el día 18 de julio de 1958. En la despedida, Angelita y Juanita.

Iglesia Parroquial de San Pedro de Láncara, España. Agosto de 1958.

Dos vecinas de Láncara, lavan en la fuente del pueblo.

Ramón Castro Ruz, familiares y amigos, en agosto de 1958.

Juana Castro Argiz y sus descendientes, en la casa de San Pedro de Armea de Arriba.

Vista de la cocina de la casa natal de don Ángel Castro Argiz, en Láncara, 1 de diciembre de 1973.

Ramón Castro Ruz con su tía Juana Castro Argiz, en San Pedro de Armea de Arriba. Agosto de 1958.

Juana Castro Argiz, hermana de don Ángel.

De izquierda a derecha: el Alcalde de Santa Coloma de Gramanet; un amigo de la casa; don Manuel Argiz; la nuera de Manuel; el hijo Leopoldo Argiz.
El fotógrafo es Ramón Castro. Barcelona, agosto de 1958.

Carta enviada por Fidel a Lina desde la Sierra, en agosto de 1958.

Lina Ruz González. La imagen fue captada en 1958, durante la visita a su hijo Raúl, en el Segundo Frente. Esta foto fue enviada por Celia Sánchez, a la Oficina de Asuntos Históricos del Consejo de Estado, el 17 de noviembre de 1973.

Lina y su mamá.

Doña Dominga, la abuela materna de los hermanos Castro Ruz.

Doña Dominga, quien vivió largo tiempo en Birán.

Lina Ruz. Birán, 1958.

Lina Ruz
y Enrique Herrera,
esposo
de Ana Rosa Soto,
sobrina de Lina.

Fidel Ángel Castro
Díaz Balart.

En Birán, el hermano de don Ángel, Gonzalo Pedro Castro Argiz, quien vivía en Argentina.

Interior de la tienda mixta de Birán, edificación que no existe en la actualidad.

Réplica de la casa de Birán. La original se quemó el 3 de septiembre de 1954, cuando Fidel estaba en el Presidio Modelo.

Fidel y Camilo, el 8 de enero de 1959, día de su entrada a La Habana. Fidel pronuncia un discurso en el campamento militar de Columbia, convertido después en Ciudad Escolar Libertad.

Fidel y Camilo, el 8 de enero de 1959, día de su llegada a La Habana.

Iluminaciones

Las páginas que siguen, recuentan pinceladas o destellos que iluminan los ambientes y vidas recreados en el libro, algo que, contribuye a revelar dimensiones entrañables de lo escrito, sin el ánimo de cubrir el anchuroso mundo de un cedro, de una casa o de todos los cedros y su tiempo perdurable. Así, como resumen, aparecen estas cuartillas, sin olvidar que tanto valen las evocaciones imaginadas o ciertas, como los documentos, y sin pensar que unas u otros puedan ser rotundos, concluyentes, definitivos. No son notas al pie, no son apuntes bibliográficos. Son algo así como breves paradas en un largo viaje por casi cuatro mil imágenes de las Iconografías de Fidel, Raúl, la familia Castro Ruz y Birán, unas treinta grabaciones de audio y video, casi tres mil documentos de los fondos de la papelería activa y pasiva de Fidel y Raúl, cerca de dos mil tarjetas de la Cronología del Comandante, innumerables testimonios y revelaciones, de un acercamiento a la época por antiguos diarios y revistas como *Bohemia*, *La Calle*, *Alerta*, *Hoy*, *Prensa Libre*, *Ecos de Belén*, *Revolución*, los actuales periódicos nacionales y provinciales e incontables sitios de Internet de medios de comunicación masiva y especializados. Es un largo viaje inconcluso porque no está terminada ni lo estará nunca la indagación del pasado, la historia del cedro es un árbol que crece. Hay de todo un poco en los destellos que recorren el texto por cada uno de sus capítulos, digo, por cada una de sus ramas.

Lina tendría entonces unos diecinueve años (p. 15).

En el Registro del Estado Civil Provincial de Holguín, Orfelina Batista Rojas, registradora, hace constar:

CERTIFICO: Que al folio 21 del Tomo Duplicado Número 16, correspondiente a la Sección de Nacimientos del Registro Civil de Cueto, a mi cargo, aparece una inscripción, que copiada literalmente dice así:

Al Margen: <u>LINA RUZ GONZÁLEZ</u>. H.B. Número de la inscripción 21. En Cueto, provincia de Oriente a las once de la mañana del día veinticinco de febrero de mil novecientos cuarenta y tres, ante el Doctor Amador Ramírez Sigas, Juez Municipal, Encargado del Registro Civil, y de Alberico Gómez de la Torre, Secretario, se procede a inscribir el nacimiento de una hembra de raza Blanca ocurrido a las diez de la noche del día veintitrés de julio de mil novecientos ocho en este Barrio; es hija de Francisco Ruz Vázquez, natural de San Juan y Martínez de cuarenta y dos años de edad, de raza blanca y domiciliado en el Barrio y de su mujer Dominga González Ramos. Que es nieta en línea paterna de Francisco Ruz y Rafaela Vázquez y en línea materna de Domingo González e Ysabel Ramos. Y que a la expresada hembra se le puso por nombre; Lina. Esta inscripción se practica en virtud de transcripción de la Alcaldía de Barrio de Birán que obra al expediente que se tramite en este Juzgado que obra al folio setenta y cuatro del Tomo cuatro de donde consta que la realiza el padre de la inscripta, de acuerdo con la Ley de prórroga de nueve de noviembre del año próximo pasado, publicado en la Gaceta Oficial del diez y ocho del propio mes y año y la presencian como testigos Alejandro Vargas natural de Mayarí mayor de edad, de estado casado, ocupación campo y vecino de Birán y Eduardo Vargas natural de Mayarí , mayor de edad, de estado casado ocupación campo y vecino de Birán.

Leída esta acta e invitadas las personas que deben suscribirla, a que la leyeran por sí mismas si así lo creyeren conveniente, se estampó el sello del Juzgado y la firma el Señor Alcalde, los testigos digo, de la Alcaldía y la firma el Señor Alcalde, los testigos y demás. Certifico. Sellos de la Alcaldía, firmado Carlos C. Olivero, Alcalde de Barrio. Ángel Castro, José Soto García, Alejandro Vargas, Eduardo Vargas. Y para la inscripción definitiva del expresado nacimiento, se extiende la presente estampándose el sello del Juzgado y la firma el Señor Juez y de Fdo como Secretario. Certifico. Aparece firma (rubricada). -Firma (rubricada). -Sello del Juzgado.

Nota: Doctor Amador Ramírez Sigas, Juez Municipal de Cueto y su demarcación y Encargado del Registro

Civil del mismo. Certifico. Que la persona a que se refiere esta inscripción contrajo Matrimonio con/ Angel Castro Argiz, según consta al folio trescientos nueve del Tomo Tres de la Sección de Matrimonios de este Registro Civil. Y en cumplimiento de lo dispuesto en el Artículo veinte y uno de la Ley del Registro Civil se extiende la presente en Cueto a veintitrés de Abril de mil novecientos cuarentitrés. Ante mí. (...)

A pesar de que esta inscripción asevera que Lina nació en Cueto en julio de 1908, lo cierto es que celebraba su cumpleaños cada 23 de septiembre y que nació en Las Catalinas, Guane en 1903, tal como aparece en el Acta de Bautismo registrada en la Iglesia Parroquial de Ascenso de San Idelfonso de Guane, anotada en el Libro 30 de Bautismo de Blancos, Folio 346, Vuelto No. 816, en la mencionada iglesia de Pinar del Río.

> él rebasaba los cuarenta y cinco. Por un instante, solo por un instante, pensó que estaba viejo y pesaban demasiado el compromiso de antes, las tristezas del alma y las marcas del cuerpo (pp. 15-16).

Ángel María Bautista Castro Argiz nació el 4 de diciembre de 1875.

El 6 de diciembre del año 1875, el doctor Ramón López Neira, cura propio de la única iglesia parroquial de San Pedro de Láncara, en el Obispado y provincia de Lugo, bautizó solemnemente a un varón, hijo legítimo de don Manuel de Castro Núñez y de su mujer Antonia Argiz Fernández. Según el asiento en el libro parroquial de nacimientos de entonces al Folio 26, «el niño Ángel

María Bautista Castro Argiz nació el día 5 de diciembre de ese propio año, a las doce de la noche.»

Sin embargo, Ángel siempre celebraba su cumpleaños el 4 de diciembre. Al menos así lo testimoniaría él mismo, años después, cuando escribe a su hermano Gonzalo Pedro que entonces vivía en Argentina. La carta, fechada el 5 de diciembre de 1939, en Birán, dice en uno de sus fragmentos:

> Me dices en la tuya que ya has cumplido cincuenta y nueve años y ayer precisamente he cumplido yo los 64 y que Dios nos permita a todos el cumplir algunos más hasta ver criados a todos nuestros Hijos. Me preguntas que cuántos tengo, y te diré que son Nueve, Cuatro son varones y CINCO SON HEMBRAS. Y tú cuántos tienes (...)

También Ángel Castro lo reconoce así en la certificación en que renuncia a la ciudadanía española y opta por la cubana, con fecha 2 de enero de 1941, cuando el Juez Municipal y Encargado del Registro Civil de Cueto, doctor Amador Ramírez Sigas, a partir del testimonio de Castro, afirma que «nació en el pueblo de su procedencia el día 4 de diciembre de mil ochocientos setenta y cinco (...)»

El acta bautismal de 1875, correspondiente al Libro VI, Folio 66, del Archivo Diocesano del Obispado de Lugo, contiene detalles interesantes. Según el documento, Manuel de Castro Núñez, el padre de Ángel María era oriundo de la parroquia de San Pedro de Armea de Arriba y la madre, Antonia Argiz Fernández, natural de La Piqueyra, en la parroquia de San Pedro de Láncara. Ambos, vecinos de Láncara y de oficio labradores. Los abuelos paternos: Juan de Castro y Juana Núñez, eran naturales de la parroquia de Santiago de Souto y vecinos también de Láncara; y los abuelos maternos: Pedro Argiz y Dominga Fernández, vecinos de las «casas da Piqueyra».

Aunque introduce una contradicción en lo que se refiere a la fecha de nacimiento de Ángel María Bautista Castro Argiz, la certificación literal de la inscripción de nacimiento correspondiente a la Sección Primera, Tomo 7, Página 137, Folio (^{2}) 150, del Registro Civil de Láncara, resulta mucho más detallada. Fechada el 8 de diciembre de 1875, la certificación asevera que, según testimonio de don Manuel de Castro Núñez, el niño Ángel María Bautista Castro Argiz nació «en la casa del declarante a las doce de la noche del día de ayer», lo cual significaría que la fecha de nacimiento sería el 7 de diciembre de 1875, algo imposible si ya el niño había sido bautizado en la iglesia parroquial el día anterior, es decir, el 6 de diciembre de ese propio año.

No obstante, este último constituye un documento especialmente revelador por varias causas. Acerca de don Manuel de Castro Núñez dice que al momento de la inscripción era mayor de edad, casado y jornalero. Incluso aparece el número de talón (188) «presentado como objeto de que se inscriba en el registro civil un niño (...)» Sobre Antonia Argiz Fernández, dice que contaba veinte años (dato por el que se deduce su fecha de nacimiento en el año 1855) y agrega que es jornalera. Por la línea materna, el acta de inscripción especifica más la procedencia de los abuelos maternos: Pedro Argiz, natural de Santiago de Cedrón (del propio municipio de Láncara) y Dominga Fernández de Santiago de Cobas de Neira de Jusá, y domiciliados en el pueblo de la Piqueyra.

> Había llovido mucho desde que partió de San Pedro de Láncara (p. 16).

«Vendría Láncara del sánscrito Lag o Lang, que significa "permanecer" o "habitar" (...)» Y aunque el nombre viene del germánico Land o tierra, como sugiere José Trapero Pardo «Ya que por aquí anduvieron los visigodos», tampoco estaría demasiado audaz suponerle el significado de tierra propia, el lugar elegido, la mejor tierra para ser disfrutada.

«Las tierras de Láncara, según la publicación *Láncara para vivir*, de Julio Giz Ramil, Editorial Everest, 1991, se encuentran en la zona centro-sur de la provincia de Lugo, en plena meseta, pero con una parte montañosa que enlaza con los macizos de la zona oriental.»

(...) «Alrededor de seiscientos metros sobre el nivel del mar es la altura de la mayor parte de los montes de la localidad, excepción hecha de la zona sudeste.»

El Neira, con sus numerosos afluentes, se menciona como "el Señor de los ríos del Municipio" de Láncara. «Mención especial merece la conformación de las tierras de Láncara: Valle, planicie y montaña se conjugan a la perfección», paisaje que recuerda fotográficamente al cercano Birán de esta Isla, elegido como lugar para vivir, para permanecer, por Ángel María Bautista Castro Argiz, cuando ya tenía unos cuarenta años.

> Con poco más de veinte años ocupó por mil pesetas y el deseo de probar suerte, el lugar de alguien que no estaba dispuesto a correr riesgos en Cuba (p. 16).

En lo que se refiere al alistamiento de Ángel María en el Ejército español existen dos versiones: una que señala que pagó por ocupar un lugar en las tropas con el propósito de viajar a Cuba, y otra que le confiere un lugar como recluta sustituto, por lo cual habría recibido 1 000 pesetas. En nuestra opinión, la más creíble es la última, pero en modo alguno puede aseverarse algo definitivo.

Los antecedentes históricos se encuentran en el establecimiento del Servicio Militar Obligatorio por la Constitución Española de 1812, la Ley de 1837 que permite la redención en metálico, la Ley de Quintas de 1856 de sustitución redención a metálico y establece duración del Servicio Militar a ocho años. Después se aprueba en 1873, la abolición del Servicio Militar Obligatorio con el advenimiento de la segunda República. En la Ley Constitutiva del Ejército de 1887, se evidencia que la injusticia de las redenciones y sustituciones originaba que la obligatoriedad fuera puramente teórica. Toda la información anterior se basa en datos que aparecen en los apuntes de la Cronología que aparece en la Estrella Digital en Internet, en *Hitos y antecedentes del servicio militar, Doscientos años de historia*.

En el sitio de Internet correspondiente al Archivo Militar de Segovia, en el acápite referido a la historia del Servicio Militar se explica cómo, tras la restauración de 1875, se promulgaron sucesivamente hasta cuatro leyes de reclutamiento y reemplazo del ejército –1878, 1882, 1885 y 1896–, con un denominador común: «desarrollar el principio de formación de reservistas esbozado en 1867, conservando los excedentes de cupo y las fórmulas de sustitución y de redención en metálico.»

Hay que recordar –como lo hace una revista de Estudios Provinciales de Pontevedra–, que desde inicios de 1898, el optimismo oficial chocaba con las resistencias y estratagemas opuestas por la sociedad gallega y sus reclutas al alistamiento. La publicación realiza un exhaustivo análisis de ese proceso:

> 2 000 pesetas era el precio por librar el servicio militar en Cuba, o lo que es lo mismo, librar de la guerra contra los «yanquis» y los insurrectos cubanos en 1898. También se podía librar de la guerra con una cantidad entre 500 y 1 250 pesetas si se aportaba un recluta sustituto –recluta que no habría salido en el sorteo de la «quinta parte» seleccionada de jóvenes cada año–. Estas cantidades suponían unos importantes ingresos para la Hacienda de un Estado como el español, necesitado de recursos, que utilizaba los fondos de redenciones y sustituciones, atractivos y rentables, como una partida normal del presupuesto.
>
> La mayoría de las familias a las que no les resultara radicalmente imposible costear la redención de sus hijos, satisficieron estas cuotas en metálico, aunque para ello tuvieran que caer en las redes de compañías hipotecarias y de crédito, o de sociedades de seguros que les exigían intereses usurarios del 36 al 60 por ciento anual.
>
> Para el financiero, el armador, la clase alta en suma, la redención era un gasto que no afectaba el equilibrio de su presupuesto, pero no sucedía así con el grueso de los reclutas, fundamentalmente extraídos de las clases populares, estos quedaban sin más, excluidos de los beneficios de la redención militar al no poder aportar la suma exigida. La frontera por ello, entre redimidos y no redimidos del servicio de las armas, era en 1898 la frontera entre la posibilidad y la imposibilidad de pagar estas cuotas.

La divergencia, en esta tesitura, del contexto gallego con respecto al español es manifiesta. Galicia presentaba la tasa más baja de redimidos y sustituidos respecto al total de quintos, durante el último tercio del siglo XIX.

Esta "sangría" de reclutas sin redención obligados a partir para Cuba era una de las más interesantes en beneficios para la compañía que poseía el monopolio del transporte de soldados: la Compañía Trasatlántica, de cuyos buenos negocios dio cuenta el puerto de Vigo y las consignatarias que en torno a él surgían como la espuma. La Compañía Trasatlántica y sus consignatarias, acostumbradas al beneficio «bajo cuerda», a sobrecargar sus barcos con más pasaje del que admitía su cabida, y que sólo en caso de naufragio se venía a descubrir el abuso, obtenían pingües ganancias embarcando a los reclutas en sus vapores desde el puerto de Vigo. La Compañía realizaba el traslado en condiciones deplorables y los soldados iban como podrían ir «piaras de cerdos», en palabras de la prensa de aquel año. En las ácidas palabras de Unamuno: «Una buena carnicería de andrajosos: habrá hermosas rentas para los rentistas».

Desde 1764, el correo marítimo establecido entre España y las Indias Occidentales había facilitado la emigración gallega a las tierras americanas (p. 16).
Sobre la historia de la navegación entre España y Cuba se revisaron los apuntes de *El Libro de Cuba*, una enciclopedia ilustrada que forma parte de los Fon-

dos de la Biblioteca Nacional. También fueron leídas con avidez las páginas de la revista *Mar y Pesca*, en un hermoso trabajo escrito por Enildo González Pérez, titulado «Nuestras Tradiciones Navales, Desarrollo del Comercio, Conclusión Siglo xix», así como múltiples sitios en Internet dedicados a las Compañías Navieras que surcaban los mares entre Europa y Cuba en el siglo xix.

> Cuando hallaron al joven soldado español, tenía los ojos desorbitados y el uniforme hecho jirones (p. 18).

La crónica sobre el soldado español imaginario, se inspira en lo leído en múltiples publicaciones sobre la primera carga al machete, pero especialmente en lo que recoge el *Diario del Generalísimo Máximo Gómez*. Para delinear el curso de los acontecimientos históricos fueron consultados los libros *Historia de Cuba hasta 1898*, de Fernando Portuondo, Editorial Nacional de Cuba, Editora del Consejo Nacional de Universidades, La Habana, 1965; *Eco de Caminos*, de Sergio Aguirre, Editorial Ciencias Sociales, La Habana, 1974, y *Contrapunteo Cubano del Tabaco y el Azúcar*, Editorial Ciencias Sociales, La Habana, 1991, por don Fernando Ortiz.

> Antonia Argiz, la madre, era una referencia vaga de la niñez (p. 20).

De acuerdo con las actas de bautismo de los hijos de Antonia, puede asegurarse que se casó antes de los veinte años, y murió en 1884, año en que nació María Juana Petra, la hija menor.

Según el árbol genealógico preliminar con que cuenta la Oficina de Asuntos Históricos del Consejo de Estado, gracias a la investigación que realizó en España la historiadora Nidia Sarabia, el cual se remonta hasta los abuelos cuartos, Manuel de Castro Núñez tuvo seis hermanos: José, Vicenta, Pedro, Dolores, Justina Ángela María y Francisco. Por su parte, Antonia Argiz Fernández tuvo dos hermanos: Antonio y Félix José.

Al morir Antonia Argiz, Manuel de Castro Núñez envía a sus hijos a vivir con el abuelo Juan Pedro de Castro Méndez, en San Pedro de Armea de Arriba. Allí están también los tíos de los niños: José y Pedro de Castro Núñez, este último con su esposa Juana Vázquez Pardo (ambos eran padrinos de María Juana Petra). La abuela paterna, Juana Núñez Pereira, ya había fallecido según consta en la inscripción de su nieta María Juana Petra.

Con la tía Justina Ángela María es con quien don Ángel va a vivir a Madrid, cuando era joven.

Del matrimonio de Manuel de Castro Núñez y Antonia Argiz Fernández nacieron cinco hijos. Así, Ángel María Bautista Castro Argiz tuvo cuatro hermanos: María Antonia, Petra María Juana que nació el 21 de noviembre de 1878, Gonzalo Pedro y María Juana Petra. Toda esta información aparece en el árbol genealógico preliminar, realizado a partir de los libros parroquiales, pero no siempre avalada por las correspondientes certificaciones de nacimiento, matrimonio o fallecimiento que trazarían una línea nítida sobre la vida de estas personas.

De María Antonia, la mayor, apenas se conoce su nombre; Petra María murió a los diez años; Gonzalo viajó y se estableció en Argentina; María Juana Petra permaneció en la casa de San Pedro de Armea de Arriba, donde había nacido su padre y vivió allí hasta su muerte a los ochenta y cinco años de edad, y Ángel María viajó dos veces a Cuba, donde se radicó definitivamente. Don Ángel llegó a Birán en 1910 y vivió en ese mismo lugar hasta 1956, cuando murió a los ochenta años de edad.

Al narrar parte de la vida de don Ángel y de su familia en España, se tuvo en cuenta, además, el testimonio de quienes escucharon las historias, sus hijos: Angelita, Ramón, Fidel, Raúl, Emma y Agustina.

Fueron trascendentes los relatos de los descendientes de la propia María Juana Petra, que en los primeros años de la Revolución Cubana, aún vivía en la aldea de San Pedro de Armea de Arriba. En algunos casos, y gracias a la colaboración del compañero Silvino Álvarez Martí, los testimoniantes fueron entrevistados entre 1996 y 1997, y en otros, como el de María Juana Castro Argiz, fueron empleados testimonios que forman parte de los fondos de la Oficina de Asuntos Históricos y que se refieren a entrevistas realizadas en los años sesenta y setenta del siglo pasado.

Resultaron de extraordinaria utilidad las reflexiones y conclusiones a las que ha llegado Tania Fraga, la hija de Angelita Castro, en sus investigaciones genealógicas. También resultó revelador consultar grabaciones de una reunión familiar que tuvo lugar en agosto de 2002 y donde se abordó ampliamente el tema.

> La gente apreciaba como algo natural la persistencia de los zócalos de piedra de los castros en la geografía gallega, (...) Sus antiguos solares servían de cimiento a numerosos pueblos de la región, apellidos de familias y tradiciones (p. 21).

El castro, según la *Enciclopedia Temática de Galicia*, Ediciones Nauta, 1988, lugar de habitación y de refugio, es un recinto fortificado de forma circular u ovalada, que posee una serie de sistemas defensivos. Da nombre a esta cultura, que incluye todas aquellas manifestaciones culturales que tuvieron lugar en los castros o relacionadas directamente con ellos.

Los castros han ejercido, desde los primeros investigadores que demostraron interés por el pasado, un atractivo sin paralelo con otras etapas históricas de Galicia y ello no debe extrañar, si se tienen en cuenta una serie de datos:

–su enorme número que hace que, prácticamente, no exista ninguna parroquia gallega que no los posea.

–la vigencia plena del folklore, siempre relacionado con seres fantásticos, tesoros ocultos, animales prodigiosos, elementos todos ellos que avivan la imaginación popular.

–la pervivencia, sobre sus antiguos solares, de muchos asentamientos actuales que conservan en su nombre actual el topónimo "castro".

–y sobre todo, y por último, una pervivencia del mundo castrexo: el individualismo de las viviendas, que se aprecia perfectamente en las aldeas; la presencia de muros que cercan el conjunto de las propiedades familiares, semejantes a los "barrios" (...); el sistema de las construcciones de los muros de las viviendas y cercados de fincas; la misma dispersión del hábitat, etc.

En el estudio de la cultura castrexa, hay que señalar el error del romanticismo en su afán de atribuir todo a los celtas.

La cultura de los castros queda encuadrada cronológicamente dentro de la segunda Edad del Hierro. Las fechas absolutas que podrían delimitar esta cultura todavía son inciertas. Tan sólo poseemos los datos obtenidos con el método del C-14 y que nos sirven para fijar unos extremos que debemos comprobar con más datos para considerarlos correctos; para el Castro de Borneiro, los análisis arrojaron la cifra del año 520 A. de Cristo, mientras que para el de Mohías, en Asturias, el 570 D. Cristo. Si la primera cifra no ha modificado apenas la idea que ya se tenía sobre el comienzo de esta cultura, sí lo ha hecho la segunda que supone una pervivencia en plena Edad Media, idea contraria a los datos que nos proporcionan las fuentes literarias y que obliga a revisar todo el fenómeno de la romanización. Aunque el apogeo de los castros se dio durante la Edad de Hierro, era creencia bastante generalizada el suponer un inicio de la vida en los castros ya a finales del Bronce, y por otro lado, no tomar la conquista romana como causa necesaria del abandono de los poblados en altura. Parece que estas fechas vienen a confirmar en gran parte estas suposiciones.

Así pues, la cultura castrexa se presenta como una fusión de formas procedentes del Bronce, o incluso anteriores, y un gran número de nuevas aportaciones pertenecientes, en su mayoría a un período posterior, con una pervivencia, en muchos casos, hasta la época bajorromana.

El lugar de asentamiento del hábitat lo constituyen los castros. Se encuentran emplazados en lugares elevados por lo general, aunque no suelen sobrepasar los 500 metros. Dominan por lo tanto, las cumbres de montañas de mediana altura. Sin embargo, también los podemos encontrar al nivel del mar (los marítimos) o más de 1 000 metros (zonas del Caurel).

El castro en la mayoría de los casos presenta viviendas. Aunque a veces no. Muchos de ellos no constituían lugar de la habitación permanente y que tan sólo serían utilizados para casos de peligro en que los habitantes de las zonas bajas subirían para refugiarse en la altura.

Sus sistemas defensivos eran muy desarrollados: disposición concéntrica, puede existir una sola clase de defensa (muralla, parapeto o foso), pero lo más normal es que se combine la muralla con el terraplén y el foso. Los materiales empleados frecuentemente son el granito y la pizarra.

Para nosotros que identificamos la palabra castro, con el apellido de nuestro Comandante en Jefe Fidel, con nuestra historia, resulta poética la revelación de que los castros son símbolos de resistencia.

> Casi perdía la cabeza ante aquellos maniquíes de la capital atrevidamente vestidos (p. 24).

Para escribir sobre las modas en el vestir, se consultaron los archivos personales de la especialista en ese tema singular, en nuestro país, la profesora María Elena Molinet, gracias a la coordinación de la reconocida periodista Marta Rojas. A ambas personalidades agradezco su apoyo. Se revisaron además, títulos como *Historia del Traje en Europa, desde los orígenes del Cristianismo hasta nuestros días,* de Max Von Boehn y con estudio preliminar por el Marqués de Lozola, Primera edición española. Tomo Octavo. Siglos XIX y XX 1879-1914. Barcelona, Salvat, Editores S.A. 1929; *La Moda. El Traje y las Costumbres en la primera mitad del Siglo XX,* Tomos Noveno, Décimo y Undécimo Siglo XX, 1900-1934, por María Luz Morales, Salvat Editores S. A., Barcelona-Buenos Aires; *Costumes and Styles,* Henny Harald Hansen. E.P. Dutton and Co., Inc. Publishers. New York, 1956; Erika Thiel Geschichte *Des Kostüms Henschelverlag Kunst und Gesellschaft,* Berlín 1963.

pocas horas después figuraba como pasajero sin familia en la lista de inmigrantes que arribaron al puerto de La Habana, el 4 de diciembre de 1899 (p. 37).
En búsquedas realizadas durante 1996 y 1997, gracias a la colaboración de las compañeras Sonia Labrada y Francisca Ramos, miembros del Equipo de Asuntos Históricos del Comité Provincial del Partido de Santiago de Cuba, se halló en el Museo Municipal de Palma Soriano, Provincia de Santiago de Cuba, una copia literal de la solicitud de la ciudadanía cubana por parte de Ángel M. B. Castro Argiz. El documento, con Folio 2399 en la parte superior, formaba parte de la papelería del doctor Amador Ramírez Sigas, quien había sido Juez Municipal y Encargado del Registro Civil de Cueto, quien por largo tiempo vivió, en Palma Soriano. Antes de morir, el anciano dejó escrita en una pared de su vivienda su voluntad de que toda la papelería de su archivo personal pasara a manos del Museo de Palma, donde hoy se en-

cuentra. La copia literal no tenía validez legal, pero permitió localizar el original en las oficinas de la Dirección de Inmigración y Extranjería del Ministerio del Interior, donde además se completó la información, con la planilla de respuesta del entonces Ministerio de Estado, que le expide Carta de Ciudadanía Cubana el 19 de septiembre de 1941. Ese documento tiene una importancia definitiva, porque hasta el momento de su localización, todas las bibliografías mencionaban una fecha imprecisa o equivocada del segundo viaje de don Ángel a Cuba. Su arribo se ubicaba después del año 1900. Incluso, una revisión exhaustiva de las listas de pasajeros entre 1900 y 1912, en el Archivo Nacional de Cuba, resultó infructuosa, porque don Ángel había desembarcado unas semanas antes de que finalizara 1899. Pero además, cuando íbamos a pesquisar las listas correspondientes, no existían en los fondos del Archivo los libros del último trimestre de 1899. Por otro lado, se trata de un documento revelador y contundente porque es el mismo Ángel Castro quien testimonia sobre el viaje, el día que desembarcó y las primeras localidades donde se estableció en nuestro país.

Vale mencionar el cuidado y atención que pusieron en atender nuestras solicitudes los colectivos del Archivo Provincial y del Registro de Protocolos Notariales de Santiago de Cuba, así como la dirección del diario *Sierra Maestra*, donde fotografiamos uno a uno, los folios de varias escrituras.

El documento de solicitud firmado en el año 1941 ofrece la información siguiente:

EL DOCTOR AMADOR RAMÍREZ SIGAS, JUEZ MUNICIPAL Y ENCARGADO DEL REGISTRO CIVIL DE CUETO, ORIENTE, CUBA.———

Certifico: -Que al folio número 558, 559, 560 y 561, del Tomo número Uno de la Sección de Ciudadanías de este Registro Civil a mi cargo, aparece el acta número 65 correspondiente a ÁNGEL CASTRO ARGIZ, V.B., cuyo tenor literal dice así: «En Cueto, Oriente, siendo las diez de la mañana del día dos de Enero de mil novecientos cuarenta y uno, ante el Doctor Amador Ramírez Sigas, Juez Municipal, Encargado del Registro Civil, y de Alberico Gómez de la Torre, Secretario, comparece el señor Ángel Castro Argiz, natural de Láncara, Lugo, España, mayor de edad, propietario, casado y vecino de Birán, con el objeto de realizar ante este Registro Civil su renuncia de la ciudadanía española que actualmente posee y optar por la cubana que es la de su legítima esposa; y a ese efecto el señor Juez le hizo saber las penas con que se castiga el delito de perjurio en causa criminal y penalidades en que incurre y después de prestar el juramento de Ley, dijo: «Que nació en el pueblo de su procedencia el día 4 de Diciembre de mil ochocientos setenta y cinco; encontrándose inscripto su nacimiento en el pueblo de su procedencia, no presentando la certificación por no serle posible en este acto; que es hijo de Manuel y Antonia, naturales de España, blancos, labrador y su casa, ya difuntos; que llegó a este país desembarcando por el puerto de La Habana como pasajero sin familia del vapor «Mavane» de la Compañía Francesa, el día tres al cuatro de diciembre de mil ochocientos noventa y nueve, donde fijó su residencia en Camajuaní, Cayo Romano, Ponupo, en Guaro, Central Preston, y luego en Birán de este Término, desde mil novecientos diez, donde ha vivido sin interrupción alguna. –Que contrajo matrimonio civil en este país el día veinte y siete de marzo de mil novecientos once con María Luisa Argota Reyes, natural de Fray Benito, blanca, de su casa, y vecina de Santiago de Cuba, en el Juzgado Municipal de Mayarí, acta que consta al folio ciento noventa y cinco del libro siete; con la que tiene cinco hijos nombrados Pedro, María Lilia, Antonia María Dolores, Georgina de la Caridad y Manuel, inscriptos en el Registro Civil de Mayarí, los dos primeros mayores de edad, y los últimos todos difuntos, encontrándose estos inscriptos en el Registro Civil de Mayarí, siendo María Lilia casada, no presentando la certificación, por no serle posible en este acto; que el nacimiento de su esposa se encuentra en el Registro Civil del Juzgado Municipal de Fray Benito y que su nombre completo es María Luisa, hija de Marcos y Carolina, naturales de Cuba, el primero difunto y ella de esta vecindad. –Que se encuentra comprendido en el caso b) del artículo 13 de la Constitución, y caso b) del artículo veinte y nueve del decreto sobre Migración y Ciudadanía y asimismo de acuerdo con lo que determina el Decreto número ochocientos cincuenta y nueve de mil novecientos ocho; que estos datos son exactos y positivo que renuncia de una manera irrevocable su actual nacionalidad española y jura su declaración de optar a la cubana, que es la de su legítima esposa, siendo su deseo libre y espontáneo que jura cumplir bien y fielmente la Constitución y leyes que rigen y las que en lo sucesivo rigieren, así Dios lo ayude. Que estos dichos lo justifican los testigos señores Laureano Martínez y Agapito Martínez, naturales de España, mayores de edad, casados, co-

merciantes y vecinos de Cueto, los que juran ser cierto y constarles las circunstancias consignadas por el compareciente señor Ángel Castro Argiz. Fueron testigos presenciales los señores Antonio Casaus Sánchez y Vicente Rodríguez Machado, mayores de edad, empleado, casado y Mandatario Judicial el primero y el segundo soltero, empleado y vecinos de este poblado. Exhiben los comparecientes sus carnet de extranjeros. El señor Juez tuvo por hecha la renuncia de la ciudadanía española y por optada la cubana que es la de la legítima esposa del señor Ángel Castro Argiz. Leída y hallada conforme, se estampó en ella el sello del Juzgado y la firman todos con el señor Juez. Certifico.
–Hay un sello del Juzgado. Firmado: Dr. A. Ramírez Sigas. –A. Castro. –Laureano Martínez. –Agapito Martínez. –A. Casaus. V. Rodríguez. -A. Gómez de la T.

Es copia fiel de su original y para entregar al señor Ángel Castro Argiz, expido la presente certificación en Cueto, Oriente, Cuba, a los seis días del mes de Agosto de mil novecientos cuarenta y uno. (...)

La respuesta que en aquella época recibiera Ángel Castro a su solicitud, aparece con sello del Ministerio de Estado de la República de Cuba en los Archivos de la Dirección de Inmigración y Extranjería del Ministerio del Interior:

19991/41
La Habana, 19 de Sep de 1941

Vista la instancia presentada por Angel Castro Argiz solicitando se le expida Carta de Ciudadanía cubana, y los documentos que con ella acompaña; considerando que el interesado ha acreditado hallarse comprendido en el inciso B del Artículo 13 de la Constitución y haber efectuado la correspondiente inscripción en el Registro del estado civil y, considerando que su petición se ajusta a lo prescripto en los decretos presidenciales números 183 de 15 de diciembre de 1902, y 3022 de 15 de octubre de 1940, extiéndase a su favor la Carta de Ciudadanía que solicita y prepárese para la firma del señor Ministro de Estado.

Firmado por el Subsecretario y más adelante señala:

La Habana, 19 de Sept de 1941

Con esta fecha y en virtud del decreto que antecede, extiéndase Carta de Ciudadanía a favor de Ángel Castro y Argiz natural de Láncara-Lugo-España de 66 años de edad, de estado casado e hijo de Manuel y de Antonia, por hallarse comprendido en el inciso B del Art. 13 de la Constitución.

REGISTRADA al número 4164 folio 473 del Libro 19 Y firma el Jefe del Negociado (...)

donde probó por primera vez el café Caracolillo (p. 37).
Sobre la estación de Villanueva se lee en *Historia Económica de Cuba*, por Julio Le Riverend, que se publicó en 1985 por la Editorial de Ciencias Sociales. La alusión al café Caracolillo se inspira en las aromáticas nostalgias del abuelo de la autora, quien hablaba recurrentemente de ese café y de un hotelito del

mismo nombre, cerca de la estación de Villanueva, en el siglo pasado.

> la capital acumuló discreta sus transiciones hasta presentarse un día diferente, (p. 37).

La Habana, Apuntes Históricos, Editora del Consejo Nacional de Cultura, Tomos I, II y III, La Habana, 1963; e *Historia de La Habana (I) Desde sus primeros días hasta 1565*, de Emilio Roig de Leuchsenring, editado por el Municipio de La Habana, en 1938, inspiraron la recreación poética de las calles y ambientes de La Habana que encuentra don Ángel en su segundo viaje a Cuba, y donde sin duda estuvo porque desembarcó por el puerto de la capital.

> se trasladó primero a Cayo Romano y luego mucho más lejos, a las minas de hierro y manganeso de Daiquirí y Ponupo. (p. 39).

Las afirmaciones se basan en testimonios del propio don Ángel y de su hijo Ramón. Los datos sobre la Spanish-American Corporation y la Ponupo Manganese Corporation tienen en cuenta apuntes de *Historia Económica de Cuba* de Julio Le Riverend.

> Era una historia larga la que había llevado al propietario de esa compañía a establecerse primero en Banes y después tierra adentro. (p. 41).

Todo lo referido al desarrollo de la Nipe Bay Company, el establecimiento en Cuba de la United Fruit Company, el origen del pueblo de Banes y la historia de la familia de don Fidel Pino Santos se basa en una entrevista de la autora al reconocido historiador cubano Oscar Pino Santos, Premio 2001 de Ciencias Sociales, quien además es un descendiente de esa familia, sobrino de don Fidel Pino Santos.

        don Ángel Castro Argiz abrió las puertas de El Progreso (p. 41).

De acuerdo con la inscripción del comercio El Progreso en el Registro Mercantil que obra en el Archivo Provincial de Historia de la Ciudad de Holguín. Libro de Comerciantes Fernández Díaz, Delfín. Tomo 6, Folio 127, con fecha 28 de noviembre de 1906. El documento fue localizado por el investigador Minervino Ochoa que entonces trabajaba en el Museo La Periquera. Este compañero apoyó las búsquedas de la autora y puso a su disposición todos los conocimientos que acumulara a lo largo de varios años de indagación histórica. Lo mismo puede decirse de Georgelina Miranda Pelaez cuya colaboración y orientación resultó muy valiosa en los inicios de este trabajo y en las visitas al Sitio Histórico de Birán. También fue esencial el apoyo del historiador Antonio López, y de todos los compañeros de Birán, que viven, trabajan y protegen ese entrañable lugar.

Don Ángel testimonia su presencia en la zona de Birán desde 1910, y un documento de 1925 lo certifica como uno de los súbditos españoles residentes en el municipio de Mayarí:

Certificación del Consulado de Banes

No 46 Clase 3 A

Vice Consulado de España en Antilla -Banes.
CERTIFICADO DE NACIONALIDAD

(Foto) Acuñada.

El Vice Cónsul de España:

Certifico: Que en el registro de matrícula de súbditos españoles que existe en este Vice Consulado, hay una partida señalada con el número 996 que dice: Don Ángel Castro Argiz

Natural de Láncara, provincia de Lugo de 49 años de edad, estado casado, profesión propietario y residente en Mayarí.

Y a fin de que el interesado pueda acreditar su nacionalidad, le expido la presente en 6 de Noviembre de 1925. Acuñado.

(Firmado por el Vice Cónsul y el Secretario, con un acápite que expresa Derechos: Artículo 57. 3.48 y señala validez del documento por un año).

> Don Ángel Castro tenía treinta y cinco años y pensó que María Luisa sería su amor definitivo; pero no fue así (p. 43).

En el Registro del Estado Civil Provincial de Holguín, se expidió el 10 de marzo de 1997, la copia literal de la inscripción del matrimonio de ambos. El documento consigna:

Certifico: Que al folio 195 del Tomo Duplicado número 7, correspondiente a la Sección de Matrimonios del Registro Civil de Mayarí, a mi cargo, aparece un matrimonio, que copiado literalmente dice así:

Al margen: ÁNGEL CASTRO CON MARÍA ARGOTA REYES S. con S. B Número del Matrimonio 195. En el Pueblo de Mayarí y ahora que son las ocho de la mañana del día veintisiete de marzo de mil novecientos once. El Señor José Ramírez Lafont, Juez municipal, segundo suplente en funciones por ante el Secretario que refrenda compareció, digo hace constar, que no existe impedimento legal que se oponga a la transcripción al Registro Civil de este Juzgado de la partida siguiente que copiada literalmente dice así.– En Guaro, Término municipal de Mayarí y ahora que son las siete de la noche del día veinticinco de marzo de mil novecientos once, ante el Señor José Ramírez Lafont, Juez Municipal, segundo suplente en funciones y del Secretario que refrenda comparecieron de una parte el Señor Ángel Castro Argiz, natural de Láncara, España «soltero blanco, con instrucción, contratista, de treinticinco años de edad, hijo legítimo de Manuel y Antonia de sus mismos apellidos y naturaleza ya difuntos, y de la otra parte la señorita María Luisa Argota y Reyes, natural de Banes, provincia de Oriente en Cuba, soltera, blanca, con instrucción, de veintiún años de edad, hija legítima de Marcos y Carolina de sus mismos apellidos y naturaleza, ambos vecinos de Guaro de este Término municipal, con objeto de llevar a cabo el matrimonio que tienen concertado. Con esta manifestación y en vista de que en el expediente que se ha sustraido en este Juzgado no existe impedimento legal alguno que se oponga a la celebración del proyectado matrimonio se procediera al acto mandando a dar lectura a los Artículos 56 y 57 del Código Civil. Leídas que fueron dichas disposiciones legales el Señor Juez preguntó a Ángel Castro Argiz ¿Persistes en la manifestación que tienes hecha ante este juzgado de contraer matrimonio con la Señorita María Luisa Argota y Reyes? El interrogado contestó afirmativamente. Acto seguido el Señor Juez hizo análoga pregunta a la Señorita María Luisa Argota Reyes, la cual fue igualmente contestada. En esa virtud el Señor Juez declaró unidos en legítimo matrimonio a los expresados. Fueron testigos presenciales y de información los Señores Pedro Gómez y Martínez y José Álvarez, ambos mayores de edad y vecinos de este Término municipal. Leída esta acta por las partes y testigos la que encontraron conforme, estampándose el sello del Juzgado y firmándola todos con el Señor Juez de que certifico. Hay un sello. –José Ramírez. –Ángel Castro. –Pedro Gómez. –José Álvarez. –María Argota. –Ante mí Santos Torres. –Es copia fiel de su original a que me refiero que sello y firmo en Mayarí a veintisiete de marzo de mil novecientos once. (...)

propuso un convenio para la suspensión de pago a sus acreedores por tres años y, la moratoria le fue concedida (p. 46).

Documento que obra en la Audiencia de Mayarí, con fecha de 1921 y al que se anexa también una declaración jurada que incluye inventario del almacén de víveres de Birán y de los animales con que cuentan sus establos y corrales, en ese año.

La autora agradece especialmente a los miembros del Buró Municipal del Partido en Mayarí, por su apoyo decisivo para acceder a los documentos relativos a este tema, en la Audiencia de Mayarí.

> Todo era un murmullo de alas mojadas y libélulas indiscretas, la mañana en que don Ángel vio a Lina y quedó fascinado ante la magia de aquella aparición (p. 46).

Por testimonios de sus hijos y de Panchita, la hermana mayor de Lina, se presume que don Ángel y Lina se enamoraron entre 1921 y 1922. Años después, cuando él presenta demanda de divorcio a su esposa María Luisa Argota Reyes, en 1941, reconoce que hace veinte años están separados. La posibilidad de divorcio que le brinda la ciudadanía cubana, es quizás lo que motiva su solicitud de dejar la española por la de nuestro país, a tantos años de haberse establecido en Cuba. Algún motivo muy fuerte y especial debió tener entonces para el cambio de ciudadanía y pensamos que fue la posibilidad de divorciarse para contraer matrimonio con Lina, en 1943, fecha que coincide también con la inscripción o reinscripción de todos los hijos de esta segunda unión.

> un poblado fundado en 1900 a orillas del río Cuyaguateje, entre yagrumas y vegas de tabaco (p. 47).

En la minienciclopedia *Cuba en la mano*, que describe toda la provincia de Pinar del Río, encontramos datos de Guane y Las Catalinas.

Sobre los orígenes y desarrollo del poblado de Guane resultó muy valioso el testimonio del historiador Jesús Eguren Cuesta, entrevistado por Tania Fraga y por la autora de estas páginas.

> Las imágenes desconocidas aparecían a través del cristal de la ventanilla del tren. Lina Ruz González, espigada como un junquillo, pegaba la nariz al vidrio transparente (p. 47).

La recreación del viaje que realizó la familia Ruz González, desde Pinar del Río hasta Camagüey, está inspirada en los recuerdos y testimonios familiares, pero de modo muy especial, en lo que contó Francisca, *Panchita*, Ruz González, la hermana mayor de Lina, cuando fue entrevistada a principios de los años ochenta, testimonio que atesora Ángela María Castro Ruz y del que la Oficina de Asuntos Históricos del Consejo de Estado guarda una copia. Su testimonio desmiente la creencia de que la familia se trasladó en carreta de un extremo a otro de la Isla. La aseveración, casi mítica, tiene quizás asidero en la costumbre de don Pancho de trasladarse, de Guaro a Birán y dentro del propio Birán o sus cercanías, en carreta. Sin embargo, el trayecto de Pinar del Río a Camagüey y después, el de Camagüey a Oriente, fueron sin duda, realizados por ferrocarril.

Sobre las costumbres y las palabras empleadas en otros tiempos, especialmente en los poblados o fincas del campo, fueron valiosas las consultas y conversaciones con personas de mayor edad como Leonor y Orestes Pérez. Así tuvimos detalles sobre la costumbre de «planchar con carbón» o de almidonar la ropa; o de catalogar «de buenas condiciones» a los mejores caballos.

> Doña Dominga se casó (...) en la iglesia de la Parroquia de San Idelfonso de Guane, Inmaculada Concepción del Sábalo, el 26 de febrero de 1900 (p. 48).

Francisco Ruz Vázquez y Dominga del Rosario González Ramos, se casaron en la Parroquia de San

Idelfonso de Guane, el 26 de febrero de 1900, según consta en el Libro 8 de Blancos Folio 207. n. 130. En dicha iglesia fueron bautizados los primeros hijos del matrimonio: Francisca, Francisco, Lina, Enrique Eusebio y Matilde Antonia.

Los más pequeños: Alejandro, nacido en El Cayuco, en los Remates de Guane, María Irene Juliana y Agustina Isabel Ruz y González, se bautizaron en la Parroquia de Sibanicú, en Camagüey. Existe también una inscripción realizada con posterioridad en el Registro Civil de Cueto, en Holguín.

Resultó importante localizar las inscripciones registradas en la parroquia de San Antonio de Sibanicú porque prueban que para junio de 1912, cuando nace María Irene Juliana, la familia se encontraba en Camagüey por lo que el viaje desde Pinar del Río debió ocurrir antes. También se verificó por testimonios de los que comparecen en la inscripción de Agustina Isabel, *Belita*, que Rafaela Vázquez la abuela paterna era oriunda de Canarias (es decir se precisa que de Canarias, por tanto el poblado de Candelaria registrado en anteriores documentos se refiere no al pequeño y pintoresco poblado del mismo nombre en la provincia de Pinar del Río, sino al distante, más allá del Atlántico). Hay que señalar que el Acta de Bautismo de Agustina Isabel, de Belita, es sin duda, una de las escrituras más completas de las referidas a la familia. Incluye todos los detalles en letra muy clara y aporta datos muy valiosos. Es la única en que se testimonia la procedencia real de cada uno de los abuelos Ruz y González, lo que constituye una confirmación de la tradición oral, es decir, de lo que se conoce por las viejas historias que se contaban en las largas noches sin luz o en las veladas de recogimiento cuando se cernían sobre los techos temporales de lluvias interminables y fuertes ventoleras.

> Los seres más endebles no resistieron los rigores de los caminos, las calenturas y el hambre (p. 50).

En *Documentos para la Historia de Cuba*, Hortensia Pichardo, Tomos I, II y III, Editorial de Ciencias Sociales, La Habana, 1973; y en las páginas en Internet del periódico *Guerrillero*, de Pinar del Río, que abordan la despiadada reconcentración decretada por Valeriano Weyler (Palma de Mayorca, 1836-Madrid, 1930). En sitios españoles en Internet como *Arte historia* y *Canal social* puede leerse sobre su nombramiento como Capitán General de la Isla en 1896, en sustitución de Martínez Campos y también sobre su destitución en 1897, como una tardía medida para evitar la entrada de Estados Unidos en el conflicto con Cuba. Se reconoce que la campaña represiva que emprendió en Cuba fue duramente criticada y se añade que durante su desempeño como Capitán General de Cataluña, aplicó medidas similares a la reconcentración, en el año 1909.

> del ciclón de los cinco días con sus cinco noches (p. 55).

La cronología mínima de grandes desastres naturales ocurridos en Cuba durante el siglo XX, según el boletín *Sometcuba*, volumen 1, número 1, de enero del 2000, resulta encabezada por el ciclón de los cinco días que perduró en la memoria de Lina y de la familia.

Con categoría 3 en la escala de Simpson, ocurrió entre el 13 y el 17 de octubre de 1910. La mínima barométrica indicó 960 hPa, y la velocidad del viento llegó a ser de 183 km/h (e). El evento fundamental fueron las inundaciones. Los daños materiales no fueron cuantificados con exactitud, pero los daños humanos llegaron a setecientos muertos. Una breve sinopsis señala:

Las inundaciones, extraordinariamente extensas, fueron consecuencia de lluvias persistentes por espacio de cinco días, debido a la trayectoria del huracán que, tras cruzar el extremo occidental de Cuba, describió un lazo y retornó a Pinar del Río. Todas las cosechas –particularmente la tabacalera– y las viviendas rurales fueron destruidas. La masa ganadera resultó diezmada en alto grado. Se citó repetidamente el caso de grandes cantidades de reses arrastradas y ahogadas en las aguas crecidas.

Este desastre natural, ocasionó una difícil situación económica para los cosecheros de tabaco de Pinar del Río, un fenómeno que se insertó en otro aún más complejo y abarcador, el auge de la expansión azucarera de principios del siglo XX y el aumento de la población en las provincias de Camagüey y Oriente, lo cual motivó un importante flujo humano del occidente hacia el oriente del país. La migración comenzó en el siglo XIX tras la abolición de la esclavitud, y se profundizó a partir de 1898 con el final de la guerra y la dominación y penetración norteamericanas.

A principios de 1900, como resultado de tales procesos económico-sociales tuvo lugar la inmigración española, en especial la gallega, y después, la sustitución de españoles por haitianos y jamaicanos. Estos temas han sido exhaustivamente abordados por la historiografía cubana y sus más importantes exponentes, entre ellos, Julio Le Riverend, Manuel Moreno Fraginals, Juan Pérez de la Riva y Ramiro Guerra.

La culpa era del cometa Halley (p. 57).
El núcleo de un cometa semeja una bola de nieve gigante. Se piensa que está formado por polvo, tro-

zos más o menos voluminosos de material rocoso o metálico y cerca de un setenta y cinco por ciento de hielo, principalmente agua congelada, con una mezcla de compuestos químicos.

En 1682 apareció un cometa que fue observado por el astrónomo inglés Edmund Halley, quien estudió los informes escritos sobre veinticuatro cometas, especialmente los últimos que se vieron desde 1337 y mediante cálculos halló que los cometas de 1531, 1607 y 1682 habían seguido la misma trayectoria, concluyendo que se trataba del mismo cometa y que volvería a verse aproximadamente en 1758. Su previsión fue correcta, el cometa apareció ese año aunque Halley no lo vio porque había muerto en 1742. Los científicos de la época se dieron cuenta de que los cometas podían ser visitantes regulares, y el gran cometa fue llamado más tarde Halley. Este cometa fue visto por primera vez en el año 240 AC. y después en reiteradas ocasiones. Abrió el siglo XX en 1910, y se despidió de él, en 1986, porque su período orbital es de 76, 09 años. De toda esta historia fascinante pueden encontrarse más detalles si se busca en Internet a partir de Cometas, siglo XX.

> Lo mismo pasaba un bando que otro con los ánimos violentos, (p. 61).

En *Documentos para la Historia de Cuba*, de Hortensia Pichardo, puede leerse sobre la reelección de Menocal, La Chambelona y la paz impuesta por el gobierno yanqui para hacer valer su predominio en Cuba y asegurar el abastecimiento de azúcar. En relación con este último propósito no se puede olvidar su trascendencia cuando aún tiene lugar la Primera Guerra Mundial.

> La casa de madera de pino (p. 63).

Evocación poética sobre la estructura de la casona de Birán, en un testimonio de Ángela María Castro Ruz, la mayor de los hermanos Castro Ruz.

> Durante mucho tiempo don Ángel se dedicó, como contratista de la United Fruit Company, a sacar de las montañas todos los colmenares con abejas de España en cajas de palos huecos a como diera lugar; pero desde que las fincas, Manacas, La Española, María, Las Palmas y Rizo le pertenecían (p. 64).

Los originales referidos a la adquisición de las fincas que le pertenecieron a don Ángel, fueron localizados a partir del hallazgo en el Archivo Provincial de Holguín de una escritura a nombre de Raúl Modesto Castro Ruz, donde aparece la descripción de la finca Manacas, resultado de la refundición de las cinco fincas anteriores. Dicho documento sirve de brújula en la indagación, de hilo conductor hacia escrituras anteriores en Archivos Generales y de Protocolos Notariales revisados por la autora en las ciudades de Holguín, Santiago de Cuba y La Habana.

Bajo el título de Poder, y con el No. 149 dice literalmente:

> En Mayarí, Oriente, a diez y ocho de junio de mil novecientos cincuenta y dos.
>
> Ante mí: Dr. Amado Sigarreta García, Abogado y Notario con residencia en Mayarí. Comparece: El Señor Raúl Castro Ruz, mayor de edad, soltero, colono, natural de Mayarí, cubano y vecino de Birán en este Municipio. El Compareciente, a quien yo, el

Notario doy fe conocer, procede por derecho propio, tiene a mi juicio capacidad legal para este otorgamiento y en esa virtud dice: Que confiere Poder amplio y bastante cuanto sea necesario y por derecho se requiera, a favor de los esposos Ángel Castro Argiz y Lina Ruz González vecinos de Birán, para que en su nombre y en relación con la colonia de Cañas, denomina (sic) «Manacas», que posee el exponente en arrendamiento en el barrio de Birán de este Municipio, lo usen y ejerzan con arreglo a las siguientes facultades: Primero: Celebrar con el ingenio del Central Miranda donde se muelen las cañas de la Colonia, los contratos de venta y molienda de cañas, de colonato arrendamiento y refacción agrícola que procedieren, por el tiempo, precio, plazos, términos, condiciones y garantías que tengan a bien estipular, formalizando y suscribiendo las escrituras públicas y documentos privados que procedan. Segundo: Tomar a préstamo, con interés o sin él las cantidades que fueren necesarias para la explotación, cultivos, y cuidado de la Colonia de que se trata y para el fomento de la misma, por el tiempo y con el interés, pacto, condiciones y garantías, que tengan a bien convenir; pudiendo afectar y gravar la Colonia, sus productos y sus frutos, otorgando con esos fines las escrituras públicas y documentos privados que procedan. Tercero: Cobrar y percibir cualquiera cantidad que correspondan como frutos y productos de La Colonia o por cualquier otro concepto, y a ese efecto firmar, suscribir, y practicar liquidaciones de cañas provisionales o finales. Cuarto: Tomar cantidades del Ingenio como anticipos, por cuenta del importe de las liquidaciones de cañas futuras con interés o sin él, pudiendo a ese efecto afectar las liquidaciones de cañas futuras y autorizando expresamente al Ingenio para que deduzca de las liquidaciones que practicare el importe de dicho anticipo. Quinto: Otorgar recibos, cartas de pagos, finiquitos y cuantos más documentos se relacionen con la Colonia de que se trata. Sexto. Endosar, cobrar y pagar cheques, letras de cambios, mandatos de pagos, y cualquiera otros documentos y encaminar, aprobar o impugnar toda clase de cuentas y liquidaciones. Así lo dice y otorga y habiendo leído la presente, se ratifica en su contenido y firma.

Del conocimiento, ocupación y vecindad del compareciente y cuantos más aseguro o refiero yo, el notario doy fe. (...)

A continuación de la escritura se anexa la siguiente descripción:

FINCA RÚSTICA «MANACAS», en el Barrio de Birán

CAPACIDAD: 65 caballerías de tierra y 664 milésimas de otra.

LINDERO: Norte: -Finca «Sojo» de la que está separada por una faja de 5 varas de ancho; Sur: –finca «Sabanilla» de los señores Aurelio Hevia y Demetrio Castillo Duany y con el señor Emiliano Dumois, de la que está separada por el Callejón Dumois, denominado antes Alto Cedro; Este: –con resto de la finca «Sabanilla» y Oeste: Finca «Hato del Medio», de la que está separada por una faja de 5 varas de ancho por 22 metros 80 centímetros de largo, pertenecientes a los señores Hevia y Castillo Duany.

PROPIETARIO: Don Ángel Castro Argiz y Doña Lina Ruz González, adquirieron esta Finca de Fidel Pino Santos, mediante la escritura 668 de orden, otorgada el veinte de julio de 1951, ante el Notario de la Ciudad de Santiago de Cuba, Dr. Mario Norma Hechavarría.

ÁNGEL CASTRO ARGIZ, mayor de edad, colono, casado, natural de España y ciudadano cubano, vecino de Birán de este Término Municipal de Mayarí.

LINA RUZ GONZÁLEZ, mayor de edad, casada, natural de (...), Comerciante, vecina de Birán, de este Término Municipal.

COMO TESTIGOS: -José Miranda Terrero y Felipe Fernández Paneque. ARRENDATARIO: -Raúl Castro Ruz, mayor de edad, soltero, ocupación: -natural de Mayarí y vecino de Birán, de este Término Municipal de Mayarí.

Firmado: Arsenio del Riego Puig
Secretario Junta Amillaramiento
Fecha del contrato: Noviembre (ilegible) de 1951
4 copias
5 años (signo de igual) (ilegible) 1952 al 1956
Al margen: Más $ 400.00 anuales Por el resto de los terrenos de la finca dedicados a otros usos.

Consultado por la autora a principios de 1997, Ramón Castro sugirió el nombre del abogado Amado Sigarreta García. Después en Mayarí, fue posible un interesante encuentro con el letrado de unos noventa y dos años, quien a pesar de su estampa desgarbada, conservaba intacta su lucidez. La conversación con Amado, quien fuera abogado y notario del Municipio Mayarí, aportó numerosos datos a la historia que se narra, ofreciendo detalles de sus diálogos con don Ángel y Lina en sus habituales visitas a Birán relacionadas con los trámites jurídicos o papeleos de rutina. El doctor Amado Sigarreta García murió ese mismo año, por lo que nos queda la certeza de que alcanzamos a disfrutar de una de sus remembranzas y la última entrevista que concediera.

La historia de la propiedad de don Ángel es larga. Como se infiere de esta escritura, estuvo alguna vez en manos de don Fidel Pino Santos y en 1951, el doctor Fidel Castro Ruz, recién graduado de la Universidad de La Habana, realizó todas las gestiones para que su padre pudiera recuperarla. Por lo que parece, estuvo arrendada a nombre de Raúl, quien ya decidido a las acciones revolucionarias, redactó a favor de sus padres el anterior Poder.

Decíamos que el Poder que se transcribió en páginas anteriores, sirve de hilo conductor para la localizar las escrituras originales porque refiere fecha y notario de la escritura de 1951; que a su vez incluye fecha y notario de una anterior correspondiente a 1933; la que aporta los datos para localizar otra de 1928, y esta permite ubicar la de 1924, que a su vez señala la existencia de otra de 1922, donde se refunden las cinco fincas en una sola denominada Manacas. En este documento se describen y ofrecen pormenores de las escrituras de adquisición originales de cada una de las cinco fincas:

Finca Manacas. Su posesión más antigua. Comprada a don Alfredo García Cedeño, ante el doctor Pedro Talavera Céspedes, notario de Holguín, el 22 de noviembre de 1915. Inscripta al Folio 247 Tomo 10 del Ayuntamiento de Holguín. Finca No. 582, Inscripción primera.

Finca La Española. Adquirida de don Genaro Gómez y Vilar, ante el notario de Holguín, señor Pedro Talavera y Céspedes, el 8 de diciembre de 1917. Según consta en el Registro de Propiedad: Folio 76, Tomo 10, finca No. 510, Inscripción tercera.

Finca María. Obtenida por compraventa a don Aurelio Hevia Alcalde y Demetrio Duany Castillo, ante el doctor Ramón Marrá Ruiz y Rodríguez, de La Habana. En el Registro de Propiedad de Holguín aparece como finca No. 631, Folio 245, Tomo 11.

Finca Las Palmas. Adquirida del señor Herbert W. Thonson, mediante la Escritura de Compraventa, ante el notario de Sagua de Tánamo, señor Mariano L. Dou, como sustituto de la notaría que sirvió en Mayarí al doctor Ramón Isidro Carbonell y Ruiz, de fecha 10 de noviembre de 1918, Folio 171, Tomo 11, Ayuntamiento de Mayarí. Finca No. 618.

Finca Rizo. Comprada a Sixto Rizo Nora, ante el notario de Mayarí, señor Mariano L. Dou, el 23 de junio de 1919, Folio 83, Tomo 10, Ayuntamiento de Mayarí, Finca No. 512, Inscripción cuarta.

La refundición de las cinco fincas en una sola: Manacas, tiene lugar el 1 de julio de 1922, ante el notario de Mayarí, doctor Mariano Dou Pullés, Escritura No. 46.

> En enero de 1913, se abrieron las puertas del país a la inmigración antillana (p. 67).

En *Documentos para la Historia de Cuba*, de Hortensia Pichardo, aparece lo relativo a este tema bajo el acápite «Para abaratar la producción azucarera a beneficio de las empresas norteamericanas, autorización para introducir braceros antillanos». También en el Archivo de Oriente, en la actualidad Archivo Provincial de Santiago de Cuba, se encontraron comunicaciones, documentos, información de prensa y papelería diversa que refieren el tráfico de antillanos.

Sobre las costumbres sociales, culturales y alimentarias, los investigadores de la Casa de Iberoamérica de Holguín ofrecieron a la autora una pormenorizada explicación que le permitió recrear los ambientes y la vida de los haitianos y jamaicanos en Birán.

La especialista de la Oficina de Asuntos Históricos del Consejo de Estado, Nelsy Babiel Gutiérrez, descendiente de haitianos; realizó una búsqueda muy útil sobre las deportaciones de este grupo humano. Una parte de este resumen se transcribe a continuación:

> La inmigración masiva de antillanos comenzó en 1913 cuando el gobierno de José Miguel Gómez autorizó a la Nipe Bay Company, a su entrada.
>
> En el año 1921 habían entrado al país 150 000 haitianos y jamaicanos (mano de obra barata).
>
> De acuerdo con el artículo 1 de la Ley del 3 de agosto de 1917 debieron ser repatriados en febrero de 1922, al cumplirse dos años de la aprobación por el Congreso cubano del Tratado de Paz de Versalles.
>
> El 18 de mayo de 1922 el Congreso dictó una ley derogando la del 3 de agosto de 1917, y que realmente no se cumplía porque entraban al país anualmente millares de trabajadores antillanos.

Por el Decreto 1404 de 20 de julio de 1921 se ordenó la repatriación de los braceros antillanos.

Se determinó reembarcar por cuenta del Estado a los braceros procedentes de Haití y Jamaica, contratados para la producción azucarera, al amparo de la Ley de inmigración de agosto 3 de 1917 por constituir una carga pública para la nación. (Ver la *Gaceta Oficial* del 22 de julio de 1921).

La Ley de Inmigración de 3 de agosto de 1917 autorizaba la introducción de braceros con la condición de que no constituirían una carga pública y serían reembarcados al terminar sus labores. Las compañías no se ocupaban del destino de esos trabajadores una vez concluida la zafra y mucho menos estaban dispuestos a afrontar el gasto del reembarque a su país de origen. El 18 de Octubre de 1933, el gobierno provisional de los 100 días dictó el Decreto No. 2232, ordenando la repatriación de todos los extranjeros desocupados o que se encontraran ilegalmente en el país, y el 20 de diciembre del mismo año se dicta el Decreto 3289, en el cual se concedía un crédito de 20 000 pesos para cubrir los gastos de los extranjeros menesterosos e indigentes, a quienes el gobierno consideraba necesario enviar a sus respectivos países. Salieron por diferentes puertos del país. Entre los barcos que los transportaban estaba el San Luis. El Secretario de Gobernación supervisaría la repatriación.

En el año 1939 existían en Cuba 25 000 antillanos a quienes el gobierno decidió reembarcar (...)

La niña de ojos negros y labios finos como los de su madre, heredó el nombre de su padre (p. 76).

Transcribimos la copia literal de la certificación de nacimiento de Ángela María Castro Ruz:

Registro del Estado Civil Provincial Holguín

Certifico: Que al folio 277 del Tomo Duplicado número 16, correspondiente a la Sección de Nacimientos del Registro Civil de Cueto, a mi cargo, aparece una inscripción, que copiada literalmente dice así: Al margen: <u>ÁNGELA MARÍA CASTRO RUZ</u>. Número de la Inscripción 277. En Cueto, provincia de Oriente, a las nueve de la mañana del día once de Diciembre de mil novecientos cuarenta y tres, ante el Doctor Amador Ramírez Sigas Juez Municipal, Encargado del Registro Civil y de Alberico Gómez de la Torre, Secretario, se procede a inscribir el nacimiento de una hembra de raza blanca ocurrido a las tres de la tarde del día dos de Abril de mil novecientos veinte y tres en Birán, de este Término, es hija de Ángel Castro Argiz, y de Lina Ruz González, naturales de Láncara, Lugo, España y Mayarí, Cuba, mayores de edad, blancos, agricultor y, su casa, respectivamente, él ciudadano cubano, y vecinos de Birán; que es nieta en línea paterna de Manuel y Antonia, naturales de Láncara, Lugo, España, casados, blancos, labrador y su casa y ya difuntos; y en la materna de Francisco y Dominga, naturales de San Juan y Martínez, Pinar del Río, casados, blancos, labrador y su casa, y vecinos de Birán y que a la inscripta se le puso por nombre Ángela María.

Esta inscripción se practica en virtud de la declaración personal del padre del inscripto, al amparo de la Ley de 15 de Agosto de mil novecientos treinta y ocho, publicada en la Gaceta Oficial del diez y siete del mismo año y Resolución del Director General de los Registros y del Notariado de fecha quince de noviembre de mil novecientos treinta y ocho y la presencian como testigos Antonio Casaus Sánchez, natural de Holguín mayor de edad, de estado casado, ocupación Procurador y vecino de Cueto y Armando Jiménez Reyes, natural de Mayarí, mayor de edad, de estado casado, ocupación empleado y vecino de Cueto.

Leída esta acta e invitadas las personas que deben suscribirla a que la leyeran por sí mismas si así lo creyeren conveniente, se estampó el sello del Juzgado y la firma del señor Juez, los testigos y el declarante de que certifico. Aparece -Firma rubricada A. Castro. -Sello del Juzgado. (...)

> Volvió a repetirse la historia con el nacimiento de un varón de trece libras a quien llamaron Ramón Eusebio (p. 77).

La copia literal de la certificación de nacimiento de Ramón Eusebio Castro Ruz expresa:

Registro del Estado Civil Provincial Holguín
Certifico: Que al Folio. 278 del Tomo Duplicado número 16, correspondiente a la Sección de Nacimientos del Registro Civil de Cueto, a mi cargo, aparece una inscripción que copiada literalmente dice así:

Al margen: RAMÓN EUSEBIO CASTRO RUZ. Número de la Inscripción 278. En Cueto, Provincia de Oriente a las nueve y treinta de la mañana del día once de Diciembre de mil novecientos cuarenta y tres, ante el Doctor Amador Ramírez Sigas, Juez Municipal, Encargado del Registro Civil y de Alberico Gómez de la Torre, Secretario, se procede a inscribir el nacimiento de un varón de raza blanca, ocurrido a las siete de la mañana del día catorce de Octubre de mil novecientos veinte y cuatro, en Birán, de este Término; es hijo de Ángel Castro Argiz y Lina Ruz González, naturales de Láncara, Lugo, España y Mayarí, Cuba, mayores de edad, blancos, agricultor y su casa y vecinos de Birán; que es nieto en línea paterna de Manuel y Antonia, naturales de Láncara, Lugo, España, casados, blancos, labrador y su casa, y ya difuntos; y en la materna de Francisco y Dominga, naturales de San Juan y Martínez, Pinar del Río, casados, blancos, agricultor y su casa, y vecinos de Birán. Y que el inscripto se nombra Ramón Eusebio. Esta inscripción se practica en virtud de declaración personal del padre del inscripto, al amparo de la Ley de quince de Agosto de mil novecientos treinta y ocho, publicada en la Gaceta Oficial del día diez y siete del mismo año, y Resolución del Director de los Registros y del Notariado de fecha quince de Noviembre de mil novecientos treinta y ocho y la presencian como testigos Antonio Casaus Sánchez, natural de Holguín, mayor de edad, de estado casado, ocupación Procurador y vecino de Cueto y Armando Jiménez Reyes, natural de Mayarí, mayor de edad, de estado casado, ocupación empleado y vecino de Cueto.—Leída esta acta e invitadas las personas que deben suscribirla a que la leyeran por sí mismas si así lo creyeren conveniente, se estampó el Sello del Juzgado y la firma del Señor Juez, los testigos y el declarante de que certifico.———Aparece firma (rubricada). -A. Castro. -Firma (rubricada) Sello del Juzgado.

Nota: La persona a que contrae la presente contrajo matrimonio con Aurora de la Fe Castelló Valdivia, según consta al folio 447 del Tomo 3 Cueto. 20 de noviembre de 1944.—Firma (rubricada). -Sello del Registro.

> El contrato de molienda establecía su obligación de entregar (...) todas las cañas sembradas y por sembrar en terrenos destinados para ese cultivo en su finca (p. 79).

Los datos de la producción en arrobas de caña, localizados en el *Anuario Azucarero de Cuba*, correspondiente a los años entre 1949 y 1958, son reveladores:

Año 1949. Colono Ángel Castro. Fincas: Sao Corona, Daumy, Hevia. Producción: 1, 575, 340 @.

Año 1950. Colono Ángel Castro. Fincas: Sao Corona, Daumy, Hevia. Producción: 1, 229, 172 @.

Año 1951. Colono Ángel Castro. Fincas: Varias. Producción 1, 135, 656 @.

Año 1952. Colono Ángel Castro. Fincas: Varias. Producción 1, 236, 468 @.

Año 1953. Colono Ángel Castro. Fincas: Varias. Producción 1, 215, 580 @. Colono Ángel Castro. Finca Manacas. Producción 2, 161, 576 @.

Año 1954. Colono Raúl Castro Ruz. Finca Manacas. Producción 1, 143, 672 @.

Año 1955. Colono Raúl Castro Ruz. Finca Manacas. Producción 1, 229, 172 @.

Año 1956. Colono Ángel Castro Argiz. Finca Manacas. Producción 1, 947, 540 @.

Año 1957. Colono Ramón Castro Ruz. Finca: Varias. Producción 599, 940 @.

Colono Ángel Castro Argiz. Finca Manacas. Producción 1, 060, 760 @.

Año 1958. Colono Ramón Castro Ruz. Finca: Varias. Producción 2, 284 039 @.

> a las dos en punto de la madrugada del 13 de agosto de 1926, nació Fidel Alejandro Castro Ruz un niño vigoroso de doce libras de peso (p. 84).

Transcribimos una copia literal, solicitada en 1997 de la certificación de nacimiento de Fidel Alejandro Castro Ruz dice así:

Certifico: Que al folio número 279 del Tomo Duplicado número 16, correspondiente a la Sección de Nacimientos del Registro Civil de Cueto, a mi cargo, aparece una inscripción que copiada literalmente dice así:

Al margen: <u>FIDEL ALEJANDRO CASTRO RUZ</u> V.B. Número de la Inscripción 279.

En Cueto, Provincia de Oriente a las diez de la mañana del día once de Diciembre de mil novecientos cuarenta y tres ante el Doctor Amador Ramírez Sigas, Juez Municipal, Encargado del Registro Civil y de Alberico Gómez de la Torre, Secretario, se procede a inscribir el nacimiento de un varón de raza blanca, ocurrido a las doce de la mañana del día trece de Agosto de mil novecientos veinte y seis en Birán, de este Término; es hijo de Ángel Castro Argiz y Lina Ruz González, naturales de Láncara, Lugo, España, y Mayarí, Cuba, mayores de edad, blancos, agricultor y su casa y vecinos de Birán; que es nieto en línea paterna de Manuel y Antonia, naturales de Láncara, Lugo, España, casados, blancos, labrador y su casa, ya difuntos; y en la materna de Francisco y Dominga, naturales de San Juan y Martínez, Pinar del Río, mayores de edad, casados, blancos, labrador y su casa y vecinos de Birán.

Que al inscripto se le puso por nombre Fidel Alejandro.

Esta inscripción se practica en virtud de declaración personal del padre del inscripto, al amparo de la Ley de quince de Agosto de mil novecientos treinta y ocho, publicada en la Gaceta Oficial del día diez y siete del mismo año y Resolución del Director de los Registros y del Notariado de fecha quince de noviembre de mil novecientos treinta y ocho y la presencian como testigos Antonio Casaus Sánchez natural de Holguín mayor de edad, de estado casado, ocupación Procurador y vecino de Cueto y Armando Jiménez Reyes natural de Mayarí mayor de edad, de estado casado, ocupación empleado y vecino de Cueto.

Leída esta acta e invitadas las personas que deben suscribirla a que la leyeran por sí mismas si así lo creyeren conveniente, se estampó el sello del Juzgado y la firma del señor Juez, los testigos y el declarante de que certifico. Aparece firma (rubricada).

Firma A. Castro. -Firma (rubricada). -Firma (rubricada). -Firma (rubricada). -Sello del Registro.

Nota: Doctor Amador Rodríguez, digo Ramírez Sigas, Juez Municipal de Cueto y su demarcación y Encargado del Registro Civil del mismo, certifico: Que al margen de inscripción de nacimiento, digo, que la persona a que se refiere esta inscripción contrajo matrimonio civil ante el Notario de Mayarí, Dr. Amado R. Sigarreta García, el día, digo, de la ciudad de Banes, Rafael Portuondo del Pino, el día once de octubre de mil novecientos cuarenta y ocho con Mirta Francisca de la C. Díaz Balart Gutiérrez, según consta al Folio ciento treinta y cinco del Tomo Veintidós de la Sección de Matrimonios del Registro Civil de Banes y en cumplimiento del Art. 21 de la Ley del Registro Civil se extiende la presente en Cueto, a diez y siete de noviembre de mil novecientos cuarenta y ocho.

Nota: Doctor Amador Ramírez Sigas, Juez Mcpal y Encargado del Registro Civil de Cueto y su demarcación, certifico: Que el vínculo matrimonial a que se refiere la nota marginal anterior, quedó disuelto por sentencia de diez y ocho de junio de mil novecientos cincuenta y cinco. Juez de Primera Instancia Oeste Habana y en cumplimiento del Art. 21 L.R.C., expido la presente en Cueto a seis de Diciembre de mil novecientos cincuenta y cinco.

Sobre sus inscripciones de nacimiento, en la Cronología que consta en la Oficina de Asuntos Históricos del Consejo de Estado, se incluyen los siguientes datos:

Fidel fue inscripto tres veces en el Juzgado Municipal de Cueto.

La primera inscripción de nacimiento con Tomo 10, Folio 258, se realizó el 11 de enero de 1938, con el nombre de Fidel Casiano.

En la segunda inscripción realizada el 10 de mayo de 1941, con Tomo 14, Folio 129, aparece con el nombre de Fidel Alejandro.

El 11 de diciembre de 1943, con Tomo 16, Folio 279, fue asentada la última inscripción de nacimiento también con el nombre de Fidel Alejandro.

Fidel fue bautizado en la Iglesia de la Catedral de Santiago de Cuba, a la edad de ocho años, con el nombre de Fidel Hipólito Ruz González. Recuérdese que el bisabuelo materno se llamaba Francisco Hipólito.

La transcripción literal del documento expresa:

El Infrascrito CURA PARROCO de la Parroquia de la Santa Iglesia Catedral, Ciudad y Arzobispado de Santiago de Cuba.

Certifica: Que en el libro CUARENTA Y DOS de BAUTISMOS al folio 153 vto. y No. 1219 se halla la partida siguiente:

«En la Parroquia de la Santa Iglesia Catedral de la ciudad y Arzobispado de Santiago de Cuba, a diez y nueve de Enero de mil novecientos treinta y cinco fue bautizado FIDEL HIPÓLITO, que nació en Birán el trece de Agosto de mil novecientos veintiséis, hijo de Lina Ruz González, natural de Pinar del Río, abuelos maternos: Francisco y Dominga. Padrinos: Luis

Alcides Hibbert y Emerenciana Feliú. Juan José Badiola. Rubricado.» NO HAY NOTA MARGINAL (...)

> Castellanos, el farmacéutico, venía de San Andrés, en Holguín (p. 91).

La historia de la familia y de la farmacia de Castellanos en Marcané, está basada en una entrevista realizada en 1997 a Baudilio Castellanos, hijo del farmacéutico de Marcané y compañero de estudios y de lucha de Fidel en la Universidad, quien además fue abogado defensor de los moncadistas en 1953.

> El 8 de junio de 1929, Fidel sin cumplir los tres años, miró con asombro las fotografías en las paredes, las estampas religiosas y las velas encendidas del funeral (p. 93).

Esta parte de la narración está inspirada en un testimonio del propio Comandante en Jefe Fidel Castro, quien reconoce en esos recuerdos, los primeros que guarda su memoria.

La fecha exacta en que murió la hermana de Lina, Antonia Ruz González, pudo conocerse por los testimonios de sus hijas Clara y María Antonia Soto Ruz, entrevistadas en La Habana y Camagüey, respectivamente, en los años 1997 y 1998. En 1929, las niñas fueron a vivir con su tía Lina. A Clara, Fidel la recuerda bien porque era más o menos de su misma edad. María Antonia estuvo con Lina poco tiempo, pues cuando Lina viajó a Santiago para operarse de apendicitis, la niña era tan pequeña, que tuvieron que dejarla al cuidado de la abuela doña Dominga, con quien se quedó definitivamente.

El gobierno de Machado había decretado en mayo de 1926, la restricción azucarera y con la adversidad económica sobrevinieron también todas las calamidades inimaginables (p. 94).

En el libro *Documentos para la Historia de Cuba*, de Hortensia Pichardo, se publica la Ley de restricción del período de zafra, de la cual incorporamos algunos artículos, que ilustran la situación económica de la época.

> Artículo I: Las labores para la zafra en los Ingenios que constituyen la Industria Azucarera, durante los años mil novecientos veinte y seis a mil novecientos veinte y siete y mil novecientos veinte y siete a mil novecientos veinte y ocho, no podrán empezar antes de las fechas que señale el Poder Ejecutivo atendiendo a circunstancias de manifiesta conveniencia para esta industria y de las condiciones climatológicas de las distintas Provincias o Zonas Azucareras.
>
> (...) Los Ingenios quedan obligados a moler proporcionalmente las cañas de sus colonos y las propias, de manera que en el noventa por ciento de su estimado se comprenda la parte proporcional que corresponde a todos y cada uno de los colonos del Ingenio, de acuerdo con la mayor o menor capacidad de cada colonia, en cuya proporcionalidad entrará también la caña del Ingenio.
>
> Artículo IV: El Poder Ejecutivo (...) previo el cálculo de la producción de cada Ingenio, atendiendo al promedio de los tres estimados de zafra que considere

más completos y fidedignos, así como a cualquiera otra circunstancia o factor especial, declarará y fijará cuál es el estimado de cada Ingenio, este año, a los efectos de esta Ley.

Artículo V: En el caso de que el Poder Ejecutivo resuelva (...) la reducción de las zafras de mil novecientos veinte y seis a mil novecientos veinte y siete y de mil novecientos veinte y siete a mil novecientos veinte y ocho, o alguna de las dos, se tomará como base para la misma, el estimado que de cada Ingenio haga la Secretaría de Agricultura, Comercio y Trabajo de acuerdo con informe hecho por personal técnico y que pondrá en vigor el Poder Ejecutivo (...)

> La fecha en la pizarra indicaba el mes de septiembre de 1930 (p. 98).

En visita a Birán, el 15 de agosto de 1996 con motivo de su setenta cumpleaños, el Comandante recordó sus primeros años escolares, la fecha anotada en la pizarra, señaló su puesto en la clase y evocó a sus primeros maestros, su conducta en el aula, los conocimientos iniciales, sus amigos de entonces, y todo lo que significaron para él.

> Aunque asistía a clases desde antes, el 5 de enero de 1932 lo inscribieron por primera vez y con carácter oficial en la pequeña escuela (p. 101).

En la cronología existente en la Oficina de Asuntos Históricos del Consejo de Estado, consta en las páginas del registro escolar de las que ofrecemos los siguientes datos:

5 de enero de 1932,

segundo período del curso escolar 1931-1932.

Fidel, con cinco años, es inscripto oficialmente en el primer grado de la Escuela Rural Mixta No. 15. Aparece en el libro de Inscripción con seis años, pero en realidad tenía cinco y medio, ya que cumpliría los seis en agosto. En esa fecha, sus hermanos Ángela y Ramón ya eran alumnos de la escuela. La maestra se llamaba Eufrasia Feliú Ruiz. Estudiaron con él:

Pedro Guevara; Luis Soto, siete años; Carlos Manuel Falcón, seis años; Pascual Rodríguez, seis años; Ramón Castro, siete años.

28 de abril de 1932,

tercer período del curso escolar 1931-1932.

Fidel continúa el primer grado en la misma escuela de Birán. Entre los alumnos se encontraban:

Pedro Guevara, siete años; Luis Lid Colón, siete años; Rolando Lid Colón, ocho años; Pedro Rodríguez, siete años; Ramón Castro, siete años.

Incluimos los nombres de algunos de los condiscípulos de Fidel en la pobre y pequeña escuela, porque de la profunda amistad con ellos surge también su enorme sensibilidad hacia los humildes: primero los del batey, después los de toda Cuba y en una dimensión aún mayor los pobres, olvidados y desposeídos del mundo.

Otras veces recordaba ensimismado las emociones vividas en casa, cuando el nacimiento de Raúl Modesto, que evocaría con sentimientos de angustia y felicidad. (p. 102).

Transcribimos la copia literal de la certificación de nacimiento de Raúl Modesto Castro Ruz. Bajo el título de Registro del Estado Civil Provincial de Holguín aparece la siguiente escritura:

Certifico: Que al folio 280 del Tomo Duplicado número 16, correspondiente a la Sección de Nacimientos del Registro Civil de Cueto, a mi cargo, aparece una inscripción, que copiada literalmente dice así: Al margen: RAÚL MODESTO CASTRO RUZ. Número de la Inscripción 280. En Cueto, Provincia de Oriente, a las diez y treinta del día once de Diciembre de mil novecientos cuarenta y tres, ante el Doctor Amador Ramírez Sigas, Juez Municipal, Encargado del Registro Civil y de Albérico Gómez de la Torre, Secretario, se procede a inscribir el nacimiento de un varón de raza blanca, ocurrido a la una de la tarde del día tres de Junio de mil novecientos treinta y uno en Birán, de este Término; es hijo de Ángel Castro Argiz y Lina Ruz González, naturales de Láncara, Lugo, España y Mayarí, Cuba, mayores de edad, blancos, labrador y su casa, y vecinos de Birán; que es nieto en línea paterna de Manuel y Antonia, naturales de Láncara, Lugo, España, casados, blancos, labrador y su casa, y ya difuntos; en la materna de Francisco y Dominga, naturales de San Juan y Martínez, Pinar del Río, casados, blancos, labrador y su casa y vecinos de Birán. Y que el inscripto se nombra Raúl Modesto. ——

Esta inscripción se practica en virtud de la declaración personal del padre del inscripto, al amparo de la Ley de quince de Agosto de mil novecientos treinta y ocho, publicada en la Gaceta Oficial del día diez y siete del mismo año, y de la Resolución del Director de los Registros y del Notariado de fecha quince de Noviembre de mil novecientos treinta y ocho y la presencian como testigos Antonio Casaus Sánchez, natural de Holguín, mayor de edad, de estado casado, ocupación Procurador y vecino de Cueto y Armando Jiménez Reyes, natural de Mayarí, mayor de edad, de estado casado, ocupación empleado y vecino de Cueto.

Leída esta acta e invitadas las personas que deben suscribirla a que la leyeran por sí mismas si así lo creyeren conveniente, se estampó el sello del Juzgado y la firma del Señor Juez, los testigos y el declarante de que certifico.
Aparece firma (rubricada). -Firma (rubricada). -Firma (rubricada). -Firma A. Castro. Firma (rubricada). -Sello del Juzgado.

Nota: Dr. Avelino Riverón Pérez, Juez Municipal de Cueto y su demarcación y Encargado del Registro Civil del mismo. Certifico: Que la persona a que se refiere la presente inscripción contrajo matrimonio civil ante el notario Doctor Pedro Manuel Bergues Puig, el día 26 del mes de Enero del mil novecientos cincuenta y nueve con la señorita Vilma Lucila Espín Guillois, según consta en el Tomo diez y nueve del folio ciento setenta y uno de la Sección de Matrimonios del Registro Civil de El Cobre.- Y en cumplimiento de lo dispuesto en el artículo veinte y uno de la Ley del Registro Civil, se extiende la presente en Cueto, a cinco de marzo de mil novecientos cincuenta y nueve. -Firma J. Zayas. -Sello del Registro.

Nota: Para rectificar en la nota que antecede que se consignó por error que el Notario actuante fue el Doctor Pedro Manuel Bergues Puig, cuando lo cierto y verdadero es que el Notario actuante lo fue el Doctor Juan Aníbal Escalona Reguera, según consta en el Tomo 19 Folio 171 de la Sección de Matrimonios del Registro del Estado Civil del Cobre.- Holguín 31 de Agosto de 1984. -Certifico.- J. Zayas. Sello del Registro. (...)

> Fidel ansiaba escuchar la voz de Lina y sentir la mano del viejo palpándole la cabeza (p. 109).

De la primera estancia en Santiago, son los sentimientos de nostalgia por sus padres, que estremecen al niño. Aún no se ha esclarecido con exactitud la fecha de ese primer viaje a la capital de Oriente. Fidel testimonia sus vivencias del Día de los Reyes Magos, durante tres años distintos, en casa de la maestra Eufrasia Feliú, lo que sería posible de haber estado allí desde diciembre de 1932, o antes de esa fecha. Recuerda además, la repatriación de los antillanos que tuvo lugar durante el Gobierno de los Cien días, a finales de 1933, como un suceso muy posterior al momento de su llegada a la ciudad. También rememora los acontecimientos tremendos que marcaron para siempre su visión de la vida de entonces, la ocupación militar del Instituto en la Loma del Intendente, y las explosiones que estremecían la ciudad en horas de la noche.

Aún existen diversos criterios en relación con la fecha exacta del viaje, por lo que consideramos que sobre este aspecto aún queda, entre la memoria y la realidad, un espacio que tal vez nuevas indagaciones podrían precisar.

A su arribo a la capital de Oriente, Angelita recuerda un fuerte temblor de tierra, pero no puede precisarse cuál fue el que registró su memoria, pues esos fenómenos son muy frecuentes en la región oriental del país. En las cronologías de desastres naturales en Cuba en el siglo xx, se incluye el terremoto del 3 de febrero de 1932, durante el cual el ochenta por ciento de las casas de Santiago fueron afectadas. A lo largo de un año se registraron ciento veinte réplicas, una de ellas podría ser la que Angelita guarda en sus recuerdos, y aunque esto es solo una probabilidad, de ser así confirmaría la presencia en Santiago de los hermanos Castro Ruz, en 1932.

El fenómeno del 3 de febrero de 1932, ocasionó trece muertos y doscientos heridos. Los datos aparecen en la *Cronología mínima de grandes desastres naturales ocurridos en Cuba durante el siglo xx*. En el boletín *Sometcuba*, de la Sociedad Meteorológica de Cuba.

Juana de la Caridad nació el 6 de mayo de 1933 (p. 118).
Transcribimos la copia literal de la certificación de nacimiento de Juana de la Caridad Castro Ruz:

En el Registro del Estado Civil Provincial de Holguín

Certifico: Que al Folio 281 del Tomo Duplicado número 16, correspondiente a la Sección de Nacimientos del Registro Civil de Cueto, a mi cargo, aparece una inscripción que copiada dice así:

Al margen: JUANA DE LA CARIDAD CASTRO RUZ: H.B. Número de la Inscripción 281. En Cueto provincia de Oriente a las once de la mañana del día once de Diciembre de mil novecientos cuarenta y tres ante el Doctor Amador Ramírez Sigas Juez Municipal, Encargado del Registro Civil y de Albérico Gómez de la Torre Secretario, se procede a inscribir el nacimiento de una hembra de raza blanca, ocurrido a las ocho de la noche del día seis de mayo de mil novecientos treinta y tres en Birán, de este Término; es hija de Ángel Castro Argiz y Lina Ruz González, naturales de Láncara, Lugo, España y Mayarí, Cuba, mayores de edad, blancos, agricultor y su casa, y vecinos de Birán; que es nieta en línea paterna de Manuel y Antonia, naturales de Láncara, Lugo, España, casados, blancos, labrador y su casa y ya difuntos; y en la materna de Francisco y Dominga, naturales de San Juan y Martínez, Pinar del Río, mayores de edad, casados, blancos, labrador y su casa y vecinos de Birán. Y que la inscripta se nombra Juana de la Caridad.

Esta inscripción se practica en virtud de declaración personal del padre de la inscripta, al amparo de la Ley de quince de Agosto de mil novecientos treinta y ocho, publicada en la Gaceta Oficial del día diez y siete del mismo año, y de Resolución del Director de los Registros y del Notariado, de fecha quince de Noviembre de mil novecientos treinta y ocho y la presencian como testigos Antonio Casaus Sánchez, natural de Holguín, mayor de edad de estado casado ocupación Procurador y vecino de Cueto, y Armando Jiménez Reyes, natural de Mayarí, mayor de edad, de estado casado ocupación empleado y vecino de Cueto.

Leída esta acta e invitadas las personas que deben suscribirla a que la leyeran por sí mismas, si así lo creyeren conveniente, se estampó el sello del Juzgado y la firma del Señor Juez, los testigos y el declarante de que certifico. Aparece firma (rubricada). (...)

> Fidel escuchó atento después que apagaron la luz de las lámparas de gas (p. 122).

Los recuerdos de Birán se basan en múltiples testimonios del Comandante en Jefe entre los que destacan: la entrevista concedida a Frei Betto, publicada por la Oficina de Publicaciones del Consejo de Estado, bajo el título *Fidel y la Religión*, en 1985; evocaciones que forman parte de los fondos de la Oficina de Asuntos Históricos del Consejo de Estado; y lo que narró en su cumpleaños setenta, durante el recorrido por Birán.

> Los bandoleros asolaban las serranías y maniguales (p. 122).

La historia de bandidos en las inmediaciones de Birán se basa en recuerdos de Angelita y Ramón Castro y de Ubaldo Martínez.

> Angelita se acomodó en una butaca de madera torneada (p. 126).

La descripción se realizó a partir de una fotografía de Angelita y Fidel Castro, fechada el 29 de diciembre de 1933. Angelita sostiene que en esa fecha fue el primer viaje a Santiago de Cuba. También pudiera ser que la foto fuera tomada al regresar a la capital de Oriente después de las vacaciones en Birán.

> Los niños no entendían entonces asuntos de política y economía, solo sentían pena de aquellos hombres (p. 130).

Fidel y Angelita recuerdan que Luis Hibbert, cónsul de Haití, esposo de Belén y padrino de bautismo de Fidel, los llevaba a la rada del puerto a despedir el vapor *La Salle*, en que repatriaban a los haitianos.

Sobre Luis Hibbert existe una entrevista publicada, en 1959 cuando tenía setenta y seis años de edad, en la revista *Bohemia,* con el título «Mi ahijado es hombre mundial, ¿lo duda usted?»

> En los inicios de 1935, Fidel matriculó para cursar la segunda mitad del primer grado en el Colegio de los Hermanos La Salle (p. 131).

Según la Cronología del Comandante en Jefe Fidel Castro Ruz que obra en la Oficina de Asuntos Históricos del Consejo de Estado, documento en el que se relacionan todos sus ingresos y egresos escolares hasta el nivel universitario; tras su primera rebeldía, a fines de 1935, Fidel ingresó interno al Colegio de los Hermanos La Salle.

En Birán esperaban otro alumbramiento y el 2 de enero de ese mismo año de 1935, nació Emma Concepción, a las cinco de la madrugada, con el despuntar del alba y el rocío silvestre abundante y frío descolgándose de las hojas, las flores y el guano de palma cana de los ranchos campesinos (p. 132).

Transcribimos la copia literal de nacimiento de Emma Concepción Castro Ruz:

En el Registro del Estado Civil Provincial de Holguín

Certifico: Que al folio 282 del Tomo duplicado número 16, correspondiente a la Sección de Nacimientos del Registro Civil de Cueto, a mi cargo, aparece una inscripción, que copiada literalmente dice así: Al margen: EMMA CONCEPCIÓN CASTRO RUZ. H.B. Número de la Inscripción 282. En Cueto, provincia de Oriente, a las once y treinta de la mañana del día once de Diciembre de mil novecientos cuarenta y tres ante el Doctor Amador Ramírez Sigas, Juez Municipal, Encargado del Registro Civil y de Albérico Gómez de la Torre, Secretario, se procede a inscribir el nacimiento de una hembra de raza blanca, ocurrido a las cinco de la mañana del día dos de Enero de mil novecientos treinta y cinco en Birán, de este término; es hija de Ángel Castro Argiz y Lina Ruz González, naturales de Láncara, Lugo, España y Mayarí, Cuba, mayores de edad, blancos, agricultor y su casa, y vecinos de Birán; que es nieta en línea paterna de Manuel y Antonia, naturales de Láncara, Lugo, España, mayores de edad, casados, blancos, labrador y su casa y ya difuntos; y en la materna de Francisco y Dominga, naturales de San Juan y Martínez, Pinar del Río, mayores de edad, casados, blancos, labrador y su casa y vecinos de Birán. Y que a la inscripta se le puso por nombre Emma Concepción.

Esta inscripción se practica en virtud de declaración personal del padre de la inscripta al amparo de la Ley de quince de Agosto de mil novecientos treinta y ocho, publicada en la Gaceta Oficial del día diez y siete del mismo año y Resolución del Director de los Registros y del Notariado de fecha quince de noviembre de mil novecientos treinta y ocho y la presencian como testigos Antonio Casaus Sánchez, natural de Holguín, mayor de edad, de estado casado, ocupación Procurador y vecino de Cueto y Armando Jiménez Reyes, natural de Mayarí mayor de edad, de estado casado, ocupación empleado y vecino de Cueto.

Leída esta acta e invitadas las personas que deben suscribirla a que la leyeran por sí mismas si así lo creyeren conveniente, se estampó el sello del Juzgado y la firma el señor Juez, los testigos y el declarante de que certifico (...)

Nota: La persona a quien se refiere esta inscripción contrajo Matrimonio con Víctor J. Lomeli Delgado el día 30 de Abril de 1960 ante el Dr. José M. de lo Z. M. habiéndose inscripto al Folio_____ del Tomo _____ de la Sección de Matrimonios del Juzgado Municipal de Cueto. Y en cumplimiento de lo dispuesto por el Sr. Presidente de esta Audiencia, de conformidad con lo establecido en el Art. 21 de la Ley del Registro Civil, transcribo la presente nota marginal en

Holguín, a 3 de Febrero de 1961. - Certifico. -Firma (rubricada). - Sello de la Audiencia. (...)

> Carlos Falcón creía capaz a don Ángel de adivinar el paso de un temporal (p. 145).

Todos los recuerdos y anécdotas de campesinos y familiares cercanos se basan en entrevistas que forman parte de los fondos de la Oficina de Asuntos Históricos del Consejo de Estado, o en conversaciones sostenidas por la autora con los protagonistas en Birán y en el cercano poblado de Hevia, durante los años 1997 y 1998.

> la profesora Emiliana Danger Armiñán, impresionó a Fidel (p. 160).

Al hablar de esa maestra especial se tuvo en cuenta los recuerdos de Guillermo Alonso Fiel, de la Oficina de Publicaciones del Consejo de Estado, y de Elsa Montero, especialista de la Oficina de Asuntos Históricos, quienes la conocieron personalmente. También fue muy interesante un material fílmico que forma parte de los fondos del Grupo de Video de la Oficina de Publicaciones del Consejo de Estado, y donde la maravilla del celuloide guarda la estampa vívida del ser excepcional que ella fue.

> De Birán, Lina no podía viajar a verlo porque había dado a luz a Agustina del Carmen (p. 163).

Transcribimos la copia literal de la certificación de nacimiento de Agustina del Carmen Castro Ruz:

En el Registro del Estado Civil Provincial de Holguín

Certifico: Que al folio 283 del Tomo Duplicado número 16, correspondiente a la Sección de Nacimientos del Registro Civil de Cueto, a mi cargo, aparece una inscripción, que copiada literalmente dice así: Al margen: <u>AGUSTINA DEL CARMEN CASTRO RUZ</u>: H.B. Número de la inscripción 283. En Cueto, provincia de Oriente a las doce de la mañana del día once de Diciembre de mil novecientos cuarenta y tres ante el Doctor Amador Ramírez Sigas, Juez Municipal, Encargado del Registro Civil y de Albérico Gómez de la Torre, Secretario, se procede a inscribir el nacimiento de una hembra de raza blanca, ocurrido a las cuatro de la tarde del día veinte y ocho de Agosto de mil novecientos treinta y ocho, en Birán, de este Término; es hija de Ángel Castro Argiz y Lina Ruz González, naturales de Láncara, Lugo, España, y Mayarí, Cuba, mayores de edad, blancos, agricultor y su casa y vecinos de Birán. Es nieta en línea paterna de Manuel y Antonia, naturales de Láncara, Lugo, España, mayores de edad, casados, labrador y su casa, y ya difuntos; y en la materna de Francisco y Dominga, naturales de San Juan y Martínez, Pinar del Río, mayores de edad, casados, blancos, labrador y su casa, y vecinos de Birán. Que la inscripta se nombra Agustina del Carmen.

Esta inscripción se practica en virtud de declaración personal del padre de la inscripta, al amparo de la Ley de quince de Agosto de mil novecientos treinta y ocho publicada en la Gaceta Oficial del día diez y siete del mismo año y Resolución del Director de los Registros y del Notariado, de fecha quince de noviembre de mil novecientos treinta y ocho y la presencian como testigos Antonio Casaus Sánchez natural de Holguín, mayor de edad, de estado casado, ocupación Procurador y vecino de Cueto y Armando Jiménez Reyes, natural de Mayarí mayor de edad, de estado casado, ocupación empleado y vecino de Cueto.

Leída esta acta e invitadas las personas que deben suscribirla a que la leyeran por sí mismas si así lo creyeren conveniente, se estampó el sello del Juzgado y la firma el señor Juez, los testigos y del declarante de que certifico. (...)

> En el umbral del colegio se sintió feliz (p. 196).

Esta apreciación está basada en los testimonios del propio Comandante en Jefe y en la lectura de la revista *Ecos de Belén*, publicada por ese centro docente.

> Ubaldo Martínez lo afirmaba con frase rotunda y convincente «un hombre se acredita por su vergüenza» (p. 213).

La entrevista concedida por Ubaldo Martínez en 1998 aportó valiosos datos acerca de la vida en Birán, las costumbres de don Ángel y la confianza que depositaba en sus empleados, así como el respeto y cariño que se ganó entre ellos.

> el más renombrado y reconocido como adelanto tecnológico era el fusil Máuser (p. 220).

Los datos acerca de los rifles Remington, Winchester y Máuser fueron tomados del sitio en Internet del Museo Histórico Militar de Valencia, de la sección referida al Armamento Ligero, Vitrinas No. 1 y 2.

> El 27 de septiembre de 1945, Fidel matriculó en la Universidad de La Habana como aspirante al título de Doctor en Derecho y Contador Público (p. 223).

Las refencias a sus luchas en la Universidad de La Habana se basan en el discurso del Comandante en Jefe, pronunciado con motivo del inicio del Curso Escolar 1995-1996 y sus cincuenta años de vida revolucionaria, iniciada en la Facultad de Derecho, en un acto efectuado en el Aula Magna de la Universidad de La Habana, el 4 de septiembre de 1995. Las páginas de «Tempestad» recogen entre otros testimonios el que ofreció el Comandante en Jefe durante la visita a Birán, el 15 de agosto de 1996. También se consultó «El Quijote de la Universidad», material publicado en el periódico *Juventud Rebelde*, escrito por Luis Báez Delgado, en septiembre de 1995.

> El patronato del Grupo Guamá contaba con el apoyo de Fidel desde el 4 de febrero de 1946 (p. 224).

Esta afirmación se fundamenta en los documentos que guarda la Oficina de Asuntos Históricos del Consejo de Estado y se complementa con algunas de las páginas de apuntes del «Diario del doctor René Herrera Fritot», quien impartía cursos de Antropología Jurídica en la Escuela de Derecho de la Universidad de La Habana, asignatura por la cual Fidel fue electo Delegado.

> El 4 de julio, don Ángel solicitó el pasaporte y el siete de ese mismo mes de 1947, firmó la autorización de viaje (p. 239).

Según los datos que ofrece la Cronología del Comandante en Jefe Fidel Castro, en la Oficina de Asuntos Históricos del Consejo de Estado, el 4 de julio de 1947, Ángel Castro Argiz solicitó al Ministerio de Estado se tramitara el pasaporte de su hijo Fidel Castro Ruz para trasladarse a los Estados Unidos.

La petición fue atendida por el doctor Rubén Acosta y Carrasco, abogado con bufete en la calle Aguiar No. 362, altos.

> Allí vivía Rafael Guzmán, el farero del cayo, compadre de don Ángel (p. 240).

El recuento de cómo Fidel llegó a Cayo Saetía y finalmente a Birán, al regreso de la frustrada expedición a República Dominicana, se inspira en los testimonios del propio Rafael Guzmán, publicados por el periodista e investigador Aldo Isidrón del Valle, con el título «Lalo, el guardafaro de Cayo Saetía, un hombre de palabra», en *Antes del Moncada*, de un Colectivo de autores. Colección Pablo de la Torriente, La Habana, 1989. También en los recuerdos que ha hilvanado el Comandante en Jefe en numerosas oportunidades.

> «Ya en Bogotá donde pienso permanecer algunos días puedo sentarme tranquilamente a escribirles» (p. 247).

Según el Expediente de Pasaporte que consta en la Oficina de Asuntos Históricos del Consejo de Estado, el 17 de marzo de 1948, Fidel Castro solicita al señor Ministro de Estado, que se le expida pasaporte para viajar al extranjero. El documento dice:

> (...) que el Sr. Fidel Castro, vecino de Calle 19 No. 104, apto 7, ciudadano cubano, jura encontrarse en posesión de ese estado político y teniendo que ausentarse para el extranjero, ruega a Ud. se sirva expedirle Pasaporte conforme a las disposiciones legales vigentes. Al efecto consigna para que haga constar en dicho documento (...)

A continuación aparecen datos de los padres, lugar de nacimiento, etc., y especifica:
«La condición de ciudadano cubano del solicitante resulta acreditada con mi certificado de nacimiento.
Firma Fidel Castro.»
Ese mismo día se expide el pasaporte al señor Fidel Castro Ruz. «Con esta fecha y con el número 5159 se ha expedido el Pasaporte dispuesto en el Decreto fue expedido por el Jefe del Negociado del Pasaporte Sr. Francisco Ugarte.»
Al día siguiente, al recibir su pasaporte para viajar al extranjero anotó:
«Recibí el pasaporte a que se contrae la anterior nota y hago constar que la fotografía fijada en este pasaporte es una las dos de mi persona que entregué cuando firmé mi petición.
Firma Fidel Castro Ruz.»

> A la una de la mañana se había quedado solo en la colina fortificada con catorce balas en una batalla perdida (p. 253).

En «Máuser» se recuentan los sucesos y nos basamos en el conocido libro *El Bogotazo*; en un trabajo, también de Arturo Alape, sobre la estancia de Fidel en Panamá; en *Antes del Moncada*, de la Colección Pablo de la Torriente Brau; y en una conversación sostenida por el Comandante con el escritor colombiano Gabriel García Márquez, el 15 de agosto de 1996, en la ciudad de Holguín, durante el viaje al entrañable Birán.

> Para Fidel, Gaytán representaba una fuerza progresista con muchas probabilidades de éxito (p. 254).

Para escribir lo relacionado con la figura histórica de Jorge Eliécer Gaytán se consultaron diversos materiales, la Oración de la Paz, por ejemplo, análisis sobre los partidos políticos en Colombia y apuntes biográficos, fotos, y planas de los diarios de aquella época: *El Liberal*, *Jornada*, *El Tiempo*, y *La Patria*, entre otros, así como evocaciones del Comandante en Jefe de su encuentro con Jorge Eliécer Gaytán.

> En la residencia (...) tuvo lugar la boda civil de Myrta con Fidel Alejandro, de veintidós años, el 11 de octubre de 1948, un día antes de la ceremonia religiosa (p. 259).

Transcribimos la copia literal de la certificación de matrimonio de Fidel Alejandro Castro Ruz con Myrta Francisca Díaz Balart y Gutiérrez:

En Registro del Estado Civil Provincial de Holguín que refiere:

Orfelina Batista Rojas, Registradora del Registro del Estado Civil Provincial de Holguín.

CERTIFICO: Que al folio 135 del Tomo Duplicado número 22, correspondiente a la Sección de

Matrimonios del Registro Civil de Banes, a mi cargo, aparece una inscripción, que copiada literalmente dice así:

Al margen: <u>FIDEL ALEJANDRO CASTRO RUZ CON MYRTA FRANCISCA DE LA CARIDAD DÍAZ BALART Y GUTIÉRREZ</u>. Número de la inscripción 81. En Banes, provincia de Oriente siendo las tres de la tarde del día diez y ocho de Octubre de mil novecientos cuarenta y ocho, el Doctor Juan Manuel Mestre Tamayo, Juez Municipal, Encargado del Registro Civil, por ante mí José Pérez González, Secretario; dispuso se proceda a dar cumplimiento a lo dispuesto en el Artículo ciento cuarenta del Código Notarial, haciéndose constar que: Fidel Alejandro Castro Ruz, natural y vecino de Mayarí, ciudadano cubano mayor de edad, soltero y estudiante; y Myrta Francisca de la Caridad Díaz Balart y Gutiérrez natural y vecina de Banes, ciudadana cubana de veinte años de edad, soltera y estudiante; han contraído matrimonio el día once de Octubre de mil novecientos cuarenta y ocho, ante el Notario de esta Ciudad, Doctor Rafael Portuondo del Pino, según testimonio de escritura número ciento noventa; siendo testigos Joaquín Suárez Pérez, Marjorie Skelly, A. Villoch, Antonio Varona Guzmán, Mario Fraga Zaldívar, Eulalia Carol Franco, Tomás Pedro Sánchez, Santiago Estevez Bou, Ramón Castro Ruz y Eduardo Franco Ballet, mayores de edad. Todo lo cual consta de dicho testimonio de escritura y del expediente original que ha sido presentado en este Registro Civil donde queda archivado. Y para que conste se extiende la presente que firma el señor Juez, por ante mí que certifico. (...)

> A principio del propio año 1949, las fuerzas policiales habían disparado contra el recinto universitario (p. 263).

La policía inicia el expediente No. 1-A-957, relativo a las actividades de Fidel Alejandro Castro Ruz, el 1 de enero de 1949, pero la información se remonta al 22 de enero de 1948, y se extiende hasta el 21 de junio de 1956.

Entre las anotaciones aparecen las referentes a su participación en las manifestaciones estudiantiles en Cienfuegos; en el Bogotazo; las reuniones que tenían lugar en Prado; el asalto al Cuartel Moncada, del que fue considerado autor y participante y por el que se le radicó la causa 37-953; el ser jefe del Movimiento Insurreccional denominado 26 de Julio; el embarque hacia México; la publicación de manifiestos revolucionarios y la detención de que fuera objeto en ese país.

> El nacimiento de su hijo Fidel Ángel, ese día [1 de septiembre] fue una verdadera bendición y una afortunada coincidencia (p. 265).

Con fecha 28 de julio de 1953, aparece en la Cronología del Comandante en Jefe Fidel Castro Ruz, en la Oficina de Asuntos Históricos, la siguiente anotación:

> El Juez Municipal del Calvario y encargado del Registro Civil, certifica la Inscripción de nacimiento del hijo de Fidel Castro Ruz.
>
> Documento No. 3, Copia.
>
> El Dr. Buenaventura García Menéndez, Juez Municipal del Calvario y Encargado del Registro Civil del mismo expresa en el documento:

Certifico que en el folio 285, del Tomo 48, de la sección de nacimientos de este Registro Civil a mi cargo, consta la siguiente certificación, digo, acta Número 285. Fidel Ángel Castro y Díaz Balart. -En La Habana, provincia de La Habana, a veinte y ocho de Julio de mil novecientos cincuenta y tres, ante el Dr. Buenaventura García Menéndez, Juez Municipal y de Alberto Alemán y Herrera, Secretario, se procede a inscribir el nacimiento de un varón ocurrido a las 8 de la mañana del día primero de Septiembre de mil novecientos cuarenta y nueve, en Cisneros sin número, a quien se le pone por nombre Fidel Ángel; es hijo de Fidel Alejandro Castro y Ruz y de Myrta Francisca de la Caridad Díaz Balart y Gutiérrez, natural de Birán, Mayarí, Banes, Oriente y vecinos de Calle 17 No. 336, nieto por línea paterna de Ángel y Lina, naturales de España y Ote; y por la materna de Rafael y América, naturales de Santiago de Cuba. Esta Inscripción se practica en virtud del Decreto 1036; publicado en la Gaceta Oficial de 25 de Abril del año actual; y por comparecencia de la madre del inscripto. Son testigos Aramís Taboada Glez. y Federico Touriño Velázquez, mayores de edad y vecinos de Hospital No. 61 y Xifré No 18. Leída esta acta se estampó en ella el sello del juzgado y la firma del señor Juez, los testigos y la declarante de que certifico. Dr. B. Y Menéndez -Myrta Díaz Balart y Gutiérrez. --Dr. Aramis Taboada. -Santiago Touriño. -Alberto Alemán. Hay un sello. Y a petición de parte interesada, expide la presente en La Habana a siete de octubre de mil novecientos cincuenta y cuatro. (...)

> Después de estudiar en Dolores y cursar un año en Belén, Raúl trabajaba con Álvarez, el tenedor de libros (p. 267).

Esta parte de la narración inspirada en recuerdos de Raúl y de Ramón, a partir de un material que nos facilitó la periodista Susana Lee, en el que reproduce «El Mundo Íntimo de Birán», crónica de Miosotis Fabelo para el programa *Haciendo Radio de* Radio Rebelde, el día 13 de agosto de 1996.

> Fidel (...) convenció a Raúl para viajar a la capital, vencer un programa de asignaturas, realizar tres años del Instituto en solo dos, e ingresar en la Universidad en la carrera de Derecho Administrativo (p. 269).

Raúl solicita su matrícula en el Instituto de Administración Pública adjunto a la Facultad de Ciencias Sociales y Derecho Administrativo de la Universidad de La Habana, el 1 de abril de 1950. El documento expresa:

> El que suscribe Raúl Castro Ruz de 18 años de edad, vecino de 3ra esq. 2, apto 9, Vedado, No. de teléfono (vacío), solicita su ingreso en el Instituto de Administración Pública de esta Facultad, a cuyos efectos acompaña los documentos que exigen en la convocatoria publicada a dichos efectos y que se detallan al pie de esta instancia. Firma Raúl Castro Ruz.

A continuación se adjuntan dos retratos y la inscripción de nacimiento de 1943. La certificación de nacimiento, copia fiel del original, fue expedida para «el Señor Fidel A. Castro (...), en Cueto, 2 de Septiembre de 1946».

El ingreso de Raúl Castro a la Universidad fue certificado por el doctor Francis González Pires, Secretario del Instituto de Administración Pública de la Facultad de Ciencias Sociales y Derecho Público, quien acredita que matriculó en el curso académico de 1949 a 1950, en los estudios propios del Instituto de Administración Pública, mediante examen efectuado el día 19 de abril de 1950, habiendo obtenido la calificación de aprobado. La certificación es extendida con fecha 26 de mayo de 1950.

Raúl matricula como aspirante al título de Capacitado en Administración Pública en las siguientes asignaturas: Introducción al Estudio del Estado, Introducción al Estudio de los Problemas Sociales, Elementos de Administración Pública e Introducción a la Historia de las Instituciones Locales en Cuba.

El 9 de septiembre del propio año matricula nuevas asignaturas de la aspirantura: Estadística Aplicada a la Administración, Materia Administrativa, Procesos Administrativos Internos y Elementos del Gobierno Municipal.

En el curso 1950-1951, su solicitud de matrícula, realizada el 10 de mayo de 1951, relaciona los siguientes datos:

> Apellidos: Castro Ruz, Nombres: Raúl, natural de Mayarí, Provincia Oriente, de 19 años de edad, de estado soltero, ciudadano cubano y con residencia en la calle San Lázaro No. 1218, Teléfono V-2553, en esta ciudad, (...) matricularse en ese Instituto como aspirante al Título de Capacitado (...) en las asignaturas: Estadísticas Aplicadas a la Administración, Constitución, Principios de Economía Política, Elementos de Legislación Fiscal, Legislación y Práctica Internacionales, Introducción al Estudio de Co-

municaciones y Transportes, Elementos de Legislación Electoral, Elementos de Legislación Obrera.

Para el curso académico 1951-1952, en la solicitud de matrícula de Raúl Castro Ruz aparece:

> «Birán, soltero, Oriente, 20 años, residente en calle Neptuno No. 914, Teléfono V-2720 en esta ciudad, (...) aspirante al Título de Capacitado en Administración Pública en las siguientes asignaturas: Estadística Aplicada a la Administración, Legislación y Práctica Internacionales, Elementos de Legislación Fiscal, Elementos de Legislación Electoral y Elementos de Legislación Obrera.»

La siguiente solicitud de matrícula corresponde al curso 1952-1953, y fechada el 3 de noviembre de 1952, aporta los siguientes datos: «Castro Ruz, Raúl, Oriente, de 21 años de edad, soltero, cubano, con residencia en la calle Neptuno No. 914 teléfono V-2720.»

Raúl inscribe las asignaturas: Estadísticas Aplicada a la Administración, Principios de Economía Política, Legislación y Práctica Internacionales, Administración Fiscal, Organización Electoral y Organización Administrativa del Servicio Exterior de la República.

Inscribía diversas asignaturas para un curso y aquellas que no vencía las volvía a inscribir en el período siguiente. Terminó tres cursos académicos en la Universidad (1949-1950, 1950-51 y 1951-52) y dejó inconcluso el que correspondía a los años 1952-1953 cuando ya estaba completamente integrado a la lucha revolucionaria.

Las fotografías que acompañan a las solicitudes muestran el crecimiento físico y espiritual del joven Raúl

Castro. En las primeras se le ve muy joven y hasta un tanto despreocupado. En la medida que crece y los tiempos van tornándose más difíciles, su rostro aparece más ceñudo, más preocupado y serio.

> Con el año despedía también su tiempo de Quijote
> como estudiante en la colina del Alma Máter (p. 274).

Entre junio de 1948 y septiembre de 1950, es decir, en dos años y tres meses, Fidel Castro Ruz venció más de cincuenta asignaturas, aunque el esfuerzo mayor lo realizó en 1950, según su propio testimonio y el expediente de estudiante universitario. En ese mismo período despliega una intensísima vida política y revolucionaria.

Fidel obtiene el título de Doctor en Derecho, con Folio 98, No. 1275, el 13 de octubre de 1950. En ese mismo mes, matricula de nuevo en la Universidad las tres asignaturas que le faltaban para concluir el Doctorado en Ciencias Sociales, sin embargo, cuando descifra el signo revolucionario de los tiempos decide no continuar sus estudios.

> ganaba poco con el trabajo de abogado
> en el bufete Aspiazo-Castro-Rasende (p. 277).

La incorporación de Fidel Castro Ruz al Colegio de Abogados de La Habana consta en un documento donde el doctor Santiago Rossell Perea, Secretario del Colegio de Abogados de La Habana certifica que según consta en el Libro 6to, Folio 79 del Registro de Inscripciones de Títulos que se llevan en esa Secretaría a su cargo: (...) «el letrado Dr. Fidel Alejandro Castro

Ruz se incorporó a este Colegio el día 10 de Noviembre de 1950».

El Colegio radicaba en Lamparilla No. 114, en la Habana Vieja.

De acuerdo con un testimonio del doctor Aspiazo, este bufete, por gestiones de Gildo Fleitas se trasladó para una habitación, en unas oficinas existentes en la calle Consulado No. 9, en La Habana, donde se reunían los combatientes del Moncada antes del 26 de Julio, cuando necesitaban hacerlo con más discreción que en Prado 109. En esa época, la dirección del Movimiento que se gestaba, también se reunía en calle 25 y O, en el Vedado. Después del Moncada, el bufete se instaló en distintos locales, entre otros en Muralla No. 474 y luego, de nuevo en Tejadillo No. 57, apto 306. Junto al pueblo de Cuba, sus abogados, lograron la amnistía de los presos políticos por los sucesos del Moncada y funcionó hasta que Fidel salió hacia México.

> El abuelo murió (...) el 3 de febrero de 1951, un día de lluvias torrenciales y ventoleras (p. 287).

En el Registro del Estado Civil Provincial de Holguín, Orfelina Batista Rojas, registradora de esa institución certifica que:

al folio 230 del Tomo Duplicado número 14, correspondiente a la Sección de <u>DEFUNCIONES</u> del Registro Civil de Cueto, a mi cargo, aparece una inscripción, que copiada dice así:

Al margen: <u>FRANCISCO RUZ VÁZQUEZ</u>. Número de la inscripción 230. En Cueto, provincia de Oriente a las diez y diez minutos de la mañana del día cuatro de Febrero de mil novecientos cincuentiuno, ante el Doctor Amador Ramírez Sigas, Juez Municipal, Encargado del Registro Civil y de Albérico Gómez de la Torre, Secretario, se procede a inscribir la defunción de Francisco Ruz Vázquez, natural de Guane, provincia de Pinar del Río, de ochenta años de edad, hijo de Francisco y Rafaela, vecino de la finca Birán de este Termino, de ocupación campo y de estado casado con Dominga González, que se ignora si deja bienes de fortuna y si otorgó o no testamento, falleció en Birán en el día de ayer a las tres de la tarde, a consecuencia de Síncope Cardiaco la directa y Arterias Clorosis la indirecta, según resulta de Certificación facultativa y su cadáver habrá de recibir sepultura en el Cementerio de Birán.-

Esta inscripción se practica en virtud de Antonio Casaus Sánchez, natural de Holguín, mayor de edad y vecino de Cueto, como encargado para ello y la presencian como testigos Esteban Tamayo Sedano y Amando Jiménez Reyes, mayores de edad y vecinos de Cueto.

Leída esta acta e invitadas las personas que deben suscribirla a que la leyeran (...) y la firman el señor Juez, los testigos y el declarante (...)

algunas niñas se divertían danzando flores de Carolina como bailarinas (p. 287).
Inspirado en lo que recuerdan quienes viven hace mucho tiempo en las fincas y caseríos de los

campos cubanos, donde aún hay niñas que juegan con las flores de carolina, maravilla, ítamo real, y otras tantas. Conversaron sobre esa costumbre ancestral Adalberta Pérez y Leonor Pérez, a quienes agradezco la memoria en esos pequeños y trascendentes detalles.

> Fidel no sabía qué represalias podría tomar contra él, el teniente Salas Cañizares. Fidel en su condición de abogado, le seguía una causa criminal por el asesinato del joven Carlos Rodríguez (p. 289).

El 5 de septiembre de 1951, el obrero Carlos Rodríguez fue golpeado brutalmente por la policía en San Lázaro y Hospital, cuando regresaba de un mitin en la Universidad de La Habana para protestar contra el aumento del pasaje. Tenía veinticuatro años de edad, era ebanista y vivía en la calle Estrella No. 164, Habitación. No. 10. Murió en la mañana del siguiente día, y su cadáver fue tendido en el Salón de los Mártires de la Federación Estudiantil Universitaria (FEU).

En la Oficina de Asuntos Históricos del Consejo de Estado, consta un testimonio de la madre de Carlos Rodríguez quien nombró al doctor Fidel Castro para denunciar el asesinato de su hijo ante los Tribunales de Justicia. La madre de Carlos recuerda que él, llegó a su casa ensangrentado y que le restó importancia a la lesión que tenía. Ella lo ayudó a lavarse y luego, Carlos se acostó. A las cinco de la mañana del día 6 de septiembre, su hijo se despertó vomitando y le dijo: «Me siento mal, déjame dormir».

La madre logró trasladarlo al Hospital Calixto García, donde le dijeron que debía comprar las medicinas, por lo que tuvo que regresar a su casa para buscar dinero. Los medicamentos le costaron cerca de cinco pesos. Cuando llegó al hospital, Carlos estaba casi muerto; «el médico me dijo que no había esperanzas. Llegué tarde», se lamentaba la madre después.

> Raúl, convencido de su adhesión a la lucha y de que su destino personal era incierto y peligroso dio poderes a sus padres (p. 293).

Se refiere a la escritura de Poder que con No. 149 firmó a favor de sus padres Ángel Castro Argiz y Lina Ruz González y que fue transcripta con anterioridad.

> Era una etapa dura, en que la precaria economía del joven abogado tocaba fondo (p. 295).

A lo largo de 1952 y 1953, la situación económica de Fidel Castro era muy difícil, circunstancia que puso a prueba su integridad.

El 6 de julio de 1953, Leopoldo González Santana procurador nombrado por la señora Irminia Fernández, expresaba que obedeciendo instrucciones de su representada establecía demanda de desahucio contra Fidel Alejandro Castro, vecino del apto bajo de la propiedad de mi demandante, en Calle 17 No. 336, entre 18 y 20, Vedado. Ese mismo día, el Juez Municipal de Marianao citaba a Fidel Castro a una comparecencia al demandado para el acto del Juicio Verbal sobre la demanda de desahucio. (Fidel fue citado en Samá No. 10, a las 8.00 am del día 16 de Julio de 1953, en esa misma fecha se dicta el fallo: «que debo declarar y declaro con lugar la presente demanda condenando al demandado al desalojo del apto. bajos que ocupa en la calle 17 No. 336, entre 18 y 20. Almendares»).

De ese viaje arribó Raúl al Puerto de La Habana el 6 de junio de 1953 (p. 303).
En la solicitud de pasaporte de Raúl se expresa:

La Habana, 17 de Julio de 1952

Sr. Ministro de Estado

Ciudad

Señor: El que suscribe, Raúl Modesto Castro Ruz, en relación con la solicitud de pasaporte que en esta fecha formula, hace constar que piensa dirigirse a la ciudad de Dinamarca, jurando hacer su presentación ante el cónsul de Cuba en dicho país, según la vigente Ley del Servicio Militar Obligatorio. De Ud. atentamente. Firma Raúl Castro Ruz
Y al pie las inscripciones de República de Cuba, Ministerio de Estado, Exhibió Servicio Militar.
En otra planilla que hubo de llenar para lograr el pasaporte consignó la siguiente filiación:

Padres: Ángel y Lina
Lugar de nacimiento: Cueto, Oriente.
Edad: veintiún años
Estado: soltero
Profesión: estudiante
Estatura: 1, 74
Color de la piel: blanca
Color de los ojos: pardos
Color del pelo: castaño claro
Barba:———
Señas particulares visibles: ninguna

Personas que lo acompañan: ninguna
La condición de ciudadano cubano del solicitante resulta acreditada de su certificación de nacimiento debidamente legalizada.
Respetuosamente
Firma: Raúl Castro Ruz

A continuación aparece nota del doctor Octavio Smith y Foyo, Notario Público esta capital, que certifica:

> Doy fe: -Que el Sr. Raúl Modesto Castro Ruz, a quien por no conocer yo, el notario, me lo identifican los Sres. Rafael Rasende Vigoa, natural de Manguito, Matanzas, casado y Jorge Aspiazo Núñez de Villavicencio, natural de La Habana, soltero, ciudadanos cubanos, mayores de edad, abogados y vecinos de Tejadillo #57, a quienes yo, el notario doy fe de conocer.
>
> Ha suscrito ante mí la anterior solicitud y ratificado el juramento que la misma expresa, así como que la fotografía fijada en la presente instancia y sellada con cuño de esta notaría, y la filiación consignada corresponden al interesado.
>
> El Pasaporte expedido tiene No. 25472 y refiere los siguientes datos que consignó como su filiación en la solicitud de tal.

Raúl consiguió dejar atrás la Cárcel de La Habana (p. 303).
A su regreso de Viena, el 6 de junio de 1953, Raúl fue detenido bajo la acusación de propaganda comu-

nista. Tres días más tarde, presenta, en un documento firmado también por Fidel, la solicitud de libertad provisional.

Transcribimos copia literal de este documento:

A la Sala
<u>Raúl Castro y Ruz</u>
mayor de edad, estudiante, vecino de Neptuno 914; <u>Bernardo Lemus Mendoza</u>, de Guatemala, de 20 años de edad, estudiante de tránsito en Cuba; <u>Ricardo Ramírez de León</u>, mayor de edad, de tránsito en Cuba y natural de Guatemala, respetuosamente exponen:

<u>Que</u> encontrándose detenidos en la Cárcel de La Habana, Vivac, sujetos a los cargos que le aparecen en la causa que se le sigue por <u>Propaganda Comunista</u>, detenidos que fueron por ello el 6 del corriente mes y año, vienen a pedir su libertad provisional en la presente <u>causa</u>, ya que el estar detenidos afecta sus estudios, prometiendo no sustraerse a la acción de la justicia y comparecer ante ese Tribunal las veces que se le ordene:

<u>Por tanto</u>:

Suplicamos al Tribunal, tenga por presentado este escrito y por hechas y ratificadas las manifestaciones del principal del mismo a los efectos pertinentes.-

Habana 9 de Junio 1953:

Firma: Raúl Castro Ruz. Firma: Bernardo Lemus Mendoza. Firma: Ricardo Ramírez de León.

> Autorizo a mi hermano Fidel Castro para presentar este escrito.—.

Firma: Raúl Castro Ruz. Firma: Fidel Castro Ruz

Al pie del documento aparece el cuño que especifica la fecha e incluye firma de la persona ante la cual se presenta la solicitud.

> Lina no conseguía tranquilizarse y andaba de un lugar a otro con un aire abstraído, mientras rezaba con fervor sus oraciones y hacía que todos los niños de la casa y sus hijas Angelita y Juanita, se hincaran de rodillas frente a la imagen de la Virgen Milagrosa. (p. 309).

Tania Fraga Castro tiene grabado para siempre en la memoria lo ocurrido en Birán el 26 de Julio de 1953, y los días siguientes. Cuando habla, vive de nuevo las horas de tensión incertidumbre y desesperación. Este pasaje del libro se inspira en su testimonio y en los de Ramón Castro Ruz y Alejandro Ruz González, testigos de aquel instante tremendo.

> Pensó en el encargo de Fidel de buscar armas y preparar hombres (p. 310).

La entrevista ofrecida en diciembre de 1996 por Ramón a la periodista brasileña Claudia Furiati, documento que guarda la Oficina de Asuntos Históricos del Consejo de Estado y que forma parte de sus fondos, aportó muchos datos y recuerdos del hermano mayor de los Castro Ruz.

> El 28 por la mañana llegó a Birán la doctora Ana Rosa Sánchez (p. 313).

La certeza de que esto ocurrió existe gracias a los testimonios de Ramón y Raúl, y también, de sus hermanas Angelita, Agustina y Emma Castro Ruz. Ellas corroboraron ese pasaje histórico, durante una entrevista colectiva, en un encuentro entrañable en la Oficina de Asuntos Históricos del Consejo de Estado en el año 1998.

> Angelita fue hacia la parada del ómnibus con la plegaria pegada al pecho, musitando las oraciones una y otra vez (p. 315).

Del viaje que Angelita Castro Ruz emprendió a la ciudad de Santiago de Cuba, tras el asalto al Cuartel Moncada, conocimos los detalles, por varias entrevistas formales y largas conversaciones durante los viajes a Birán, Santiago de Cuba, Sibanicú y Guane. Sus recuerdos aletean en todas las páginas de este libro, lo mismo en la aseveración de que los armarios de la casona de Birán eran inmensos, como en la descripción de Ángel y Lina, cuando se comenta la costumbre del viejo de comprar la ropa en la tienda de su compadre Mazorra en Santiago, y en numerosísimos aspectos y anécdotas.

> La carta (...) era todo un acontecimiento feliz para Ramón (p. 318).

En estas páginas se incluyen fragmentos de las cartas que forman parte de los fondos de Fidel y Raúl Castro Ruz, en la Oficina de Asuntos Históricos del Consejo de Estado, que constituyeron una valiosísima referencia para escribir estas crónicas.

«Ojalá podamos llegar a tiempo» (p. 345).
Palabras con las que Raúl Castro expresa su deseo de ver a su padre antes de que pudiera ocurrirle algo, pues mientras se encontraban en Presidio, conocieron de su delicado estado de salud por su avanzada edad. Escribe a su hermana:

Abril 22/55

Querida hermana: Creí que ya no tendríamos que escribirte más desde aquí, porque el otro día nos dijeron que recogiéramos los libros y que los mandáramos para ayudantía porque ya estaba cerca nuestra Libertad y así se iría adelantando trabajo con el asunto de la requisa cuando nos vayamos, pero han ido pasando los días y no vemos nada claro.

Tenemos muchos deseos de que llegue el día de la próxima visita para que nos cuente cómo anda eso; y a propósito, debo advertirte que como este mes tiene cinco viernes y la próxima visita de los muchachos les toca el día primero, como en casos parecidos hemos hecho la visita nuestra será el viernes 29. Aunque es difícil que se te pasara este detalle, creo que hago bien en decírtelo, además, como esperamos que el castigo cese el día 27 al cumplir el mes, nos corresponderá las tres horas acostumbradas.

Ayer le entregaron a Fidel un paquete de cartas que habían sido retenidas y entre las cuales venía una del primo Alejandro, abrázalo en nuestro nombre. Hoy yo recibí una de Juanita, donde me dice que el viejo ha estado muy malo, pero que la noticia de la amnistía, lo ha mejorado mucho, como por arte de magia. Ojalá podamos llegar a tiempo.

Cuando vengas tráenos un poquito de picadura para las pipas y un pomito de «selsún» para la caspa, que usaré más a menudo a ver qué resultado me da ahora. En verdad que es una molestia una cabeza como esta ¿no lo crees?

Menos mal que tuvimos la precaución de dejar aquí algunos de los libros con los que vamos «tirando» porque de no ser así, estos últimos días y en estas circunstancias serían imposibles.

Abrazos para todos y tú recibe uno bien fuerte de Raúl.

al anciano se le apagaron las fuerzas, el 21 de octubre de 1956 (p. 357).
Transcribimos copia literal de la certificación de defunción de Ángel Castro Argiz:

En el Registro del Estado Civil Provincial de Holguín

CERTIFICO: Que al folio 2 del Tomo Duplicado número 18, correspondiente a la Sección de Defunciones del Registro Civil de Cueto, a mi cargo, aparece una inscripción, que copiada literalmente dice así: Al margen: <u>ÁNGEL CASTRO ARGIZ</u>: Número de la Inscripción 121. En Cueto, provincia de Oriente, a las once y cuarenta minutos de la mañana del día Veintiuno Octubre de mil novecientos cincuenta y seis, ante la Dra. Ileana V. González Sánchez,

Juez Municipal, Encargado del Registro Civil y de Armando Jiménez Reyes Secretario, se procede a inscribir la defunción de Ángel Castro Argiz, natural de España, provincia de España de ochenta y dos años de edad, hijo de Manuel y Antonia, vecino de la finca Birán de este Término, de ocupación Colono y de estado casado, con Lina Ruz González, que se ignora si deja bienes de fortuna y si otorgó o no testamento alguno, falleció en el Hospital de Marcané en el día de hoy a las ocho y cuarenta y cinco de la mañana, a consecuencia de Insuficiencia Cardiaca la directa y Asistolia la indirecta de Certificación facultativa y su cadáver habrá de recibir sepultura en el Cementerio de Marcané.

Esta inscripción se practica en virtud de la declaración personal de José Manuel Díaz Santos, natural de Banes, mayor de edad y vecino de Cueto, como encargado para ello y la presencian como testigos Ramón Sánchez Tamayo y Antonio Almaguer Batista, mayores de edad y vecinos de Cueto.

Leída esta acta e invitadas las personas a que deben suscribirla (...) si así lo creyeren conveniente, se estampó en ella el sello del Juzgado y la firman el señor Juez, los testigos y declarante Certifico. (...)

Ramón pasó la noche a su lado, escuchando sus disposiciones para cuando se marchara definitivamente (p. 357).

Como dato singular ofrecemos al lector la transcripción de algunos fragmentos del testamento de don Ángel Castro.

Testamento abierto

Con Número Ciento Treinta y Ocho, en La Habana, y fecha de veinte y uno de agosto de 1956, Don Ángel Castro Argiz compareció ante el Doctor José A. López Fernández, abogado y notario público de los Colegios y Distrito Notarial de La Habana, con vecindad en la casa Calle de Oficios Número Ciento cuatro, altos, Departamento No. setecientos doce en la capital, para testar y declarar:

(...) estar casado en segundas nupcias con la señora Lina Ruz González, de cuyo matrimonio ha procreado siete hijos: Ángela, Ramón Eusebio, Fidel Alejandro, Raúl Modesto, Juana de la Caridad, Emma Rosario, y María Agustina Castro Ruz, teniendo dos hijos más de su primer matrimonio con la señora María Argota Reyes, de la que se encuentra divorciado, nombrados Pedro Emilio y Lidia Castro Argota, todos los que viven en la actualidad.

Declara que no reconoce ninguna otra sucesión legítima ni tampoco natural.

(...) Declara que sus bienes tienen el carácter de gananciales y declara suyos todos los que aparezcan como de su propiedad al tiempo de su fallecimiento, siendo sus deudas igualmente las que resulten en dicha oportunidad.

(...) Que instituye heredera en pleno y absoluto dominio a su esposa, la señora Lina Ruz González, en la tercera parte de su herencia, o sea, el tercio de libre disposición de sus bienes, sin perjuicio de la cuota vidual usufructuraria que le corresponde por ley.

(...) Que instituye asimismo por sus universales herederos en pleno y absoluto dominio, en los dos tercios restantes de su herencia, o sea, la legítima forzosa y la mejora, deducida la cuota vidual usufructuaria, a sus nueve hijos ya nombrados.

(...) Nombra albacea universal, tenedora y administradora de todos los bienes de su herencia, a su nombrada esposa Lina Ruz González, quien desempeñará dicho cargo durante el término del albaceazgo con prórroga de dicho plazo a un año más, sin necesidad de prestación de fianza de clase alguna de que la revela desde este momento.

Y como tal albacea, asumirá la representación y personalidad plena de la herencia, tomará posesión inmediatamente de todos sus bienes tan pronto ocurra su fallecimiento, los que administrará, dando los que procedan en arrendamiento por los términos y condiciones que convenga; depositará y extraerá cantidades de dinero en efectivo, así como valores de los bancos, sociedades y de cualquier institución de crédito; cobrará cuantas cantidades se le adeuden a la herencia (...)

En el testamento, don Ángel adoptaba además, una serie de previsiones legales y firmaba el documento junto a otros testigos.

> Con una meticulosidad de relojero, o de afinador de pianos, Fidel había preparado la expedición a Cuba (p. 360).

La narración de lo concerniente a los preparativos de la expedición, e incluso, los detalles relacionados con la travesía y el desembarco del yate *Granma*, se fundamentan en la investigación histórica realizada por la autora para escribir el libro *Después de lo Increíble*, editado por la Casa Editora Abril, La Habana, 1994. Para elaborar ese primer material, se utilizaron testimonios de los protagonistas de ese suceso histórico, publicados por la prensa de la época, una entrevista con el Comandante de la Revolución Ramiro Valdés Menéndez, fragmentos del diario del Che, misivas, cuadernos de bitácora, partes meteorológicos, las vivencias de la autora en una visita al Estado de Veracruz, a las casas-campamento del Movimiento 26 de Julio, la reedición de la travesía marítima por el Golfo hasta Los Cayuelos y especialmente, recuerdos del Comandante en Jefe Fidel Castro, en largas conversaciones que tuvieron lugar en 1993 y 1994.

Lo acontecido a Fidel tras el desembarco, y sobre todo tras la dispersión del destacamento revolucionario en Alegría de Pío, se fundamentó en un testimonio del Comandante durante un encuentro familiar.

> Ese 5 de diciembre de 1956, Raúl anotaría en su diario: «las 4 y 30 hora de la hecatombe» (p. 367).

Las citas referidas a los sucesos tras el desembarco del *Granma*, forman parte del «Diario de Campaña de Raúl Castro Ruz», cuyo original se atesora en la Oficina de Asuntos Históricos del Consejo de Estado.

> Consiguieron reagruparse en Cinco Palmas ese 18 de diciembre, (p. 368).

Para identificarse como Raúl Castro Ruz ante el campesino de la Sierra que podía ponerlo en contacto con Fidel, el 18 de diciembre de 1956, Raúl empleó su Licencia de conducción en México, que se conserva en la Oficina de Asuntos Históricos y dice: «Dirección General de Tránsito del Distrito Federal. Licencia No 281906, expedida a favor de Raúl Castro Ruz. Firma: El Director de Tránsito, General de Div. Antonio Gómez Velasco (...).»

> Polo, venimos aquí por la confianza que le tenemos (p. 381).

Entre 1997 y 1998, fueron entrevistados por la autora Ubaldo Martínez, Hipólito López Toranzo, Pedro Pascual Rodríguez, Santa Martínez y Benito Rizo, y el haitiano Luis Cilón, entre otros campesinos de las cercanías de Birán o empleados de don Ángel Castro Argiz.

Además, fueron de gran utilidad un sinnúmero de entrevistas grabadas a quienes durante años vivieron en Birán. Esos materiales eran atesorados por Angelita Castro Ruz, quien entregó copias a la Oficina de Asuntos Históricos y allí se guardan como valiosos testimonios.

> La gente del batey decía que había pasado por Sao Corona (p. 382).

Se refiere a la operación Frank País, dirigida por Raúl y que tenía el propósito de trasladar la Columna No. 6 del Ejército Rebelde a la zona norte de Oriente para crear allí un Segundo Frente de guerra.

Es cierto, que en su recorrido, Raúl pasó por Sao Corona, cerca de Birán. Sobre ello se lee en sus cartas de aquellos días, una de las cuales dirige al Che, y en sus informes militares, especialmente, el No. 1, de fecha 20 de abril de 1958, escrito a las siete de la mañana. Pensando en este recorrido y en todo lo narrado por Raúl en su libreta de apuntes guerrilleros, uno llega a la convicción de que la poética está en la realidad abundante y maravillosa y no en la imaginación de los escritores: el árbol bajo el cual se refugió junto a Ciro Redondo, tras el primer aguacero en las lomas, fue precisamente un cedro. Y el lugar, de la hora decisiva en el recorrido hacia el territorio del Segundo Frente, se denomina Los Cedros.

Raúl escribe cartas dirigidas al Che y a Fidel como partes de guerra en que comunica las incidencias de ese recorrido de relámpago.

> narraba las historias del Hombrón con la frondosidad propia de los montunos, y se le notaba bajo la piel, el alma buena (p. 385).

La historia imaginada de un correo de la Sierra es el homenaje a esos hombres anónimos, casi siempre humildísimos campesinos de la Maestra, que llevaron durante la guerra las noticias importantes, las órdenes, las instrucciones y hasta la tranquilidad a algunos hogares con la premura de sus pies, el ritmo acompasado y ágil de su respiración, la temeridad en la disposición y la nobleza en el espíritu. Esta narración se basa en visitas a Birán, a la Comandancia de la Plata, y a los Museos de Pilón y Media Luna, donde Celia es una presencia recurrente.

> Ramón le contaba además, sobre la caída en combate del hijo de la tía Belita, Roberto Estévez Ruz, de la tropa de Furry en el Segundo Frente (p. 394).

La tía Belita, inscripta como Agustina Isabel Ruz y González en la Parroquia de Sibanicú, nos contó sobre su hijo, mártir del Segundo Frente al que la familia rinde homenaje todos los años. Belita aportó detalles relacionados con la vida de sus padres en Pinar del Río, sobre los trayectos en carreta de ida y vuelta a la Bahía de Guadiana, sobre el oficio de los caminos que hacían los hombres de la casa y que ella conoció por las charlas familiares durante las noches. También contó su propia historia, la anécdota del sobresalto cuando ella tenía doce años y Fidel se le cayó del hombro con ocho meses de edad; habló de su amor por Prudencio Estévez y de su matrimonio, de sus días en Camagüey y sobre todo, del dolor punzante que vino después, cuando la guerra se llevó a su hijo Roberto.

> Fue la única vez que Fidel se alejó por unas horas del territorio donde tenían lugar los principales combates para algo personal (pp. 397-398).

Este pasaje fue escrito a partir del recuerdo de Fidel Castro Ruz y de los testimonios de Enrique Herrera Cortina, de su esposa Ana Rosa Soto Ruz, sobrina de Lina, y de Ramón Castro Ruz.

> Perdurará todo el cedro, sus raíces, su tronco, ramas y hojas; su olor, su sombra y su voz. Perdurará todo el tiempo de los cedros (p. 405)

«A mi padre le gustaba plantar cedros», dijo Fidel aquel día de regreso a Birán, el 15 de agosto de

1996. Lo dijo como un susurro, como quien conversa consigo mismo y disfruta recordar un detalle íntimo de alguien tan querido y especial como su padre, don Ángel María Bautista Castro Argiz. Las palabras de Fidel, del cedro, y su resonancia poética inspiran y recorren el alma de estas páginas.

Índice

La vida en las palabras y en el aire del tiempo	11
Ángel	15
Lina	47
Escenario	64
Memoria	85
Santiago	110
La Salle	126
Jesuitas	153
Belén	190
Tempestad	213
Máuser	252
Amanecida	266
Despedida	286
Hombres	305
Tiempo	332
Ausencia	347
Regreso	369
Epílogo	403
Fotografías	407
Iluminaciones	479